집 잘못
찾아 오셨어요,
악역님

집 잘못 찾아 오셨어요, 악역님 3

마르고트 장편소설

초판 1쇄 찍은 날 | 2020년 5월 22일
초판 1쇄 펴낸 날 | 2020년 5월 29일

지은이 | 마르고트
펴낸이 | 권태완 우천제

편집책임 | 박은정
편집 | 박가연 유안진 손혜진 장현아

펴낸곳 | (주)케이더블유북스
등록번호 | 제25100-2015-43호
등록일자 | 2015. 5. 4
WFN | 제3-062호

주소 | 서울특별시 구로구 디지털로31길 38-9 에이스테크노타워 1차 401호
전화 | 02-867-4626 팩스 | 02-866-4627
E-mail | cl_production@kwbooks.co.kr

ISBN 979-11-293-5467-9 04810
979-11-293-5464-8 (set)

집 잘못 찾아오셨어요, 악역님

3

마르고트 장편소설

Contents

제16장

수상한 초대 (2)

"크업!"

그 시각, 오딘은 옆에서 누가 깨우지도 않았는데 제풀에 놀라 혼자 잠에서 깼다. 그는 입가에 흐르는 침을 얼른 손등으로 훔치며 주위를 두리번거렸다.

"아, 아라크네?"

혹시 자신의 추태를 아라크네가 본 것이 아닌가 싶어 당황했으나, 집 안은 몹시 조용했다. 오딘은 아라크네의 기척이 근처에서 느껴지지 않는다는 사실을 알아차렸다. 곧 그의 어깨에서 힘이 탁 풀렸다.

'아, 맞아. 지금은 낮이니까 아라크네가 커피하우스에 출근했을 시간이네.'

아라크네는 동부에 자리를 잡은 이후에도 결근하는 일 한 번 없이 꼬박꼬박 커피하우스에 얼굴도장을 찍곤 했다. 그러니 분명 오늘도 오딘을 두고 출근한 게 분명했다. 아라크네의 성격이 원래 그렇다는 사실을 알고 있었기 때문에 딱히 서운한 마음 같은 건 들지 않았다.

'젠장, 그런데 두 번이나 기절하다니 이게 어떻게 된 일이야?'

오딘은 지끈거리는 이마에 손을 짚고 지난 일을 되새겼다. 하지만 어젯밤과 오늘 새벽의 일을 다시 떠올리려 하자마자 극렬한 거부감이 밀려들었다.

바로 그때, 오딘의 몸을 덮고 있던 담요가 소파 밑으로 흘러내렸다. 오딘은 무의식중에 담요를 주워 대충 옆쪽에 내려놓으려다가 멈칫했다. 그러고는 꼭 무언가를 훔치기라도 하려는 사람처럼 주위를 두리번거리다가 슬그머니 담요를 소중히 품에 끌어안았다.

'아라크네가 덮어준 이불……. 그럼 이건 아라크네 냄새인가?'

오딘이 발긋한 얼굴을 담요에 파묻으며 코를 킁킁거렸다. 아라크네가 쓰던 담요라 그런지 역시 향긋한 냄새가 나는 것 같았다.

'게다가 나 지금 아라크네의 집에 들어와 있잖아?'

다른 사람도 아니고 아라크네의 집에서 하룻밤 자기까지 하다니, 오늘은 역사적인 날이라 할 만했다. 오딘은 앞으로 아라크네의 앞에서 아픈 척을 자주 해야겠다고 생각하며 커피하우스에 붙여놨던 까마귀를 불렀다.

"엥?"

하지만 그는 곧바로 지금 커피하우스를 지켜보는 까마귀가 하나도 없다는 깨달음에 직면했다.

"뭐야? 내가 새를 언제 거두었지?"

오딘의 얼굴이 와락 일그러졌다. 최소한 까마귀 한 마리씩은 꼭 아라크네가 일하는 커피하우스에 붙여두었었는데 이게 어떻게 된 일인지 알 수가 없었다. 설마 지난번에 어떤 잡놈이 성당에 있던 표식을 없앤 것처럼, 커피하우스의 까마귀도 누가 건드린 건가? 하지만 그런 느낌은 분명 없었는데…….

'어? 그러고 보니 그때 멋대로 내 표식을 없앤 그 새끼, 내가 찾아서 족쳤던가?'

커다란 손아귀에 단단히 틀어 잡힌 까마귀가 소멸한 순간에 아주 얼핏 본 것이긴 하지만, 왠지 그 잡놈의 눈이 아주 시리도록 깨끗한 벽안이었던 것 같은……. 그 순간, 오딘의 눈의 초점이 흐려졌다. 순식간에 시야가 새파란 빛으로 덧칠되었다. 그리고 그 위로 어른거리며 떠오른 건, 키스를 부르는 탐스러운 까만 구둣발…….

"헉!"

철썩!

오딘은 다시금 몽롱해지는 의식을 퍼뜩 알아차리고 소스라쳤다. 의식이 완전히 멀어지기 전에 급히 손을 들어 자신의 뺨을 세게 후려갈기자 정신이 번쩍 깨어났다.

"시, 시X, 지금 이게 뭐야?!"

오딘도 확실히 자신의 이상을 알아차렸다. 하지만 자신이 무슨 생각을 하고 있었는지 떠올리려 할 때마다 머릿속이 흐려져서, 결국 그는 몇 대나 더 뺨을 갈겨야만 했다. 마침내 오딘은 퉁퉁 부은 얼굴을 일그러뜨리며 생각하는 걸 그만두었다.

몇 차례의 시도 끝에 오딘이 알아낸 것은 눈앞에 떠오른 검은 구두에 대한 미친 듯한 갈망과 집착뿐이었다. 당연히 그의 기분은 몹시도 X같아졌다. 오딘은 일단 아라크네가 있는 커피하우스에 까마귀를 보냈다. 그런데 그곳에는 아라크네가 없었다. 대신, 종종 가게에 올 때마다 유리에게 껄떡거리던 갈색 더벅머리의 남자가 오딘이 보낸 까마귀의 눈에 띄었다.

"안녕하세요, 길버트 씨."

"어이구, 오늘도 오셨네요, 스노우 씨. 요즘은 그래도 여유가 있나봐요. 그래, 사람이 가끔 숨도 좀 돌리면서 살아야지!"

까마귀는 두 사람의 머리 위를 맴돌며 대화를 엿들었다.

"그런데 오늘 유리 씨는 가게에 안 나왔나요?"

"아니, 나오긴 했는데 갑자기 급한 볼일이 생겼는지 오후 휴가를 내서……."

그 말을 듣고 오딘은 고개를 갸웃했다.

'오후 휴가? 어디를 간 거지? 혹시 은신처에 있는 떨거지들한테 간 건가?'

"그래요? 그럼 오늘은 이제 가게에 안 오는…… 으악!"

오딘은 갈색 더벅머리 놈에게 새똥을 투하하도록 까마귀에게 시킨 뒤 커피하우스에서 눈을 거두었다. 그는 까마귀를 몇 마리 더 풀어 아라크네를 찾도록 했다. 그러고 나서 소파에서 일어나 그도 까마귀로 변했다.

오딘은 힘차게 날갯짓해 아라크네의 집을 빠져나갔다.

'세이렌, 그 껌딱지 같은 놈, 그러고 보니 지난번에는 잘도 나한테 까불었겠다?'

은신처의 떨거지들을 떠올리자 일전에 그곳에서 세이렌과 난투를 벌였던 기억이 났다. 그때 제대로 밟아줬어야 하는 건데, 왜 그냥 봐줬지?

오딘은 짜증과 의문을 동시에 느끼며 수도원을 향해 날아갔다. 그러던 어느 순간, 그동안 까맣게 잊었던 과거의 기억이 오딘의 뇌리에

벼락처럼 내리꽂혔다.

"뭐야! 그거 아라크네 거 아니야? 야, 이 도둑놈아!"

컥!

하늘을 날던 오딘이 순간 휘청거렸다. 그는 몹시 당황했다. 오죽하면 까마귀로 변한 상태에서도 오딘의 눈이 정처 없이 흔들렸다.

'이, 이, 이게 도대체 무슨 기억이지? 내, 내, 내가 아라크네 걸 훔쳤다고?'

하지만 좀 더 깊이 그 일을 떠올리려 하자마자 또 머리가 멍해지기 시작했다.

철썩! 검은 날개가 또 한 번 오딘의 뺨을 세게 치고 지나갔다. 가까스로 정신은 차렸지만 오딘의 날갯짓은 아까보다 힘이 빠져 있었다. 왠지 날갯죽지 아래로 식은땀이 줄줄 흐르는 느낌이 들었다. 갑자기 수도원에 가기가 맹렬히 싫어졌다. 세이렌을 손봐줘야겠다는 생각도 슬슬 사그라지기 시작했다.

푸드덕! 까악! 까악!

때마침 아라크네를 찾으러 보냈던 까마귀들이 돌아온 것은 오딘에게 잘된 일이었다.

"뭐? 박람회장? 아라크네가 거기로 들어갔다고?"

까악!

까마귀가 맞다는 듯이 한 번 크게 울었다. 순간, 지금까지와 비할 수 없는 찝찝함이 오딘의 육감을 찌르고 들어왔다.

'뭐지? 왜 이렇게 더럽게 찝찝한 기분이 드는 거지?'

오딘은 일단 방향을 틀어 아라크네가 있다는 박람회장으로 날아가기 시작했다.

"아, 새똥도 오랜만에 맞아보네."

제노스는 커피하우스에서 멀어지자마자 더러워진 가발을 벗었다. 눌린 머리를 손으로 대충 훑어 내리는 그의 얼굴은 찡그려져 있었다. 한동안은 괜찮았었는데 혹시 이제부터 또 새똥 테러의 시작인가 싶어서 조금 울적해졌다.

'그러고 보니 한동안 커피하우스에 까마귀들이 안 보였는데……. 이상하게 까마귀들이 유독 날 싫어하는 것 같단 말이야.'

제노스는 고개를 갸웃거리면서 손에 든 가발을 근처의 쓰레기통에 버렸다. 이후에 그가 향한 곳은 스완가에 있는 박람회장이었다.

"오셨습니까, 셀던 경."

제노스는 귀족들이 이용하는 동문을 통해 건물 안으로 들어갔다. 옷차림은 수수했지만 미리 이야기해 둔 바가 있어, 입구를 지키던 경비원들은 군말 않고 제노스를 안으로 들여보내 주었다.

"왔군."

칼리안은 박람회장에 먼저 도착해 있었다. 그는 전시회장이 아니라 전쟁터에라도 나온 것처럼 허리춤에 검을 찼다. 그래서인지 칼리안을 힐끔거리며 쳐다보는 사람이 많았다.

무장한 건 칼리안만이 아니었다. 박람회장 내의 전체적인 경비는 삼엄했다. 귀족들이 있는 장소라 엄중함의 정도가 더하긴 했으나, 분명 일반인들이 출입하는 박람회장에도 경비원이 곳곳에 배치되어 있을 터였다.

그래도 역시 이 정도로 눈길을 끄는 건 칼리안 크록포드가 유일했다. 물론 귀족들이 칼리안의 얼굴을 아는 탓도 있었지만, 제노스가 봤을 때 그 이유만은 아니었다. 제노스는 어떤 의미에서는 외모도 재주라고 생각하며 칼리안에게 다가갔다.

"내부 상황은 어때?"

"아직까지 이상은 없다."

박람회장 내부는 참관객을 받기 전에 전부 살펴본 뒤였다. 당연히 혹시 모를 위험에 대비해서였다. 하필 이런 시기에 열리는 규모 큰 행사라니, 불온분자들의 마음을 자극하기에 제격이 아닌가. 그렇다 해서 앞서 두 차례의 폭발 사건을 일으킨 범인들을 잡기 위한 미끼로 일부러 이런 행사를 개최한 건 아니었다. 어디까지나 이건 중앙에 있는 높으신 어르신들의 노망난 결정이었다.

한마디로 말해, '우린 미천한 놈들의 같잖은 분탕질 따위에 움츠러들지 않는다!'는 것을 보여주기 위한 허세용에 의한 개최였다. 그래놓고 정작 본인들은 박람회장에 코빼기도 내비치지 않은 것을 보면, 참 웃기는 짓이었다.

차라리 범인을 색출하기 위해 미끼를 던진 것이라면 이렇게 대책 없단 생각도 들지 않지. 큰 소리는 탁상공론하는 인간들이 다 쳐놓고 그 뒤처리는 밑 사람에게 전부 떠넘겨 버리니, 좋은 소리가 나오려야 나올 수가 없었다.

"시간 됐군. 난 한번 둘러보고 올 테니 넌 여기 있어."

칼리안이 주변을 살피기 위해 자리를 떠나고 난 뒤 제노스는 다른 대원들과 함께 남았다. 하지만 사람들의 힐끔거리는 시선이 거북해 곧 제노스도 자리를 옮겼다.

제노스 셀던이 귀족 사회를 떠난 지 몇 년이 지나긴 했지만 아직 그의 얼굴을 기억하는 사람은 많았다. 그래서 지금도 제노스를 발견하고 수군거리는 사람이 있었다. 제노스는 새똥 맞은 가발을 버리지 말았어야 했다고 뒤늦게 후회하며 만약의 사태에 대비해 대피로를 알아둘 겸 발길을 옮겼다.

요즘 계속 잠을 제대로 자지 못한 탓인지 눈이 뻑뻑했다. 전에는 이 정도 철야에는 피로감을 느끼지 않았던 것 같은데, 나이가 들긴 든 모양이다. 아니면 돈 많은 백수 생활에 지나치게 익숙해진 탓이거나.

이번 일만 어떤 식으로든 마무리되면 그냥 아예 은퇴해 버릴까, 하고 제노스는 진지하게 생각했다.

꼭 일하기 싫은 마음 때문은 아니었다. 제노스가 복귀했다는 사실은 아직도 공식적으로 알려지지 않은 상태였다. 어디까지나 번잡한 것이 싫은 개인의 성향 때문이었지만, 지금에 와서는 다른 의미로 자신의 선택이 옳았다는 생각이 들었다.

'어쩌면 예지력이 약해진 건지도 모르겠어.'

야심 차게 복귀해 놓고 별다르게 도움이 되지 못하는 제노스를 두고 중앙의회에서는 슬슬 눈치를 주었다.

어느 날 갑자기 생긴 힘이니, 어느 날 갑자기 사라져도 이상할 것 없다.

제노스는 오래전부터 그런 생각을 하고 살아왔다. 물론 예지의 힘은 버려진 사생아였던 제노스를 셀던 가문의 후계자로 만들었지만, 애초에 그는 후계자 자리를 원했던 적이 없었다.

그래도 사람들에게 도움이 될 수 있다는 사실에 기뻤던 적이 있었고, 데이몬의 빈정거리던 말처럼 조금은 우쭐했던 순간도 있었을지 모른다.

하지만 미래를 봐봤자 자신이 할 수 있는 일에는 한계가 있다는 사실을 알게 된 이후에는 앞날을 보는 힘 따위, 차라리 없는 게 낫지 않은가 하는 생각을 했다.

그러나 막상 상상했던 상황에 처하자 아쉬운 기분이 들었다. 사람의 마음이란 게 참으로 얄궂구나 싶었다.

제노스를 꼴 보기 싫어했던 데이몬은 그를 출세하게 했던 이 힘이 예전만 못하다는 사실을 알게 되면 아마 쌍수를 들고 환영할 것이다. 하기야, 비단 데이몬뿐만이 아니다. 제노스의 몰락을 반가워할 사람은 많았다. 예지력이 전처럼 신통치 않다는 사실을 알게 되면 아마 중앙의회에서도 그의 은퇴에 크게 반대하지 않을 테니…….

'그러고 보니 그 연금술사 놈은 요즘 어떻게 지내는지 몰라.'

제노스도 요즘 일어난 동부의 일에 살바토르 가문이 엮여 흉흉한 소문이 퍼져 나갔다는 사실을 알고 있었다. 그런 걸 듣고 나니 아무래도 신경이 쓰였다. 그동안 미운 정이라도 든 건가.

'가뜩이나 살바토르는 소문도 안 좋은데 칼리안에게 너무 섣불리 말했나?'

제노스는 지난번 사건 현장에서의 일을 떠올리며 꺼림칙한 기분을 느꼈다.

"내 게 더 예뻐!"

"아니야! 내 거가 더 예뻐!"

그때, 앞쪽에서 들려오는 티격태격하는 소리에 제노스의 상념이 깨졌다. 박람회장의 복도를 어린아이들이 뛰어왔다.

"이 녀석들! 찾았잖아. 말도 없이 없어지면 어떡해?"

곧 아이들의 보호자인 것 같은 남자가 다가와 꾸중했다.

"응? 그런데 너희, 지금 뭘 들고 있는 거냐?"

"문 앞에서 나눠 주던 거요."

"오늘 전시회장에 오는 사람들한테만 주는 선물이래요."

아이들의 손에는 작은 상자와 그 안에서 꺼낸 듯한 물건이 들려 있었다. 입구 앞에서 나눠 주던 전시회의 기념품이었다. 작은 인형 같기도 했고, 장식품 같기도 했다.

"뭐? 그건 서관에나 출입하는 하층민들이 받는 거잖아."

아이들의 보호자가 인상을 찌푸렸다.

"이리 내. 다른 귀족들이 보기 전에 얼른 버려!"

"싫어!"

"으아앙!"

제노스는 쯧 혀를 차며 그들을 지나쳤다. 귀족 우월주의야 어디에나 있게 마련이라지만 이런 광경을 볼 때마다 입안이 떫었다. 하지만 그렇다 해서 다른 가문의 일에 번번이 끼어들 수도 없는 노릇이었다.

'서관에 한번 가볼까.'

문득 일반인들이 있는 서관 쪽도 경비를 제대로 서는지 확인해 보고 싶은 마음이 들었다. 제노스는 서관을 향해 발길을 돌렸다.

박람회장의 내부로 들어간 유리의 눈에 무장한 경비원들이 들어왔다. 그걸 보니 경계는 하는 건가 싶었지만 시간 때우기 식으로 서 있는 듯 설렁설렁한 그들의 태도가 마음에 들지 않았다. 그래도 귀족들도 오는 장소인데 사전 검사를 철저히 하지 않았을 리는 없고…….

어쩌면 그녀가 이곳에 와서 경비원이라도 되는 것처럼 주변을 둘러보는 것 자체가 괜한 노파심일 수도 있다. 하지만 아까도 느꼈듯이, 왠지 오늘은 영 느낌이 좋지 못했다. 계속 답답하게 깔짝거리면서 주변을 살펴보려니 성미에 맞지 않았다. 그렇다고 이렇게 사람이 많은 장소에서 원래 그러던 것처럼 실을 퍼뜨려 주변을 수색할 수는 없는 노릇이니…….

"쯧. 동부 구두쇠 놈들이 돈지랄하면서 홍보하기에 얼마나 대단한 걸 가져다 놨는지 보러 왔더니 전부 다 비루한 모조품이구먼."

그때, 옆쪽에서 누군가가 혀를 차는 소리가 들려왔다. 오늘 열린 전시회에 대한 신랄한 비난은 덤이었다. 왠지 귀에 쏙 들어오는 목소리라, 유리는 그 음성을 따라 고개를 돌렸다.

그러자 시야에 비친 것은 백발을 우아하게 틀어 올린 노부인이었다. 팔짱을 끼고 벽에 걸린 그림을 보는 녹빛 눈동자는 안네마리의 눈 색과 비슷했으나 소슬한 빛을 띠었다. 귀부인은 귀부인인데, 동부 귀족답지 않게 치마가 아닌 바지를 입고 있어 특이한 느낌이 들었다. 장갑 낀 손에는 바스티안이 들던 것과 비슷한 지팡이가 들려 있었다. 역시 여성용이 아닌 남성용처럼 투박한 모양새였다. 전체적으로 호탕한 암사자 같은 느낌이 들었다.

"저, 부인? 높으신 분들을 위해 준비된 관람실은 저쪽입니다."

근처에 있던 전시회의 안내인도 노부인의 말을 들었는지, 다른 사람들의 시선을 의식하며 서둘러 다가왔다. 그러고 나서 약간 어색한 미소를 지으며 말했다.

"이 서관은 일반 관람객들이 이용하는 곳이라 가품을 준비했지만 동관에는 모든 전시물이 진품이니 그쪽에서 관람을……."

"아가, 사기는 동부 머저리들에게나 치려무나."

노부인은 별 같잖은 소리를 다 듣겠다는 듯이 코웃음을 쳤다.

"그쪽도 죄다 모조품이던데, 어디서 진품 소리를 하는 거냐? 내 눈이 장식품으로 보이나? 노안이 오려면 아직 한참 멀었으니 다 늙은 노인네라고 무시하지 마라, 아가야."

안내인의 얼굴이 벌게졌다. 말하는 걸 들어보니 그녀는 동부 귀족이 아닌 모양이다. 뭐, 전시회의 물건들이 진짜든 가짜든, 또 타 지역에서 온 귀족이 동부 혐오 발언을 하면서 트집을 잡든 말든, 유리가 알 바는 아니었다. 유리는 그대로 그들을 지나쳐 갔다.

"타티아나 님?"

하지만 등 뒤에서 문득 들려온 익숙한 목소리에 발목이 붙잡혔다. 사람들 틈에 뒤섞여 슬쩍 뒤돌아보자 이번에 눈에 띈 것은 다름 아닌 제노스였다.

'제노스도 여기에 있었네.'

그는 어쩐지 한껏 당황스러운 표정을 지으며 노부인을 보고 있었다.

"이게 누구야. 크록포드의 똥강아지 아니냐."

노부인도 제노스를 알아본 듯이 한쪽 눈썹을 추켜세웠다. 그사이 감정을 추스른 제노스가 노부인에게 다가와 먼저 인사했다.

"오랜만에 뵙습니다. 그간 별고 없으셨습니까?"

"그래, 마지막으로 보았던 게 셀레나가 살아 있을 때였으니 오랜만은 오랜만이구나."

노부인의 서슴없는 말에 제노스의 표정이 조금 묘해졌다.

"동부에는 어쩐 일로 걸음 하셨는지요? 동관 쪽에 칼리안이 있는데 만나보셨습니까?"

"아니. 어차피 저녁때는 크록포드에 갈 거란다. 바스티안 그 노인네의 부고 소식을 기다리다가 지쳐서 내가 직접 보러 왔지."

제노스와 노부인의 입에서 유리가 아는 이름이 나왔다. 노부인은 바스티안 크록포드와 친분이 있는 듯했다.

"늙은이가 명은 긴 모양인데 얼마나 골골거리고 있을지 이따가 내 눈으로 직접 구경해 줄 셈이야."

그러고 나서 노부인이 덧붙였다.

"요즘 북부 쪽에 귀찮은 일이 일어나서 바스티안, 그 노인네에게 확인해 볼 것도 있고 말이다."

그 말에 뭔가를 느꼈는지, 제노스가 눈을 가느스름하게 떴다.

"북부 쪽에…… 말입니까?"

"그래. 듣자 하니 동부도 어수선하다고 하던데."

"타티아나 님이 이렇게 직접 동부에 방문하신 걸 보면 꽤 큰일인가 봅니다."

"이런 데서 나눌 대화는 아니구나."

유리는 그들의 대화를 더 듣지 않고 걸음을 옮기기 시작했다. 제노스를 발견해 잠깐 발길을 멈추긴 했지만 그와 이야기를 나누는 노부인이 누구이든지 간에 그녀가 신경 쓸 일은 아니었다. 두 사람이 뭔가 심상치 않은 대화를 나누는 것 같아 더 듣고 싶기도 했지만, 지금은 해결해야 할 일이 따로 있었다.

'그런데…… 타티아나라니. 어디서 들어본 것 같은 이름인데?'

유리의 머릿속에 문득 의문이 스쳐 지나갔지만 오래가지 않았다.

"언니, 저거 보러 가자!"

시끄러운 목소리들 틈에서 마침내 익숙한 음성이 포착되었기 때문이다. 유리는 그 목소리가 들려온 곳으로 움직였다. 멀리서 안네마리와 헤스티아의 모습이 보였다. 유리의 손끝에서 육안으로 알아보기 어려운 가느다란 실이 뻗어져 나갔다. 실은 안네마리와 헤스티아에게 가서 붙었다.

유리는 다시 다른 곳으로 걸음을 옮기기 시작했다.

'일단 안네마리와 헤스티아의 위치는 확인했고. 지금까지 발견된 폭발물은 연금술로 제련된 물건이라고 했었지. 따로 감지할 방법은 없는 건가?'

하기야 시중에 흔하게 팔리는 데이몬의 위대한 발명품-다른 건 몰라도 데이몬의 연금술 실용품에 대해서만큼은 유리도 진심으로 그렇게 생각했다-을 생각하면, 이렇다 할 특이한 느낌이 있었던 것 같지는 않다.

푸드덕!

"어? 까마귀다!"

"어머, 웬 새가 안에 들어왔어?"

"경비원이라도 불러야 하나?"

뒤쪽에서 작은 소란이 일자 유리는 소리가 들려온 곳으로 고개를 돌렸다.

까악!

그러자 사람들의 머리 위를 가로질러 날아오는 까마귀의 모습이 눈에 들어왔다.

'오딘?'

유리의 얼굴이 찡그려졌다. 까마귀는 유리를 향해 곧장 날아왔다. 유리는 오딘이 그녀를 찾아왔다는 사실을 알아차리고 자리를 옮겼다. 사람들이 모여 있는 전시실을 빠져나가 인적이 드문 구석진 복도로 이동하자 까마귀는 유리의 뒤를 따라왔다.

"아라크네!"

"오딘, 집에서 쉬고 있을 줄 알았더니 여긴 웬일이야? 그리고 얼굴은 왜 그래?"

오딘의 얼굴은 꼭 무언가에 얻어맞기라도 한 것처럼 퉁퉁 부어 있었다.

"그런 얘긴 나중에 하고, 일단 여기서 나가자!"

의아함에 묻자 오딘은 아직 까마귀 상태인 채로 날개를 파닥이면서 다짜고짜 외쳤다.

"여긴 위험해! 빨리 나가야 돼!"

그 말을 듣고 유리는 눈을 가늘게 좁혔다.

"뭐야, 너 뭔가 아는 거 있어? 여기가 왜 위험하다는 건데?"

뭔가 수상쩍은 느낌이 들어 묻자 오딘은 흠칫하며 어지럽게 눈을 굴렸다. 까마귀에게도 표정이 있다고 하면 이상하겠지만, 지금 오딘은 혼란스러운 얼굴을 했다.

"나도 몰라! 근데 여기로 오는 중에 뭔가가 떠올랐는데……."

이어서 그가 폭탄 발언을 했다.

"내가 얼마 전에 이 안에서 폭발물 같은 걸 들고 있었던 것 같아서……."

유리의 얼굴이 굳어졌다.

"그게 무슨 소리야. 네가 여기에 폭발물을 설치했다는 거야?"

"나도, 나도 잘 모르겠……."

오딘의 기억은 아직 제대로 돌아오지 않은 모양이다. 유리는 그런 오딘을 보며 깊은 의혹을 느꼈다. 도대체 오딘이 왜 이곳에 폭발물을 들고 있었단 말인가? 그럼 설마 이 연쇄 테러에 이단자가 연루되어 있다는 동부의 발표가 맞는 건가? 하지만 어째서? 오딘에게 그럴 이유가 뭐가 있지?

도대체 그가 지금까지 어디서 뭘 하고 돌아다닌 건지 궁금해졌다. 그러나 지금은 그런 것을 따져 물을 때가 아니었다. 유리는 조금 마음이 급해져서 오딘을 채근했다.

“폭발물을 들고 있던 장소가 어디였는데? 지금 가서 확인해 보면 되잖아.”

“그게, 좀 여러 군데라.”

“여기서 가까운 데부터 말해.”

“4번 전시실에 있는 백마 조각상 꼬리 사이⋯⋯ 꾸엑!”

유리는 오딘의 몸을 낚아채 대충 주머니에 구겨 넣은 뒤 자리를 박찼다.

“앗, 손님? 전시품은 함부로 만지시면 안 돼요!”

오딘이 말한 곳을 확인해 보았지만 아무것도 없었다.

“또 어디야?”

“3번 전시실하고 2번 전시실 사이에 있는 복도 천장의 샹들리에⋯⋯.”

천장은 직접 살필 수 없었기 때문에 사람들의 눈을 피해 실을 뽑아서 샹들리에를 훑었다. 하지만 폭발물은커녕 먼지만 나왔다. 그래도 혹시 오딘이 헷갈렸을지도 모른다는 생각이 들어 복도에 있는 샹들리에는 전부 검사했다.

그러나 전부 마찬가지였다.

“5, 5번 전시실 안에 있는 제일 큰 액자에 보석이 박혀 있는데, 제일 오른쪽 밑에 있는 보석이 폭발물이었어. 그리고 나머지 장소는 서관이 아니고 동관 쪽인데."

하지만 오딘이 말한 액자에는 보석이 없었다. 꼭 누가 일부러 떼어 가기라도 한 것처럼 텅 비어 있는 작은 구멍을 보고 유리가 말했다.

"아무것도 없잖아. 진짜 네가 폭발물 설치한 거 맞아?"

"어, 어? 이상하다? 분명히 내가 들고 서 있었는데……."

오딘도 어리둥절한 눈치였다. 문득 유리는 오딘의 말에서 이상함을 느꼈다.

"네가 폭발물을 들고 서 있는 장면이 생각난 거지?"

"어어."

"그럼 네가 그걸 여기에 설치하는 장면이 생각난 게 아니네?"

"그건 그런데……."

"오딘, 너 혹시 그걸 설치하고 있었던 게 아니라……."

콰앙!

바로 그때, 갑자기 큰 굉음이 귀청을 울리며 건물 안에 퍼져 나갔다. 유리의 말도 더 이어지지 못하고 잘려 나갔다. 곳곳에서 사람들의 비명이 들려왔다.

"헉, 거봐! 아직 확인하지 못한 장소에 있던 게 터졌나 봐!"

오딘이 유리의 주머니 속에서 까악까악 시끄럽게 소리쳤다. 순간 유리도 '그런가?' 하고 의심했다. 하지만 곧이어 왠지 오딘의 말은 사실이 아닌 것 같다는 느낌이 들었다. 날카롭게 갈린 변종으로서의 육감이었다. 안네마리와 헤스티아에게 달아놓았던 실의 위치를 확인했다. 그들은 다행히 방금 전 폭발 소리가 들려온 곳과는 먼 곳에 있었다.

"여기서 빨리 나가자, 아라크네!"

"동관에서 아직 확인하지 못한 장소는 몇 군데야?"

유리는 급히 걸음을 옮기며 혹시 모르니 확인해 볼 생각으로 오딘에게 물었다.

"뭐? 또 터질지도 모르는데 확인하려고?"

"몇 군데?"

"네, 네 군데!"

유리와 오딘은 우왕좌왕하는 사람들을 뚫고 전시실을 빠져나갔다. 워낙 정신이 없어 귀족들의 공간인 동관으로 이동하는 건 쉬워 보였다.

쾅!

하지만 또다시 울려 퍼진 폭발음에 유리는 걸음을 멈추었다.

"어, 어라? 서관은 분명 다 확인했을 텐데?"

폭발 장소가 모호했던 조금 전과 달리, 방금의 폭발음은 분명 서관에서 들려왔다.

"오딘, 동관 쪽에 까마귀 보내서 확인해."

"앗, 그래!"

그제야 오딘은 까마귀를 풀었으면 폭발물의 유무를 확인하기 쉬웠을 것이란 사실을 깨달았다. 물론 그렇게 하면 사람들의 눈에 띄었을 테지만 말이다.

하지만 지금은 박람회장 안이 워낙에 난리통이었기 때문에 아까처럼 사람들의 머리 위를 쏜살같이 날아가도 까마귀에 눈길을 보내는 사람은 아무도 없었다. 유리는 동관으로 가는 대신 아까 안네마리와 헤스티아, 그리고 제노스를 보았던 곳으로 향했다.

"아라크네, 동관에도 네 군데 다 아무것도 없었대!"

그러는 동안 오딘이 보냈던 까마귀가 돌아왔다. 그 말을 듣고 유리는 역시나 그럴 줄 알았다고 생각했다.

"역시 너, 네가 폭발물을 설치한 게 아니라 찾아서 제거한 거 아니야?"

"아니, 내가 왜 그런 짓을……?! 만약 그렇다 쳐도 그럼 지금 폭발한 건 뭔데?!"

"그거야 모르지."

오딘은 유리의 말을 믿을 수 없다는 듯한 눈치였다. 하지만 오딘이 폭발물을 설치했든 제거했든 간에 의문인 건 똑같았다. 유리는 손끝에서 전해져 오는 실의 파동을 느끼며 고민했다.

'안네마리와 헤스티아를 데려와야 하나?'

언제 어디서 폭발물이 터질지 모르니 가까이 데려와 옆에 두는 쪽이 두 사람을 지키기 그나마 쉬운 방법인 것 같았다. 유리는 슬쩍 상황을 살폈다. 사람들이 한꺼번에 입구에 몰려 있어 아무래도 건물 밖으로 금방 빠져나가기 어려워 보였다.

안네마리와 헤스티아가 있는 곳도 입구의 어딘가였다. 차라리 사람들이 별로 없는 장소라면 실을 당겨 두 사람을 끌어올 테지만…… 저렇게 사람들이 바글거리며 밀집된 장소에서는 무리였다.

'그런데 오딘이 말한 장소들도 아니면, 도대체 폭발물이 어디에 있는 거지?'

처음 이곳에 왔을 때처럼 수상한 장소가 어디인지를 모르니 쉽사리 움직일 수도 없었다. 유리는 안네마리와 헤스티아가 있는 장소로 가기 전에 일단 사람들이 전부 빠져나가 텅 빈 전시실에 들어갔다. 그러고 나서 주변에 실을 퍼뜨렸다. 지난번 경매장에서 그랬던 것처럼 걸리는 게 없는지 주변을 수색하기 위해서였다. 유리가 집중하고 있다는 사실을 눈치챈 오딘은 조용히 입을 다물었다.

곧 오딘의 새들도 사방으로 날아갔다. 벽을 뚫고 나간 유리의 실은 옆쪽의 전시실과 복도, 그리고 건물의 외벽까지 훑고 지나갔다. 그러던 어느 순간, 무언가가 유리의 감을 건드렸다. 조금 전에 폭발이 발생했던 두 장소 중 거리상 더 가까운 곳을 훑었을 때 거미줄에 걸리는 것이 있었다. 부서져 잔해로 남은 아주 작디작은 파편들. 재질을 보니 꽤 단단한 물건이었던 것 같다.

물론 폭발이 일어났던 곳에는 지금 유리가 발견한 부스러기만 있는 게 아니었다. 바닥에는 박람회장 안의 전시품과 건물의 벽면, 또 사람의 살과 피 같은 것들이 온통 낭자하게 흩뿌려져 지저분했다.

하지만 유리가 다른 것보다 그 파편에 주의를 기울인 것은 깨진 조각의 분포된 모양이 혼자만 달랐기 때문이다. 폭발에 휘말려 분해된 다른 물건들의 파편은 모두 한쪽으로 퍼져 있었다. 그러나 반짝이는 부스러기들은 꼭 폭발의 중심에 있었던 것처럼 사방으로 균일한 모양을 그리며 흩어져 있었다. 실을 좀 더 멀리 보내 다른 폭발 장소를 확인해 보니, 그곳 역시 똑같았다.

슈아악! 사방으로 뻗어져 나갔던 실들이 다시 유리에게 돌아왔다. 일부러 바닥에 흩어져 있던 잔해물을 꿰어 딸려오게 했기 때문에, 그녀가 보기에 실은 꼭 유리 조각을 먹인 와이어처럼 반짝였다.

"이거……! 얼마 전에 내가 들고 있었던 폭발물하고 재질이 비슷한 것 같은데?"

오딘이 실에 걸린 작은 조각들을 보고 반응했다. 꼭 보석이나 광물의 조각으로 보였다. 일전에 상점가의 사건 때 발견되었던 폭발물이 연금술로 제련된 원석이었다는 사실을 유리도 알았다. 거기다 지금 오딘이 한 말을 생각해 볼 때, 역시 이 조각이 조금 전의 폭발을 야기한 물건인 게 확실했다.

그런데 이것이 건물 내부에 설치되었다고 하기에는 어쩐지 폭발 지점으로 유추되는 장소가 좀 이상했다. 아까 오딘과 직접 확인했던 곳들은 사람들의 손과 발이 닿지 않는 전시실의 구석과 복도의 천장 쪽이었는데, 지금 실제로 폭발이 일어난 지점은 사람들이 자유롭게 돌아다닐 수 있는 전시회장의 한가운데였다.

콰앙!

그때 또 폭발음이 들려왔다. 이번에 소란이 인 곳은 조금 전에 유리가 실을 풀어 수상한 것이 없나 훑어보았던 장소 중 하나였다.

'분명 이것과 같은 재질의 물건은 발견되지 않았었는데? 혹시 뭔가에 가려 숨겨놨나?'

유리는 약간 짜증스럽게 다시 실을 풀어 이번에는 여기저기 흩어진 물건들의 속까지 훑었다. 그러자 확실히 걸리는 것이 있었다.

유리의 실에 꿰여 끌려온 것은 웬 작은 인형이었다. 날카로운 실이 인형을 해체하자 그 안에 들어 있는 작은 광물이 눈에 들어왔다. 순간 오딘이 날개를 파드득 떨면서 황급히 소리쳤다.

"아라크네, 그거 빨리 버려!"

유리도 이상한 느낌이 들어서 손에 들고 있던 광물을 바로 창문 밖으로 던졌다.

콰앙!

그러자 광물을 던진 창밖에서 번쩍이는 빛과 함께 굉음이 울렸다. 역시 인형 안에 들어 있던 저 원석이 바로 폭발물이었다.

와장창! 강력한 파장에 유리창이 전부 깨지면서 날카로운 조각들이 건물 안으로 쏟아져 들어왔다. 유리는 얼른 거미줄을 촘촘하게 펼쳐 파편을 막아냈다.

"젠장, 역시 위험하잖아! 그냥 우리끼리 먼저 밖으로 나가자, 아라크네!"

"너 먼저 가라니까."

"내가 널 두고 어떻게 먼저 가!"

오딘이 갑갑한 마음을 담아 까악까악 요란하게 소리쳤다. 하지만 유리는 그런 오딘을 무시하고 전시실 밖으로 나갔다.

"아직 남아 있는 사람이 있으면 즉시 대피시켜! 샅샅이 수색해서 폭발물로 추정되는 물건이나 수상한 사람이 발견되면 신호를 보내고!"

경비대인 것 같은 사람들이 아까부터 분주히 움직이는 것 같더니, 그녀가 있던 전시실의 근방으로 다가오는 게 느껴졌다. 아까는 그냥 하는 일 없이 빈둥거리면서 자리만 지키는 것 같더니, 그래도 밥값은 하려나 보다.

"어? 이게 뭐지?"

"거미줄?"

워낙에 여유가 없는 상황인지라 유리는 경비대가 오든 말든, 그들이 있는 방향에도 실들을 움직여 아까의 인형처럼 폭발물을 숨긴 물건이 없는지 확인했다. 실을 발견한 경비원 몇 명이 의혹을 표하며 주춤거렸다.

유리는 멀리서 그 소리를 듣고 쯧 작게 혀를 찼다. 역시 육안으로는 보기 어려울 정도로 가느다란 실이라고 해도 이렇게 수십, 수백 가닥의 실이 한꺼번에 있으면 완전히 사람들의 눈을 속이기 어려웠다. 그 와중에도 유리는 바닥에 떨어져 있는 인형을 몇 개 더 발견해 실에 꿰어 끌어왔다.

"오딘, 이거 그냥 부수면 폭발해?"

"내가 어떻게 알아! 그냥 두고 나가자니까!"

"이 안에 있던 다른 건 네가 다 찾아서 없앴잖아."

"아니, 나도 내가 찾아서 제거한 건지 뭔지 잘 모른다고 아까 말했잖…… 앗! 잠깐, 잠깐만! 위험하니까 이리로 가져오지 마! 에잇……!"

유리가 경비원들을 피해 움직이면서 폭발물로 추정되는 것들을 실로 끌어오자 오딘이 기함했다. 혹시 부수면 폭발 기능이 사라지는지 시험해 볼 생각이었는데, 유리의 속셈을 알아차린 오딘이 두 배로 질겁해 그녀를 말렸다. 결국 오딘은 어쩔 수 없이 팔자에도 없던 폭발물 제거반의 일에 동참하고 말았다.

까악, 까악!

오딘이 재빨리 까마귀를 불러 유리가 찾아낸 폭발물을 가지고 최대한 멀리 날아가게 했다. 다행히 건물 안에서 터진 것은 없었다. 대신에 까마귀들이 날아가던 하늘 곳곳에서 커다란 폭발음과 번쩍이는 빛이 퍼져 나갔다.

폭발이 일어나는 시간이 제각각 다른 걸 보니 애초에 설정이 그렇게 되어 있었던 건지, 아니면 폭발을 일으키는 조건이 따로 있는 건지는 알 수가 없었다.

"아, 망했네."

그러다 잠시 후 유리가 혼잣말을 중얼거렸다.

"뭐, 왜, 뭐가?"

왠지 모를 불길한 말에 오딘이 흠칫해 반문했다. 그는 유리에게 자리를 떠날 마음이 조금도 없다는 사실을 알고 체념했다.

"이거, 입구에 있는 사람들이 엄청 많이 가지고 있어."

도대체 이 인형이 뭔가 싶어 곰곰이 생각해 본 결과, 아까 박람회장의 앞에서 나누어 주던 기념품이란 사실을 깨달았다. 유리도 그것을 받았었다. 물론 가지고 다니기 성가셔서 열어보지도 않고 대충 어딘가에 버리긴 했지만…….

아까 주위를 둘러보며 복도를 걸을 때 다른 사람이 상자의 뚜껑을 열어보는 걸 스치듯이 목격했던 기억이 났다. 유리는 다시 한번 혀를 찼다. 어떤 방법을 써도 사람들의 주의를 끌지 않고 처리할 수 없었다.

'하지만 언제 터질지 모르는 폭탄인데 당연히 이대로 둘 수는 없지.'

게다가 지금은 다른 방법을 강구할 시간도 없다. 결국 유리는 강경책을 쓰기로 했다.

슈욱!

"잠깐만, 아라크네!"

오딘도 그녀의 생각을 알고 황급히 말리려 했으나 이미 늦었다.

"너도 도와줘, 오딘."

유리는 더 이상 사람들의 눈을 피할 생각도 하지 않고 그냥 인구가 밀집된 입구 쪽으로 대량의 실들을 풀어 보냈다. 새하얀 실타래가 복도 전체에 물결처럼 넘실거렸다.

"으악, 이게 뭐야……!"

"엄마야!"

곧바로 소란이 일어났다. 하지만 유리는 크게 신경 쓰지 않았다. 어차피 이 실들의 주인이 그녀라는 사실만 모르면 된다. 이 거리라면 그녀의 모습이 사람들의 눈에 띄지도 않을 것이다. 물론 유리가 풀어 보낸 실타래를 목격한 사람은 많았으니 폭발 사건에 변종이 연루되어 있다는 소문은 더 크게 불어나겠지만…….

그래도 별수 없었다. 이렇게 된 이상 속전속결이다. 유리는 아낌없이 실을 풀어 사람들이 소지한 폭발물들을 수거하기 시작했다. 사람들의 주머니에 든 것들도, 아이들이 울면서 손에 쥔 것들도, 모조리 실로 휘감아 끄집어냈다. 오딘도 이렇게 된 마당에 모른 척할 수도 없는 노릇이라, 울며 겨자 먹는 심정으로 까마귀들을 날려 보냈다.

푸드덕! 까악, 까악!

"꺄악!"

웬 정체 모를 거미줄들이 몸을 휘감은 데 이어 까마귀 떼까지 달려들자, 사람들이 질겁해 소리 질렀다.

"……!"

그러던 중에 유리는 그녀가 있는 곳으로 빠르게 접근하는 인기척을 느꼈다. 기척을 숨기는 데 상당히 능숙한 자인지, 유리가 다가오는 사람의 존재를 깨달았을 때는 이미 거리가 상당히 가까워져 있었다.

"아라크네!"

오딘도 같은 것을 느낀 듯했다. 그가 소리 죽여 유리를 부르는 것과 동시에 그녀는 재빨리 자리를 박찼다. 그 와중에도 사람들에게 뽑아 보낸 실을 움직이는 것도 잊지 않았다. 하지만 유리에게 접근한 사람은 그녀의 생각보다 훨씬 빨랐다. 이미 가깝던 거리가 순식간에 더 좁혀지자 위기감이 엄습했다.

"뭐야, 저 새끼 누군데 저렇게 빨라!"

오딘이 주머니 안에서 꽥꽥거렸다. 유리도 미간을 찌푸렸다. 이런 괴물 같은 속도라니, 왠지 그녀가 아는 사람일 것 같은 불길한 예감이 들었다.

"아라크네, 내가 까마귀로 쫓아낼까?"

"아니, 그냥 계속 폭발물이나 옮겨."

더 이상 피하는 건 무리다. 유리는 막다른 복도에 다다라 옆에 있는 방으로 들어갔다. 창으로 빠져나갈까 했으나 바깥에는 사람이 쫙 깔려 있었다. 그들은 몇 차례의 폭발이 일어난 건물 쪽을 쳐다보면서 발을 동동 굴렀다.

지금 창밖으로 뛰어내리든, 아니면 벽을 타고 지붕으로 올라가든, 저들 중 누구의 눈에도 띄지 않는 건 불가능했다. 결국 유리는 일단 모습을 감출 생각으로 커튼을 뜯어 머리에 뒤집어썼다.

콰앙! 그러던 중에 오딘의 까마귀가 물어서 옮기던 폭발물이 또 허공에서 터지는 소리가 들렸다.

쾅!

이번에는 바로 코앞에서 굉음이 울렸다. 이건 폭발음이 아니었다. 유리를 쫓던 사람이 벽을 부수고 안으로 들어오면서 낸 소리였다. 다행히 유리가 막 커튼을 휘감아 얼굴을 가린 직후였다.

유리의 눈앞에 나타난 것은 역시 칼리안 크록포드였다. 약간 헝클어진 칼리안의 검은 머리카락이 창문에서 불어온 바람에 잘게 흩날렸다. 얼음 조각 같은 날카로운 은회색 눈동자가 창가에 선 유리에게 단번에 날아와 틀어박혔다.

"역시 이단자군."

유리와 오딘이 능력을 사용하는 중이라 느껴지는 기운이 있는지, 칼리안은 곧바로 커튼을 뒤집어쓴 유리의 정체를 유추해 냈다. 설령 그렇다 해도 미약한 유적의 기운을 읽어내다니 라키어스 못지않은 놀라운 야생의 감이라 하지 않을 수 없었다.

"건물 안에 폭발물을 설치한 게 너인가?"

물론 이건 완전히 헛발질이었지만……. 건물에 폭발물을 설치했느냐고? 오히려 그 반대였다.

"저 새끼, 저거 삽질하네. 감히 지금 누구를 범인으로 몰아?"

오딘이 이마에 핏대를 세우며 이를 갈았다. 유리는 그런 오딘을 이해했다. 그로서는 몹시도 오래간만에 무보수로 선행이라 할 만한 일을 했는데 오히려 범인 취급을 받으니 억울하기도 하고, 또 성질이 날만도 했다.

바로 다음 순간 난데없는 공격이 날아들어 유리는 반사적으로 쳐냈다.

콰챙! 거미줄의 강도를 높여 허리춤을 파고드는 무기를 막아내자 금속성의 물질이 부딪쳐 발생한 빛이 한차례 눈부시게 번쩍였다. 칼리안의 등장에 불길함을 느끼고 진작 머리에 뒤집어쓴 커튼 자락을 목에 묶어 고정하지 않았더라면 정체를 들켰을 것이다.

'일단 수상하니 공격하고 보자는 건가. 왠지 데자뷔가…….'

일전에 노예상에서 마주쳤을 때 칼부림을 당했던 기억이 절로 떠올랐다. 물론 칼리안은 그때의 일을 기억하지 못하겠지만 뭔지 모를 기시감을 느끼긴 했는지, 순간 눈빛이 묘해졌다.

유리는 칼리안에게 칼날보다 날카로운 실을 쏘아 보냈다. 그리고 칼리안이 실을 막아내는 동안 자리를 이동하기 위해 움직였다.

"어딜……!"

물론 칼리안은 유리에게 끈질기게 따라붙었다. 지난번에 노예상에서 유리를 공격했던 무기도 범상치 않더니만, 지금 그가 들고 있는 것도 마찬가지였다.

'그때 그건 라키어스가 망가뜨렸는데 새로 맞춘 검인가?'

칼리안의 무기는 유적의 힘이 담긴 유리의 실에 베이고 부딪쳐도 흠집 하나 나지 않았다. 두 차례 칼리안과 공방을 벌인 경험으로 미루어 짐작하건대, 역시 저 무기는 연금술로 특별한 기능을 불어넣은 물건인 것 같았다.

어쨌든, 유리로서는 굉장히 성가셨다. 실을 뽑아내 칼리안의 무기를 무력화하려 해봤지만 불가능했다. 칼리안은 현란하게 손을 움직여 유리의 실들을 전부 쳐내거나 잘라내 버렸다. 역시 자리를 피하는 게 최선이었다. 유리는 천장으로 실을 뽑아냈다.

날카로운 날붙이가 간발의 차이로 몸을 들어 올린 유리의 등 쪽을 스쳐 지나갔다. 스산한 광채를 내는 검이 밑으로 늘어뜨려진 커튼 자락을 싹둑 잘라냈다. 그리고 칼리안의 공격 때문에 잠깐 실의 조종이 느슨해진 어느 순간.

콰앙!

사람들이 모여 있던 장소에서 폭발이 일어났다. 유리의 눈매가 움찔 찌푸려졌다. 칼리안의 눈길도 소리가 난 방향으로 쏘아져 나갔다. 그 직후 한결 더 형형한 눈빛이 유리를 꿰뚫었다.

"도대체 목적이 뭐냐? 얼마나 많은 사상자를 더 내야 만족할 셈이지?"

칼리안은 한결 더 예리한 손속으로 유리를 공격하며 소리쳤다.

"지금 당장 폭발을 멈추지 않는다면……."

"병신아! 그 반대거든? 지금 폭발물을 없애려고 똥 싸고 있는 게 누군데!"

오딘이 참다못해 꽥 소리 질렀다. 그에 칼리안이 얼굴을 무섭게 굳혔다.

"그건 또 무슨 헛소리인가? 이제 와서 범인이 아니라는 말이라도 하려는 거냐?"

유리의 옷 주머니 안에 들어간 오딘은 커튼 자락에 숨겨져 칼리안의 눈에 보이지 않았다. 그래서 그는 지금 오딘이 한 말을 유리가 한 것으로 착각한 듯했다.

서걱! 그 와중에도 칼리안은 유리를 공격하고, 유리는 피하는 일이 계속되었다.

"헛소리가 아니라, 우린 범인이 아니라고……!"

"우리? 역시 공범이 또 있는……."

"아오, 이 답답한 새끼!"

유리는 오딘이 칼리안을 상대하게 내버려 두었다.

"그 실, 그걸로 지금 폭발이 일어나도록 조종하는 건가?"

칼리안이 유리의 주변에서 하늘거리는 실타래를 보고 실을 끊어내려 했다.

하지만 오딘이 검은 깃털들을 비수처럼 날려 보내 막아냈다.

콰콰쾅!

칼리안의 집중력이 조금 흐트러진 사이 유리도 그에게 반격해 복도로 빠져나가는 데 성공했다.

"뭐 저렇게 말이 안 통하는 놈이 다 있어?"

오딘이 신경질적으로 뇌까렸다. 유리는 먼지가 자욱하게 일어난 전시실을 나섰다. 그리고 밖으로 나가자마자 얼굴만 간신히 가린 너덜거리는 커튼 조각을 집어 던졌다. 동시에 문 앞에 장식되어 있던 갑옷의 머리 부분을 실로 떼어와 뒤집어썼다.

그런 뒤 유리는 다시 한번 실의 움직임을 확인했다. 일단 안네마리와 헤스티아에게 붙여놨던 실에서 전해지는 파동을 보니, 다행히 두 사람은 무사한 것 같았다.

"아라크네! 근데 지금 어디 가는 거야?"

"일단은……."

샤사삭!

하지만 곧바로 뒤따라온 칼리안이 공격해 와서 유리는 말을 이을 수 없었다.

"저 바퀴벌레 같은 게! 진짜 끈질기네!"

오딘이 질렸다는 듯이 소리쳤다. 그는 당장에라도 까마귀 떼를 불러와 칼리안을 공격하고 싶었지만 일단 폭발물이나 제거하라는 유리의 말 때문에 참았다. 이쯤 되자 유리도 조금 짜증이 났다.

"칼리안 크록포드."

그녀는 칼리안의 공격을 피하며 입을 열었다.

"지금 그 폭발은 너 때문에 일어난 거야."

"뭐?"

조금 전에 들었던 것과 다른 목소리에 칼리안이 멈칫했다. 머리에 쓴 투구 때문에 소리가 울려서 원래 유리의 목소리와는 달랐다.

"우리가 폭발물을 제거하고 있었는데 네가 방해해서 터진 거라고."

유리는 모로 베고 지나가는 칼리안의 검을 밟고 그의 어깨 너머로 뛰었다.

"크록포드 경!"

그때 복도의 양쪽에서 경비대가 몰려왔다. 유리와 오딘은 그들에게 둘러싸이고 말았다.

콰앙!

"꺄악!"

"헤스티아!"

안네마리는 헤스티아를 안고 서둘러 바닥에 엎드렸다. 눈앞에 뿌연 먼지가 일어 한 치 앞도 분간할 수가 없었다. 매캐한 냄새와 피비린내가 뒤섞여 후각을 마비시켰다. 조금 전까지만 해도 사람들이 비명을 지르며 아우성치는 소리로 시끄럽던 주변이 지금은 쥐 죽은 듯이 조용했다. 아니, 아니다. 주변이 조용해진 것이 아니라 안네마리의 귀가 제 기능을 하지 못하는 것이었다. 고막을 파고든 폭발음에 귀가 멍했다.

"으아악!"

"여, 여기 누가 좀 도와주세요!"

그러다가 어느 순간, 요란한 소음이 일시에 폭발하듯이 몰려들었다.

"어, 언니……."

밑에서 헤스티아가 울먹이는 소리가 들려왔다. 그제야 안네마리는 퍼뜩 정신을 차렸다.

"헤스티아, 괜찮아?"

그녀가 황급히 묻자 헤스티아가 히끅거리며 고개를 끄덕였다. 서둘러 헤스티아의 상태를 살폈지만 다행히 그녀는 다친 곳이 없는 것 같았다. 그제야 안네마리는 안심했다.

"역시 동부 놈들이라 그런지 일처리가 주먹구구식이구먼."

그때 머리 위에서 서늘한 음성이 흘러들었다. 안네마리는 무심코 그 소리를 따라 고개를 들었다. 그러자 귀족으로 보이는 노부인이 이런 정신없는 상황에서도 대나무처럼 홀로 꼿꼿이 서 있는 모습이 보였다. 안네마리의 시선을 느낀 그녀가 밑으로 눈길을 떨어뜨렸다.

"다친 곳은 없니, 아가?"

쌀쌀맞은 것 같기도 하고 다정한 것 같기도 한 묘한 음색이었다. 그래도 내용만큼은 상냥했다. 노부인의 손에는 지팡이가 들려 있었는데, 거기에서 나온 투명한 막 같은 것이 주변을 감쌌다.

막 둘레에 부서진 파편이나 핏자국 같은 게 떨어져 있는 것을 보니, 아무래도 일전에 바스티안이 가지고 있던 것처럼 보호 기능이 있는 연금술 물품인 모양이다. 안네마리와 헤스티아도 그 사정거리 안에 들어가 있는 상태였다.

"가, 감사합니다."

"감사할 것 없다. 그냥 너희 운이 좋았던 거지."

노부인이 안네마리의 말에 대수롭지 않다는 듯이 대꾸했다. 안네마리와 헤스티아를 도와주려 한 건 아니고, 그냥 우연히 그녀의 보호막이 작동하는 사정거리 안에 두 사람이 들어가게 된 듯했다. 그래도 어쨌거나 안네마리와 헤스티아가 노부인의 도움을 받은 건 사실이었다.

"흐흑……."

"아, 아파……. 살려주세요……."

안네마리는 문득 옆에서 들리는 소음에 고개를 돌렸다. 그러자 처참한 광경이 두 눈에 들어왔다. 조금 전까지는 경황이 없어 미처 주위를 살피지 못했는데, 부상을 입은 사람이 많았다. 안네마리는 반사적으로 헤스티아를 끌어안아 시야를 가렸다. 그나마 아직 허공에서 물살처럼 너울거리는 하얀 실타래가 어느 정도 앞을 가려주었다.

까악, 까악!

폭발과 함께 검은 연기가 되어 사라졌던 까마귀도 다시 나타났다.

"오래 살다 보니 별 희한한 꼴을 다 보겠군."

지팡이를 거두어들인 노부인이 입매를 당기며 혼잣말을 중얼거렸다. 앞으로 내밀어진 손이 하느작거리는 실타래에 닿았다. 명주실보다 가느다란 실이 주름진 손가락 끝을 간질이며 흐물거렸다. 잡아당겨 보았지만 실은 끊어지지 않고 신축성 있게 늘어났다. 타티아나의 눈이 가늘어졌다.

까악, 까악!

그 와중에도 까마귀는 사람들 사이를 누비며 정신없이 움직였다. 잘 보니 까마귀의 부리에는 조그마한 무언가가 물려 있었다.

콰앙! 쾅!

조금 떨어진 곳에서 또다시 폭발음이 들렸다.

"앗!"

마지막 까마귀가 날아오른 바로 다음 순간, 복도를 채우던 하얀 실타래가 꼭 안개가 걷히는 것처럼 소리 없이 스르륵 물러나기 시작했다. 사람들은 정체 모를 물체가 움직이자 겁을 집어먹고 몸을 움츠렸다.

하지만 안네마리는 이유는 모르지만 왠지 모르게 지금 이 장소에 나타난 이 이상한 실이나 까마귀가 위험하다는 생각이 들지 않았다. 무엇보다도…… 안네마리는 지금 눈앞에서 사라져 가는 이 이상한 실들이 어쩐지 낯익다고 생각했다. 예전에 축제날 마주친 적이 있던 유리와 비슷한 느낌의 남자가 문득 떠올랐다. 분명 그때 그 남자가 이런 실을 다루는 걸 본 것 같은데…….

"빨리 부상자를 옮겨!"

그때 앞쪽에서 사람들의 흐느낌이나 비명과는 다른 다급한 목소리가 들려왔다. 제노스 셀던이었다.

제노스는 아까 전시실에서 타티아나와의 짧은 만남을 마친 뒤 다시 칼리안이 있는 동관으로 이동했다. 그러다 폭발음을 듣고 놀라 곧바로 다시 소란이 일어난 서관에 돌아왔다. 그런 뒤 지금까지 부상자를 챙기고 사람들을 대피시키던 중이었다. 지금도 제노스는 다른 경비원들이 새로 생긴 부상자를 옮기는 일을 돕고, 서둘러 다른 대피로를 확보해 사람들을 피신하게 했다.

"타티아나 님?! 아직 여기 계셨습니까?"

그러다 그는 아까 전시실에서 인사를 나누었던 타티아나를 발견하고 다급히 달려왔다.

"다친 곳은 없으신지요?"

"난 멀쩡하니 하던 일이나 계속하려무나."

이런 어지러운 상황 속에서도 타티아나의 목소리는 평온했다. 그 말처럼 타티아나는 털끝 하나 다친 곳이 없어 보였다. 그녀의 주위 흔적을 보고 제노스는 타티아나에게 보호 기능이 있는 연금술 물품이 있다는 사실을 알아차렸다.

연금술이 되살아난 것은 동부뿐이었으나 타티아나는 북부의 대귀족인 데다 크록포드와 연이 있었다. 그러니 그녀가 연금술 물품을 소지한 것이 이상한 일은 아니었다.

"천장이 무너져 출구가 막혔습니다. 제가 직접 모시고 싶지만 죄송하게도 지금은 상황이 여의치 않으니, 대신 다른 경비원을 붙여 드리겠습니다. 다른 출입구로 대피하십시오!"

급박하게 말을 끝마친 제노스가 서둘러 어딘가로 뛰어가기 시작했다. 지금 막 실들이 사라진 곳을 향해서였다.

'조금 전에 그건 도대체 뭐였지?'

그는 감쪽같이 사라진 반투명한 실들과 까마귀 떼를 생각하며 달렸다. 사람들은 경황이 없어 대부분 알아차리지 못한 것 같았지만, 분명 그것들은 사람들이 소지 중이던 어떤 물건을 가져가 밖으로 옮졌다. 혹시 폭발 사건의 범인인 이단자가 나타난 건가?

하지만 제노스가 보았던 것은 불길한 게 아니었다. 오히려 그건…….

쿠웅!

하지만 제노스의 상념은 앞쪽에서 들려온 굉음에 떠밀려 버렸다.

"놓치지 마!"

"쫓아!"

그는 요란한 소음이 들려오는 곳을 향해 서둘러 움직였다.

'다 없앴나.'

칼리안보다 늦게 도착한 경비대에게 포위당한 순간, 유리는 폭발물 제거가 끝났다는 사실을 깨달았다. 오딘도 마찬가지인지, 한순간 눈이 마주쳤다.

"이단자다! 당장 체포해!"

뒤늦게 나타난 경비원들도 유리의 모습을 보고 수상함을 느낀 모양이다. 그게 아니면 칼리안이 쫓던 사람이니 당연히 범인일 것이라고 생각했거나. 어쨌든 칼리안이 조금 전 유리가 한 말을 듣고 잠깐 멈칫한 사이, 그들은 대번에 그녀를 잡기 위해 달려들었다.

"잠깐……! 죽이지 말고 생포해라!"

그런 경비대를 향해 칼리안이 외쳤다. 유리가 지금 여기서 자신이 한 일은 폭발물 설치가 아니라 제거라고 입이 아프도록 말해봐야 통하지도 않을 것 같았다. 또 굳이 이런 상황에서 결백을 증명할 열의가 없기도 했다. 그래서 유리는 말없이 손가락 끝에서 실을 뽑아냈다.

무기를 든 사람들에게 사방이 가로막혀 빠져나갈 틈은 없어 보였다.

'그럼 만들면 되지.'

까악, 까악! 콰콰쾅!

오딘이 눈치 빠르게 까마귀들을 불러 사람들의 시야를 가리는 것과 동시에 유리는 거미줄을 살포했다. 벽면이 부서지면서 뿌연 가루가 흩날렸다. 먼지에 까마귀 떼와 거미줄까지 합해지자 주변은 더 어수선해졌다.

"막아! 빠져나갈 틈을 만들지 마!"

하지만 잠시 후, 뿌연 먼지가 가라앉아 시야가 밝아진 자리에는 아무도 없었다. 그들이 잡으려 한 수상한 투구를 쓴 사람은 그 자리에서 흔적도 없이 사라져 버렸다. 대신 그가 있던 곳의 천장에는 한 사람이 빠져나갈 만큼의 구멍이 뚫려 있었다. 칼리안이 부하들에게 명령했다.

"쫓아가! 미리 지시한 대로 적당히 쫓는 시늉만 하다가 거리를 벌리도록. 그 후에는 내가 추격하겠다."

"네, 크록포드 경!"

경비대 몇 명이 칼리안의 명령대로 서둘러 위층으로 향했다. 칼리안의 지시대로 사라진 이단자를 적극적으로 뒤쫓는 모양새는 아니었다.

"칼리안!"

그때 복도의 끝에서 제노스가 나타났다. 그는 칼리안이 있는 쪽으로 서둘러 달려오면서 엉망이 된 주변을 훑었다. 그 후 제노스가 칼리안에게 얼른 물었다.

"도대체 어떻게 된 거야?"

"수상한 행적을 보인 이단자를 발견해서 일단 추적기를 붙였다."

칼리안은 일부러 이단자를 놓아줬다. 연금술로 만든 추적기는 혹시 몰라 가져와 본 것인데 쓰임이 있어 다행이었다.

"그보다 여긴 위험하니 너도 빨리 밖으로 나가."

칼리안은 다른 경비대에게도 남은 폭발물의 수색과 부상자의 이송을 도울 것을 명령하고 급히 발길을 돌렸다.

'폭발이 멈췄군.'

조금 전까지만 해도 귀가 따갑게 울려 퍼지던 폭발음이 어느새 뚝 그쳤다. 그 시점이 이단자가 사라진 직후라는 사실을 깨달은 칼리안의 눈썹이 움찔 흔들렸다.

추적기는 한 쌍으로 된 작은 물품으로, 부착식이었다. 나머지 하나는 당연히 칼리안이 가지고 있었는데, 신호를 살피니 아까 거미줄을 사용하던 이단자에게 붙인 추적기는 지금 막 박람회장의 옆 건물로 이동하고 있었다.

"발견한 이단자라는 게 이상한 실하고 까마귀 부리던 사람 맞지? 그 사람이 범인 맞아?"

"그건 잡아서 확인해 보면 될 일이야."

제노스는 칼리안의 뒤를 따라붙었다. 왠지 그 사람은 범인이 아닐 것 같아 말을 꺼냈으나 칼리안은 단호했다. 제노스도 칼리안의 말이 틀리지 않다는 생각에 일단은 입을 다물었다. 문득 제노스는 칼리안의 옷자락에 붙은 가느다란 실을 발견했다. 그의 손이 무심코 앞으로 뻗어졌다.

"……!"

제노스의 손가락 끝에 실이 닿은 바로 그 순간이었다. 눈앞에 검은 머리카락의 여자가 나오는 어떤 장면이 스쳐 지나갔다. 제노스가 경악해 눈을 부릅떴다.

"왜 그러지?"

뒤따라오던 걸음이 늦추어진 것을 깨달은 칼리안이 제노스를 돌아보며 물었다.

"아니……. 아무것도 아니야. 빨리 가자."

제노스는 다시 칼리안의 뒤를 따라가며 얼버무렸다. 이상함을 느꼈지만 상황이 워낙에 여유롭지 않았던 탓에 칼리안은 그냥 넘겨 버렸다. 그러나 제노스의 굳은 얼굴은 이후로도 한동안 펴질 줄 몰랐다.

유리는 그대로 지붕까지 뚫어 밖으로 빠져나왔다. 건물을 부순 값은 인명 피해를 줄인 것으로 대신하기로 했다. 지붕을 밟자 강렬한 햇빛과 미지근한 바람이 한꺼번에 밀려들었다. 바깥에는 조금 전까지만 해도 허공에서 신나게 터져 나가던 폭발물들의 잔해가 바람에 쓸려 반짝이며 흩날렸다.

"뒤에서 쫓아오고 있어, 아라크네!"

오딘이 말하지 않아도 유리 역시 그들의 뒤를 쫓는 사람들이 있다는 사실을 알았다. 하지만 붙잡히지 않을 자신이 있었기 때문에 긴장감은 눈곱만큼도 들지 않았다.

유리는 지붕을 타고 움직여 옆 건물로 이동했다. 안네마리와 헤스티아가 정말 무사한지 확인하고 싶었지만 지금 돌아갔다가는 옷차림 때문에 칼리안에게 바로 정체를 들킬 수도 있었다.

"후우."

유리는 건물을 몇 개 건너가 골목으로 뛰어내렸다. 그녀를 추격하던 사람들과 거리가 어느 정도 떨어졌다는 확신이 들었을 때 머리에 쓴 투구를 벗었다. 답답하던 시야가 단번에 환해졌다. 하나로 묶은 긴 머리카락이 투구 밑으로 삐져나와 혹시 칼리안의 눈에 띄지 않았을까 하는 생각이 뒤늦게 들었다. 하지만 투구에 까만 갈기가 달려 있어 별로 티가 나지 않았을 것 같았다.

"하여간에 멍청한 놈들……! 범인이 아니라고 몇 번을 알려줘도 말귀를 못 알아들어! 고맙다고 절을 해도 모자랄 판에, 이래서 인간들은 도와줄 필요가 없다니까!"

아직 유리의 주머니 속에 들어 있던 오딘이 밖으로 고개를 내밀면서 한껏 분개해 소리쳤다. 유리는 조금 전 그녀가 떠나온 곳을 한 번 돌아보았다. 멀리서 높이 솟아 있는 건물이 골목에서도 한눈에 들어왔다.

그러다 문득 그리 멀지 않은 곳에서 그녀를 뒤쫓는 움직임이 느껴져서 유리는 손에 들고 있던 투구를 멀리 던져 주의를 분산시킨 뒤 골목길을 달렸다. 오딘이 쓸데없이 끈질긴 놈들이라며 그들을 추격하는 사람들을 욕했다. 바로 그때, 유리는 멀리서 반짝이는 금색 머리칼을 발견했다.

"어?"

그녀의 붉은 눈동자가 동그랗게 뜨였다. 익숙한 금발이었다. 뿐만 아니라 유리를 등지고 있는 뒷모습조차 눈에 익었다.

'라키어스?'

매일 봤던 뒷모습이었기에 착각하는 건 있을 수 없었다.

'그런데 카르노말에 있어야 할 사람이 왜 지금 여기에 있지?'

유리는 꼭 무언가에 홀린 것처럼 무의식중에 걸음을 옮겼다.

"아라크네? 그쪽에는 사람이 있는……."

오딘이 깜짝 놀라 입을 열었지만 그가 하는 말은 유리의 귀에 들어

오지 않았다. 마침내 유리는 금발의 남자가 있는 후미진 골목길에 발을 들였다. 유리에게 뒷모습을 보이던 남자도 다가오는 기척을 느끼고 걸음을 멈추었다. 곧 그가 어둠 속에서 유리를 향해 몸을 돌렸다.

"라키어스 씨."

시야에 들어온 얼굴을 보고 유리는 무심코 입을 벌려 익숙한 이름을 밖으로 흘려보냈다. 그 순간 오딘이 흠칫했다.

'뭐? 라키어스? 혹시 라키어스 아발론?'

갑자기 머리에 쪼개질 듯한 두통이 느껴졌다. 오딘은 억눌린 신음을 내뱉으며 비틀거렸다. 또다시 무언가가 떠오를 듯 말 듯 머릿속이 혼란스러워졌다. 유리의 옷 주머니 밖으로 고개만 빼꼼 내밀던 오딘이 날개로 머리를 감싼 채 주머니 안으로 쓰러지듯이 미끄러져 들어갔다.

동시에 유리는 막 허공에서 얽혀든 시선에 멈칫했다. 눈이 마주친 순간, 어째서인지 남자의 푸른 눈동자에 뜻 모를 이채가 스쳐 지나간 것 같았다.

유리의 눈앞에 있는 남자는 분명 그녀가 아는 사람과 생김새가 똑같았다. 어둠 속에서도 찬란한 빛을 발하는 금색 머리칼도, 섬세한 이목구비를 가진 얼굴도, 그리고 뒷덜미가 으슥해질 정도로 시린 광채를 박아 넣은 연푸른 눈동자도 모두 눈에 익은 것뿐이었다. 하지만…….

"……라키어스라고?"

아니었다. 이 사람은 라키어스가 아니었다. 이 남자는 절대로 라키어스일 수가 없었다. 남자가 입을 여는 순간 확신은 더욱 커졌다.

"나를 그 이름으로 부르다니."

소름 끼치게도 남자는 목소리조차 라키어스와 동일했다. 하지만 확실히 느낌이 달랐다.

"그래, 당신 '나'를 알고 있군."

그림자에 묻힌 새파란 눈동자에 스산한 빛이 스쳐 지나갔다.

"게다가 변종이라."

하지만 곧 미소에 가려져 스러졌다.

"그럼……."

저벅. 남자가 자리에서 발을 떼 유리에게 다가왔다.

"일단 데려가 볼까."

혼잣말처럼 읊조려진 낮은 음성이 귓가에 달라붙었다. 남자가 굳은 듯이 서 있던 유리에게 손을 뻗었다. 유리는 본능적으로 손끝에서 날카로운 실을 뽑아내며 그 남자를 피하려 했다.

'어……?'

하지만 어째서인지 곧바로 의식이 흐려져서 아무 행동도 취할 수 없었다. 힘이 풀린 몸이 밑으로 허물어졌다. 그런 그녀를 남자의 손이 붙들었다. 유리가 마지막으로 본 것은 새까만 어둠 사이로 선득하게 빛나는 낯선 푸른 눈동자였다.

"오셨습니까, 라키어스 님!"

그 시각, 라키어스는 유리가 예상했듯이 카르노말에 있었다. 예정대로라면 좀 더 일찍 도착했어야 하지만 도중에 잠깐 다른 곳에 들렀다 오느라 생각보다 늦어지게 되었다.

그는 오랜만에 카르노말에 있는 성안에 몸을 들였다. 그러자 문가로 몰려나와 있던 부하들이 서둘러 고개를 조아리며 라키어스에게 인사했다. 물론 지금 부하들이 맞이하러 나온 것은 라키어스가 자리를 비운 사이에 왕 노릇을 하던 가짜 놈, 밀리엄일 터였다.

라키어스의 입매에 삐딱한 미소가 그려졌다.

–하여간 새끼들이 죄다 정신이 빠져 가지고는. 아니, 어떻게 한 놈도 가짜랑 널 제대로 구분 못 해? 확 눈깔을 XX해서 XX해야 정신들을 차릴…….

라키어스와 같은 불쾌감을 느꼈는지, 벌레는 머릿속에서 신명 나게 욕설을 이어갔다.

부하들이 아무런 의문도 없이 라키어스를 마중하는 것을 보니 지금 가짜 놈은 자리를 비운 모양이다. 라키어스는 눈앞에 조아린 수십 개의 머리통을 내려다보며 싸늘히 웃었다. 가짜 놈에게도 이렇게 공손하게 머리를 숙였겠구나 하는 생각에 문득 속이 뒤틀렸다.

"야."

"네, 라키어스 님!"

장식으로 달고 다니는 머리통들을 한 번에 예쁘게 잘라서 창문 밖에 걸어둘까 하는 충동이 들었다. 하지만 라키어스는 특별히 자비를 베풀었다.

"너네 다 대가리 박아."

"예, 알겠습니다!"

전부터 그랬듯이 부하들은 라키어스의 명령을 받자마자 군말 않고 대리석 바닥에 머리를 박고 납작 엎드렸다.

퍽! 퍼억!

"윽……!"

퍽!

"크흑!"

라키어스는 일렬로 쭉 늘어진 그들의 동그란 머리통을 한 번씩 걷어차며 지나갔다. 박이 터지는 듯한 소리가 울릴 때마다 부하들은 머리를 부여잡고 끙끙거리며 옆으로 쓰러졌다.

부하들은 라키어스의 기분이 나쁜 이유를 종잡을 수 없었다. 하지만 그런 것이 궁금하다고 해서 라키어스에게 직접 질문을 던질 정도로 간이 큰 사람은 여기에 아무도 없었다. 개중에는 얼마 전부터 라키어스가 묘하게 달라진 것을 은연중에 느끼던 부하도 몇 명 있었다.

그들은 오랜만에 맛보는 라키어스의 발놀림에, 그가 다시 예전으로 돌아온 것 같은 기분을 느껴 어리둥절해하기도 했다. 어쨌든 라키어스는 그렇게 부하들을 서늘히 지나쳐 성의 안쪽으로 향했다.

—야, 한 대 걷어찬 걸로 되겠어? 아예 정신머리를 싹 다 갈아버려!

'네가 하지 말라고 말려도 할 거야. 지금 말고 나중에 제대로.'

라키어스의 눈빛이 한결 음산하게 가라앉았다. 벌레는 그제야 만족했고, 라키어스의 뒤쪽에 있는 부하들은 갑자기 뒷덜미를 스쳐 지나가는 뜻 모를 섬뜩한 한기에 부르르 몸을 떨었다.

윤이 나도록 반짝이는 대리석 바닥을 라키어스의 검은 구둣발이 밟고 지나갔다. 매일 깨끗이 쓸고 닦아 청소된 바닥에는 먼지 한 톨 없었다.

'가짜 놈이 있었으면 당장 처리했을 텐데 아쉽군.'

하지만 가짜 놈이 자리를 비웠으면 비운 대로 할 일이 있으니 큰 상관은 없었다. 조금 미뤄진다고 해서 가짜 놈이 조져지는 미래가 바뀌지도 않을 테고 말이다.

'그래도 지금 어디 있는지 위치 파악은 해둬야겠지.'

라키어스는 누구를 불러야 가짜 놈의 행방을 알지 고민하면서 계단을 올라갔다.

'겁도 없이 기어오르면서 추격대를 보냈던 걸 보면 설마 그러지는 않을 것 같지만, 그래도 혹시 이제라도 주제 파악을 해서 도망친 거면 귀찮아지니까.'

계단 옆에 있던 창문으로 밝은 햇빛이 스며들어 왔다. 라키어스의 방은 성의 꼭대기 층. 하지만 해가 잘 들지 않는 응달이었다. 볕이 잘 드는 방은 좀 멀리 떨어진 곳에 있었는데, 아무래도 유리는 그 방을 좋아할 것 같았다. 그럼 침실은 거기로 하고, 라키어스가 방을 옮기는 게 좋을 듯했다.

또 유리가 동부의 집에서 해 질 녘의 강가를 감상하는 것도 좋아했던 걸 보면, 서쪽으로 창이 난 방에 휴식 공간을 만들어도 괜찮을 것 같았다. 여기까지 오는 동안 몇 번이나 그랬듯이 라키어스의 생각은 동부에 있을 유리에게 향했다.

그는 이 성 안에 유리를 데려다 놓을 생각에 혼자 흡족했다. 물론 아직 유리의 동의를 받지 않았으나 라키어스의 머릿속에는 벌써부터 이런저런 청사진이 만들어지기 시작했다. 만약 유리가 라키어스의 생각을 안다면 기막혀 할지도 모를 일이었다.

–무슨 생각을 하기에 그렇게 기분 나쁘게 쪼개? 가짜 놈 조져 버릴 생각에 그렇게 기분이 좋아?

그렇게 한창 달콤한 꿈에 젖어 있을 때 갑자기 소음공해가 끼어들었다. 라키어스의 얼굴이 구겨졌다.

'이건 쓸데없이 산통 깨는 게 특기지, 아주.'

–뭐야! 내가 뭘 했다고 또 구박이야?

'내가 허락할 때까지 방해 말고 닥치…….'

"헉, 라키어스 님?"

라키어스가 걷고 있는 계단 밑에서 누군가가 헐레벌떡 뛰어올라 온 것은 그때였다. 라키어스의 사늘한 눈빛이 목소리가 들려온 곳으로 떨어져 내렸다.

"예정보다 일찍 오셨군요! 적어도 이틀은 더 지나야 오실 줄 알았더니!"

남자가 후다닥 라키어스의 앞으로 달려와 허리를 굽실거리면서 사죄했다.

"정말 죄송합니다! 그래도 언제든 바로 마중 나갈 수 있게 항시 대기해야 했는데! 제가 미욱해서……!"

라키어스는 아까처럼 발로 까버리고 싶게 생긴 동그란 머리통을 스산한 눈으로 내려다보았다. 얼굴이 익긴 했지만 평소 옆에 두던 놈이 아니어서 그런지 이름은 생각나지 않았다. 듣자 하니 가짜 놈의 최측근인 모양인데……. 밀리엄이 내 흉내를 내기 시작하면서 출세한 놈인가? 왠지 그럴 가능성이 높아 보였다.

'그래도 공통점이 한 가지 있나.'

하긴, 만약 라키어스였어도 다른 놈의 손길이 닿지 않은 이를 측근으로 부렸을 것이다.

'왜냐하면 그놈 손이 탔다고 생각하는 것만으로도 비위가 상하니까.'

그 말인즉, 지금 라키어스의 눈앞에 있는 남자는 조만간 요단강을 건널 것이 확정되었다는 의미다.

"하지만 지시해 놓으신 사항은 오늘 오전에 모두 끝내놓았습니다. 지금 보고할까요?"

아직 그 사실을 모르는 남자는 식은땀을 삘삘 흘리면서 슬쩍 라키어스의 눈치를 보았다. 하지만 그는 온기 없이 차가운 라키어스의 연청색 눈동자와 시선이 마주치자마자 흠칫해 얼른 다시 고개를 숙였다. 라키어스는 다시금 시야에 들어찬 동그란 머리통을 깔아보면서 입매를 당겨 웃었다.

"그래."

그의 눈동자가 한겨울의 얼어붙은 호수처럼 서늘하게 빛났다.

"어디 한번 들어보지, 그 보고라는 거."

"등신 새끼들. 완전히 범인들 장단에 놀아나고 있잖아?"

데이몬도 박람회장에서 일어난 사건에 대해 전해 들었다. 처음에 노망난 늙은이들이 보란 듯이 행사의 승인을 내렸을 때부터 데이몬은 이 사달이 날 줄 예상했다. 그는 요즘 자택에서 조용히 지내는 중이었다. 살바토르에 대한 소문이 계속 안 좋게 퍼져 나가고 있기도 했고, 또 이 참에 휴식 시간을 좀 가질까 싶은 마음이 들기도 했기 때문이다.

'그동안 팔자에도 안 맞는 일을 너무 열심히 하긴 했어.'

그래서 데이몬은 한가로운 시간을 보내며 마음껏 게으름을 피웠다. 물론 일에서 완전히 손을 뗄 수는 없어 가끔 연금술사의 탑에 들러 내부 사정을 살피기도 했다. 하지만 요즘 그곳에서 보내는 시간은 예전과는 비교할 수조차 없이 짧았다.

"뭐 이렇게 길어? 요약 좀 하라니까."

데이몬은 책상 위에 발을 올리고 의자의 등받이에 몸을 깊숙이 기대고 앉아 투덜거렸다. 지금 그는 바깥의 상황이 어떤지 낱낱이 적힌 보고서를 읽는 중이었다. 보고받은 내용에 의하면 이번에는 사건 현장에서 진짜 이단자의 실체를 확인했다고 한다. 까마귀 떼와 이상한 실을 조종하는 이단자였다고 하는데…….

데이몬은 사건 현장의 상황을 소상히 적은 보고서를 읽다 말고 그 부분에서 흠칫했다. 실을 조종하는 이단자라고 하자 떠오르는 사람이 있었기 때문이다. 전에 현자의 돌을 가지고 있다며 데이몬을 농락했던 하얀 나비의 주인. 한밤중의 빈 경매장에서 만났던 그 사람도 분명 거미줄 같은 실을 사용했었다.

'설마 진짜 연관이 있는 건 아니겠지?'

의심스러운 마음과 함께 찝찝한 기분이 엄습했다. 데이몬은 얼굴을 찌푸리며 구겨진 보고서를 내려놓았다. 그 후 한동안 고민했다.

하지만 결국 사건 현장에 한번 가보는 게 나을 것 같았다. 마음을 굳힌 데이몬이 자리에서 일어났다. 물론 또 사건 현장에 나타난 그를 보면 사람들이 잡소리를 떠들 수 있으니 몰래 가야겠지만.

데이몬은 귀찮음을 감수하고 문을 나섰다.

칼리안은 기분이 좋지 못했다.

'완전히 우리를 갖고 놀고 있군.'

그의 얼굴은 얼음처럼 차게 굳어 있었다. 폭발물이 박람회장 앞에서 나눠 주던 기념품이었다는 사실이 조금 전 밝혀졌다. 건물 내부에 폭발물이 설치된 것이 아니니, 설령 관람객들을 밖으로 대피시켰다 해도 소용없었을 게 분명했다. 게다가 만약 기념품을 들고 있는 사람들이 건물 밖 여기저기 흩어진 상태에서 폭발이 일어났다면…… 피해

규모가 굉장히 커질 수도 있었다.

사실 범인의 목적이 단순히 동시다발적인 폭발을 일으켜 동부에 혼란과 위협을 주는 것뿐이라면 굳이 이런 방법을 사용할 필요는 없었다. 그저 다른 사람의 눈을 피해 아무 곳에나 폭발물을 설치하면 될 테니까.

그런데 칼리안을 비롯한 경비대가 있는 장소에서 버젓이 이런 수작질을 벌이다니. 이건 완전히 그들을 가지고 논 것이라고밖에 볼 수 없었다. 어제 박람회장 앞에서 기념품을 나누어 준 사람들을 당장 조사하라 일렀지만 아직까지는 꼬리를 잡지 못하는 상태였다.

칼리안은 소지 중인 추격기를 만지작거렸다. 작은 보석 형태인 그것은 칼리안의 검집에 붙어 있었다. 사건이 일어난 어제, 결국 그는 달아난 이단자를 뒤쫓는 데 실패했다. 어두운 골목길에서 신호가 갑자기 사라졌기 때문이다. 처음에는 혹시 추격기의 존재를 알아차리고 제거한 게 아닌가 싶었지만 아무래도 그건 아닌 듯했다. 신호가 끊긴 장소를 샅샅이 찾아봤지만 어디에서도 추격기가 부서진 흔적을 찾아낼 수 없었다.

그래서 결국은 주변만 수색하다가 사건 현장을 수습하러 돌아갈 수밖에 없었다. 후에 물건을 만든 연금술사에게 물어보니 추격기는 생체 반응에 따라 신호가 발생하기 때문에, 그것을 소지 중인 대상이 죽었거나 의식이 없는 상태라면 추격이 어려울 수 있다고 했다.

'그런 불완전한 물건을 주다니.'

칼리안은 드물게 언짢은 기분을 느꼈다. 어제 연금술사도 그것을 느꼈는지, 아마 데이몬 살바토르가 만들었으면 이것보다는 완성도 있는 물건이 나왔을 것이라고 웅얼거리며 칼리안의 눈치를 살폈다. 하지만 데이몬은 요즘 바깥의 분위기를 의식해 자택에서 거의 나오지 않았으니, 이제 와서 아쉬워해 봤자 소용없는 일이었다.

칼리안은 연금술사의 말을 곱씹으며 의혹을 느꼈다. 그럼 그가 쫓던 이 단자가 그 골목 부근에서 갑자기 죽었거나 의식을 잃은 상태라는 건가?

지금까지도 신호가 잡히지 않는 것을 보면 죽음 쪽에 무게가 기울었지만, 당시에 살펴보았던 골목길에서는 그런 흔적 역시 발견되지 않았다. 그러니 결국은 아무것도 확신할 수 없는 상태였다. 그래서 칼리안은 혹시 몰라 아직 추격기를 몸에 지니고 있었다.

"병신아! 그 반대거든? 지금 폭발물을 없애려고 똥 싸고 있는 게 누군데!"

"지금 그 폭발은 너 때문에 일어난 거야."

칼리안은 당시에 현장에서 들었던 말을 상기하며 추격기를 쥔 손에 힘을 주었다.

바로 그때, 추격기에서 신호가 잡혔다. 칼리안의 눈에 날카로운 광채가 스쳐 지나갔다.

"안녕하세요, 길버트 씨."

"어서 오세요, 스노우 씨."

"혹시 유리 씨 안에 계신가요?"

그때 제노스는 커피하우스에 있었다. 덥수룩한 가발로 얼굴의 반을 가리긴 했지만, 그 밑으로 드러난 그의 입매는 제노스답지 않게 굳어 있었다.

"아니요, 오늘은 없어요."

커피하우스의 주인인 길버트가 제노스의 물음에 고개를 저어 보였다. 그런 길버트의 얼굴 역시 어쩐지 오늘따라 좀 어두웠다. 유리가 없다는 소식을 들은 제노스의 얼굴이 좀 더 딱딱하게 경직되었다.

"그래요? 혹시…… 휴가라도 내신 건가요?"

"그게 아니라……."

길버트는 머뭇거리다가 말했다.

"실은 어제 잠깐 볼일이 있다면서 가게를 비운 이후로 연락이 없어서."

어제 반차를 내겠다며 가게를 나선 유리는 결국 다시 돌아오지 않았다. 심지어 오늘은 말도 없이 무단결근을 하기까지 했다. 하지만 길버트는 유리에게 화가 난 게 아니었다. 그는 걱정이 앞섰다.

"유리 씨가 이럴 사람이 아닌데……. 세상도 흉흉한데 혹시 무슨 일 있는 건 아니겠죠? 더군다나 어제는 또 폭발 사고도 있었고……."

유리는 지금까지 단 한 번도 무단결근을 한 적 없었고, 농땡이 피운 적도 없었다. 그만큼 성실한 직원이었기 때문에 아무래도 염려의 마음이 가장 먼저 들었다.

"하필 어제 유리 씨가 외출한 시간하고 폭발 사건 시간이 겹쳐서 더 걱정이 되네."

어제 폭발 사고 때 신원 불명의 사상자가 생겼다고 하던데. 불길한 생각은 하고 싶지 않았지만 상황이 이렇다 보니 자꾸만 안 좋은 방향으로 상념의 꼬리가 이어졌다.

"어제 이후로 계속 보이지 않는다고요……."

스노우의 얼굴도 한결 더 심각해졌다.

"아무래도 이따 가게 마치고 유리 씨 집에 한번 가봐야 할까 싶기도 하고."

길버트는 유리의 걱정에 오늘 하루 종일 가게 일이 손에 잡히지 않아, 차라리 이따 일찍 문을 닫고 유리의 상황을 확인하러 가봐야겠다고 생각했다.

"안녕하세요, 유리 씨 출근하셨나요?"

"아! 안네마리 씨!"

그때 반가운 얼굴이 커피하우스의 입구에 나타났다. 유리를 찾아왔다가 길버트의 환대를 받은 안네마리는 눈을 동그랗게 떴다.

길버트는 유리와 안네마리가 이웃사촌이라는 사실을 알았다. 그래서 안네마리에게 한달음에 달려가 물었다.

"안네마리 씨, 실은 유리 씨가 오늘 결근을 했는데 혹시 어디 아픈 건 아닌지 걱정이 돼서……."

하지만 길버트의 말을 들은 안네마리의 반응 역시 신통치 않았다.

"아, 실은 저도 어제저녁부터 유리 씨가 집을 비우신 것 같아서 커피하우스로 만나러 온 건데요."

어제저녁과 오늘 아침, 유리를 찾아갔을 때마다 그녀의 집은 비어 있었다. 그래도 커피하우스에 출근은 했으리라 생각하고 찾아온 건데……. 길버트에게서 들은 유리의 결근 소식에 안네마리도 걱정스러운 마음이 들었다.

"어제 유리 씨가 길버트 씨에게 아무 말도 없었나요?"

길버트가 또다시 어두워진 얼굴로 그렇다고 답했다.

"이상하네요. 이런 적은 처음인데……."

안네마리의 얼굴에 먹구름이 잔뜩 끼었다. 심각한 얼굴로 머리를 맞댄 사람이 세 명으로 늘어났다.

"경비대에 말해보는 게 나을까요?"

"일단은…… 다른 사람에게 미처 알리지도 못할 정도로 급한 일이 생겨서 잠깐 자리를 비운 걸지도 모르니까 조금 더 기다려 보는 게 좋지 않을까요?"

안네마리가 안절부절못하며 꺼낸 경비대 소리에 제노스가 만류했다. 길버트와 안네마리는 여전히 걱정스러운 눈치였지만 그 말이 틀리지는 않은 것 같아서 고개를 끄덕였다.

혹시 성급하게 나섰다가 나중에 별일이 아니라면 오히려 유리를 곤란하게 만들지도 모르니까. 소식이 끊긴 지 아직 하루밖에 지나지 않았으니, 어쩌면 오늘 저녁때쯤에는 다시 돌아올지도 몰랐다.

안네마리는 유리가 갔을 법한 장소라도 한번 찾아보기 위해 떠났다. 제노스도 굳은 얼굴로 커피하우스를 나섰다. 길버트는 울적한 얼굴로 유리의 빈자리를 느끼며 손님을 맞았다.

"음……."

그 시각, 유리는 눈을 떴다. 밤인 건지, 아니면 빛이 없는 밀폐된 공간에 있어서 그런 건지, 사방이 어두웠다. 머리가 조금 멍했고 꼭 물 먹은 솜처럼 몸이 무거웠다. 그래서 그녀가 상황을 파악하는 데는 시간이 조금 걸렸다.

철그럭.

무심코 손을 들어 올리자 듣기 싫은 쇳소리가 고막을 파고들었다. 유리는 미간을 찌푸리며 손목을 더듬었다. 그러자 족쇄 같은 것이 양

쪽 손목에 걸려 있는 게 느껴졌다. 발목도 마찬가지였다. 주변을 살펴보자 역시 이곳은 밀폐된 방인 것 같았다.

끼이익.

그때, 옆쪽에서 문이 열리는 소리가 들리는 것과 동시에 가느다란 빛이 안으로 새어 들었다.

"깨어났군."

그 틈으로 남자의 목소리가 들려왔다. 익숙한 음성이었다. 유리는 소리가 들려온 방향으로 고개를 돌렸다.

"하루 정도는 더 걸릴 줄 알았는데, 꽤 우수한 변종인 모양이야. 이렇게 금방 정신을 차린 걸 보니."

곧바로 문이 닫혀 빛은 금방 사라졌다. 저벅거리는 발소리와 함께 검은 형체가 다가왔다. 빛 한 점 남아 있지 않은 어둠 속에서도 보통 사람의 수준을 훨씬 넘는 유리의 시력은 접근하는 남자의 모습을 어려움 없이 포착해 냈다.

유리의 이마에 굵직한 주름이 그려졌다. 의식을 잃기 전에 마지막으로 있었던 일이 떠올랐다. 분명 유리는 골목길에서 이 남자를 만났었다. 그리고 그 직후 어째서인지 의식을 잃고 쓰러졌다.

'이 남자, 도대체 뭐지?'

깊은 의문이 머리를 찔렀다. 이 남자는 어떻게 라키어스와 똑같은 외양을 한 걸까? 혹시 쌍둥이인가? 아니면 도플갱어 수준으로 닮은 사람?

유리는 소설 속 내용에 이런 게 있었던가 하고 기억을 더듬어보았다. 하지만 마땅히 떠오르는 건 없었다. 일단 라키어스는 어디까지나 악역 조연 수준의 분량을 차지했을 뿐이라 다른 남자 주연들에 비해 정보가 자세하지 않았다.

특히 라키어스가 제자리를 찾기 위해 카르노말로 돌아갔을 때의 일은 안네마리의 시점으로 서술되지 않았으니까. 그렇다고 그냥 우연히 라키어스와 전혀 상관없는 닮은 사람을 보았다고 치기에는…….

"……라키어스라고?"

"나를 그 이름으로 부르다니."

"그래, 당신 '나'를 알고 있군."

이 남자는 분명 라키어스를 알고 있었다.

"게다가 변종이라."

더군다나 유리가 유적의 힘을 가진 실험체인 것도 알아봤고 말이다. 단순히 기분 탓이라면 좋겠지만……. 뭔가 귀찮은 일에 걸렸다는 느낌이 들었다.

현재 유리는 전에 노예상에서 세이렌이 갇혀 있던 새장 같은 철창 안에 감금돼 있었다.

유리는 바로 근처까지 다가온 남자를 탐색하듯이 조용히 쳐다보았다. 라키어스의 얼굴을 한 남자도 유리를 내려다보며 고개를 갸웃했다.

"아무것도 묻지 않는군. 보통은 아무리 침착한 사람이라 해도 여기는 어디냐, 나를 무슨 목적으로 납치한 거냐, 기본적인 질문 정도는 하게 마련인데."

남자가 유리를 보며 입꼬리를 올렸다.

"'나'한테 궁금한 게 아무것도 없나 봐?"

그 순간, 유리의 눈매가 아주 작게 움칫했다. 어둠 속에서 두 시선이 마주쳤다. 마침내 유리의 입이 천천히 떼어졌다.

"당신, 누구야?"

일단은 가장 기본적인 질문을 했다. 그러자 남자가 여상한 어투로 대꾸했다.

"네 입으로 말하지 않았던가. 라키어스 아발론이라고."

"아니잖아."

하지만 유리는 남자의 말을 망설임 없이 부정했다.

"당신, 라키어스 아발론 아니잖아."

그러자 남자의 입매에 떠오른 미소가 한결 짙어졌다. 라키어스는 저런 식으로 웃지 않았다. 라키어스와 똑같은 얼굴로 너무 다른 미소를 짓는 걸 보니 새삼스럽게 소름이 돋았다.

"너, 라키어스와 무슨 관계지?"

이번에는 남자가 유리에게 물었다.

"나를 봤을 때 꽤 반가워하는 것 같던데."

유리의 미간이 다시금 슬쩍 찌푸려졌다. 그렇게 반가운 티를 낸 것 같지는 않은데……. 남자의 말에 괜한 반발심이 들었다.

"게다가 눈이 마주치자마자 내가 라키어스가 아니라는 걸 한눈에 알아봤고."

남자는 여전히 미소 짓고 있었지만 유리를 주시하는 그의 눈은 날카롭고 차가웠다. 그는 꼭 유리의 속까지 꿰뚫어 보려는 듯이 그녀를 예리하게 살폈다.

유리는 잠깐 고민했다. 남자는 유리가 라키어스와 퍽 친밀한 관계라고 생각하는 듯했다. 처음 보자마자 그를 라키어스라 불렀으니, 이제 와서 그를 모른다고 발뺌해 봤자 통하지 않을 테고. 그렇다고 남자의 질문에 미주알고주알 다 대답할 의무는 없었다.

"별 관계는 아닌데. 그냥 웬만큼 눈썰미가 있다면 다 알 수 있을걸. 당신, 라키어스 아발론하고 하나도 안 비슷해."

유리는 일단 되는대로 말했다. 하지만 그렇다고 아예 마음에도 없는 거짓말을 한 것은 아니었다. 처음에야 멀리서 본 겉모습에 낚여 라키어스인 줄 알았지만, 지금 그녀의 눈앞에 있는 남자는 라키어스와 머리끝부터 발끝까지 달랐다. 흉내를 내는 것 같은 느낌이긴 한데, 근본적인 것이 완전히 다른 느낌이라고 해야 할까. 정확한 말로 설명하기는 어려웠다.

유리의 말을 들은 남자의 입매가 가늘게 비틀렸다.

'아, 이 표정은 라키어스 씨하고 조금 비슷할지도 모르겠네.'

하지만 무심코 떠올린 생각에 극심한 저항감이 들어서 유리는 곧 머릿속에 떠오른 생각을 지워 버렸다.

남자와 대화를 나누면서 유리는 손목과 발목에 걸린 족쇄를 티 나지 않게 살폈다. 그녀가 가진 유적의 힘을 사용하면 어떤 잠금장치도 간단히 해제할 수 있었다. 하지만 남자는 유리를 보자마자 변종인 것을 눈치챘었다. 그러니 이것 역시 보통의 족쇄는 아닐 것이다.

"라키어스와는 언제부터 알고 지낸 거지?"

"글쎄. 기억이 잘 안 나네."

"동부에서 처음 만났나? 그럼 라키어스가 지금도 동부에 있을 가능성이 있겠군."

"그럴 수도 있고, 아닐 수도 있고."

남자는 유리에게서 라키어스의 정보를 알아내려는 것 같았다. 물론 유리는 그에게 제대로 대답해 주지 않았다. 다음 순간, 돌연 남자가 철창 안으로 손을 뻗었다.

유리는 머리채가 붙잡혀 남자에게 가까이 끌려갔다.

"역시 변종이라 간이 큰 건가? 이런 상황에서도 겁 없이 구는군."

나긋한 억양의 목소리가 귓가에 흘러들었다. 시야에 비친 그의 얼굴에도 나긋한 미소가 걸려 있었다. 라키어스의 얼굴로 저런 온화한 미소를 띠다니. 왠지 너무 안 어울려서 등줄기가 오싹거렸다.

"유적의 힘을 믿고 까부는 거라면 곤란해. 이건 변종들에게 맞춰 특수 제작된 거라 도망치는 건 불가능할 테니까."

일순간 유리의 눈매가 약간 날카로워졌다. 남자는 마주한 그녀의 얼굴을 눈 한 번 깜빡이지 않고 주시했다. 그러다 곧 유리의 머리카락을 움켜쥔 남자의 손아귀에 조금 힘이 풀렸다.

"원래는 필요한 걸 빼낸 다음에 바로 죽이려 했는데."

이어진 말에 유리는 의문을 느꼈다.

"이상하단 말이지. 왜 네 속은 들여다보이지 않는 거지?"

이건 또 무슨 소리일까? 속이 들여다보이지 않는다니?

'……이 남자도 변종인가?'

남의 속을 들여다볼 수 있는 게 이 남자의 능력이라고?

그 '속을 들여다본다'는 게 타인의 생각을 직접적으로 읽을 수 있다는 건지, 아니면 좀 더 간접적인 힘인지는 자세히 알 수 없었다.

"이것도 네가 가진 유적의 힘 중 하나인가? 하지만 어제 내가 카피한 것 중에 이런 능력은 없었는데."

가만히 듣자 하니 점점 더 알아들을 수 없는 말을 했다. 능력을 카피한다는 건 또 무슨 소리…….

'……잠깐. 설마 그것도 이 남자가 가진 유적의 힘이라는 건가?'

퍼뜩 스쳐 지나간 깨달음에 조금 전까지와 다른 의미로 등줄기가 선득해졌다.

"그럼 도대체 뭐지……."

혼잣말하는 남자의 음성이 유리의 귓전에 울렸다. 뱀 같은 남자의 눈길이 그녀의 얼굴 구석구석을 훑었다. 약간 느슨해져 있던 손아귀가 다시금 그녀의 머리카락을 세게 움켜쥐었다.

"운이 좋은 변종이구나. 아직은 조금 더 살려둬 봐야겠어."

내 머리에서 손 떼, 이 라키어스 따라쟁이야. ……라고 말하고 싶었지만 유리도 이런 상황에서 적당히 몸을 사릴 줄은 알았다. 이 가짜 라키어스가 아까 한 말대로 그녀의 간이 부은 것도 맞았고 겁이 없는 것도 맞았지만, 이러니저러니 해도 일단 목숨은 하나뿐이었으니까. 이내 남자가 유리의 머리에서 손을 떼고 철창에서 물러났다.

"다음에 보러 올 때까지 얌전히 있도록 해."

또다시 가느다란 빛이 방 안에 잠깐 새어 든 직후, 남자의 모습이 유리의 시야에서 완전히 사라졌다. 유리는 다시금 거지 같은 일에 휘말렸다고 생각하며 쯧 혀를 찼다.

그녀는 남자가 떠나자마자 족쇄를 제대로 살펴보았다.

'역시 평범한 족쇄는 아닌가.'

조금 전에 남자가 남기고 간 말이 있었지만 유리는 무시하고 유적의 힘을 사용해 보았다. 그런데 실이 뽑혀 나오지 않았다.

콰곽!

바로 다음 순간, 손목과 발목을 옥죄던 족쇄가 작은 빛을 내며 수축했다. 뚜두둑 하는 작은 소리가 들리면서 날카로운 통증이 느껴졌다. 유리의 얼굴이 찌푸려졌다.

'부러졌잖아.'

손목과 발목뼈를 부러뜨린 족쇄가 다시 작은 빛을 내며 원래의 크기로 돌아갔다.

'유적의 힘을 사용하려고 하면 작동하는 건가?'

그렇지 않아도 처음부터 느낌이 영 쎄해서 특수한 족쇄 같다고 생각하긴 했는데 이런 기능이 있었다니. 상당히 악취미이지 않은가. 물론 유적의 힘을 가진 특수한 인간이라면 이 정도는 금방 회복할 수 있겠지만, 그래도 심보가 고약했다.

'깔끔하게 부러져서 낫는 데 오래 걸리진 않을 것 같은데.'

유리는 기이한 빛을 냈던 족쇄를 좀 더 살펴보다가 팔을 내렸다. 이 정도의 부상을 당한 건 오랜만이라 통증이 유독 생생하게 느껴졌다. 물론 그래도 견디지 못할 정도는 아니었다. 예전에 연구소에 있을 때는 이보다 훨씬 더 크게 다쳐본 적도 있었으니 말이다.

푸드득!

"아라크네……!"

그때, 방의 천장 구석 쪽에서 유리를 작게 부르는 목소리가 들려왔다.

"오딘?"

유리도 소리 낮추어 작게 속삭였다. 오딘의 목소리가 들려온 방향에서 무언가가 부스럭거리는 소리가 들렸다.

"깨어났구나! 계속 기다렸어!"

곧 까마귀가 날갯짓해 유리의 시야에 모습을 드러냈다. 유리는 주변을 경계하며 살폈다. 그러자 그녀가 무엇을 염려한 것인지 알아챈 오딘이 얼른 말했다.

"괜찮아! 내가 먼저 확인했는데 방을 따로 감시하는 장치 같은 건 없는 것 같아!"

그 말을 듣고 유리도 안심했다.

"아라크네, 몸은 좀 괜찮아?"

"오딘, 너도 같이 잡혀 온 거야?"

두 사람은 동시에 서로에게 물었다.

"난 잡혀 온 건 아니고, 네 주머니 속에 있다가 같이 왔어!"

오딘이 포르르 날아 유리가 있는 철창 안으로 들어왔다.

"그때 네 주머니 안에서 잠깐 의식을 잃었었나 봐. 나중에 정신을 차리니까 여기더라고."

그는 기다렸다는 듯이 유리에게 재빨리 말했다.

"그런데 널 가두기 전에 몸수색하려고 해서, 안 들키게 얼른 빠져나와서 숨어 있었어."

그러면서 오딘은 그때 몸 상태도 별로 좋지 않았고 또 경황이 없어 일단 자리를 피하는 게 고작이라 유리가 이 안에 갇히는 걸 막지 못했다고 덧붙였다.

"미안, 아라크네. 내가 그때 무슨 수를 써서든 널 구해냈어야 했는데……."

그는 한껏 풀이 죽어 고해성사라도 하듯이 유리에게 웅얼거렸다.

"아니야. 둘 다 갇혔으면 그게 더 문제지. 너라도 안 들켜서 다행이야."

"아라크네……."

유리의 말에 감동받은 듯 오딘의 눈동자가 일렁였다. 물론 유리는 오딘이 생각한 것처럼 따뜻하고 다정한 마음으로 그런 말을 한 게 아니었다. 당연히 오딘을 염려하는 마음도 있긴 했지만, 이곳에서 탈출하기 위해서는 한 명이라도 자유롭게 움직일 수 있는 편이 낫다는 생각 때문이었다.

"그럼 지금까지 계속 이 방에 숨어 있었던 거야?"

"아니, 천장 쪽에 작은 구멍이 있어서 층 사이에 있는 환풍구로 안 들키게 빠져나갈 수 있었어. 그래서 내부를 좀 살펴봤는데, 건물이 굉장히 넓고 꼭 미로처럼 되어 있어서 밖으로 나가는 출구는 아직 못 찾았어."

오딘은 건물 안쪽의 경비가 삼엄해서 들키지 않게 움직이느라 내부를 아직 자세히 둘러보지 못했다고 말했다.

"그게…… 경비를 서는 놈 중에 우리 같은 변종도 많더라고."

그 말은 좀 의외였다.

"그래? 아는 얼굴도 있었어?"

"그건 아닌 것 같지만. 연구소 출신은 아닌가 봐."

오딘이 모르는 얼굴이라면 예전에 같이 카르노말의 연구소에 있던 실험체는 아니란 의미였다. 그럼 안네마리 같은 경우처럼 자기도 모르는 새 자연적으로 유적의 힘을 흡수한 사람이거나, 아니면…….

'자의든 타의든, 나중에 유적의 파편을 흡수해 힘을 가지게 되었거나.'

유리는 예전에 칼리안 크록포드를 몰래 뒤따라가 보았던 허름한 건물을 떠올리고 눈매를 가늘게 좁혔다. 분명 거기에도 연구소 시절에 보았던 것과 비슷한 실험의 흔적이 남아 있었다.

"특히 눈치가 빠른 놈들도 있어서 몇 번은 들키는 줄 알았지 뭐야. 그래서 아무래도 마음대로 움직이지 못하겠더라고. 까마귀를 푸는 것도 불안하고……."

오딘은 유리가 의식을 잃고 갇혀 있는 동안 이렇다 할 수확을 내지 못한 것이 민망한 듯 말을 제대로 끝맺지 못하고 어물거렸다.

"그런 상황이면 확실히 조심해서 움직이는 게 낫지."

유리는 그런 오딘을 다독이듯이 말했다.

"오딘. 혹시 이 철창문, 네가 밖에서 열 수 있을 것 같아?"

"네가 의식이 없는 동안 시도해 봤지만 평범한 잠금장치가 아니라 섣불리 건드리기에는 무리가 있을 것 같아. 그 족쇄도 마찬가지인 것 같던데……."

오딘의 눈길이 유리의 손목에 있는 족쇄로 미끄러졌다. 그 직후 그의 말이 뚝 끊겼다.

"엇, 뭐야! 손목 왜 그래?"

오딘 역시 어둠 속에서도 앞이 잘 보였기 때문에, 유리의 손목이 정상적인 상태가 아닌 것을 확인하고 언성을 높였다. 파다닥 날아오른 오딘이 유리의 손목을 날개로 붙들 듯이 황급히 감쌌다.

"유적의 힘을 쓰려고 하니까 이렇게 됐어. 네 말처럼 평범한 족쇄가 아니야."

통증이 상당할 것이 분명한데도 유리는 무덤덤한 태도로 말했다.

"처음부터 내가 실험체인 걸 알아봤으니까 철창에도 뭔가 특수한 장치를 해뒀겠지."

유리의 말을 듣고 오딘은 조금 전에 방 안이 잠깐 번쩍였던 것을 떠올렸다.

"시X, 뭐 이런 개 같은 게 다 있어! 그렇다고 멀쩡한 손모가지를 이렇게 만들어?"

오딘이 광분해서 부리에서 침이 튀도록 욕설을 쏟아냈다.

"어차피 금방 나으니까 딱히 상관없어."

"물론 그건 그렇지만, 그래도……!"

물론 그러다가 혹시 바깥에 목소리가 새어 나갈까 우려해 금방 음성을 낮췄지만 말이다. 유리는 족쇄를 살펴보고 느낀 바를 말했다.

"이거, 왠지 연금술을 이용한 물건이랑 비슷한 느낌인데."

"나도 네가 일어나기 전에 살펴봤는데 연금술 맞아."

오딘도 동의했다. 그는 철창에도 비슷한 장치가 되어 있다고 했다. 부러진 유리의 손목을 보고 흥분했다가 어느 정도 진정된 오딘이 이어서 유리의 눈치를 보다가 조심스럽게 물었다.

"그런데 아라크네, 널 여기 잡아 와서 가둔 놈…… 누군지 알아?"

"아니, 몰라."

유리는 단호하게 말했다. 그에 오딘이 반박했다.

"하지만 너, 분명 그놈을 라키어스 아발론이라고 불렀잖아."

"라키어스 아발론은 알아."

오딘이 눈가를 찡그리며 다시 입을 열었을 때, 유리가 덧붙였다.

"하지만 날 여기 가둔 건 라키어스 아발론이 아니야. 생긴 것만 비슷해."

"비슷한 게 아니고 완전히 판에 박은 듯이 똑같구먼, 뭘."

왠지 오딘이 약간 토라진 듯이 투덜거렸다.

"어쨌든 알고 있었구나. 나도 뭔가 잊었던 게 조금 생각났는데, 라키어스 아발론이 둘이었어. 뭐가 뭔지는 잘 모르겠지만."

오딘도 라키어스가 둘이라는 걸 알고 있었다니 조금 의외였다. 오딘의 행방이 묘연하던 것과 관련이 있는 걸까?

"그런데 아라크네, 지금 상황에 좀 안 맞는 질문일 수도 있지만 궁금해서 그러는데……."

그때, 오딘이 새의 발톱으로 괜히 바닥을 툭툭 치면서 유리를 떠보

듯이 넌지시 물었다.

"너, 라키어스 아발론하고 꽤…… 아니, 조금 친한가 봐?"

오딘이 왜 라키어스 얘기를 하면서 토라져 보였는지 이유를 알 수 있는 대목이었다.

"골목에서 그놈 얼굴을 보고 반가워하는 것 같던데. 나는 전혀 몰랐는데 도대체 언제부터 알고 지낸……."

유리의 미간이 찌푸려졌다. 오딘도 그렇게 생각하다니. 도대체 그때 자신의 목소리가 어땠기에 저러지?

"조금 전에도 비슷한 말 들었는데. 별로 안 반가워했어."

유리는 아까 라키어스와 닮은 남자의 앞에서 그랬던 것처럼 이번에도 반발심이 들어 오딘의 말을 부정했다.

"조금 전에도 비슷한 말을 들었다고? 그새 누가 다녀갔어?"

"어, 나 여기 잡아 온 사람."

"라키어스 아발론?!"

"라키어스 아발론 아니라니까."

오딘이 천장에 난 틈을 통해 방으로 돌아오기 전에 남자가 다녀가서 그런지, 그는 유리의 말을 듣고 화들짝 놀랐다.

"어쨌든! 그 새끼가 너한테 무슨 짓은 안 했어?"

"별일은 없었어. 그냥……."

유리는 조금 전에 있었던 일을 떠올렸다.

"이상하단 말이지. 왜 네 속은 들여다보이지 않는 거지?"

"운이 좋은 변종이구나. 아직은 조금 더 살려둬 봐야겠어."

유리의 눈빛이 차갑게 가라앉았다.

"지금 당장 죽일 마음은 없는 것 같던데."

다시 떠올려 봐도, 그녀의 목숨이 완전히 제 수중에 있다고 생각하는 듯한 말투가 굉장히 재수 없었다. 그리고 잇따른 말에 오딘이 두 눈을 휘둥그렇게 떴다.

"그 남자, 사람 속마음을 들여다볼 수 있다고 했어."

"뭐?"

"그리고 능력을 카피할 수 있다는 소리도 했는데."

"뭐?!"

아까 그 말을 처음 들었을 때의 유리처럼 오딘도 경악했다. 유리는 그에게 주의를 주었다.

"오딘, 일단 너도 다른 사람한테 들켜서 잡히지 않게 조심해."

"아, 알았어. 지금까지보다 더 조심해서 알아볼게."

오딘도 보통 일이 아니다 싶었는지, 눈빛이 한결 더 심각해졌다. 하지만 유리는 철창에서 빠져나갈 수 없었고, 자유롭게 움직일 수 있는 사람은 오딘밖에 없었다. 그러니 이곳에서 마냥 몸을 사릴 수만은 없었다.

"걱정 마, 아라크네! 내가 꼭 여기서 빼내줄 테니까!"

오딘은 굳은 결의를 품은 얼굴로 외친 뒤 철창 밖으로 나갔다. 그리고 아라크네에게도 조심하라고 당부한 뒤 다시 포르르 날아 방을 빠져나갔다.

유리는 오딘의 모습이 시야에서 완전히 사라질 때까지 지켜보다가 자신은 이 안에서 할 수 있는 게 없을지 고민해 보기 시작했다.

"뭐?! 어제부터 유리가 안 보인다니, 그게 무슨 소리야?"

조용하던 크록포드의 저택에 고성이 울렸다. 요즘 들어 한동안 잠잠하던 저택은 바스티안이 역정을 내는 소리로 오늘따라 시끄러웠다.

"유리가 실종이라도 되었다는 거냐? 그럼 이러고 있을 게 아니지!"

오늘은 바스티안의 간병인 노릇을 하러 안네마리가 크록포드에 들르기로 한 날이었다. 하지만 안네마리는 그만 바스티안과의 정해진 약속을 깜빡하고 말았다. 아까 커피하우스를 빠져나와 유리가 향했을 만한 장소를 찾아보는 데 정신이 팔렸던 탓이었다.

안네마리가 이렇게 지각한 것은 처음 있는 일이라 바스티안은 당연히 그 이유를 물어봤다. 애초에 안네마리는 거짓말에 서툰 데다 자신의 실수에 변명을 늘어놓는 성격이 아니었다. 그래서 그녀는 바스티안에게 늦은 이유를 곧이곧대로 설명했다. 그것이 바로 지금의 상황에 이르게 된 경위였다. 그런데 바스티안은 안네마리의 말을 다소 왜곡해서 받아들였다.

"아, 아니에요. 실종까지는 아니고요."

안네마리는 바스티안의 극단적인 단어 선택에 당황해 난색을 표했다.

"그냥 아무 소식도 없어서 걱정이 되어 그렇지, 어쩌면 잠깐 다른 볼일을 보러 자리를 비운 건지도 모르고……."

"그러니까, 어제부터 오늘 이 시간이 되도록 그 아이의 행선지를 아는 사람이 한 명도 없다는 소리가 아니냐?"

"네, 그렇기는 한데……."

"게다가 커피하우스에도 처음으로 무단결근을 했고?"

"네……."

"그런데 어떻게 그게 별것 아니라는 게야!"

바스티안이 테이블을 손으로 쾅 내려치면서 벌떡 몸을 일으켰다. 안네마리는 화들짝 놀라 자리에서 일어났다.

"가뜩이나 요즘은 세상도 흉흉한데!"

바스티안이 의자 옆에 세워 두었던 지팡이를 짚고 급히 문가로 향하기 시작했다.

"할아버지! 진정하세요……!"

안네마리가 서둘러 다가가 바스티안을 붙잡았다.

"칼리안, 칼리안을 불러와라! 지금 당장!"

하지만 바스티안은 어디서 그런 기운이 났는지, 안네마리를 옆에 달고 곧장 문을 나서 온 복도가 쩌렁쩌렁 울리도록 크게 소리쳐 칼리안을 찾았다. 문밖에 서 있던 집사가 얼른 다가와 그에게 칼리안의 행방을 알려주었다.

"칼리안 도련님은 조금 전에 잠깐 귀가하셨다가 지금 막 다시 나가셨습니다."

"다시 불러와! 내가 급히 시킬 일이 있어서 그런다!"

집사와 고용인들이 곤란해했으나 바스티안은 완고했다. 조금 전에 막 현관을 나선 칼리안은 상당히 급한 볼일이 있는 것처럼 발걸음을 서둘렀었다. 하지만 바스티안이 한 번 고집을 피우기 시작하면 답이 없다는 것을 아는 터라, 집사는 일단 고용인을 시켜 칼리안의 뒤를 쫓도록 했다.

"할아버지, 걱정되시는 마음은 알겠지만 일단 흥분을 가라앉히세요. 그러다 쓰러지시면 큰일 나요."

"고작 이런 일로 드러누울 만큼 약해 빠지지는 않았다!"

안네마리도 유리가 걱정되기는 마찬가지라 바스티안의 마음을 모르는 것은 아니었으나 그의 건강 상태가 우려되어 말했다. 그러나 바스티안의 귀에는 아무 말도 들리지 않는 것 같았다.

"꼭두새벽부터 왜 이리 시끄럽게 구는 게야?"

바로 그때, 계단에서 누군가의 못마땅한 음성이 들려왔다.

"어?"

안네마리는 곧 시야에 들어온 사람을 보고 두 눈을 크게 떴다.

"꼭두새벽은 무슨, 지금 해가 지는데!"

바스티안도 계단을 내려오는 사람을 발견하고 눈살을 찌푸렸다.

"게다가 그 편안한 꼴은 도대체 뭐야? 누가 보면 아주 제집인 줄 알겠어! 남의 집에 허락도 없이 갑자기 쳐들어와서 마음대로 자리를 잡다니, 도대체 이게 무슨 행패야?"

안네마리와 박람회장에서 마주쳤던 노부인, 타티아나가 바스티안의 말에 콧방귀를 뀌었다.

"노망난 괴팍한 늙은이 혼자 가련하게 죽어갈 게 불쌍해 친히 얼굴 구경을 하러 와주었는데 고마워하지는 못할망정, 아직도 이렇게 꼬장꼬장하게 굴다니. 그러니까 그 나이 먹도록 친구 한 명 없는 게 아닌가, 바스티안."

바스티안이 어처구니가 없다는 듯이 입매를 비틀었다.

"지금 자기소개라도 하는 거냐, 타티아나? 지금 도대체 누가 누구에게 훈계질인 거냐?"

순간 두 노인의 사이에 파지직, 번개가 내리치는 것 같은 환영이 보여 안네마리는 두 눈을 깜빡였다.

"동부에서는 손님 대접을 이런 식으로 하나? 하긴, 동부를 대표한다는 크록포드의 선대 가주가 이런 고약한 늙은이인 것만 봐도 답이 나오지만."

"북부야말로 예의범절에 대해 잘 모르는 건가? 아니면 노망이 들 정도로 다 늙어서 예전에 배운 걸 다 잊어버린 건지도 모르겠군."

파지직!

한층 강렬한 벼락이 눈앞에서 번쩍였다. 두 노인 모두 얼굴은 웃었지만 서로를 응시하는 눈은 살모사와 독수리 같았다.

"저기……."

안네마리가 두 사람의 대치에 어쩔 줄 몰라 하며 입술을 달싹였다. 그런 그녀를 향해 집사가 다가갔다. 그의 얼굴은 이런 일촉즉발의 상황에서도 평온하고 고요하기만 했다. 곧이어 집사가 건넨 말을 들은 안네마리는 어떤 반응을 보여야 할지 더 알 수 없는 기분이 되고 말았다.

"이래 보여도 두 분은 사이가 아주 돈독하니 걱정하실 필요 없습니다."

"그, 그래요? 다투시는 것처럼 보이는데……."

"막역한 친구라 서로를 대하는 데 거리낌이 없어 그래 보이는 것뿐입니다."

"아, 그런가요?"

여전히 고개를 조금 갸우뚱하게 되는 부분도 있었지만 안네마리는 결국 납득했다. 애초에 저 두 사람의 관계에 대해서 안네마리는 아는 바가 없었으니, 집사의 평이 더 정확할 것이다.

'그런데 저 노부인하고 할아버지하고 아는 사이셨구나.'

그때, 집사가 바스티안의 명을 받아 밑으로 내려 보냈던 고용인이 헐레벌떡 계단을 뛰어올라 왔다.

"헉헉, 칼리안 님은 이미 마차를 타고 정문을 빠져나가셨습니다!"

"뭐야? 이런 중요한 시점에!"

바스티안이 다시 역정을 냈다.

"당장 경비대를 불러!"

"아까부터 이 늙은이가 도대체 왜 이리 야단법석인 게야?"

타티아나가 오만 난리를 치는 바스티안을 보며 이해가 되지 않는다는 듯이 얼굴을 구겼다. 그녀는 어젯밤부터 크록포드의 손님으로 이곳에 와 있는 참이었다.

타티아나는 북부에 속한 대귀족 가문의 가주였다. 아들인 도미닉에게 일찌감치 자리를 물려준 바스티안과 달리 타티아나는 아직 현역이었다. 그래서 본래는 크록포드의 현 가주인 도미닉이 타티아나를 맞이하는 것이 맞았다.

하지만 어제 동부에서 일어난 일로 그는 지금까지도 중앙의회에서 내내 회의를 진행 중이라 바빴다. 게다가 타티아나도 이번 방문을 바스티안과의 친분에 의한 외유인 것으로 공표했다. 그렇게 번거로운 절차를 모두 건너뛴 타티아나는 바스티안과 회포를 푼다는 핑계를 대고, 요즘 북부에서 일어나는 기묘한 일들에 대해 이야기했다.

그때만 해도 바스티안은 심각한 얼굴을 할지언정 이 정도로 흥분하지는 않았었다. 그래서 타티아나로서는 의아한 마음이 들었다.

"게다가 저 아가는 또 누구고. 낯설지 않은 얼굴이다 했더니, 어제 그 소란 통에 봤던 아가구먼."

"아, 기억하시는군요. 어제는 덕분에 저와 제 동생, 둘 다 다친 곳 없이 무사했어요. 감사합니다."

안네마리가 타티아나에게 고개를 꾸벅 숙여 다시 한번 인사했다. 타티아나의 녹색 눈동자가 그런 안네마리를 지그시 내려다보았다.

"할아버지, 일단 안으로 들어가세요. 너무 오래 서 계셨어요."

안네마리는 바스티안에게 다가가 그의 팔을 붙들었다. 그리고 바스티안을 방으로 이끌기 시작했다. 바스티안도 급격히 흥분해 기력을 소진하긴 했는지, 안네마리에게 못 이긴 척 방으로 향했다.

"경비대가 오면 바로 내 방으로 데려오도록 해!"

"네, 알겠습니다."

물론 마지막까지 집사를 닦달하는 것은 잊지 않았다. 바스티안은 사라진 유리의 걱정으로 속이 새까맣게 타들어가는 것을 느끼며 안네마리의 부축을 받아 다시 방으로 들어갔다.

칼리안은 추적기가 반응하자마자 곧바로 행동에 나섰다. 그가 붙여놨던 물건이 아직 이단자의 몸에 남아 있는 건지는 알 수 없지만 그래도 아무런 신호도 잡히지 않는 것보다는 당연히 나았다. 그런데 추적기의 위치가 잡히는 곳은 신호가 사라졌던 장소와 거리가 굉장히 멀리 떨어져 있었다.

'그새 이 정도나 이동한 건가.'

칼리안은 처음 예상보다 추격이 길어질 것을 예감하고 크록포드에 잠깐 들렀다가 다시 밖으로 나왔다. 그는 곧장 마차에 올라 저택을 빠져나갔다.

"쫓아가."

그런 칼리안의 뒤를 또 다른 마차가 따라가기 시작했다. 데이몬 살바토르가 타고 있는 마차였다. 평소라면 뒤를 쫓는 사람의 존재를 눈치채지 못할 리 없었지만, 지금 칼리안은 다른 곳에 신경이 쏠린 상태였다. 그래서 데이몬이 그를 미행하는 사실을 알아차리지 못했다.

'어딜 가는 거지? 사건 현장에 가는 건 아닌 듯한데.'

데이몬은 의심 어린 눈으로 창밖에 비치는 크록포드의 마차를 주시했다.

'잘은 모르겠지만 일단 따라가 보자.'

그렇게 그들은 마차를 타고 해 질 녘의 하늘 밑을 가로지르기 시작했다. 이때 두 사람은 아직 몰랐으나, 그들이 향하는 목적지는 유리가 감금된 바로 그 장소였다.

"뭐야, 도대체 어딜 간 거야?"

그날 밤, 세이렌도 유리의 실종 사실을 알아차렸다. 세이렌은 최근에 다시 커피하우스나 유리의 집 부근에 새를 보내 그녀를 훔쳐보았다. 유리도 눈치챘을 것이 분명한데 이제는 그러려니 하는지 별로 신경 쓰지 않는 듯했다.

사실 유리가 세이렌이 주변을 기웃거려도 별말을 하지 않게 된 건 집에 라키어스가 없기 때문이었지만 세이렌은 몰랐다. 어쨌든, 그래서 세이렌은 유리가 오늘 커피하우스에 출근하지 않은 사실을 알아차렸다.

'아라크네가 웬일이지?'

그녀의 성실함은 세이렌도 알았기에 오늘의 무단결근이 못내 의아했다. 세 차례나 집에 새를 보내 기웃거렸지만 안에서는 아무 기척이 느껴지지 않았다. 주변을 둘러봐도 마찬가지였다. 새는 결국 유리의 머리카락 한 올 보지 못하고 세이렌의 조종에서 풀려나 다시 밤하늘을 비상했다.

'혹시 장기 의뢰라도 받았나?'

당장 지금으로서는 유리가 이렇게 갑자기 모습을 감출 만한 일로 제일 먼저 떠오르는 게 그것밖에 없었다.

"그래도 요즘은 한동안 새로운 의뢰는 안 받는 것 같더니, 마음이 바뀐 건가?"

만약 그런 거라면 말이라도 해주고 가지 싶어 세이렌은 입술을 삐죽거렸다.

휘익! 그녀는 날개를 펼쳐 수도원 건물 바깥의 부서진 기둥 위로 날아올랐다. 이제는 완전히 회복되어 탐스러운 윤기를 내는 깃털이 푸른 머리카락과 함께 바람에 흔들렸다. 그렇게 밤바람을 맞다가, 문득 세이렌은 얼마 전에 유리가 해줬던 말을 떠올려 냈다. 동부에서 변종 사냥에 나설 예정이라고 했던 말.

"뭐……. 우리도 잘 숨어 지내면 괜찮지 않을까? 일단 동부 놈들이 수색을 어느 정도로 치밀하게 할지 아직 모르니까 새를 보내서 상황 좀 살피다가 결정해도 될 것 같아."

그 이후로 아직 본격적인 변종 수색에 나선 건 아닌 듯했지만, 정말 그 말마따나 동부가 조금 소란스러운 것 같기도 했다. 갑자기 마음 한편에 혹시 하는 생각이 들었다.

'설마 아라크네…… 변종인 걸 들켜서 동부 놈들한테 잡혀간 건 아니겠지……?'

그건 설마 아닐 거라고 생각했지만 그래도 마음 한구석에 싹튼 의문은 가시지 않았다.

"야, 번견!"

세이렌은 다시 수도원 안으로 날아 들어갔다. 구석에 몸을 말고 잠들어 있던 레오가 귀를 쫑긋거렸다. 하지만 그는 일어날 마음이 없는 듯, 얼굴을 구기며 고개를 벽 쪽으로 더 깊이 처박았다. 하지만 다가온 세이렌이 계속 옆에서 시끄럽게 말을 걸자 결국 레오도 눈을 뜰 수밖에 없었다.

"번견, 너 혹시 아라크네가 지금 어디 있는지 알아?"

레오는 자다가 방해받아 성질이 났는지, 짜증스럽게 꼬리로 바닥을 내려쳤다. 혹시 유리의 행방을 아나 싶어 세이렌이 재차 묻자 레오는 짜증을 내면서도 대답해 주었다.

"유리…… 집에 있어. 바, 밤에는 자야 한다."

"이 멍청이가? 집에 없으니까 내가 물어보는 거잖아."

"크릉!"

기껏 아는 것을 말해주었는데 한심하다는 눈빛이 돌아오자 레오는 더 성이 나서 급기야 이를 드러냈다. 세이렌은 레오도 아는 것이 없다는 것을 알고 다시 수도원 밖으로 빠져나왔다.

'내가 직접 찾아봐야겠어!'

갑자기 유리의 행방이 묘연한 것이 불안하게 느껴지기 시작했다. 어떤 의미로는 한동안 잠들어 있던 동물적인 육감이 깨어났다고도 할 수 있었다. 설마 회복 후 첫 외출이 유리를 찾기 위한 것일 줄은 몰랐지만. 세이렌은 날개를 펼쳐 하늘로 날아올랐다.

깜깜한 밤. 제노스는 허름한 빈 건물 안에 있었다. 얼마 전 유리가 칼리안의 뒤를 몰래 따라왔었던 사건 현장 중 한 곳이었다. 제노스는 방 안에 검게 남은 얼룩을 응시하다가 복도로 나섰다.

"셀던 경, 필요한 게 있으십니까?"

"아니. 그냥 답답해서 바람을 좀 쐬려고. 그런데 칼리안은? 아직 중앙의회에 불려 가 있나?"

"그런 것 같습니다."

제노스의 물음에 다른 수색대원들이 답했다. 칼리안은 추적기의 신호를 따라 이동한 참이었지만 여기 있는 사람들은 몰랐다.

제노스는 수색대원들과 헤어져 복도의 끝으로 향했다. 따로 불을 켜지 않은 복도는 어두컴컴했다. 실내에 밴 악취가 아직 남아 있어서 지금 제노스가 있는 층의 복도 창문들은 활짝 열려 있었다.

제노스는 그중 가장 구석진 곳에 있는 창가로 가서 바람을 쐬었다. 오늘은 내내 머릿속이 번잡했다. 박람회장에서 칼리안의 몸에 붙어 있던 실에 손을 댔을 때 떠올랐던 광경이 눈앞에 또 어른거렸다.

그때 제노스가 예지의 능력으로 보았던 건 한 여자였다. 물결치는 검은 머리카락이 어깨 밑으로 굽이쳤다. 여자가 뒤돌아보자, 루비 보석 같은 붉은 눈동자가 흘러내린 검은 머리카락 사이로 비쳤다. 그 여자는 분명 제노스가 잘 아는 커피하우스의 유리였다. 하지만 그때 제노스의 시야에 들어오지 않은 누군가가 소리 높여 부른 그녀의 이름은 그가 아는 것과 달랐다.

"이쪽이야, 아라크네……!"

다음 순간, 유리가 손을 움직였다. 촘촘히 엮인 하얀 거미줄이 제노스의 시야를 가린 직후, 귓가에 큰 소음이 울렸다. 제노스가 본 예지의 장면은 거기에서 끝났다.

'그 거미줄……. 사건 현장들에서 봤던 것과 똑같아 보였지.'

게다가 분명 유리에게서 뽑혀 나왔다. 벌써 몇 번이나 그 장면을 되새겨 떠올린 제노스의 얼굴은 다소 심각하게 굳어져 있었다.

처음에는 혼란스러워 말을 아꼈다. 지금도 칼리안을 비롯한 다른 사람들에게 그가 본 것을 알리기 꺼려지는 건 마찬가지였다. 물론 제노스는 그가 예지력으로 본 장면이 정확히 뭐였는지 알지 못했다. 하지만 마음 한편에 혹시 하는 의심이 싹트기 시작했다.

'설마, 유리 씨가 이번 일에 얽힌 이단자인 건…….'

더군다나 사건이 일어났던 어제부터 유리의 행방이 묘연한 것도 제노스의 의혹에 불을 지폈다. 오늘 커피하우스에서 무단결근한 유리를 걱정하며 경비대에 가볼까 하는 길버트와 안네마리를 말린 것도, 제노스의 마음에 생겨난 그 의심 때문이었다. 만약 이단자인 게 사실이라면 지금 유리가 모습을 감춘 건 칼리안의 추격을 피해서이거나, 아니면 다른 이단자 동료들과 함께 있기 때문일지도 몰랐다. 그러니 경비대가 움직였다가 혹시라도 그녀의 입장이 더 난처해지기라도 하면…….

물론 제노스의 입장에서는 만약 유리가 진짜 이단자가 맞다면 마땅히 중앙의회에 사실을 알리고 그녀를 수배해야 하는 것이 옳았다. 하지만 입이 떨어지지 않았다.

제노스는 유리가 설령 이단자가 맞다 해도, 그녀가 사람들에게 붙잡혀 험한 꼴을 보기 원하지 않았다. 더군다나 만약 어제 박람회장에서 마주쳐 칼리안이 쫓았던 이단자가 유리라면 지금 그녀는 상당히 곤란한 상황일 터. 그나마 칼리안이 가진 추적기가 불량품인지 신호가 잡히지 않는 것이 다행이었다. 물론 칼리안의 손에 있는 추적기는 아까 다시 신호를 보내기 시작했지만, 제노스는 그 사실을 알지 못했다.

펄럭!

그렇게 제노스가 고뇌에 젖어 있을 때, 문득 창문 밖에서 어떤 소리가 들려왔다. 커다란 새가 거세게 날갯짓을 하는 것 같은 소리였다. 제노스의 시선이 소리가 들려온 방향으로 향했다. 근처에 있는 건물들조차 모두 비었기 때문에 주변은 깜깜했다.

제노스의 시야에 가장 먼저 들어온 것은, 그런 어두운 밤하늘 사이에서 흩날리는 새하얀 깃털이었다. 데이몬 살바토르보다 조금 색이 옅은 긴 푸른 머리카락이 제노스의 눈앞에서 흐르는 물결처럼 나부꼈다. 그리고 그 사이로 유독 눈에 띄는 존재감을 자랑하며 펄럭이는 것은 커다란…….

"날개?"

"응?"

제노스가 얼결에 읊조린 소리를 들었는지, 창밖을 가로지르던 날개 달린 여자가 그를 돌아보았다. 그녀는 바로 유리를 찾아 동부 곳곳을 뒤지던 세이렌이었다. 제노스와 세이렌의 시선이 허공에서 맞부딪쳤다. 미처 예상치 못한 상황이었기에, 그 순간 둘 다 흠칫해서 굳어졌다.

유리는 너덜거리는 손목을 못마땅한 눈으로 내려다보았다. 이대로 넋 놓을 수만은 없어서 다시 한번 확인해 볼 겸 유적의 힘을 또 사용해 보았다. 하지만 이번에도 실패였다. 유적의 힘은 사용할 수 없었고, 시간이 지나 뼈가 붙었던 손목과 발목은 또다시 부러졌다.

깡, 까앙!

유리는 옆에 있는 쇠창살에 족쇄를 부딪쳤다. 아무래도 족쇄 한가운데에 박힌 보석이 연금술로 세공되어 특이한 작용을 하는 것 같았기 때문이다. 이번에는 아까보다 좀 더 강한 충격을 줘봤지만 보석에는 흠 하나 나지 않았다. 그리고 이번에도 역시 아무도 유리를 제지하러 오지 않았다.

'소리가 커서 밖에도 들렸을 것 같은데, 신경 쓰지 않는 건가?'

어쩌면 이 정도로는 족쇄와 창살을 부수고 밖으로 탈출하지 못할 것이라 철석같이 믿는 건지도 몰랐다.

'좀 더 뾰족한 게 있으면 부술 수 있을 것 같은데.'

하지만 지금 유리의 주변에는 먼지만 굴러다닐 뿐이었다. 오딘이 돌아오면 밖에서 필요한 물건을 구해달라고 해봐야 할 듯했다. 물론 그가 열쇠를 찾아서 가져온다면 일이 수월해질 테지만.

유리는 고개를 들어 오딘이 사라졌던 곳을 시야에 담았다. 평소 유적의 힘이 가진 치유력으로 미루어 짐작했을 때, 부러진 손목과 발목뼈가 붙기까지 대략 반나절 정도 소요되었을 것이다. 그것으로 오딘이 떠난 시점으로부터 시간이 어느 정도 지났는지 대충 가늠할 수 있었다.

덜컹.

그때, 어디선가 작은 소리가 들려왔다. 가까이에서 나는 소리는 아니었고, 꽤 멀리서 들려오는 소리였다. 역시 지금 유리가 찬 족쇄는 유적의 힘이 발동되는 것을 막지만, 강화된 신체 능력은 퇴화시키지 않는 모양이다. 부러진 손목과 발목이 보통 사람들보다 훨씬 빠르게 붙은 것이나, 지금도 멀리서 나는 소리가 귀에 들리는 것만 봐도 알 수 있었다. 하지만 조금 전의 소음은 혹시 잘못 들었나 싶을 정도로 아주 잠깐만 귓전에 울렸다가 금방 사라졌다.

'혹시 오딘은 아니겠지?'

사실 유리는 이런 상황에서도 크게 조바심이 난다거나 불안한 마음을 느끼지 않았다. 원래 성격이 그런 것도 있었지만, 거기에는 제노스의 경고도 한몫했다.

그는 분명 곧 열릴 동부의 행사인 기원제 때 조심할 것을 유리에게 권고했었다. 그러니 적어도 그 전까지는 그녀에게 큰 위험이 닥쳐올 리 없다는 생각이 들었다. 하지만 어디까지나 그 경고의 대상은 유리였으니, 오딘은 또 다를 수 있다. 그러니 만에 하나 그 역시도 붙잡혀 변이라도 당한다면…….

"아라크네!"

"오딘."

그러나 그때 천장에서 오딘이 날아드는 것으로 유리의 걱정은 끝났다. 오딘이 철창 안으로 들어오며 유리에게 급히 물었다.

"내가 없는 동안 아무 일 없었어?"

"없었어. 너는 어때?"

"나도. 아무한테도 들키지 않았어."

"조금 전에 밖에서 잠깐 무슨 소리가 난 것 같아서 걱정했는데."

"어, 그래? 난 못 들었는데."

함께 귀를 기울여 보았지만 지금은 또 쥐 죽은 듯이 조용했다. 유리는 어쩌면 자신이 별것 아닌 소리를 듣고 예민하게 반응했을지도 모른다고 생각했다.

"아라크네, 일단 이거 한번 써봐."

까마귀 모습을 한 오딘의 목에는 열쇠 다발이 걸려 있었다. 유리는 열쇠 다발을 가져가 하나씩 맞춰보았다. 하지만 오딘이 가져온 열쇠 중, 어느 하나도 족쇄와 철창의 자물쇠 구멍에 맞지 않았다.

"다른 데 쓰는 열쇠인가 봐."

"젠장."

오딘의 표정은 매우 좋지 않았다. 그런데 단순히 그가 가져온 열쇠가 무용지물이라 그런 것만은 아닌 것 같았다.

"밖에서 무슨 일 있었어?"

"몰라, 여기 되게 좀…… 기분 나빠."

오딘은 유리의 물음에 자신도 이 기분을 뭐라고 표현해야 할지 잘 모르는 듯 얼굴을 찌푸리며 중얼거렸다.

"경비가 삼엄해서 아직 못 가본 곳도 많은데, 일단 둘러본 곳 모두 창문이 하나도 없어서 출입문을 찾기 전까지는 밖에 나가볼 수도 없을 것 같아."

그의 입에서 나온 바깥의 상황을 듣고 유리의 눈가도 찡그려졌다. 창문이 하나도 없는 건물이라니. 그럼 밖으로 빠져나가는 과정이 생각보다 더 까다로울 게 분명했다. 그러다 문득 유리는 오딘을 빤히 내려다보았다. 아까부터 무언가가 묘하게 조금 마음에 걸렸다.

"오딘, 잠깐만."

결국 유리는 확인해 보기 위해 오딘의 몸을 감싸 들어 올렸다. 오딘은 유리가 왜 그러는지 몰라 어리둥절해했다.

"아, 아라크네?"

하지만 뒤이어 그녀의 얼굴이 가까이 다가오는 것을 보고 그는 돌처럼 굳어져 버렸다. 유리는 까만 깃털이 난 오딘의 배와 등에 코를 가까이 대고 냄새를 맡았다. 오딘의 몸이 한결 더 딱딱하게 경직되었지만 유리는 상관하지 않았다. 분명 어디선가 맡아본 적이 있는 냄새가 그의 몸에 배 있었다. 도미닉 크록포드처럼 인위적인 남자 향수 냄새는 아니고, 그보다 자연스러운 향이었는데……. 마침내 유리는 그것이 무엇인지 알아차렸다.

"칼리안 크록포드……."

"므, 뭐?"

그녀의 입에서 혼잣말처럼 읊조려진 소리를 듣고 오딘이 반문했다. 유리는 다시 한번 오딘의 날개에 어렴풋이 밴 냄새를 맡고 확신했다. 유리의 발달한 후각과 기억력에 의하면, 이건 분명 칼리안 크록포드의 냄새였다. 그 남자가 지금 이곳에 있는 게 분명했다.

유리의 예상대로 칼리안은 현재 그녀와 같은 건물에 있었다. 그는 크록포드의 저택을 나와 추적기의 신호가 잡히는 대로 이동했다. 그렇게 칼리안이 이끌려 간 곳은 동부의 끝자락이었다.

"여기부터는 나 혼자 가겠다."

타고 왔던 마차를 돌려보내고, 그는 혼자 신호를 쫓아갔다.

'뭐지, 이 건물은?'

그곳에서 칼리안은 묘한 건물 한 채를 눈앞에 두었다. 창문이 하나도 없는 이상한 건물이었다. 그렇다 보니 칼리안이 이용할 수 있는 출입구는 일 층에 있는 문뿐이었다. 분명 저 안에서 추적기의 신호가 울렸으므로, 선택의 여지는 없었다. 일 층에 있는 문은 경비를 서는 사람들이 지켰지만 칼리안은 문지기들이 한눈을 판 사이에 조용히 안으로 들어가는 데 성공했다.

물론 보통의 사람이라면 절대 불가능할 일이었다. 그러나 지금 칼리안은 은신을 위한 연금술 물품을 소지 중이기도 했고, 또 워낙에 몸놀림이 빨랐기에 가능했다. 그는 소리 없이 걸음을 옮겨 사람의 기척이 느껴지지 않는 곳으로만 움직였다. 그러면서도 칼리안은 착실히 추적기의 반응이 느껴지는 장소로 이동했다.

'역시 이단자의 소굴인가.'

추측했던 대로 박람회장에서 보았던 이단자는 그에게서 달아나 동료들에게 간 것이 맞는 듯했다. 건물 내부를 조용히 이동하는 동안, 이단자로 느껴지는 독특한 기척이 군데군데서 희미하게 느껴졌다.

칼리안은 이제라도 지원을 요청하는 게 좋을지 잠깐 고민했다. 하지만 아직 이곳이 그들의 진짜 본거지인지도 모르고, 괜히 지금 섣불리 무언가를 했다가는 이단자들이 눈치챌 가능성이 컸다. 문득 칼리안은 추적기의 신호가 가까이 다가오는 것을 느꼈다.

"이번에 잡아 온 애 예쁘던데. 정말 변종 맞아?"

"그러니까 실험실에 안 처넣고 따로 가뒀겠지."

"그런데 외양이 완전히 인간이던데. 알다시피 실험실에서 만든 것들은 겨우 성공해도 생김새가 영 인간 같지 않잖아? 여기 있는 것들도 그렇고."

"혹시 자연 변종인가? 가끔 그런 것도 있다던데."

멀지 않은 곳에서 두런두런 말소리가 들려왔다. 칼리안은 그 뒤를 밟았다.

"잠깐. 그러고 보니까 지금 네가 한 그거, 소지품 수거할 때 봤던 것 같은데?"

"무슨 소리야? 원래 내가 가지고 있던 거야."

"진짜야? 네가 쓱싹한 게 아니라?"

"이 자식, 애먼 사람 잡네."

복도가 두 번 더 꺾어진 뒤에 그들은 각자 할 일이 있는 듯이 흩어졌다. 칼리안은 그중 한 사람의 뒤를 쫓았다.

"등신 같은 놈이 쓸데없이 눈썰미만 좋아서……. 제길, 소지품 터는 것도 쏠쏠했는데 한동안은 조심해야겠……."

퍼억!

"헉!"

덜컹!

남자가 방 안에 들어가자마자 바로 뒤따라간 칼리안이 문을 닫고 남자의 급소를 단번에 후려쳐 기절시켰다. 남자는 큰 소리 한번 내지 못하고 곧장 바닥에 쓰러졌다. 남자가 넘어지면서 의자에 몸을 부딪치는 소리가 생각보다 컸던 터라 한동안 귀를 기울여 동태를 살폈지만 바깥은 조용했다.

잠시 후 남자의 몸을 뒤지자 주머니에서 다른 물건들과 함께 새끼 손톱만 한 크기의 추적기가 나왔다. 하지만 이 남자는 칼리안이 쫓던 사람이 아니었다. 체구와 목소리 모두 달랐으니 확신할 수 있었다.

칼리안은 바닥에 기절해 있는 남자를 서늘한 눈으로 내려다보았다. 지금 당장 세울 수 있는 유력한 가설은 두 가지였다. 그가 쫓던 이단자와 이 남자가 동료라 같이 있다가 부착식 추적기가 옮겨붙었거나,

조금 전에 들었던 대화 내용처럼 이 남자가 추적기를 보석인 줄 알고 다른 사람에게서 훔쳤거나.

차라리 기절시키지 말고 직접 물어볼 걸 그랬나 싶었지만 남자가 순순히 답하리라는 보장은 없었다. 오히려 기회를 엿봐 소란을 일으킬 염려도 있었으니 역시 그건 좋은 방법이 아니었다.

'어차피 내부를 좀 더 살펴볼 생각이었으니 큰 상관은 없나.'

둘 중 어느 쪽이든, 칼리안이 찾던 사람 역시 이 안에 있을 확률이 높았다. 칼리안은 누가 발견해도 잠깐 잠든 것처럼 보이도록 남자를 대충 의자에 앉혀두고 또 소리 없이 방을 빠져나갔다.

"이쪽입니다, 라키어스 님!"

라키어스는 비굴하게 굽실거리는 수하를 따라 걸었다.

카르노말의 성을 빠져나와, 가짜 놈이 그에게 관리를 맡겼다는 장소로 이동하는 동안 라키어스는 점차 기분이 더러워졌다.

지금 그가 걷는 곳은 깜깜한 동굴 같았다. 사방이 어두운 와중에 라키어스의 새파란 눈만 선명한 광채를 내며 스산하게 빛났다. 어둠은 그에게 장해물이 되지 않았다. 그러다 마침내 라키어스는 눈앞에 비치는 광경을 보고 입매를 비틀었다.

"하, 이 새끼, 이거……."

–라키어스, 여기 되게 익숙한 느낌인데? 나만 그렇게 생각하는 거 아니지? 그치?

아까부터 종알거리던 벌레가 더 흥분해서 시끄럽게 떠들었다.

"라키어스 님께서 제게 맡겨주신 동안 총 세 개의 개체가 실험에 성공했는데 보러 가시겠습니까?"

옆에 있던 수하가 눈치 없이 라키어스에게 알랑거리며 말했다. 그 놈의 역겨운 연구소를 기껏 없애놨더니, 그새 또 이런 비슷한 걸 만들어놨다. 게다가 지금까지 라키어스가 살펴본 바에 의하면 이런 장소는 한두 개가 아니었다.

'그 새끼, 변종 군대라도 만들려는 건가?'

"야."

"네!"

"네가 섬기는 주인 놈이 마지막으로 간다고 했던 데가 어디냐?"

"네?"

수하는 라키어스의 말을 바로 이해하지 못했다.

'네가 섬기는 주인 놈'이라니? 왜 스스로를 비하하지?

자기 자신을 지칭하는 말치고는 어감이 이상했다. 수하는 고개를 갸웃하며 라키어스에게 답했다.

"그것이…… 라키어스 님께서 굳이 행선지를 말씀해 주시지 않아 정확히는 모르지만, 감히 추정하건대 동부 쪽에 만들어두신 둥지에 다녀오신 게 아닌지요?"

"동부."

라키어스의 입에서 한결 비릿한 웃음이 새어 나왔다. 옆에 있던 수하는 괜스레 더 라키어스의 눈치를 보았다. 라키어스는 웃었지만, 왠지 그에게서 까닭 모를 어두운 기운이 뭉글거리며 흘러나왔다. 착각이 아니라면, 기분이 불쾌한 상태인 것 같았다. 만약 라키어스가 수하의 생각을 알았다면 그래도 눈치가 조금은 빨라졌다며 빈정거렸을

지도 모를 일이었다.

"동부 담당도 네놈인가?"

"아, 아니요."

라키어스의 물음에 수하가 고개를 도리도리 저었다. 그에게 얼음 결정 같은 차가운 눈길이 날카롭게 박혔다.

"그럼 위치 몰라?"

"알고 있습니…… 어억!"

라키어스의 손이 대번에 수하의 뒷목을 잡아끌었다.

"그럼 안내해. 그때까진 살려둘 테니까."

"네, 네?"

죽음을 암시한 말에 수하가 경기하며 몸서리쳤다. 물론 라키어스는 눈 하나 깜짝하지 않았다.

라키어스는 번거로움을 감수하고 가짜 놈을 직접 족치러 가기로 했다. 놈이 탐냈던 왕좌에서 친히 뼈와 살을 발라주기 위해 자신이 기껏 카르노말까지 왔는데 그새 동부로 내뺐다니. 사람을 헛걸음하게 만드는 것도 정도가 있는 법인데 말이다. 역시 괘씸해서라도 최대한 고통스럽게 죽여줘야겠다는 생각이 들었다.

"그 전에."

하지만 라키어스는 바로 장소를 옮기지 않고 수하의 뒷목을 질질 끌며 옆쪽으로 이어진 통로로 향했다.

"쓰레기통 정리는 좀 하고 가야지."

스산한 목소리가 어둠 속에 울린 직후, 라키어스의 손에서 나온 올가미 같은 붉은 핏줄기가 꿈틀거리며 허공에 너울거리기 시작했다. 이제부터는 청소 시간이었다.

"도대체 저 안에서 뭘 하는 거야?"

데이몬은 칼리안이 들어간 건물을 보며 얼굴을 구겼다. 건물 안으로 들어간 칼리안은 그 후 한참이나 감감무소식이었다. 들고 다니던 회중시계는 도대체 언제 망가졌는지, 아까부터 움직이지 않았다. 차라리 낮이라면 해가 움직이는 것을 보고 얼추 시간이 어느 정도 흘렀는지 파악했을 텐데, 지금은 달조차 없이 하늘이 어두컴컴해 칼리안이 건물 안에 들어간 지 얼마나 지났는지 알 수가 없었다.

크록포드의 저택을 단신으로 나서는 칼리안을 보고 일단 무턱대고 그 뒤를 쫓기는 했으나, 이제 와서 생각해 보니 아무래도 너무 대책 없이 나섰나 싶었다. 건물에는 경비로 보이는 사람들이 지키고 서 있는 출입문을 제외하고 다른 통로가 없어 보였다. 그래서 누구에게도 들키지 않고 몰래 안으로 들어갈 수도 없었다.

'젠장, 내가 칼리안 크록포드처럼 뻔뻔스럽게 저놈들 사이를 뚫고 갈 수도 없는 노릇이고.'

아까 칼리안은 실로 기막히게도 경비들이 지키고 서 있는 문을 이용해 당당히 건물 내부에 침입했다. 심지어 누구 한 사람에게 들키지도 않았다. 이미 알고는 있었지만 정말 학을 뗄 정도로 놀라운 재주가 아닐 수 없었다. 물론 데이몬도 현재 연금술 물품들을 소지하기는 했다. 개중에는 기척을 감추는 것도 있었다.

애초에 그런 물건을 가지지 않았다면, 마차에서 내려 칼리안의 뒤를 쫓는 동안 그를 미행하는 것을 들키지 않는 건 불가능했을 것이다. 하지만 그런 것을 가졌다 한들, 데이몬에게 칼리안처럼 저 경비원들 사이로 걸어가라고 하면…… 백이면 백, 문에 도달하기도 전에 걸려서 붙잡히게 될 게 분명했다.

'일단 돌아가자.'

데이몬은 눈앞에 솟은 건물이 칼리안이라도 되는 것처럼 노려보다가 마음의 결정을 내렸다. 칼리안의 조심스러운 행동으로 미루어 짐작했을 때, 저곳은 적의 은거지 비슷한 장소일 가능성이 높아 보였다. 애초에 건물의 외양이나 풍겨 오는 분위기도 범상치 않아 보였고 말이다.

아무리 그래도 칼리안이 단신으로 저 안에 들어간 건 굉장히 무모한 행동으로 비쳤지만……. 데이몬의 생각에 왠지 칼리안 크록포드는 어떤 경우에라도 제 목숨 하나는 부지할 것 같은 놈이었으니 딱히 걱정은 들지 않았다.

'더 이상 크록포드만 활개를 치고 다니는 꼴은 못 보지.'

살바토르가 사건의 범인들을 잡는 데 일조한다면 변종들과 한통속이라는 헛소문도 잠잠해질 것이다. 칼리안의 뒤를 몰래 쫓은 것도 혹시 도움이 될 정보가 없을까 싶어서였다. 하지만 데이몬은 괜히 여기서 칼리안의 뒤를 따라갔다가 위험한 꼴을 당하는 대신, 일단 가문으로 돌아가기로 했다. 가서 지원 병력을 부르든 뭘 하든, 서둘러야…….

"누군가 했더니 동부의 살바토르로군."

그러나 데이몬은 머릿속으로 계획한 것을 실행에 옮길 수 없었다. 뒤돌아서자마자 머리 위에 새까만 그림자가 드리워졌다. 귓가에 누군지 모를 남자의 목소리가 울렸다. 시야가 검게 변한 다음 순간, 어째서인지 데이몬은 바로 의식을 잃고 말았다.

"아무래도 안에 쥐새끼가 들어왔나 본데."

조금 전에 건물 안에 들어온 가짜 라키어스, 즉 밀리엄을 뒤따라 걷던 수하가 그의 말에 깜짝 놀라 반박했다.

"네? 그럴 리가요. 경보가 울린 적도 없이 지금까지 계속 조용했는데요. 경비들도 별말이 없었고……."

하지만 그는 얼음장 같은 파란 눈이 제게 내리꽂히는 순간 흠칫하여 말을 바꾸었다.

"죄송합니다! 아무렴 라키어스 님 말씀이 맞겠지요! 당장 부하들을 시켜 내부를 샅샅이 수색하도록 하겠습니다."

"쥐새끼가 도망가지 않게 조용히 움직이도록 해."

"예!"

"조금 전에 데려온 놈과 연관이 있을지도 모르니 일단 몸수색 후 가둬놔."

"알겠습니다!"

수하는 밀리엄의 말에 두 번 토를 다는 우를 범하지 않고, 그의 명령에 따라 헐레벌떡 복도를 달려갔다. 그 후 밀리엄이 향한 곳은 유리를 가둔 방이었다.

유리는 또다시 만난 남자를 보고 얼굴을 찌푸렸다. 그나마 오딘이 다시 자리를 비운 틈이라 다행이었지만 남자의 얼굴을 보는 것은 달갑지 않았다.

"쓸데없는 짓을 한 모양이군. 그래봤자 그 안에서 탈출하는 건 불가능할 텐데."

철창 밖에 서서 유리의 모습을 한 번 훑어본 밀리엄이 말했다. 그녀의 손목과 발목이 성치 않은 것을 알아차린 모양이다. 유리는 입을 다물고 아무 말도 하지 않았다. 밀리엄은 그녀를 내려다보며 다시 입을 열었다.

"조금 전에 보니 꼬리가 붙은 것 같던데. 네가 아는 놈인지도 모르겠어."

일부러 자극하듯이 꺼낸 말이란 걸 알았기 때문에 이번에도 유리는 반응을 내보이지 않았다. 하지만 순간 어쩔 수 없이 낯익은 얼굴이 그녀의 머릿속을 스쳐 지나갔다.

일단 가장 먼저 떠오른 것은 조금 전에 방을 나선 오딘이었고, 그다음으로 떠오른 것은 오딘에게 밴 냄새의 주인인 칼리안이었다. 혹시 둘 중 누군가가 지금 그녀의 눈앞에 있는 남자에게 들킨 건가 싶어 신경이 쓰였다.

'만약 그런 거라면 오딘보다는 칼리안 크록포드였으면 좋겠는데.'

아무리 그래도 설마하니 남자 주인공이 이런 악당한테 당해 죽거나 회복이 불가능할 정도로 다치는 일은 없을 게 아닌가. 어찌 보면 좀 이기적인 생각일지도 모르지만 숨길 수 없는 유리의 본심이었다.

그때, 밀리엄이 눈살을 찌푸리며 철창 안으로 손을 뻗었다. 억센 손아귀가 유리의 팔을 움켜잡아 끌어당겼다. 일순간 눈이 마주쳤다. 밀리엄의 입가에 비틀린 미소가 떠올랐다.

"이번에도 아무것도 읽히지 않는군. 정말 이상하단 말이지."

그는 기분이 불쾌한 것 같았다. 그의 눈동자에는 뜻 모를 이채가 떠올라 있었다.

"너, 라키어스 아발론과 정말 무슨 관계지? 그가 밖에서 새로 만든 부하인가? 아니면……."

팔을 타고 내려온 밀리엄의 손이 아직 완전히 붙지 않은 유리의 손목을 움켜쥐었다.

"좀 더 밀접한 사이? 얼굴이 꽤 반반한 걸 보니 그럴 수도 있겠다는 생각이 드는데."

그는 유리의 반응을 유도하려 떠보는 것 같기도 하고, 일부러 자극하려는 것 같기도 했다.

"어느 쪽이든 마음에 안 들기는 마찬가지지만. 라키어스가 입에 넣었던 건 비위가 상해서 나도 갖기 싫거든."

유리는 철창을 사이에 두고 익숙한 얼굴을 마주했다. 지금까지 꽉 닫혀 있던 그녀의 입술이 천천히 벌어졌다.

"그럼 왜 그 얼굴을 하고 있어?"

유리의 입에서 나온 말을 들은 순간, 시야에 비친 라키어스의 얼굴이 한결 더 싸늘해졌다.

듣자 하니 남자는 라키어스를 굉장히 싫어하는 모양이다. 그게 쌍방인지, 아니면 일방적인 감정인지는 알 수 없었지만. 지금 유리가 내뱉은 말도 남자에게 작지 않은 자극이 된 듯했다.

솔직히 제노스가 예지한 날까지 죽지 않으리라는 확신이 없었다면, 아무리 유리라 해도 이런 상황에서 상대를 도발할지 모르는 말을 꺼내기 어려웠을 것이다.

"라키어스를 믿고 이렇게 까부는 건가? 잘도 건방진 소리를……."

삐이이!

밀리엄이 유리의 부러진 손목을 더 아프게 움켜쥐었을 때, 돌연 문

밖에서 큰 소리가 들려왔다. 침입자를 알리는 경보음이었다.

"쥐새끼가 요란하게 날뛰는 모양이군."

유리의 손목을 옥죄던 힘이 풀어졌다. 밀리엄은 서늘한 기운을 흩뿌리며 유리가 있는 방을 나섰다.

유리는 얼굴을 찌푸리며 그에게 잡혔던 손목을 문질렀다. 당연한 말이지만 역시 남자는 라키어스와 달랐다. 맨 살갗에 온기가 닿았는데도 불쾌한 기분만 들었으니까.

그래도 어쩌면 얼굴이 같으니 조금은 괜찮을지도 모른다고 생각했는데. 이런 상황에서 할 법한 생각은 아닌 듯했지만, 아무래도 그녀는 라키어스의 얼굴만 마음에 들었던 게 아닌 모양이다.

'그나저나, 지금 소란이 일어난 게 오딘 때문인 건 아니겠지?'

유리는 아직도 시끄럽게 울리는 소리에 귀를 기울였다.

"아라크네!"

그때, 오딘이 천장 틈에서 나타났다. 마침 적절한 타이밍이었다. 그렇지 않아도 지금 건물 전체에 시끄럽게 울리는 경보음을 듣고 오딘의 생각을 하던 참이었는데.

"오딘, 혹시 지금 밖이 시끄러운 거 너 때문이야?"

"아니야! 네 말처럼 다른 침입자가 있었나 봐."

다행히 오딘을 쫓느라 이렇게 바깥이 어수선한 건 아닌 모양이다.

'그럼 역시 칼리안 크록포드인가? 아니면 그냥 다른 사람일지도 모르지만.'

어찌 되었든 기회였다. 오딘은 소란을 틈타 열쇠를 더 찾아 가져왔다며 급히 열쇠 꾸러미 몇 개를 내밀었다. 하지만 그중에서도 맞는 열쇠는 없었다.

"오딘, 밖에서 최대한 힘을 실어서 철창을 부숴봐."

"뭐? 그러다 네가 다치면……."

"상관없어. 어차피 금방 낫잖아."

지금까지는 상황이 상황인지라 되도록 큰 소란을 일으키지 않고 빠져나갈 방법을 궁리했으나 이제는 사정이 달라졌다. 다른 침입자가 밖에서 날뛰는 동안 이쪽도 시도할 수 있는 건 해보는 게 나았다. 오딘도 유리의 생각에 동의했는지, 철창 밖에서 인간화했다.

"아라크네, 위험하니까 구석으로 가 있어!"

콰앙!

오딘의 망토가 크게 펄럭인 다음 순간, 굉음이 울렸다.

파지직! 스파크 튀는 소리가 유리의 고막을 때렸다. 눈앞에 몇 번 날카로운 빛이 번쩍였다. 하지만 유감스럽게도 철창은 부서지지 않았다.

"한 번 더 해볼게!"

오딘은 포기하지 않고 철창에 또 힘을 쏟아부었다. 그러나 철창에 생각보다 더 특수한 장치가 되어 있는 건지, 약간의 흠집은 생겼을지언정 유리가 빠져나갈 틈은 생기지 않았다.

그때 문득 밖에서 누군가가 다가오는 기척이 느껴졌다. 혹시 소리를 듣고 오는 건가?

"오딘, 숨어!"

유리는 얼른 오딘에게 경고했다. 오딘은 다시 까마귀로 변해 급히 천장의 틈새로 날아갔다.

벌컥!

바로 그다음 순간, 유리가 갇혀 있는 곳의 문이 열렸다.

"칼리안 크록포드! 이 답답한 자식, 지금이 어떤 상황인지 몰라? 빨리 출구를 찾아서 나가도 모자랄 판에 그 문은 또 왜 열어!"
"조용히 해라. 이 안에서 분명 익숙한 기운이……."
안으로 들어온 것은 지금 밖에서 벌어지는 소란의 주인공이었다.

시간을 조금 되돌려, 5분 전.
"……."
칼리안은 주변을 수색하다 말고 걸음을 멈추었다. 차가운 은회색 눈동자가 소리 없이 옆으로 미끄러졌다. 그는 최대치로 오감을 끌어올린 상태였다.
'열둘…… 아니, 열셋인가.'
조금 전까지만 해도 여기저기 흩어져 있던 기척들이 한군데로 모여들 때부터 수상하긴 했다. 하지만 이렇게 금방 포위망을 좁혀 올 줄이야.
'확실히 들켰나 보군.'
조금씩 거리를 좁히며 다가오는 사람들을 느끼고 칼리안은 확신했다. 그래도 그가 있는 곳으로 바로 달려오지 않는 것을 보니 칼리안이 있는 정확한 위치까지는 아직 모르는 것 같았다. 일단 침입자가 들어온 것을 의심하고 차례대로 내부를 수색하면서 접근하는 듯한데, 역시 정면으로 부딪쳤을 때 불리한 건 칼리안이었다.
다른 장소라면 몰라도 지금 이곳은 그들의 은거지였다. 내부 지리에 대한 정보도 턱없이 부족한 데다, 조금 살펴본 결과 이곳은 바깥에서 보았던 것처럼 일 층의 문을 제외하고 출입구라 할 만한 것이 전혀 없었다. 일단 괜한 소란을 일으켜 좋을 건 없었다.

무엇보다도 칼리안은 아직 이곳을 충분히 조사해 보지 못했다. 그래서 그는 포위망을 좁혀 오는 사람들을 피해 그림자처럼 조용히 움직였다. 하지만 아무리 칼리안이라 한들, 밀폐된 공간에서 적을 피하는 데는 한계가 있는 법이었다.

잠시 후 칼리안은 복도의 막다른 곳에 이르러, 독 안에 든 쥐 신세가 되었다. 뒤이어 그가 수색대를 피해 들어간 곳은 옆에 있던 끝방이었다. 그 안에서는 사람의 기운이 느껴졌지만, 달리 선택의 여지가 없었다. 그나마 감지된 사람은 한 명뿐이었고, 안에서 다른 움직임이 느껴지지 않는 것을 보니 그 사람은 현재 의식을 잃거나 잠들어 있는 상태인 것 같았다.

물론 자세히 탐색할 시간적 여유가 없었기 때문에 칼리안이 착각했을 가능성도 있긴 했다. 만약 그렇다면 이제부터 의식이 없는 상태로 만들어주면 될 테니 큰 상관은 없었다. 칼리안은 그렇게 다소 가차 없는 생각을 하며 방 안으로 들어갔다. 그곳에는 은은한 불빛이 어려 있었다. 아주 밝은 정도는 아니었지만 눈앞의 사물을 분간하기에는 충분했다.

칼리안의 생각대로 방 안에 있던 사람은 의식이 없는 상태가 맞는지, 칼리안이 문을 열고 안으로 들어왔는데도 아무런 반응도 보이지 않았다. 칼리안은 바깥에 귀를 기울였다. 복도를 걷는 발소리와 옆쪽의 방문이 열리고 닫히는 소리가 연달아 귓가에 울렸다.

칼리안은 몸을 숨길 만한 곳을 찾기 위해 방 안쪽으로 조용히 걸음을 옮겼다. 그러다 그는 방 안에 의식 없이 누워 있는 사람의 옆을 지나가게 되었다. 그 사람은 적들과 한패가 아닌지, 철창 같은 곳에 갇혀 몸을 웅크렸다. 마치 동화책 속에 나오는 잠자는 숲속의 공주처럼 고이 누워 잠들어 있는 사람은 바로…….

"……!"

데이몬 살바토르였다. 칼리안이 눈을 부릅떴다. 그의 얼굴에는 '네가 왜 여기서 튀어나와?'라고 쓰여 있는 듯했다. 혹시 닮은 사람과 착각했나 싶어 가까이 다가가 다시 확인해 보았지만 역시 그는 데이몬 살바토르가 맞았다. 칼리안은 어째서 데이몬이 이런 곳에 갇혀 있는지 곰곰이 생각해 보았다.

'살바토르의 명예를 위해 범인을 잡겠다고 설치다가 잡혔나 보군.'

데이몬이 들었다면 파들거렸을 말이었다. 하지만 칼리안의 추리는 거의 정확했다.

"으음……."

하필 그때 공교롭게도 데이몬이 깨어날 듯한 낌새를 보였다. 하지만 복도에서 이어지는 발소리가 한결 가까이 다가온 것이 느껴져 칼리안은 데이몬과 대화를 시도하는 대신 구석에 몸을 숨겼다.

벌컥!

그 직후 곧바로 누군가가 방문을 열고 안으로 들어왔다.

"뭐, 뭐야? 너희는 누구냐?"

막 의식을 되찾은 데이몬이 방 안으로 들어온 사람들을 보고 깜짝 놀라 경계심 어린 목소리로 묻는 소리가 들렸다.

"여긴 어디야? 내가 왜 이런 곳에 있는 거지?"

"말 섞지 말고 샅샅이 뒤져."

하지만 방 안을 수색하러 들어온 사람들은 성가시단 표정을 지으며 데이몬의 질문을 무시했다. 발소리가 점점 칼리안이 있는 쪽으로 다가왔다. 칼리안의 손도 허리춤에 묶인 검으로 움직였다.

"이 자식들이……! 왜 내가 이런 곳에 갇혀 있냐고 묻잖아!"

하지만 상황을 깨닫고 흥분한 데이몬이 소리 높여 외치기 시작하자 칼리안에게 다가오던 발소리는 멈췄다.

“이러고도 너희가 무사할 것 같아? 너희 내가 누구인지 아는…….”

“아, 거참 시끄럽네! 저런 것들은 꼭 처맞아야 정신을 차린다니까!”

칼리안을 향하던 발걸음이 데이몬 쪽으로 옮겨지기 시작했다.

“야야, 참아! 주인님이 직접 데려오신 놈이야. 건들면 X돼.”

그래도 중간에 말리는 사람이 있어서 데이몬에게 무슨 일이 생기지는 않았다. 그들은 수색을 멈추고 데이몬이 있는 철창을 걷어차며 욕설을 몇 번 내뱉다가 방을 나섰다.

“X발, 이게 뭐야. 왜 내가 이런 꼴을…….”

데이몬은 여전히 철창에 갇혀 씨근덕거렸다. 아직 상황이 잘 파악되지는 않았지만 칼리안을 따라왔다가 적에게 들켜 붙잡혔다는 사실만큼은 분명해 보였다. 데이몬은 혹시 가지고 있던 연금술 물품 중 이런 상황에서 쓸 만한 건 없나 싶어 주머니를 뒤져보았지만 텅 비어 있었다.

“데이몬 살바토르.”

바로 그때, 데이몬에게 있어 원흉이자 구세주인 사람의 목소리가 뒤쪽에서 들려왔다.

“칼리안 크록포드……!”

데이몬은 어둠 속에서 나타난 사람을 발견하고 숨을 들이켰다.

“너, 너, 네가 왜 여기에……!”

“쉿. 목소리를 낮추도록.”

“설마 너도 잡힌…… 건 아닌 것 같은데.”

“난 들키지 않았어. 내부에 잠입해서 수사 중이었다.”

칼리안의 대답을 들은 데이몬의 얼굴이 구겨졌다. 왜 자기 혼자만 이런 하찮은 꼴이 되어야 하는지 조금 분한 기분이 들었기 때문이다.

또 이렇게 칼리안이 눈앞에 있으니 묘하게 안심되는 기분이 들었는데, 그것을 인정하기 싫어서 약이 올랐다.

"그럼 빨리 날 여기서 꺼내주……."

"아직 건물 안을 충분히 조사하지 못했으니 좀 더 살펴보고 와서 꺼내주겠다."

"뭐라고?"

"이 철창, 그냥 여는 건 불가능할 것 같고 열쇠도 없으니 필시 파손해야 할 듯한데 그렇게 되면 사람들이 몰려올 게 아닌가. 얌전히 있으면 나중에 데리러 오겠다."

"그게 무슨 헛소리야? 야, 잠깐만! 이, 이봐, 칼리안 크록포드……!"

칼리안은 그렇게 일방적으로 통보한 뒤 정말 뒤돌아 문 쪽으로 향하기 시작했다. 데이몬은 기가 막히고 코가 막혀서 오히려 어안이 벙벙해졌다. 그러는 동안에도 칼리안은 멀어졌고, 그가 진심이라는 것을 데이몬도 깨달을 수밖에 없었다. 결국 데이몬은 열을 받아서 얼굴이 벌게진 채 소리 질렀다.

"네가 다시 올 때까지 내가 무사할 거라고 누가 그래? 그사이에 내가 죽으면 어쩌려고!"

"그렇게 금방 죽일 생각이었다면 널 발견했을 때 바로 처리했겠지. 하지만 굳이 이런 곳에 가둔 걸 보면 그런 걱정은 하지 않아도 될 거다."

"이 자식이, 자기 일 아니라고! 애초에 내가 잡힌 게 누구 때문인데……!"

순간 칼리안이 우뚝 멈춰 섰다.

"네가 잡힌 게 나 때문이라고?"

"그래! 네가 먼저 이런 곳에 얼쩡거리지만 않았어도 내가 여기에 올 일도 없었고, 또 이렇게 들켜서 붙잡힐 일도 없었으니까!"

억지나 다름없었지만 지금의 데이몬에게는 이성이라 할 만한 것이 거의 남아 있지 않았다.

"칼리안 크록포드, 네가 지금 날 두고 가면 나도 가만히 안 있어! 아까 그놈들을 다시 불러서 안에 침입자가 있다는 걸 다 불어버릴 거니까!"

물론 진짜로 그럴 심산인 건 아니었다. 미우나 고우나, 어쨌든 데이몬이 여기서 믿을 구석은 칼리안뿐인데 그런 멍청한 짓을 할 리가 없었다. 그러니 이건 협박일 뿐이었다. 칼리안은 눈매를 작게 찌푸린 채 잠깐 말없이 데이몬을 쳐다보았다.

"하는 수 없군."

그러다 곧 그가 다시 발길을 돌려 데이몬에게 다가왔다. 칼리안은 허리춤으로 손을 움직여 검을 뽑았다.

"야, 잠깐……!"

곧바로 데이몬이 있는 쪽으로 휘둘렀다. 설마 이렇게 바로 칼부터 빼 들 줄은 몰랐기 때문에 데이몬은 경악했다. 하지만 그의 다급한 만류에도 칼리안은 움직임을 멈추지 않았다.

카아앙!

날카로운 소음이 고막을 찢을 것처럼 울려 퍼졌다. 데이몬은 우그러진 철창을 보고 어버버 입을 벌렸다.

"너, 너 이렇게 다짜고짜……!"

그러나 칼리안은 담담했다.

"생각보다 단단하군."

"소리 듣고 다들 몰려올 거 아니야! 좀 더 조용히……."

"머리 숙여라."

카가강!

짧게 경고한 칼리안이 다시 한번 검을 휘둘렀다. 이번에는 감을 잡은 듯, 좀 더 거침없는 움직임이 이어졌다. 과연 조금 전과 달리 단번에 철창이 썰려 나갔다. 함께 몇 가닥 잘려 나간 데이몬의 머리카락이 인위적으로 생성된 바람에 흩날렸다.

가로로 두 동강 난 철창이 미끄러지듯이 떨어졌다.

삐이이!

건물 안에 요란한 소리가 울리기 시작한 것은 바로 그때였다. 철창을 파손하면 신호가 가게 되어 있던 건지, 아니면 밖에서 누군가 경보를 울린 건지는 알 수 없었다. 어찌 되었든 간에 한 가지 분명한 건, 이 경보음이 울린 게 바로 그들 때문이라는 사실이었다. 복도를 달리는 발소리가 가까워지는 것이 칼리안의 감각에 잡혔다.

"일어나라. 지금 바로 움직여야 해."

금방 이곳으로 사람들이 몰려올 것이다. 데이몬이 갇힌 철창에 검을 휘둘렀을 때부터 이미 결정을 내리긴 했지만, 역시 내부를 수색하는 건 이쯤에서 그만둬야 할 듯했다. 칼리안 혼자라면 또 몰라도, 그가 맡은 사건에 휘말려 감금된 피해자를 발견한 이상, 구출이 우선되어야 했다. 데이몬이 한 말처럼 조사 후 다시 왔을 때 그가 멀쩡하리라는 보장은 없었으니 말이다.

칼리안은 아직도 정신을 못 차리는 데이몬의 팔을 잡아당겼다. 그러다 그의 발목에 족쇄가 연결된 것을 발견하고 거추장스러운 사슬도 잘라 버렸다. 그 후 두 사람은 바로 방을 벗어났다.

"저쪽이다!"

그러자마자 그들을 뒤쫓는 사람들의 소리가 들려왔다.

"잠깐, 이쪽이 출입구 맞아?"

"모른다."

칼리안의 칼 같은 대답에 데이몬이 기함했다.

"뭐? 그럼 대책도 없이 날 데리고 나온 거야?"

"출입구는……."

하지만 칼리안은 질겁한 데이몬과 달리 전혀 긴장한 것 같지 않은 얼굴이었다. 다음 순간, 그가 검을 든 손을 또 한 번 크게 휘두르며 말을 이었다.

"없으면 만들면 되니까."

콰앙!

검에 박혀 있던 보석이 번쩍인 다음, 엄청난 파공음이 공간을 울렸다.

"으아악!"

순간 발밑이 푹 꺼져서 데이몬은 요란한 비명을 지르고 말았다. 상점가에서 추락할 때와 비슷한 느낌이 전신을 휘감았다.

바로 그때, 뒤쪽에서 뜨거운 기운이 날아왔다. 아슬아슬하게 스쳐 지나간 무언가가 데이몬의 머리카락 끄트머리를 살짝 그을렸다. 아무래도 오늘은 그의 머리카락이 계속 수난을 당할 팔자인 모양이다.

쿵!

"윽!"

그래도 바로 아래층으로 떨어진 것뿐이라, 몸에 입은 타격은 크지 않았다. 데이몬은 정신을 차리기도 전 또 칼리안에게 뒷덜미를 잡혀 자의인지 타의인지 모를 상태로 자리를 이동해야 했다.

칼리안은 그렇게 달리면서 또 벽 쪽을 향해 칼을 휘둘렀다. 하지만 역시 바닥이나 방과 연결된 벽과 달리, 건물의 외벽은 칼리안의 검으로 파손되지 않았다. 먼저 살펴봤을 때도 재질이 일반적인 건축물과 다르다고 생각하긴 했는데, 예상보다도 강도가 훨씬 셌다. 별로 좋은 소식이 아니었다. 반드시 일 층에 있는 출입구로 가야만 건물 밖으로 빠져나갈 수 있다는 뜻이었으니까.

콰앙! 파지직!

그러다 문득 칼리안은 그리 멀지 않은 곳에서 밀려든 파동이 그의 오감을 자극하는 것을 느꼈다. 이것은 분명 박람회장에서 마주친 이단자에게서 느껴졌던 기운이었다. 칼리안의 눈동자에 반짝이는 광채가 스쳐 지나갔다. 그는 발길을 돌려 파동이 전해진 곳으로 달려갔다.

"헉, 허억! 카, 칼리안 크록포드! 지금 어디 가는 거야? 설마 여전히 무계획으로 움직이는 건 아니겠지?"

데이몬이 숨을 헐떡이면서 그 뒤를 따라갔다. 그러다 그는 뒤쪽에서 그들을 추격하는 사람들의 소리를 들었다.

"야야, 뒤에 쫓아와! 쫓아온다고!"

당장 붙잡힐 정도로 가까운 곳에서 들려오는 소리도 아니었는데 데이몬은 지레 겁을 먹고 야단법석을 떨었다. 지금도 복도 전체에 울리는 경보음이 긴장감을 한결 더 고조시켰다.

"이봐, 그냥 조금 전처럼 바닥이나 벽을 뚫으면 안 돼? 출입구가 없으면 만들면 된다고 네가 멋있는 척하면서 그랬잖아!"

데이몬이 뒤에서 소리 높여 외쳤지만 칼리안에게서는 대답이 돌아오지 않았다.

"야……! 너 지금 나 무시하냐? 젠장, 내가 주머니만 안 털렸어도!"

데이몬은 다리를 더 재게 놀려 칼리안을 쫓아갔다. 하지만 두 사람의 신체 능력은 뱁새와 황새 정도로 차이가 났기 때문에, 데이몬이 아무리 용을 써도 칼리안을 따라잡을 수는 없었다.

그러는 동안 칼리안은 복잡하게 얽히고설킨 통로를 요리조리 잘도 빠져나가, 마침내 다다른 어느 방의 문을 대뜸 열어젖혔다.

"칼리안 크록포드! 이 답답한 자식, 지금이 어떤 상황인지 몰라? 빨리 출구를 찾아서 나가도 모자랄 판에 그 문은 또 왜 열어!"

"조용히 해라. 이 안에서 분명 익숙한 기운이……."

데이몬의 시끄러운 소리가 아까부터 거슬렸던 칼리안이 결국 입을 열었다. 하지만 그는 말을 끝맺을 수 없었다. 방 안쪽으로 미끄러진 시선 끝에 전혀 예상치 못했던 인물이 걸렸기 때문에. 칼리안은 두 눈을 부릅뜨며 저도 모르게 그 사람의 이름을 불렀다.

"유리 씨?"

"뭐? 뭔 뜬금없는 소리……."

그사이에 숨을 헐떡이며 칼리안의 뒤를 따라온 데이몬이 얼굴을 구기면서 무심코 반박하다가 시야에 비치는 광경을 보고 조금 전의 칼리안처럼 말을 멈추었다.

"어, 뭐, 뭐야?! 지금 저거 유리야? 커피하우스의 유리?"

아까 데이몬이 갇혀 있던 것처럼 방 안의 철창에 감금되어 있는 사람은 분명 커피하우스의 점원, 유리였다. 유리는 눈앞에 있는 두 남자를 보고 눈매를 작게 찌푸렸다. 칼리안과 데이몬 둘 다 '네가 왜 여기서 튀어나와?'라고 말하는 듯한 눈빛으로 그녀를 보았다. 하지만 그렇게 말하고 싶은 건 유리도 마찬가지였다.

'여기서 마주치다니 호재인가, 악재인가.'

아마 오딘이 철창을 부수려 한 소리를 듣고 온 모양인데, 가짜 라키어스가 아니라 칼리안인 것이 다행인지 아닌지 아직 분간할 수가 없었다. 조금 전 문 앞에서 데이몬과 나누던 대화를 들어보니 박람회장에서 오딘이 유적의 힘을 사용했을 때 느껴졌던 기운을 지금 다시 감지하고 의심해 이 방에 들어온 것 같은데…….

그런데 데이몬은 왜 같이 있는 거지? 침입자가 칼리안 혼자가 아니었나?

'아니, 그보다 난 지금 어떤 반응을 보여야 하나. 우연히 나쁜 놈들과 마주쳐 붙잡힌 선량한 소시민 행세를 해야 하나? 연기는 잘 못하는데.'

칼리안과 데이몬이 유리를 보고 할 말을 잃은 건 불과 3초 정도였는데, 그사이에 유리의 머릿속에도 온갖 생각이 빠른 속도로 스쳐 지나갔다.

유리에게는 다행이라고 해야 할지, 칼리안과 데이몬의 눈에는 유리 역시 갑작스러운 상황에 그들처럼 말문이 막혀 있는 것으로 보였다.

"이게 어떻게 된 거야? 당신도 이상한 놈들한테 납치당해서 감금된 거야? 이 XX한 새끼들!"

먼저 반응을 보인 것은 데이몬이었다. 그는 유리가 나쁜 놈들에게 무고하게 납치당했을 것이라고 생각하는 듯했다. 칼리안은 점점 가까워지는 추격대를 의식하고 방 안으로 성큼 걸어 들어오면서 물었다.

"어떻게 된 겁니까?"

"잘 모르겠어요. 그냥 길을 걷다가 어떤 남자와 마주쳤는데……. 그 이후에 의식을 잃었고 눈을 떠보니 여기였어요."

유리는 어떻게 말해야 신빙성이 있어 보일까 고민하면서 기억을 더듬듯이 말했다. 원래 유리가 감정 표현을 거의 하지 않는 성격이란 걸 두 사람 모두 알아서 그런지, 납치당한 사람치고 그녀가 차분해 보이는 것을 이상하게 여기지는 않는 것 같았다.

한 가지 더 그나마 다행스럽게 여겨지는 건, 지금 유리는 납치당하기 직전에 입었던 옷이 아닌 넝마 같은 천 쪼가리를 걸쳤다는 사실이었다. 처음 납치되었을 때 몸수색을 당하면서 옷까지 갈아입혀졌기 때문이다. 그래서 지금 유리는 박람회장에서 칼리안과 마주쳤을 때와 다른 행색을 했다. 일단 이로써 직접적인 추궁이나 의심은 피할 수 있을 것 같지만…….

"머리를 숙이십시오."

"야, 이번에는 조심해서 해!"

칼리안이 대뜸 손에 든 칼을 휘둘렀다. 오딘이 유적의 힘을 사용해도 부수지 못한 철창이었다. 그러니 칼리안이라 한들 다를 리가…….

콰과곽!

……있었다. 놀랍게도 철창은 칼리안의 검에 단칼에 썰려 나갔다. 유리는 이번에야말로 진심으로 놀라 두 눈을 조금 크게 떴다.

'남주인공이라 그런가? 능력치가 사기잖아.'

아마 천장의 틈에 숨어 상황을 보고 있는 오딘도 적잖은 정신적 타격을 입었을 듯했다. 유리는 오딘의 풀 죽은 모습이 눈앞에 보이는 것 같아 내심 혀를 찼다.

"제기랄, 저 새끼들 존나 빠르네. 빨리 저것도 끊어!"

데이몬도 문밖에서 밀려드는 소음을 듣고 칼리안에게 소리쳤다.

철컹!

칼리안은 데이몬에게 그랬던 것처럼 유리의 족쇄와 연결된 사슬을 칼로 끊어냈다. 일단 상황이 상황이라 그런지, 유리에게 자세한 것을 따져 묻는 건 나중으로 미루기로 한 것 같았다. 데이몬이 얼른 다가와 유리에게 손을 내밀었다. 고작 잘린 철창 밖으로 나가는 데 도움이 필요한 것도 아니고, 아마 다른 상황이었다면 거절하고 혼자 움직였을 것이다.

하지만 일단 유리는 지금 나름대로 무고하고 연약한 피해자 코스프레를 하고 있었기 때문에 데이몬이 내민 손을 잡았다. 체온이 닿는 순간 데이몬의 몸이 움찔 튀었다. 정전기라도 오른 건지, 과민한 반응이었다.

유리는 상관하지 않고 철창 밖으로 빠져나갔다. 손목과 발목은 그새 좀 회복돼서 금만 간 정도였다. 일반인이라면 움직이기 불편했을 테지만 이 정도라면 유리가 움직이는 데 전혀 무리가 없었다.

그러나 칼리안은 심상치 않게 부은 유리의 손목과 발목을 발견하고 눈매를 찡그렸다. 그의 입이 무슨 말을 하려는 듯이 벌어졌다. 그러나 복도에서 들려오는 소리가 먼저 그의 청각을 자극했다.

"서둘러야겠군."

칼리안이 아까처럼 문이 아니라 바닥을 향해 검을 휘둘렀다.

쾅!

큰 소리와 함께 바닥에 구멍이 뚫렸다.

"잠깐 실례하겠습니다."

칼리안이 유리에게 양해를 구했다.

그런 뒤 그는 양팔에 유리와 데이몬을 한 명씩 끼고 훌쩍 밑으로 뛰어내렸다.

"으앗!"

데이몬이 채신없이 비명을 내질렀다. 유리는 아래층으로 떨어지면서 오딘이 있는 천장 쪽을 힐끗 쳐다보았다. 따로 말하지 않았지만 오딘도 알아서 그녀의 뒤를 쫓아올 것이 분명했다.

머리카락과 옷자락이 흔들리고 손목과 발목에 찬 족쇄가 철그럭거리는 소리를 냈다.

아래층으로 내려간 칼리안은 두 사람을 금붕어 똥처럼 뒤에 달고 가기 번거로웠는지, 아예 그들을 짐 덩이처럼 양팔에 계속 낀 채 뛰기 시작했다. 데이몬의 체력이 이미 상당히 떨어진 상태이기도 했고,

일단 유리도 겉보기에는 평범한 여자에 불과한 데다 부상까지 입은 듯했으니 그를 따라오기 어려울 것이라고 판단한 모양이다. 데이몬은 지금 자신의 꼴이 상당히 볼썽사납다는 것을 깨닫고 잠깐 바르작거렸지만 금방 포기하고 몸에서 힘을 뺐다.

"옆에……!"

그러다 퍼뜩 그가 소리쳤다. 칼리안도 데이몬이 있는 쪽에서 무언가가 날아드는 것을 느끼고 자리를 박찼다.

쾅!

칼리안이 몸의 방향을 틀어 피하자마자 바닥이 움푹 꺼졌다.

"공격해! 절대 살려서 내보내지 마라!"

당연한 말이지만 침입자를 잡겠다고 달려온 놈 중에는 변종도 있었다. 그들은 모두 생김새부터 비인간적이라 한눈에 티가 났다. 하지만 칼리안은 그들의 위협적인 공격을 잘도 피해냈다.

그렇지 않아도 채도 낮은 은회색 눈동자가 한결 더 차가운 빛을 내며 그를 공격한 사람들을 스쳤다. 그래도 상황이 이래서 그런지, 칼리안은 또 '이단자는 지금 당장 배제하겠다!' 같은 소리를 하면서 그들을 죽이겠다고 덤비지는 않았다.

휘익!

유리는 고개를 기울여 칼리안의 등 뒤에서 날아온 불덩이를 피했다. 아무래도 원거리 공격이 가능한 변종은 둘밖에 없는 것 같았다. 지금 그들을 잡으러 온 사람들은 대부분 변종이 아니라 일반인이었다. 오딘에게 들었던 것에 의하면 분명 이 건물 안에는 변종의 수가 월등히 많다고 했었는데, 조금은 의아한 일이었다. 굳이 유적의 힘을 사용하지 않아도 침입자를 잡을 수 있을 것이라 생각했나.

"으악, 악!"

데이몬은 공격이 날아들 때마다 요란한 비명을 질러댔다. 그 소리에 집중이 깨질 만도 하건만, 칼리안은 여전히 놀라운 신체 능력을 활용해 적의 공격을 굉장히 잘 피해냈다. 지금도 그는 벽을 딛고 날듯이 뛰어올라, 앞쪽에서 근접한 적의 머리를 밟고 이동했다.

칼리안이 정확히 뭘 했는지는 볼 수 없었지만, 그가 움직이자 근처에 있던 사람 몇 명이 금방 무력화되어 땅바닥을 굴렀다. 하지만 그리 넓다고 할 수 없는 통로에서 방어만 하며 움직이는 데도 한계가 있는 법이었다.

"죽어!"

칼리안이 앞쪽의 사람들을 처리하는 동안 그의 등 뒤로 가까이 접근한 사람이 상투적인 대사를 지껄이며 무기를 휘둘렀다. 유리는 손을 움직여 날아드는 날붙이를 족쇄의 틈 사이에 정확히 끼운 뒤 손목을 꺾었다. 갑작스러운 상황에 대비하지 못한 남자가 칼을 놓쳤다.

"엇!"

물 흐르듯이 미끄러져 내려온 무기가 유리의 손에 잡혔다.

퍽! 강한 힘에 미간을 정통으로 얻어맞은 남자가 찍소리 한번 내지 못하고 뒤로 넘어졌다. 몇 초 되지 않는 짧은 시간 동안 벌어진 일이었다.

"헉."

칼리안의 다른 쪽 팔에 짐덩이처럼 매달려 있다가 그 광경을 목격한 데이몬이 두 눈을 동그랗게 뜨며 숨을 들이켰다. 하지만 그는 지금 벌어진 일을 자신의 두 눈으로 직접 보고도 바로 이해하지 못하는 눈치였다. 칼리안도 이상한 낌새를 눈치채기는 했으나 상황을 따질 여유도 없이 다시금 급히 몸을 움직여야 했다.

결국 이대로는 안 되겠다 싶었는지, 칼리안은 대충 데이몬을 옆으로 집어 던진 뒤 검을 빼 들어 휘둘렀다. 사실상 데이몬이 아니라 유리를 치워도 되었지만 이런 데서도 그의 신사적인 본성이 튀어나온 것인지 일말의 망설임 없는 선택이었다.

콰과광!

검에 박힌 보석이 번쩍이는 것과 동시에 파괴적인 바람이 휘몰아쳤다.

"크아악!"

가까이 접근해 있던 사람들이 폭풍 앞의 나뭇잎처럼 맥없이 날아가 뒤쪽에 있던 사람들까지 쓸어냈다. 칼리안은 다시 구석에 찌그러진 데이몬을 챙겨 뛰기 시작했다. 데이몬은 정신없는 상황에 넋이 나가, 조금 전에 사정없이 내던져진 것에 대해서 칼리안에게 뭐라고 하지 못했다.

칼리안은 금방 출입구를 발견했다. 물론 아직 육안으로 문이 보이는 것은 아니었지만, 날카로운 그의 감각이 출입구의 위치를 말해주었다. 통로를 달리는 속도가 더 빨라졌다.

유리의 귀에 아까보다 훨씬 많은 사람이 접근하는 소리가 들렸다. 유리는 칼리안의 팔에 불편하게 매달려 상황을 가늠했다. 두 사람이나 달고 있는 상황에서 이렇게까지 날렵하게 움직이다니, 확실히 칼리안이 초인은 초인이었다.

"저쪽이다!"

"죽여!"

하지만 이대로 밀려드는 사람을 전부 피해 입구까지 가는 건 무리일 것 같았다. 아까는 급한대로 사슬만 끊은 것이라 유리의 손목과 발목을 감싸는 족쇄는 그대로였다. 그래서 그녀는 유적의 힘을 사용할 수 없었다.

물론 이렇게 칼리안과 밀착한 상태에서 그에게 들키지 않고 힘을 쓰기 어려울 터였으니 설령 족쇄가 없다 해도 쉽게 움직이지는 않았겠지만 말이다. 하지만 지금은 선택의 여지가 없었기 때문에 유리는 이 상황이 좀 답답하게 느껴졌다.

슈욱!

"컥!"

그때 어디에선가 날아든 하얀 실이 데이몬의 목을 휘감았다.

"……!"

그 익숙한 공격법에 칼리안의 눈동자에서 예리한 빛이 번쩍였다. 유리도 처음으로 객관적인 시선에서 본 자신의 능력에 얼굴을 구길 수밖에 없었다. 제아무리 칼리안이라 해도 양팔이 자유롭지 않은 상태에서 데이몬이 휘감은 실을 끊어내는 건 불가능했다. 하지만 유리의 손에는 아까 적에게서 빼앗은 무기가 있었다.

그러나 역시 일반적인 실이 아니어서 그런지 오히려 유리가 들고 있던 칼날이 부러졌다.

'능력을 빼앗을 수 있다는 얘기가 진짜였나.'

유리의 눈이 싸늘하게 가라앉았다.

휘익!

"끄윽……!"

결국 칼리안은 데이몬을 놓치고 말았다. 어찌 보면 그가 놓아줬다고 하는 편이 맞을지도 몰랐다. 이대로 버티다가는 실에 목을 휘감긴 데이몬이 질식할 것 같았기 때문이다. 칼리안은 뒤쪽으로 날아간 데이몬을 곧바로 쫓는 대신 몸을 숨기는 것을 우선했다.

실을 쏘아 보낸 사람의 얼굴을 직접 확인할 수는 없었지만 유리는 그가 누구인지 어렵지 않게 짐작할 수 있었다. 그녀의 능력을 사용하며 등장한 건 분명 아까 보았던 가짜 라키어스일 터였다.

"무능한 놈들. 고작 쥐새끼들을 못 잡아서 이렇게 시끄럽게 굴다니."

유리의 생각대로 곧 익숙한 목소리가 소름이 끼칠 정도로 나긋하게 울렸다. 보이지 않는 곳에서 무슨 일이 벌어지는 것인지 정확히 알 수는 없었지만 곧이어 공기가 거칠게 흔들리는 파동이 전해지는 것과 동시에 다발적인 비명이 울렸다. 주변에 깔려 있던 사람들의 기척이 갑자기 확 줄어들었다.

칼리안도 느꼈는지, 유리에게 맞닿은 몸의 근육이 조금 더 딱딱하게 수축되었다. 유리는 칼리안을 둘러싼 공기가 한결 날카로워진 것을 느꼈다. 왠지 지금 칼리안의 몸에 흐르는 기운이 박람회장에서 마주쳤을 때와 비슷해진 것 같아서 갑자기 혹시 하는 마음이 들었다.

'가만. 혹시 조금 전에 가짜 라키어스가 사용한 능력을 보고 저 사람이 나인 줄 착각한 건 아니겠지?'

왠지 그럴 수도 있을 것 같아서, 기분이 좀 애매해졌다.

'그러고 보니…… 왠지 칼리안이 여기에 나타난 타이밍이 좀 공교로운데. 혹시 이 사람, 박람회장에서부터 날 쫓아온 거 아냐?'

미심쩍은 마음이 들기 시작했다. 아직 물증 없는 의심일 뿐이었지만 사실 그것은 정답이었다. 어쨌든, 지금은 그런 것을 따질 때가 아니긴 했다. 저벅, 작은 발소리가 멀리서 이어졌다.

"역시 살바토르 혼자 기웃거리던 게 아니었군. 그럼 또 다른 쥐새끼는 누구일까? 떨거지 따위를 처리하는 데 이 힘까지 쓰고 싶지는 않았는데……."

유리는 보이지 않는 곳에서 그가 무엇을 하려는지 깨달았다.

'데이몬의 머릿속을 들여다볼 셈인가?'

그녀의 생각이 맞는지, 잠시 후 좀 더 낮게 가라앉은 음성이 유리와 칼리안의 귀에 모래알처럼 작게 굴러들어 왔다.

"……칼리안 크록포드?"

그 순간 칼리안이 움찔 몸을 떨었다. 유리는 그의 눈동자에 날카로운 예기가 스쳐 지나가는 것을 목격했다.

"그래……. 살바토르에 이어 이번에는 크록포드라니. 귀한 손님이 둘이나 찾아왔군."

지금의 상황이 꽤 재미있는지 그 목소리에는 옅은 웃음기가 담겨 있었다. 양팔에 진 짐 중 하나—물론 데이몬을 의미한다—가 사라지면서 자유로워진 칼리안의 손이 검을 좀 더 세게 움켜잡았다. 아무래도 칼리안은 고민하는 것 같았다. 지금 데이몬을 구하고 적을 해치우러 가야 할지, 아니면 일단 유리를 데리고 이곳을 빠져나가야 할지.

유리도 그녀 나름대로 칼리안에게 둘러메진 상태로 고민했다. 연금술로 만들어진 족쇄 때문에 유적의 힘을 사용할 수는 없었지만 그녀의 신체 능력은 여전히 보통 사람 이상이었다. 그러니 저 가짜 라키어스나 다른 사람들을 전부 상대하는 건 무리더라도, 이렇게 짐짝처럼 들려 칼리안에게 마냥 보호받아야 할 필요는 없었다.

단지 지금까지는 칼리안과 데이몬의 앞에서 이단자라는 의심을 살까 싶어, 나쁜 놈들에게 납치당한 평범한 여자 행세를 하느라 가만히 있었던 것인데……. 상황이 이렇게 된 마당에 계속 연약한 여자 코스프레를 해야 할까 싶어졌다.

"내가 먼저 잡으러 가기 전에 나왔으면 좋겠는데. 쥐새끼 사냥에는 흥미가 없어서 말이야."

나긋한 남자의 음성이 다시금 귓가에 울렸다.

"칼리안 씨……."

"죄송합니다, 유리 씨."

하지만 유리가 막 입을 여는 것과 동시에 칼리안이 그녀의 말을 가로막고 먼저 말했다. 그는 유리를 안고 조용히 움직여 좀 더 으슥한 곳으로 숨어 들어갔다. 그런 뒤에 그녀를 바닥에 내려놓고 시선을 마주쳤다.

"잠깐만 숨어 계십시오. 금방 돌아오겠습니다."

"잠깐……."

칼리안은 그렇게 약속한 뒤 훌쩍 자리를 박차고 떠났다. 그 직후, 곧바로 엄청난 소음공해가 귓전을 때렸다.

쾅! 콰앙!

역시 눈에 보이지 않아 정확한 상황을 파악할 수는 없었지만, 칼리안과 가짜 라키어스 사이에 치열한 공방이 오가는 것 같았다.

'저 사람들을 따돌리고 같이 여기를 빠져나갈 방법을 찾아보자고 말하려 했는데……. 듣지도 않고 가버렸네.'

유리는 눈매를 찌푸리며 작게 혀를 찼다.

콰콰쾅!

아예 건물을 다 부숴 버릴 생각인지, 벽이 흔들릴 정도의 파괴적인 힘이 공기를 진동시키며 떠밀려오는 것이 느껴졌다. 가짜 라키어스의 힘이 어느 정도인지도 몰랐고, 칼리안이 정말 약속대로 그를 금방 처치하고 돌아올 수 있을지도 의문이었다. 게다가 사실 유리는, 칼리안이 라키어스의 모습을 한 남자와 정면에서 얼굴을 마주하는 것도 마음에 걸렸다. 하지만 이미 벌어진 일, 어쩔 수 없었다.

"아라크네!"

그리고 소란을 틈타 오딘이 유리에게 날아왔다.

"이거, 지금 저놈들이 싸우는 동안 라키어스 아발론 주머니에서 훔쳐 왔어!"

그가 부리에서 뱉어낸 것은 또 다른 열쇠였다. 하지만 지금까지 가져왔던 다른 열쇠들과 달리 생김새부터가 범상치 않았다. 족쇄에 있는 것과 비슷한 보석이 박힌 것을 보고 유리의 눈에도 이채가 스쳐 지나갔다.

철컥. 열쇠를 구멍에 맞추자 기대했던 대로 유리의 손목과 발목을 조이던 족쇄가 해제되었다. 유리는 시큰거리는 손목과 발목을 움직이며 유적의 힘을 개방했다.

콰직!

바닥에 떨어져 있던 족쇄가 바늘처럼 촘촘하게 뻗어져 나간 실타래에 집어 삼켜져 산산조각이 났다.

"가자, 오딘."

유리는 주저 없이 그것을 밟고 지나갔다.

"내가 길을 봐뒀어! 안내할게!"

오딘이 먼저 좁은 통로를 날아가고, 유리가 그 뒤를 바짝 쫓았다.

콰앙!

연거푸 들려오는 소리를 들어보니 칼리안과 가짜 라키어스는 여전히 치열한 사투를 벌이는 듯했다. 유리는 소음의 발생지로 추정되는 뒤쪽을 힐끗 쳐다보았다.

하지만 칼리안을 도우러 간다거나, 망설이느라 걸음을 늦추지는 않았다. 다소 정 없는 일이기는 하나, 일단 유리는 오딘과 자신의 안전부터 확보하기로 했다. 당장 그들의 코가 석 자인데 다른 사람까지 돌볼 여유가 어디에 있단 말인가. 물론 지금 저기에 있는 사람이 안네마리나 헤스티아였다면 이야기가 달라졌을지도 모르지만…….

비록 소설 전개가 달라진 부분이 있기는 했으나, 그래도 칼리안은 세계

관 최강자인 남자 주인공이다. 그러니 저런 가짜 악당 따위에게 당할 리 없다는 확신이 들었다. 일단 유리는 이곳에 납치당해 온 것이고, 칼리안은 제 발로 걸어 들어온 것에서부터 능력치의 차이가 보이지 않는가.

유리도 그때는 방심하긴 했지만, 그런 이유는 일단 접어두고. 어쨌든 그런 주제에 괜히 칼리안을 돕겠다고 설쳐봤자 또 붙잡혀 인질이 될 가능성도 없지 않았다. 유리는 그런 민폐가 되는 것은 사절이었다.

물론 아까 이야기를 들어보니 데이몬도 그녀처럼 납치당해 이곳에 들어온 것 같기는 한데……. 칼리안이 구해주겠지, 뭐. 사실 최애캐였던 제노스가 저곳에 있었다면 유리도 이것보다는 조금 더 고민했을 테지만 말이다. 데이몬이 알았다면 충격받았을 생각을 아무렇지 않게 머릿속에 흘려보내며 유리는 오딘을 따라 달렸다.

"침입자…… 컥!"

슈욱! 콰과곽!

입구로 가는 동안 마주치는 사람들은 유적의 힘을 사용해 모두 치워 버렸다.

"이쪽이야, 아라크네……!"

인정사정없이 뽑아낸 실에 휩쓸린 사람들이 거미줄에 포획된 나방처럼, 혹은 탈피 직전의 누에고치처럼 머리끝부터 발끝까지 새하얗게 둘둘 말린 채 사방으로 날아갔다.

콰아아앙!

그때, 어떤 전조도 없이 바로 옆쪽에서 벽이 부서지며 날카롭게 갈린 실들이 유성우처럼 유리의 시야를 가로질렀다.

"악……!"

앞서 날아가던 오딘의 몸이 실에 꿰뚫렸다.

"오딘!"

유리는 곧바로 유적의 힘을 사용해 오딘의 몸을 뚫은 꼬챙이 같은 하얀 실들을 끊어냈다. 그러고 나서 피를 흘리며 떨어지는 오딘을 실타래로 감싸 가까이 끌어당겼다. 부서진 벽 너머에서 다시 유리의 것과 똑같은 거미줄이 쏘아져 나왔다. 출입구가 바로 코앞이었다.

슈와악!

유리는 오딘을 안고 실을 사방으로 퍼뜨렸다. 최고 강도로 조절한 단단하고 새하얀 실들이 빈공간에 촘촘히 뻗어져 나가 건물 내부를 가득 채우며 시야를 가렸다. 한쪽 얼굴을 피로 적신 가짜 라키어스가 그 사이로 언뜻 비쳤지만 유리는 뒤돌아보지 않고 곧바로 자리를 벗어났다.

유리는 갇혀 있던 건물에서 탈출하는 데 성공했다. 가짜 라키어스가 나타나기 전까지 그와 맞붙던 칼리안은 어떻게 되었는지, 그런 것은 하나도 생각나지 않았다.

발 디딜 틈 하나 없이 내부를 온통 단단한 거미줄로 가득 채운 뒤 나와서 그런지, 그들을 바로 뒤쫓는 사람은 없었다. 그래도 혹시 몰라 좀 더 멀리 이동한 뒤 오딘을 감싸던 실을 풀었다. 그러자 그 안에 고여 있던 피가 밑으로 줄줄 흘러내렸다. 순간 심장이 조금 덜컹거렸다.

"오딘."

오딘을 부르며 깨웠지만 그는 작게 경련할 뿐, 어떤 반응도 보이지 않았다. 오딘의 상태는 심상치 않았다. 작은 까마귀의 몸에 뚫린 구멍이 수십 개는 족히 되는 것 같았다. 거기에서 피가 계속 새고 있어 유리는 일단 실을 이용해 지혈을 시도했다.

그런데 이상하게도 오딘의 몸은 전혀 회복될 낌새가 보이지 않았다. 보통의 생물체였다면 진작 즉사하고도 남았을 상황에, 숨이라도 간신히 잇는 것이 기적이라 할 만했다. 유리는 라키어스 때처럼 유적의 힘을 사용해 혈관을 직접 봉합하는 것도 생각해 보았다.

하지만 까마귀의 몸은 너무 작아서 무리였다. 일단 유리는 오딘의 체온이 더 떨어지지 않게 그의 몸을 실로 칭칭 동여맸다. 그러고 나서 서둘러 자리를 이동했다.

동이 틀 무렵, 안네마리는 지금쯤 배달왔을 신문을 가지러 눈을 비비며 문을 열었다. 여동생 헤스티아는 한창 꿈나라에 가 있는 시간이었다. 문을 열자 밀려드는 새벽 공기가 약간 쌀쌀했다. 안네마리는 '오늘 아침 식사로는 뭘 만들까' 잠깐 고민하며 옆집 문을 힐끗 쳐다보았다. 오늘도 유리의 집은 조용했다.

안네마리의 얼굴에 흐린 먹구름이 끼었다. 이내 옆집의 문에서 시선을 뗀 안네마리가 허리를 숙여 바닥에 있는 신문을 집어 들었을 때, 갑자기 지붕 위에서 무언가가 휘익 떨어져 내렸다.

"헉!"

안네마리는 깜짝 놀라 반사적으로 고개를 번쩍 들었다. 하지만 그녀는 뒤이어 시야에 비친 사람을 보고 더 놀랄 수밖에 없었다.

"유, 유리 씨?"

피투성이가 된 유리가 두 눈을 휘둥그렇게 뜬 안네마리에게 말했다.

"안네마리 씨. 도와주세요."

제17장

누가 진짜 악당인지

"유리 씨…… 어, 어디 다치신 거예요? 이럴 게 아니라 치료소에……! 아니, 경비대……!"

안네마리는 유리를 보고 굉장히 많이 놀란 듯했다. 그녀는 갑자기 나타난 유리를 앞에 두고 이러지도 저러지도 못한 채 허둥지둥했다.

"안네마리 씨."

하지만 여전히 차분한 음성이 다시 한번 귓가에 울리자 안네마리도 그제야 조금 이성을 되찾았다.

"다친 건 제가 아니에요."

덧붙여진 유리의 말을 듣고 나서야 상황을 제대로 볼 수 있었다. 유리의 옷이 피투성이인 건 맞았지만, 잘 보니 그녀가 안고 있는 무언가에서 묻은 것 같았다. 붕대 같은 새하얀 것에 싸여 있어 유리가 안은 게 뭔지는 알 수 없었다. 단지 까맣고 작은 동물이라는 것만이 안네마리가 확인할 수 있는 전부였다. 그래도 치료사로서의 경력이 있어서 그런지, 안네마리는 금방 마음을 진정시켰다.

"새인가요?"

"까마귀예요. 관통상이 여러 개 있어요."

물론 일반적인 까마귀는 아니었지만, 일단 지금은 새의 모습을 했기에 유리는 복잡한 설명은 생략했다.

"일단 안으로 들어오세요. 상태를 한번 봐야겠어요."

안네마리가 닫혀 있던 문을 열며 유리에게 말했다. 두 사람은 안네마리의 집 안으로 들어갔다.

"이쪽으로."

헤스티아가 침실에서 자고 있었기에 안네마리는 유리를 휴식 겸 공부 공간으로 사용하는 방으로 안내했다. 그러고 나서 테이블을 끌어와 깨끗한 천을 펼쳐 자리를 마련한 뒤에, 서둘러 손을 씻으며 거기에 오딘을 내려놓게 했다. 안네마리가 다가오는 것을 보고 유리는 오딘의 몸을 감싸던 실을 거두었다. 아직도 환부에서 피가 새어 나와서 지혈 겸용으로 두른 실을 전부 다 풀지는 않았다.

안네마리는 꼭 의지를 가진 생물체처럼 하느작거리며 움직이는 실타래를 보고 두 눈을 홉떴다. 까마귀를 감싼 것은 붕대가 아니었다. 그러고 보니 조금 전에 유리가 지붕에서 떨어질 때도 저런 명주실 같은 것이 눈앞에 나타났다가 사라졌던 게 생각났다.

하지만 안네마리는 다른 말 없이 입을 꾹 다물고 오딘의 상태를 살펴보았다. 안네마리의 눈에도 까마귀의 상태가 꽤 심각해 보였는지, 잠시 후 고개를 든 그녀의 얼굴은 딱딱하게 굳었다.

"일반적인 상처가 아닌 것 같은데…… 일단 상황이 급하니까 응급

처치부터 할게요."

안네마리는 그렇게 말하며 뜸 들이지 않고 급히 손을 움직이기 시작했다.

"제가 지금까지 동물은 한 번도 정식으로 치료를 안 해봐서 도움이 될지는 잘 모르겠지만……."

"안네마리 씨는 할 수 있어요."

안네마리가 긴장감 어린 목소리로 덧붙였지만 유리는 단호하게 답했다. 그에 용기를 얻었는지, 안네마리의 눈빛이 한결 또렷해졌다. 그렇게 정체불명의 까마귀를 살리기 위한 여주인공의 고군분투가 시작되었다.

"언니……."

헤스티아는 안네마리를 부르며 방문을 살짝 열었다가 곧 조용히 뒷걸음질 쳤다.

탁. 작은 소리를 내며 문이 닫혔다.

안네마리는 여전히 바쁜 것 같았다. 그래서 헤스티아가 아까 깨어나 그녀를 찾았던 것도, 또 지금 방문을 열었던 것도 알아차리지 못한 듯했다.

안네마리가 있는 방에서는 비릿한 피 냄새와 약 냄새가 났다. 자세히 보지는 못했지만 탁자 위에 있던 것은 웬 새까만 작은 동물인 것 같았다. 아무래도 안네마리가 치료를 하는 듯했는데…….

'내가 자고 있는 사이에 밖에서 다친 동물을 데려오기라도 한 걸까?'

헤스티아는 무섭게 집중하던 안네마리의 모습을 떠올리며 거실로 향하던 발소리를 죽였다. 잘은 모르지만 그녀의 언니는 지금 아주 중요한 일을 하는 것 같았다. 그러니 방해하면 안 되었다. 헤스티아는 눈치껏 부엌을 뒤져 아침 겸 점심 식사를 챙겨 먹었다.

안네마리가 일을 나갈 때는 헤스티아 혼자 집을 보았기 때문에 간단한 음식을 만들어 끼니를 때우는 것 정도는 익숙했다. 혹시 안네마리도 같이 먹지 않을까 싶어 물어보려고 갔었던 건데. 하지만 저런 상태라면 그냥 방에서 나올 때까지 내버려 두는 게 나을 것 같았다.

'그래도 아무것도 안 먹으면 배고플 텐데.'

헤스티아는 식사를 마친 뒤 안네마리의 몫으로 만든 샌드위치를 식탁 위에 놓고 간식을 챙겨 집을 나섰다.

"레오, 일찍 왔네?"

"킁!"

늘 그렇듯이 헤스티아가 향한 곳은 근처의 골목이었다. 오늘도 그곳에는 헤스티아의 작은 동물 친구가 그녀를 기다렸다. 구석에 버려진 상자 위에 올라가 하품을 하던 레오는 헤스티아를 보고 반갑게 눈을 빛냈다. 더 정확히 말하자면, 헤스티아가 가져온 간식 주머니를 본 것이었지만 말이다.

폴짝! 레오는 상자에서 뛰어내려 헤스티아에게 다가갔다.

"헤, 헤스티아는 늦었어. 기다렸는데."

"미안. 언니 때문에 일찍 나올 수가 없었어."

헤스티아가 간식을 풀어놓자 레오는 기다렸다는 듯이 와구와구 탐

욕스럽게 먹어치우기 시작했다.

"있잖아, 오늘은 같이 못 놀 것 같아."

그 모습을 뿌듯하게 쳐다보던 헤스티아는 문득 생각난 것을 말했다. 레오가 의아해 고개를 들었다. 이유가 궁금했지만, 입에 과자가 한가득 들어 있어서 소리 내 묻지는 못했다. 하지만 눈치 빠른 헤스티아가 먼저 이유를 설명했다.

"해야 할 일이 좀 있거든. 원래 언니가 하던 일인데 오늘은 바빠 보여서…… 내가 대신 하려고."

그제야 과자를 꿀꺽 삼킨 레오가 입맛을 다시며 질문했다.

"뭐, 뭘 하는데?"

"옆집 언니를 찾을 거야."

옆집 언니?

레오는 헤스티아가 가져온 케이크를 우적우적 참참 먹어치우면서 그녀의 말을 들었다. 오늘따라 케이크의 맛이 아주 좋았기 때문에 레오는 거기에 반쯤 정신이 팔려 버렸다.

"지난번에 네가 먹었던 사탕을 줬던 언니인데, 며칠 전부터 집에 찾아가도 없고 어디 있는지 모르겠어. 그래서 우리 언니도 그렇고, 나도 많이 걱정돼."

맛있는 간식을 먹은 레오의 꼬리가 살랑살랑 흔들렸다. 그는 그렇구나, 하고 헤스티아의 말을 반쯤 흘려듣다가 퍼뜩 이상함을 느꼈다.

"여, 옆집 언니?"

입에 물고 있던 간식이 바닥에 툭 떨어졌다. 헤스티아의 옆집 언니라면…… 유리가 아닌가?!

"옆집 언니가…… 어, 없어졌어?"

"응."

헤스티아가 수심이 깃든 얼굴로 고개를 끄덕였다.

"어, 언제부터?"

"오늘로 사흘쯤 됐나."

헤스티아는 어째서인지 그때부터 레오가 안절부절못하기 시작한 것이 좀 이상하긴 했지만 착한 동물 친구가 사탕을 주었던 사람을 걱정해 준다는 생각에 곧 마음이 푸근해졌다.

"나, 나도 갈 거야! 같이 찾을 거야!"

레오는 간식을 먹는 것도 멈추고 자리에서 벌떡 일어나며 외쳤다. 헤스티아는 새로운 동료를 기쁘게 환영했다. 그렇게 해서 헤스티아의 옆집 언니—즉, 유리—를 찾는 임시 모임이 결성되었다.

한편 그 시각, 두 사람이 막 찾으러 떠난 대상인 유리는 등잔 밑이 어둡다는 말을 몸소 증명하며 헤스티아의 집에 들어섰다.

"안네마리 씨, 일단 보이는 대로 다 챙겨 왔는데 이거 맞아요?"

안네마리는 아무렇지 않게 창으로 들어오는 유리를 보고 잠깐 말문이 막힌 표정을 짓다가 애써 마음을 가다듬고 그녀가 가져온 물건을 살폈다.

"네, 잘 가져오셨어요. 이거면 될 것 같아요."

안네마리의 얼굴이 약간 펴졌다. 유리가 데려온 까마귀를 치료하다가 부족한 약품과 도구가 있어 난항을 겪었는데, 다행히 유리가 보급품을 가져올 수 있다고 했다. 조금은 긴가민가했으나, 정말 그녀는 필요한 물건들을 금방 가지고 돌아왔다. 안심하던 안네마리는 유리가 가져온 물건들에 치료소의 문양이 새겨져 있다는 것을 뒤늦게 깨달았다.

“어? 유리 씨, 그런데 이거 치료소 물건인데 어떻게…….”

그녀는 의아함에 유리를 돌아보며 물었다. 하지만 시선을 마주한 유리가 대답 없이 고개를 갸웃 기울이는 것을 보고 안네마리는 또 한 번 말문이 막히고 말았다.

“아니에요……. 그, 일단 마저 하던 걸 할게요.”

유리에게 물어야 할 것이 한두 개가 아니었지만 일단 지금은 눈앞의 일에 집중하기로 했다. 도대체 그동안 어디에 있던 건지, 갑자기 왜 저런 까마귀와 나타난 건지, 그리고 아무렇지 않게 지붕에서 뛰어내리고 이상한 실을 조종한 것은 어떻게 된 건지, 또 치료소의 물건을 이렇게 금방 별다른 어려움 없이 들고 온 방법은 뭔지…….

그런 건 일단 급한 불부터 끈 다음에 물어도 될 것이다. 안네마리는 잠깐 멈추었던 수술을 잇기 위해 손을 움직였다. 까마귀의 생명력이 강해 예상보다 잘 버텨주어 다행이었다.

파앗!

“앗!”

바로 그때, 어찌 된 일인지 탁자 위에 누워 있던 까마귀에게서 반짝이는 빛이 터져 나왔다. 그리고 다음 순간 시야에 비친 광경에 안네마리는 너무 놀라 뒷걸음질 치고 말았다.

“이, 이게 대체…… 어떻게 된…….”

조금 전까지만 해도 분명 다 죽어가던 까마귀가 있던 자리에는 웬 소년이 누워 있었다.

“유, 유리 씨?”

안네마리가 흔들리는 눈으로 유리를 돌아보았다. 유리는 갑작스럽게 인간화한 오딘을 보고 골치가 아파 이마를 짚었다.

짹짹!

그때 조금 열린 창으로 참새가 날아들었다. 참새는 깃털을 날리며 방 안을 요란하게 돌아다녔다. 유리는 한눈에 저 새가 세이렌의 조종을 받고 있다는 것을 알아차렸다. 유리의 입에서 하아, 낮은 한숨이 새어 나왔다.

슈욱!

이내 그녀에게서 뻗어져 나간 실이 정신 사납게 움직이는 새를 휘감아 잡아당겼다. 그것을 본 안네마리의 눈은 더 크게 흔들렸다. 유리가 그런 그녀를 향해 말했다.

"일단 안네마리 씨……. 조금 이따가 설명해 드릴 테니까 하던 걸 마저 부탁드릴게요."

안네마리는 얼떨떨하게 고개를 끄덕일 수밖에 없었다.

"저기……."

한 시간 정도가 더 지난 뒤 안네마리가 방문을 열고 밖으로 나왔다. 그녀의 얼굴은 몇 시간 사이에 확연히 초췌해져 있었다.

"이제 괜찮은 것 같아요. 상태를 계속 지켜봐야겠지만 일단은 호흡도 안정됐고, 맥박도 정상수치로 돌아왔어요."

안네마리를 방해하지 않기 위해 거실에서 조용히 그녀를 기다리던 유리가 그 말을 듣고 안심했다.

"고마워요, 안네마리 씨. 제가 더 도울 일은 없나요?"

"네. 아직 확신할 수는 없긴 한데, 꾸준히 상태만 살펴보면 될 것 같아요. 아마도요."

그렇게 답하면서 안네마리는 누군가를 찾듯이 고개를 옆으로 돌렸다. 그 이유가 무엇인지 금방 알아차린 유리가 말했다.

"헤스티아는 친구를 만나러 나간 것 같아요. 식탁 위에 쪽지가 있는 걸 봤어요."

"아, 그렇구나. 그러고 보니 아침밥도 못 챙겨줬는데……."

"혼자 먹고 나간 모양이에요. 미안해요. 제가 갑자기 찾아와서."

"아, 아니에요, 사과받으려고 한 말이 아니라……."

안네마리가 유리의 사과에 당황해 말을 어물거렸다.

"……."

"……."

잠깐 짤막한 침묵이 집 안에 맴돌았다. 지금까지 두 사람이 함께 있는 동안 한 번도 발생한 적 없던 어색한 분위기가 몸을 간지럽게 만들었다. 그러다 유리가 먼저 식탁 위에 쪽지와 함께 있던 샌드위치를 떠올리고 다시 입을 열었다.

"안네마리 씨, 그러고 보니 아직 식사도 못 하셨네요. 뭐라도 좀 드셔야죠."

"아, 그렇죠. 그렇게 배가 고프지 않긴 한데. 유리 씨도 같이 드세요."

안네마리가 권유했다. 하지만 평소처럼 자연스러운 어투는 아니었고, 그저 반사적으로 튀어나온 반응에 가까워 보였다. 그 증거로 안네마리의 얼굴은 여전한 어색함을 담은 채 조금 딱딱하게 굳어 있었다.

"전 괜찮아요. 안네마리 씨가 식사하실 동안 잠깐 옷 좀 갈아입고 올게요."

유리의 말에 안네마리가 그제야 잊었던 것을 떠올린 듯이 눈을 약간 크게 떴다.

"아, 맞아. 유리 씨는 다치신 곳이 없는 게 맞아요?"

"네. 멀쩡해요."

유리의 옷차림은 지금 피와 먼지로 범벅이 되어 상당히 지저분했다. 물론 유리 역시 처음에 안네마리를 찾아왔을 때만 해도 멀쩡한 상태는 아니었다. 하지만 시간이 지나면서 손목과 발목뼈도 붙었고, 자잘하게 다쳤던 곳들도 이미 회복된 뒤였다.

유리는 바로 옆에 있는 그녀의 집으로 가서 대충 씻고 옷을 갈아입었다. 그런 뒤 다시 안네마리의 집으로 갔다.

"오셨어요?"

"네, 식사는 다 하셨나요?"

"네에, 어차피 샌드위치라 금방 먹었는데……. 유리 씨는 진짜 아무것도 안 드셔도 돼요?"

"네, 괜찮아요."

잠시 후 유리와 안네마리는 거실에 있는 탁자를 사이에 두고 소파에 마주 보고 앉았다. 유리는 안네마리에게 이 일을 어떻게 설명하면 좋을지 생각했다. 아무리 그래도 모든 걸 미주알고주알 털어놓을 수는 없었고, 안네마리가 받아들일 수 있는 수준에서 진실을 이야기해야 했다. 그런데 그게 어느 정도 선일지 가늠하기가 어려웠다.

"저……."

그런 이유로 또다시 침묵이 내려앉았을 때, 이번에는 안네마리가 먼저 주저하며 입을 열었다.

"개, 개성적인 친구를 두셨네요."

애써 밝게 낸 목소리가 조용한 집 안에 울렸다. 보통 까마귀가 인간으로 변하는 모습을 보고 개성적이라고 표현하지는 않지만…… 오딘을 뭐라고 표현해야 할지 몰라 되도록 좋게 포장하려 애쓴 티가 났다. 유리는 그런 안네마리를 물끄러미 쳐다보다가 말했다.

"안네마리 씨, 저 때문에 많이 놀라셨을 거 알아요. 그런데도 흔쾌히 도와줘서 다시 한번 미안하고 고마워요."

안네마리의 입술이 작게 삐끔거렸다. 하지만 그녀는 무슨 말을 하면 좋을지 모르겠다는 듯이 유리를 쳐다보기만 했다.

"사실 제가 이런 얘기를 다른 사람한테 한 번도 해본 적이 없어서 지금 뭐라고 설명해야 할지 잘 모르겠어요."

지금 무슨 말을 하면 좋을지 모르겠는 건 유리도 마찬가지였다. 그녀는 잠깐 입을 다물었다가 다시 나지막하게 읊조렸다.

"이제는 제가 보통 사람과는 다르다는 걸 눈치채셨을 테니 절 꺼림칙하게 여기셔도 이해해요."

"그런 생각은 안 해요……!"

그때 안네마리가 돌연 언성을 높였다. 유리는 마주 앉은 안네마리의 얼굴을 응시했다. 안네마리는 조금 전까지와는 조금 다른 의미로 굳은 얼굴을 했다.

"유리 씨, 그냥 아무 말씀 안 하셔도 돼요."

유리를 향한 그녀의 눈빛에 이윽고 희미한 결의가 어렸다.

"생각해 보니까 그래요. 원래 사람에게는 다들 각자의 사정이 있는 법이잖아요. 그중에는 남에게 말하기 어려운 비밀도 있는 거고."

말을 이을수록 안네마리는 점점 본래의 차분함을 되찾아갔다.

"일단 저는 유리 씨가 이런 다급한 상황에서 저를 떠올리고 찾아와 준 게 반갑고…… 기쁘거든요. 그러니까 꺼림칙하다거나, 그런 생각은 안 해요."

"……."

"우리, 친구잖아요."

이내 안네마리의 얼굴에 유리에게 늘 보여주었던 익숙한 미소가 피어났다. 거기에는 조금 전까지만 해도 숨기지 못했던 어색함이 더 이상 깃들어 있지 않았다.

"나중에, 유리 씨가 좀 더 편하게 이야기할 수 있을 때 자세히 말해 주세요."

유리는 보는 사람의 기분마저 편안해지게 만드는 그 미소를 바라보았다. ……왠지 몸 안에 작은 벌레가 들어와 파닥이는 것처럼 속이 조금 이상했다. 그래도 나쁜 기분은 아니었다. 유리는 그게 좀 낯설게 느껴졌다. 이렇게 먼저 배려해 주는 안네마리에게 뭐라고 말해야 할지 알 수가 없었다.

"그래도 혹시 괜찮으면 한 가지만 확인해도 될까요?"

안네마리가 조금 망설이다가 유리를 향해 물었다.

"축제 날 헤스티아한테 저를 데려다줬던 사람, 유리 씨 맞죠?"

유리는 움찔했다. 눈썰미가 좋은 덕인지 안네마리는 아까 보았던 유리의 모습에서 금방 그날의 일을 연상해 냈다. 거짓말을 하려면 할 수도 있었지만 어쩐지 그럴 기분이 들지 않아서 유리는 그냥 솔직하게 답했다.

"네, 맞아요."

그러자 안네마리의 얼굴이 완전히 편안해졌다.

"그거면 됐어요."

그녀의 눈빛이 한결 더 맑게 반짝였다. 입가에 걸린 미소도 조금 전보다 밝아졌다. 달리 알고 싶은 일이 많을 텐데 안네마리는 정말 다른 질문을 더 하지 않았다.

"차라도 한잔 드실래요?"

"네, 고마워요."

여느 때처럼 여상한 어투로 안네마리가 물었다. 그녀는 수상쩍기 짝이 없는 이웃집 여자에게 여전히 친절하고 다정했다. 어쩌면 유리는 그게 조금 기쁜 것 같기도 했다.

'잠깐……. 그런데 왠지 뭔가를 깜빡 잊은 것 같은 기분인데?'

그러다 문득 묘한 느낌이 스쳐 지나가서 그녀는 고개를 갸웃했다. 하지만 금방 안네마리가 차를 가져왔기 때문에 유리의 머릿속에 막 떠오르려 하던 생각은 다시 수면 아래로 가라앉았다.

유리가 오딘의 일로 경황이 없어 잊었던 것은 바로 칼리안과 데이몬이었다.

"데이몬 살바토르."

칼리안은 등에 업힌 사람의 이름을 불렀다. 하지만 뒤에서는 작은 신음만 울릴 뿐, 대답이라 할 만한 것이 돌아오지 않았다. 결국 그는 데이몬을 데리고 적의 소굴에서 탈출하는 데 성공했다.

그러나 역시 쉬운 일은 아니었기 때문에 칼리안의 몸에는 크고 작은 상처가 많이 나 있었다. 그의 머리에서도 피가 흘러 턱을 타고 뚝

뚝 떨어져 내렸다. 지금 칼리안이 생각하고 있는 것은 아까 맹렬한 공방을 벌였던 금발의 남자였다. 이상한 능력을 사용하는 것을 보면 그 역시 이단자가 확실했다.

하지만 지금까지 칼리안이 마주쳤던 이단자와는 수준이 달랐다. 아무리 인질이 있는 상태였다고는 하나, 칼리안이 이렇게까지 심한 부상을 입은 점에서 알 수 있었다. 칼리안은 일단 데이몬의 구출을 최우선 순위로 두고 움직였다. 운이 따라준 덕에 금발의 이단자에게도 부상을 입히고 데이몬을 빼내 오는 데 성공할 수 있었다.

그러나 미처 유리를 데려오지 못하고 말았다. 칼리안이 그녀에게 다시 가려 했을 때 갑자기 건물 안쪽이 하얗고 단단한 물질로 가득 차서 급히 피신하는 것이 최선이었다.

그 후 칼리안은 일단 건물에서 빠져나온 김에 데이몬부터 안전한 곳에 데려다 두기 위해 발을 재게 움직였다.

'그 남자, 분명 어디선가 본 적이 있었는데.'

지금도 그의 머릿속에는 금발의 이단자가 선명히 아로새겨져 있었다. 또렷한 이목구비. 밝은 금발. 날카로운 연청색 눈동자. 분명 최근에 다른 곳에서…….

"길 막지 말고 비켜."

마침내 깊숙한 곳에 묻혀 있던 기억이 되살아난 순간, 칼리안의 눈이 크게 요동쳤다. 상점가의 폭발 사건 때, 유리를 데리고 사라졌던 바로 그 남자였다.

"이 사람은 내가 책임지고 안전한 곳으로 데려갈 거니까."

"넌 동부의 영웅답게 안에 있는 다른 부상자들이나 챙기라고."

"크록포드 경!"

그때, 멀리서 칼리안을 부르는 소리가 들려왔다. 다행히 비상시 사용하는 신호가 닿은 모양이다.

"어떻게 된 겁니까?"

칼리안은 부하들에게 상황을 길게 설명하는 대신 업고 있던 데이몬을 넘겨주고 필요한 명령만 전달했다.

"살바토르에 연락을 취하고, 아무래도 머리를 다친 듯하니 서둘러 의사에게 보여 조치하도록."

그런 뒤 그는 곧장 서늘한 눈빛으로 뒤돌아섰다.

"너희는 나를 따라와라. 이단자들이 있는 장소를 찾았다."

지금 바로 유리를 구하러 이단자들의 소굴에 돌아갈 생각이었다. 물론 그녀는 이미 혼자 그곳에서 탈출한 뒤였지만 말이다.

"이건 또 뭐야?"

그 무렵, 칼리안이 다시 향하기 시작한 장소에 진짜 라키어스가 도착했다.

"여기 꼬락서니가 왜 이래?"

"저, 저도 잘 모르겠……."

라키어스는 멀리서 보이는 건물의 모습에 눈매를 찌푸렸다. 라키어스에게 끌려와 길 안내를 했던 수하도 뒷덜미를 붙잡힌 채 두 눈을 휘둥그렇게 뜨고 말을 더듬었다. 그 역시 건물이 저렇게 기묘한 꼴이 되어 있을 줄은 몰랐던 눈치였다.

–우와, 저 거지 같은 꼴 좀 봐. 꼭 벌집이 들쑤셔진 것 같네.

머릿속의 미생물도 혀 차는 소리를 냈다. 라키어스의 눈에도 눈앞에 있는 건물은 마치 홍수에 휩쓸린 개미굴처럼 보였으니, 벌레의 말도 이해할 수 있었다. 하지만 라키어스는 그 뒤로 이어진 소리에는 동의하는 대신 실소했다.

–근데 엄청 조용해. 진짜 네가 오는 거 알고 벌써 튄 거 아니야?

'그럴 리가 있겠냐?'

–엥? 야……. 너 그 말투 뭐야? 내가 바보 취급하지 말랬지!

라키어스는 시끄럽게 떠드는 목소리를 무시하고 움직였다. 목덜미를 움켜쥐었던 수하를 옆으로 팽개치고 건물로 향하는 그의 얼굴에는 비틀린 미소가 걸려 있었다. 밀리엄은 어떻게든 라키어스를 찾아내서 죽이려고 혈안이었던 놈이다. 그러니 라키어스가 오고 있다는 소식을 들었다면 이렇게 자리를 떴을 리 없었다.

'그럼 다른 이유가 있다는 건데. 건물이 저렇게 된 것과 연관이 있는 건가?'

그런데 건물에 가까워질수록 라키어스는 묘한 기시감을 느꼈다. 건물 바로 앞까지 접근한 이후에는 그런 느낌이 한결 더 강해졌다.

–어? 라키어스, 이거……!

벌레 역시 그와 비슷한 느낌을 받았는지, 머릿속에서 외쳤다. 라키어스는 꼭 건물 안에서 쏟아져 나온 것 같은 모양새로 굳어 있는 하얀 물질에 손을 가져다 댔다. 머리 위에 떠오른 햇빛에 선득한 빛을 발해 왠지 차가울 것 같았는데, 손가락 끝에 닿은 것은 차갑지도 뜨겁지도 않았다. 딱 미적지근했다. 얼핏 보면 꼭 둑 안에서 터져 나온 물줄기가 얼어붙은 것처럼 보이기도 했다.

하지만 기실 날카롭고 단단한 재질로 이루어진 가느다란 꼬챙이 같은 것이 수백, 수천 가닥 모여 물줄기처럼 보이는 것뿐이었다. 이것은 예전에 라키어스가 본 적이 있는 무언가와 매우 흡사했다. 아니, 이 정도면 흡사한 것 이상으로…….

라키어스는 건물 안으로 들어섰다. 출입구 전체를 가로막던 하얀 물질을 누군가 부순 듯 드나들 틈이 나 있어 라키어스가 따로 손을 쓰지 않아도 되었다. 건물 안은 비어 있었다. 하지만 어디까지나 눈에 띄는 사람이 없다는 의미였다. 입구를 막던 것이 복도 구석구석까지 뻗어져 나가 새하얗게 채웠다.

–흐엑, 엄청나네. 이거 그 집 주인 여자 능력이랑 비슷한 것 같은데, 아닌가?

머릿속에서 벌레가 헷갈린다는 듯이 중얼거렸다. 라키어스는 얼굴을 구긴 채 주위를 살폈다. 건물 안쪽에는 군데군데 부서진 흔적이 남아 있었다. 지금 곳곳에 얼기설기 뻗어 나가 있는 하얀 물질 때문에 생긴 흔적 같기도 했지만, 개중에는 그렇지 않은 것도 있었다. 라키어스의 서늘한 시선이 바닥에 떨어진 핏자국에 닿았다.

사악!

"……!"

–라키어스!

그 순간, 라키어스는 뒤쪽에서 느껴지는 살기에 몸을 움직였다.

콰앙!

라키어스가 자리를 벗어나자마자 그가 서 있던 곳에 강력한 힘이 틀어박혔다. 큰 소리가 고막을 울리고, 눈앞에 뿌연 먼지가 일어났다. 함께 부서진 하얀 조각들이 먼지에 섞여 반짝였다.

'기척이 없었는데.'

라키어스의 눈빛이 날카로워졌다. 그가 뒤쪽의 공간을 사선으로 가로지르는 하얀 물체 위에 내려서자마자 먼지 속에서 누군가가 나타났다.

"이미 도망갔을 줄 알았는데 다행히 아직 남아 있었군."

귓가에 흘러드는 나지막한 남자의 목소리를 듣고 라키어스는 눈매를 찡그렸다. 시야에 비친 남자의 몰골은 꽤 엉망이었다. 옷은 군데군데 찢겨 있었고, 먼지투성이라 더러웠다. 게다가 곳곳에 핏자국도 묻어 있었다.

지금도 붉은 피가 이마에서 턱까지 흘러내리는 것을 보면 부상을 입은 것이 분명했다. 하지만 헝클어진 까만 머리카락 사이로 드러난 눈동자만큼은 또렷하게 빛났다.

–깜짝이야, 저건 왜 소리 소문도 없이 갑자기 튀어나오고 지랄이야? 어라, 그런데 어디서 본 것 같은 얼굴인데?

머릿속에 의구심 어린 목소리가 울렸다. 라키어스의 입매가 비틀렸다.

"칼리안 크록포드."

이내 그의 입에서 낮게 속삭여진 이름을 듣고 벨레가 헉 숨을 들이켰다. 어딘가 낯이 익다 했더니, 지금 라키어스의 눈앞에 나타난 것은 분명 동부의 영웅인 칼리안 크록포드였다.

'또 저 자식인가.'

건물 밖에서 다가오는 다른 인기척도 느껴졌다. 아무래도 라키어스가 찾던 사람이 다시 돌아오는 건 아닌 듯했고, 지금 눈앞에 있는 칼리안 크록포드의 동료들인 것 같았다. 그럼…….

'이참에 다 같이 죽여 버릴까?'

라키어스의 손가락 끝에서 붉은 기운이 몽글거리며 새어 나왔다. 칼리안이 다시 라키어스에게 달려들었다.

사아악!

라키어스가 손을 휘두르자 붉은 핏줄기가 허공에 궤적을 그리며 날카로운 채찍처럼 휘갈겨졌다. 그렇지 않아도 지난번부터 계속 눈앞에서 얼쩡거리는 칼리안 크록포드가 신경에 거슬리던 참이었다.

"그렇지 않아도 찾던 쥐새끼가 달아나서 기분이 잡쳐 있던 참인데. 네가 대신 놀아주려고 왔나?"

라키어스는 이죽거리면서 칼리안을 공격했다. 그러면서도 그는 다른 생각을 했다. 동부의 영웅이 일부러 라키어스가 이곳에 올 걸 알고 찾아왔을 리는 없고, 공교롭게도 하필 그와 동선이 겹쳤다는 것은…….

'밀리엄 자식, 하고 있던 짓거리를 멍청하게 들켰나 보군.'

조금 전 칼리안이 라키어스를 보고 내뱉었던 말도 떠올랐다.

"이미 도망갔을 줄 알았는데 다행히 아직 남아 있었군."

잘은 몰라도 이 안에서 둘 사이에 싸움이 일어났던 모양인데, 가짜 놈이 칼리안 크록포드를 피해 자리를 떴나 보다.

라키어스의 얼굴에 비웃음이 걸렸다. 그것을 자신을 향한 것으로 오해한 칼리안의 기세가 한결 날카로워졌다.

"까불지 마라. 아까는 네놈이 인질을 잡고 있어 제대로 상대해 주지 못한 것뿐이니!"

콰과광!

칼리안은 꼭 이지를 가진 것처럼 그의 살갗을 베며 파고드는 붉은 핏줄기를 검으로 막아냈다. 그리고 라키어스를 다시 공격했다. 그러다 그는 지금 마주한 남자에게 아무런 상처가 없다는 사실을 깨달았다. 칼리안이 눈을 부릅떴다. 분명 아까 칼리안은 남자의 얼굴과 옆구리 쪽에 부상을 입혔다. 설마 그새 회복한 건가?

하기야 이자도 이단자인 것 같았으니, 그런 재주가 있다고 해도 놀라운 일은 아닐지도 몰랐다.

"글쎄, 아까는 그랬을지 몰라도 지금은 아닐 텐데."

라키어스가 이번에는 칼리안을 비웃었다.

"크록포드 경!"

"가까이 오지 마!"

건물 안에 들어선 사람 중 일부가 라키어스와 칼리안이 있는 쪽으로 달려왔다. 칼리안이 소리쳐 그들을 막았다. 라키어스도 언제든 잡아 족칠 수 있는 피라미들은 일단 그냥 내버려 두기로 했다. 구경꾼이 있는 상태에서 동부의 영웅을 비참한 몰골로 만들어주는 것도 꽤 괜찮을 테니까.

"크, 크록포드 경……!"

시간이 조금 더 지났을 때, 이미 두 사람 사이의 승패가 확실히 갈렸다는 사실을 누가 봐도 알 수 있었다. 맞붙을수록 점점 상처가 늘어가는 것은 칼리안이었다.

반면 라키어스에게는 생채기 하나 생겨나지 않았다. 라키어스는 꼭 칼리안을 가지고 놀듯이 치명상은 입히지 않고 상대했다. 칼리안을 돕기 위해 달려오던 사람들은 라키어스에 의해 금방 벽에 처박혔다.

"벌써 지쳤나? 좀 더 오래 가지고 놀 수 있을 줄 알았는데 실망이군. 동부의 영웅도 유명세에 비해 별것 아닌 모양이야."

투두둑, 칼리안이 딛고 선 바닥으로 핏방울이 떨어졌다. 그것은 곧 불길한 기운을 흩뿌리며 라키어스의 주위를 사납게 맴도는 붉은 사선들에 흡수되었다. 칼리안의 피를 먹은 핏줄기가 아까보다 한층 더 포악하게 꿈틀거렸다. 라키어스는 깊은 짜증을 느꼈다.

'밀리엄, 그 개자식이 남의 얼굴로 역겨운 짓거리를 하고 다닌 걸로도 모자라서 병신같이 그걸 들키기까지 하다니.'

이런 약해 빠진 동부 놈 따위를 당해내지 못해 도망간 가짜 놈에게 깊은 빡침이 일었다. 사실 칼리안은 라키어스를 만나기 전 이미 부상을 입어 움직임이 자유롭지 않은 상태였기 때문에 그를 약해 빠진 놈이라 평하는 건 무리가 있었지만 당연히 그런 것은 가뿐히 무시했다.

그때 칼리안의 눈길이 옆으로 움직였다. 그의 시선이 닿은 곳은 지금 막 멀리서 나타난 다른 수하들이 있는 곳이었다.

하지만 그들의 옆에는 칼리안이 찾으라고 지시한 사람이 보이지 않았다. 칼리안과 시선이 마주친 수하가 하얗게 질린 낯빛으로 고개를 저었다. 칼리안의 얼굴이 굳어졌다.

"……유리 씨를 어떻게 했지?"

"뭐?"

핏물이 밴 칼리안의 입술에서 흘러나온 이름을 듣고 막 다시 들어 올려지던 라키어스의 손이 멈추어졌다.

"네놈 입에서 지금 그 이름이 왜 나와?"

칼리안에게 틀어박힌 눈빛이 스산한 빛을 발했다.

"또 내가 관여할 일이 아니라고 말하고 싶은 건가."

칼리안이 이를 세게 물었다. 그 역시 라키어스 못지않은 싸늘한 눈빛을 했다. 칼리안이 머릿속으로 떠올린 것은 일전에 상점가에서 유리를 데려가던 라키어스의 모습이었다.

"길 막지 말고 비켜."

"이 사람은 내가 책임지고 안전한 곳으로 데려갈 거니까."

"넌 동부의 영웅답게 안에 있는 다른 부상자들이나 챙기라고."

그날의 광경은 이상할 정도로 칼리안의 뇌리에 선명히 각인되어 있었다. 그날 본 남자의 얼굴도 마찬가지였다. 그래서 지금 눈앞에 있는 남자가 그와 동일인물이 아닌데 착각했을 리도 없었다. 그런데 그렇게 잘난 척하며 말할 때는 언제고…….

아까 보았던 유리의 모습을 떠올리자 어쩐지 칼리안은 조금 열이 올랐다. 어쩌면 죄책감이 작용했기 때문인지도 몰랐다. 예전에 제노스의 예지를 듣고도 그녀에게 닥칠지도 모르는 일을 방관하려 한 데에 이어, 아까도 결국은 그녀를 혼자 두고 건물을 빠져나갔으니 말이다.

"유리 씨와 네놈이 무슨 관계인지는 모르겠지만, 동의도 없이 이런 곳에 데려와 감금하다니. 그게 범죄라는 자각도 없는 건가?"

칼리안의 입에서 한층 높은 소리가 터져 나왔다. 그리고 바로 그 순간, 라키어스의 몸에서 지금까지와 비할 수 없이 강렬한 살기가 뿜어져 나오기 시작했다.

—헉, 라키어스! 역시 여기에 그 여자가 있던 게 맞나 본데? 어쩐지

느낌이 익숙하더라니, 지금 건물 안이 이 꼴이 된 것도 그 여자가 사용하는 능력 때문인가 봐!

머릿속에서 벌레가 라키어스의 눈치를 보며 떠들었다.

"……유리 씨가 여기에 감금당해 있었다고?"

마침내 작게 열린 라키어스의 입술에서 한기가 뚝뚝 떨어지는 낮은 음성이 흘러나왔다. 그의 말을 듣고 칼리안이 눈매를 날카롭게 굳혔다.

"이제 와서 발뺌할 생각인가? 왜 모르는 척이지?"

칼리안은 서서히 떨림이 강해지는 손을 세게 그러쥐었다. 겉으로는 여유가 있는 척 라키어스와 대화를 나누었지만 사실 칼리안의 몸은 지금 두 발로 땅을 딛고 서 있는 것조차 힘겨울 정도로 상태가 나빴다. 거기다 시간이 지날수록 빠른 속도로 증상이 악화되었다.

하지만 칼리안은 계속 라키어스에게 말을 걸어 시간을 끌었다. 그러는 동안 수하들이 소리 없이 라키어스가 있는 쪽으로 접근했다. 하지만 바로 다음 순간.

"……!"

칼리안이 미처 눈치채지 못한 사이에 그의 시야로 검은 그림자가 훌쩍 가깝게 다가들었다.

콰앙!

"큭!"

칼리안은 아까와는 비교조차 할 수 없는 강력한 힘으로 바닥에 처박혔다. 부서진 파편이 튀어 오르는 것과 동시에 그의 입에서 울컥 피가 토해져 나왔다.

"크록포드 경!"

경악한 수하들이 달려왔다. 하지만 어느새 다시금 사납게 날뛰기 시작한 붉은 핏줄기가 다가오는 사람들을 전부 다 분해해 버릴 것처럼 날카롭게 허공을 찢었다. 아무도 두 사람에게 접근하지 못했다.

칼리안이 무방비해진 동안 눈앞으로 뻗어진 억센 손아귀가 그의 얼굴을 덮었다. 손가락 사이로 비친 차디찬 푸른 눈동자가 그대로 칼리안을 꿰뚫었다.

"네가 보고 들은 것, 지금 당장 전부 다 꺼내."

"무, 슨……!"

경황이 없는 와중에도 손에서 놓치지 않던 무기를 휘두르려 했지만 칼리안은 그러지 못했다. 그는 무자비한 손길이 곧바로 머릿속을 엉망으로 헤집는 것 같은 느낌을 받았다. 눈앞이 어지럽고 당장에라도 구토할 것처럼 속이 심하게 울렁거렸다.

잠시 후 칼리안이 정신을 차렸을 때, 이미 그를 공격한 남자는 사라지고 없었다. 다급히 달려온 수하들이 서둘러 칼리안의 상태를 살폈다.

"크록포드 경! 괜찮으십니까?"

"당장 지혈해! 그리고 이송을……!"

"그 남자는…… 어디에……."

칼리안은 역류하는 피를 삼키며 자리에서 몸을 일으켰다.

"당장 쫓아가야……."

하지만 수하들이 얼른 그를 만류하며 소리쳤다.

"크록포드 경, 이단자를 찾는 일이 중하다고는 하나 이 이상 뒤쫓는 것은 무리입니다! 부상이 깊으니 치료부터 해야 합니다!"

"아까 요청했던 지원군이 조금 전에 막 도착해서 일단 추격대를 보냈습니다. 크록포드 경이 말씀하신 인질도 서둘러 찾아내 구출하라는 명을 내렸으니 일단은 몸부터 살피십시오."

그들의 말마따나 자리에서 몸을 일으키는 것조차 버거울 정도로 몸 상태가 엉망이었던 터라, 결국 칼리안은 직접 움직이는 것을 포기할 수밖에 없었다. 이단자도 잡지 못하고, 결국 유리도 구하지 못했다. 칼리안은 그 사실을 되새기며 주먹을 으스러뜨릴 것처럼 세게 움켜쥐었다.

라키어스는 바람을 가르며 달렸다. 그의 머릿속에는 조금 전에 칼리안 크록포드를 통해 보았던 광경이 몇 번이나 되풀이되어 떠올랐다. 라키어스의 이가 으득 소리가 날 정도로 세게 꽉 다물렸다.

근처에서 유리의 기운은 느껴지지 않았다. 건물 안에서도 유리가 남긴 힘의 흔적만이 남아 있을 뿐, 그녀의 기운은 어디에서도 느껴지지 않았다. 그러니 밀리엄이 유리를 데려갔을지도 모르는 일이었다. 만약 무언가를 알고 유리를 납치한 것이라면 절대 쉽게 죽이려 할 리는 없었으니까. 불과 몇 시간 전까지만 해도 칼리안 크록포드와 맞붙은 데다 부상을 입기까지 했으니, 가짜 놈도 아직 그렇게 멀리까지 가지는 못했을 터였다.

–라키어스, 저기! 우측으로 가자!

라키어스보다 유적의 기운에 좀 더 민감한 벨레가 무언가를 포착했는지 그에게 길을 안내했다. 그렇게 얼마간의 시간이 더 지나, 마침내 라키어스는 발견했다. 감히 겁도 없이 그의 것을 탐낸 배신자 놈을. 라키어스의 눈에 살기 어린 날카로운 섬광이 스쳐 지나갔다.

"아라크네!"

유리를 보자마자 세이렌이 눈물을 쏟으며 달려들었다.

"말도 없이 어디 갔었어? 내가 얼마나 찾았는지 알아?"

팔랑팔랑, 허공에서 나부끼는 깃털이 코를 간질였다. 세이렌에게 너무 꽉 안겨서 숨이 막힐 지경이었지만 유리는 그냥 잠자코 있어주었다. 오딘을 치료하고 있던 안네마리의 방에 참새가 들이닥쳤던 이후 이렇게 세이렌과 직접 얼굴을 마주하는 건 오랜만이었다.

그녀의 반응이 격렬한 것도 충분히 이해할 수 있었다. 일단 오딘을 치료하던 안네마리의 방에 들어온 참새에게 나중에 상황을 설명해 줄 테니 안심하고 지금은 돌아가라고 전하긴 했지만, 지금까지 세이렌이 얌전히 있어준 것이 오히려 놀라운 일이었다.

"온갖 곳을 다 뒤지다가 드디어 찾았나 했더니만, 그 까마귀 놈은 빈사 상태가 돼 있지를 않나, 너는 피투성이가 되지를 않나. 내가 얼마나 놀랐는데!"

세이렌은 유리가 그녀를 찾아오자마자 기다렸다는 듯이 속사포 같은 말을 쏟아냈다.

"그런데 넌 기다리라는 소리만 하고!"

자신이 유리를 얼마나 걱정했는지, 또 얼마나 애타는 마음으로 그녀를 찾아다녔는지가 주된 내용이었다. 세이렌답다고 해야 할지, 그 안에 오딘에 대한 걱정은 눈곱만큼도 들어 있지 않았다.

"미안. 상황이 좀 급해서 그랬어."

유리는 적당한 때를 봐서 세이렌의 품을 빠져나갔다. 세이렌이 걱정해 준 것이 고마워서 투정을 좀 더 들어주고 싶었지만 이곳에 오래 있을 시간이 없었다. 일단은 안네마리에게 맡기고 온 오딘의 상태가 어느 정도 안정된 것을 보고 자리를 비우기는 했으나, 역시 오래 옆을 떠나 있기에는 마음에 걸렸다.

"그런데 까마귀 놈은 도대체 어디에서 그렇게 얻어터진 거야? 너 설마 그 자식을 구하러 갔던 거야?"

세이렌이 불만 가득한 얼굴로 유리를 보며 물었다. 지난번에 유리가 불법 노예 경매장에 잡혀 있던 세이렌을 꺼내온 것처럼 이번에도 그녀가 어딘가에서 곤욕을 치르던 오딘을 구하러 간 것으로 오해한 듯했다. 하지만 상황은 오히려 그 반대였다.

"아니야. 오딘이 저렇게 된 건 나 때문이야. 그는 날 도와주다가 다친 거야."

유리가 고개를 젓는 것을 본 세이렌이 얼굴을 찌푸렸다.

"너 때문에 다쳤다고? 도대체 무슨 일이 있었는데? 앗, 그럼 너는? 너는 안 다쳤어?"

그녀의 말을 들은 세이렌이 갑자기 의심이 들었는지 유리의 옷을 벗겨 확인할 것처럼 굴었다. 유리는 몇 번이나 자신이 멀쩡하다는 사실을 세이렌에게 주지시켜야 했다.

"그보다 넌 별일 없었어?"

유리는 그녀에게 있었던 일을 설명하기에 앞서 먼저 세이렌에게 물었다.

"날개 때문에 눈에 띄어서 직접 움직이기 쉽지 않았을 텐데, 또 지난번 같은 일이 생기면 안 되니까."

그러자 세이렌이 멈칫했다.

"어, 없었…… 을걸?"

잠시 후 몹시도 수상쩍기 짝이 없는 모호한 답변이 세이렌에게서 흘러나왔다. 유리는 눈을 가늘게 떠 세이렌을 쳐다보았다. 그러자 세이렌이 당황한 양 시선을 피하다가 곧 언제 그랬냐는 듯이 유리를 정면으로 보며 외쳤다.

"진짜 없다니까! 나 말고, 너! 네 얘기를 해봐! 너랑 그 까마귀한테 무슨 일이 있었던 건데?"

여전히 수상하기는 했지만 일단 상황이 상황인 만큼 유리는 세이렌에게 요점만 정리해 설명해 주었다. 그래도 가짜 라키어스에 대한 것은 섣불리 말하면 안 될 것 같고, 또 심정적으로도 말하기 꺼려져서 일단은 누구인지 모를 괴한에게 납치되었던 것으로 했다.

유리는 그녀의 말을 듣고 흥분한 세이렌을 진정시킨 뒤 다시 안네마리의 집으로 돌아왔다.

"어? 유리 언니?!"

마침 집에 돌아와 있던 헤스티아가 유리를 보고 눈을 휘둥그렇게 떴다.

"안녕, 헤스티아."

유리는 그런 헤스티아에게 여느 때와 같은 평범한 인사를 건넸다. 조금 전까지도 레오와 함께 유리를 찾다가 돌아왔던 헤스티아가 얼른 손에 들고 있던 우유 잔을 식탁에 내려놓고 달려왔다.

"언니, 그동안 어디 있다 왔어요? 우리 언니랑 저랑 되게 많이 찾았는데."

"그랬어?"

"네!"

뜻밖의 말에 유리가 멈칫했다. 그녀가 다시 입을 벌려 헤스티아에게 무어라 말하려 했을 때, 안네마리가 벌컥 방문을 열고 나왔다.

"유리 씨, 환자가 깨어났어요!"

"으……."

오딘은 낮게 신음하며 눈을 떴다. 달군 쇠꼬챙이로 내장을 지지는 것처럼 온몸이 쑤시고 아팠다.

'뭐지?'

도대체 왜 이런 통증을 느끼는지 이해가 되지 않았다. 머리가 무겁고 시야가 흐려서 아무 생각도 할 수가 없었다. 그렇다 보니 당연히 상황을 인지하는 것도 어려웠다. 하지만 옆에서 누군가 헉, 하고 급히 숨을 들이켜는 소리만큼은 또렷이 들려왔다.

"정신이 드세요?"

어떤 사람이 오딘을 향해 빠르게 다가왔다. 상태를 확인하듯이 묻는 말에 오딘은 비몽사몽 중에 눈살을 찌푸렸다. 몇 번 눈을 더 깜빡이자 시야가 조금 트였다. 이내 두 눈에 들어온 사람의 얼굴을 보고 오딘은 저도 모르게 멍청한 소리를 뇌까리고 말았다.

"처…… 천사?"

그의 앞에 있는 것은 눈부시게 반짝이는 은발과 다정한 연녹빛 눈동자를 가진 비현실적으로 아름다운 여자였다. 오딘은 한순간 자신이 죽은 건가 싶었다.

지옥이면 또 몰라, 자신이 천국 같은 데를 올 리가 없는데 싶어 의아하긴 했지만 말이다. 사실은 그동안 유리의 옆을 꽤 오랫동안 맴돌았던 오딘이 안네마리의 얼굴을 모를 리 없었다. 하지만 이렇게 가까이에서 얼굴을 마주한 것은 처음인 데다, 또 지금은 워낙 정신이 없는 상태였기 때문에 바보 같은 착각을 한 것이다.

그렇게 오딘이 멍청한 표정을 짓거나 말거나, 안네마리는 환자의 상태를 한번 전체적으로 확인한 뒤에 날쌔게 움직여 방문을 열고 밖으로 나갔다.

"유리 씨, 환자가 깨어났어요!"

잠시 후 문 안으로 다른 사람이 들어왔다. 오딘은 그제야 정신을 차렸다. 그는 한결 또렷해진 눈에 익숙한 얼굴을 담으며 작게 입술을 벌렸다.

"아, 아라크네……."

슬그머니 유리의 뒤를 따라왔던 헤스티아가 유리를 향한 낯선 이름을 듣고 눈을 동그랗게 떴다. 유리는 오딘의 다 죽어가는 목소리를 듣고 서둘러 그에게 다가갔다.

"오딘, 괜찮아?"

유리의 얼굴은 평소처럼 표정 변화가 거의 없었다. 하지만 오딘은 그녀가 자신을 걱정한다는 사실을 어쩐지 알 것 같았다.

"나 괜찮아……. 넌 다친 데 없어?"

"없어. 난 멀쩡해."

오딘은 아직 초점이 또렷하지 않은 눈으로 유리를 살피다가 이내 안심한 표정을 지었다. 그러다가 퍼뜩 생각난 듯이 이번에는 주위를 두리번거리며 물었다.

"그런데 어떻게 된 거야? 우리…… 거기서 빠져나온 거 맞아? 여긴 어디야?"

아직 오딘의 상태가 썩 좋아 보이지는 않았지만 그래도 이렇게 멀쩡하게 말을 하는 것을 보니 유리도 마음이 놓였다. 그때 안네마리가 두 사람의 눈치를 보다가 자신은 밖에 나가 있을 테니 필요하면 부르라고 말하며 헤스티아를 데리고 먼저 문을 나섰다. 유리와 오딘을 배려한 행동이었다.

"걱정하지 마. 무사히 탈출했으니까. 여긴 우리 옆집이야. 지금 밖으로 나간 안네마리 씨가 널 치료해 주셨어."

"그래, 다행이다……."

유리의 설명을 듣고 비로소 완전히 안심한 탓인지, 오딘의 눈꺼풀이 다시 무겁게 내려앉았다. 초점이 또 흐려지고, 목소리가 작게 줄어들었다. 유리도 그것을 알아차렸다. 안네마리의 배려가 무색하게도 오딘은 금방 다시 의식을 잃을 낌새를 보였다. 하지만 이번에는 표정이 한결 편안했다. 유리는 오딘을 굳이 깨우려 하지 않았다.

"일단 쉬어."

오딘은 귓가에 나지막하게 흘러드는 음성을 들으며 다시 눈을 감았다. 잠시 후 유리는 잠든 오딘을 두고 조용히 방을 빠져나갔다.

그 무렵 크록포드 저택에는 작은 폭풍이 들이닥쳤다.

"뭐? 살바토르의 연금술사가 부상을 입고 실려 왔는데 그놈을 데려다준 게 칼리안이라고?"

가주인 도미닉이 자리를 비운 사이, 대신 보고를 들은 바스티안이 저도 모르게 언성을 높였다. 그는 자리에서 반쯤 일어나며 물었다.

"칼리안은 지금 어디에 있어?"

"그게, 부상자만 이송시키고 다른 부하들과 함께 어디론가 급히 달려가셨다고 합니다. 아무래도 이단자 무리를 발견하신 것 같다고 들었습니다."

"뭐야?"

바스티안의 얼굴이 못마땅하게 구겨졌다.

"수색대에는 일할 놈이 칼리안밖에 없냐? 어째 집에 가만히 붙어 있는 날이 없어! 아랫놈들을 시키면 될 일도 죄다 자기가 나서서 해결하려 하니."

그의 말에 보고하러 왔던 사람이 면구하다는 듯이 고개를 숙였다. 바스티안은 혀를 찬 뒤 다른 질문을 했다.

"칼리안은 다친 곳이 없었다고 하던가?"

"예……. 그런 것 같았다고 합니다."

사실 칼리안도 피를 흘렸다는 소식을 전해 들었지만 바스티안이 걱정할 것을 우려해 알리지 않고 얼버무렸다. 다행히 바스티안은 의심하지 않는 눈치였다.

"사람 찾으라는 건 어떻게 됐나?"

"비슷한 사람을 봤다는 제보는 몇 있었지만 찾으시는 분은 아직……."

"아, 왜 이렇게 굼떠! 이러니 다들 칼리안만 불러젖히는 게 아니야!"

결국 바스티안이 역정을 냈다. 그 모습을 옆에서 지켜보던 타티아나는 조금 전의 바스티안처럼 쯧쯧 혀를 찼다.

보아하니 그 유리라는 아이를 찾는 것이 뜻대로 되지 않는 모양이다. 그렇다 해도 저렇게 애꿎은 아랫것을 잡다니. 세 살 버릇이 여든까지 간다고, 역시 나이를 먹는다 해서 소싯적의 더러운 성격이 어디로 가지는 않는 법이다.

"하여간 이놈이나 저놈이나 죄다 쓸모가 없어서는……."

"이봐, 바스티안."

타티아나는 보고하러 왔던 남자를 내보낸 뒤 마뜩잖게 투덜거리는 바스티안을 보며 들고 있던 찻잔을 내려놓았다.

"지난번에 왔던 그 간병인이라는 아이는 언제 또 오지?"

"뭐? 내 간병인을 왜 찾아?"

"나도 나이가 들었더니 여기저기가 쑤셔서 말이야. 자네가 옆에 끼고 있는 간병인이 정말 유능한 인재인지 내가 직접 확인해 줄까 싶기도 하고."

"뭐라? 어딜 남의 간병인을 마음대로 부려먹을 생각을 하고 있어!"

그렇게 두 사람은 오늘도 사이가 좋은 건지 나쁜 건지 알 수 없는 모습으로 아웅다웅했다.

"바, 바스티안 님!"

바로 그때, 아까 바스티안이 내보냈던 남자가 헐레벌떡 다시 돌아왔다.

"무슨 일이야?"

"칼리안 님이 돌아오셨다고 합니다!"

"앗, 그래?"

"그런데 부상을 심하게 입으셨다고……!"

"뭐라고?"

바스티안이 자리에서 벌떡 일어나며 고함을 내질렀다. 칼리안이 밖에서 부상을 입었다니, 처음 있는 일이었다.

"그래서, 칼리안은 지금 어디에 있냐? 안내해라, 빨리!"

아들보다 손자를 더 아끼는 바스티안이 헐레벌떡 방을 나섰다. 타티아나도 바스티안의 뒤를 따라 방을 빠져나왔다.

그 칼리안이 다쳤다니. 확실히 놀랄 일이었다. 하지만 손님인 그녀가 끼어들 상황은 아니었다. 그래서 타티아나는 바스티안의 뒤를 따라가는 대신 자신의 방으로 향했다. 복도를 걷는 그녀의 미간은 찌푸려져 있었다.

'역시 그 아이, 느낌이 묘하단 말이야.'

타티아나는 바스티안의 간병인인 안네마리를 떠올렸다. 처음 만났던 이후 계속 곰곰이 생각해 보았지만 역시 그녀에게서는 묘하게 친숙한 느낌이 들었다.

'확인해 봐야 할 게 늘었군.'

잠시 후 타티아나의 방 창문에서 하얀 나비가 팔랑거리며 날아갔다. 나비는 크록포드의 저택을 벗어나 일반 시민들이 사는 곳으로 향했다.

잠시 후 하얀 나비가 도착한 곳은 유리가 있는 안네마리의 집이었다.

유리는 작게 열려 있는 창문 밖에서 날아든 나비를 보고 눈매를 움찔했다.

파앗! 곧 유리의 바로 앞까지 다가온 나비의 모양이 풀어 헤쳐졌다. 그리고 작고 네모난 모양으로 재구성되었다. 유리에게 표식을 보낸 것은 전부터 그녀에게 종종 의뢰를 맡겼던 사람이었다.

'그런데 내용이…….'

종이에 적힌 글귀를 본 유리의 미간이 찌푸려졌다.

"유리 언니?"

그때 옆에서 들려온 부름에 유리는 종이를 감추듯이 손에 움켜쥐었다.

"헤스티아, 왜?"

"언니가 혹시 오늘 여기서 자고 가실 건지 물어보래요."

유리는 잠깐 고민했다. 유리가 맡긴 환자가 여기에 있기는 하나 어차피 그녀의 집이 바로 옆집인 만큼, 안네마리와 헤스티아가 쉬는 동안은 집으로 돌아가는 것이 예의일 수도 있다.

하지만 반대로 생각하면, 아무리 거동이 불편한 환자라고는 해도 생판 남인 외간남자만 이 집에 두고 가는 게 더 민폐일 수도 있다. 물론 소설에서도 안네마리는 아무렇지 않게 라키어스를 집에 들여 보살펴 주었었지만……. 아무래도 이 부분은 직접 이야기해 보는 편이 나을 것 같아서 유리는 헤스티아를 데리고 안네마리에게 갔다.

"전 상관없어요. 유리 씨가 편하신 대로 하면 되지 않을까요?"

안네마리는 정말 어느 쪽이든 괜찮다는 듯이 말간 눈으로 유리를 보며 말했다. 헤스티아도 마찬가지였다. 그래서 유리는 일단 집으로 돌아가 씻고 옷을 갈아입으면서 좀 더 생각해 보기로 했다.

사실 안네마리의 집이든, 자신의 집이든 상관없었다. 어차피 오늘도 밤을 새울 생각이었으니 다른 일이 생기면 언제든지 바로 움직일 수 있었다. 유리는 일단 안네마리의 집을 나와 옆집으로 향했다.

덜컹.

그리고 목욕을 하고 나왔을 때, 문득 창문 쪽에서 작은 소리가 들려왔다. 방으로 향하던 유리의 걸음이 우뚝 멈추어졌다. 잠시 후 그녀는 소리가 들려온 곳으로 발길을 돌렸다. 그리고 마침내 시야에 비친 사람을 보고 유리는 다시 한번 멈칫할 수밖에 없었다.

"……라키어스 씨?"

나는 내 눈을 의심했다. 실내의 불을 켜놓지 않았기 때문에 집 안은 어두웠다. 창밖에서 새어 드는 빛만이 유일하게 어둠을 밝혀주었다. 남자는 은은하게 비쳐드는 빛무리 속에 우뚝 서 있었다. 라키어스는 지금 막 창문을 열고 안으로 들어온 것 같았다.

"……유리 씨!"

그런데 어째서인지 라키어스도 날 보고 눈을 의심하는 표정이었다. 서서히 크게 확장되어 가는 연청색 눈동자가 툭 건드리면 밑으로 굴러떨어질 것 같았다. 그렇게 몸을 굳힌 채 부릅뜬 눈으로 나를 보던 라키어스가 이내 정신을 차린 듯이 다리를 움직였다.

"진짜 당신이에요?"

급히 다가와 내게 손을 뻗는 그를 본 순간, 갑자기 머릿속에 의심이 스쳐 지나갔다.

'잠깐. 혹시 또 생김새가 똑같은 가짜인 건 아니겠지?'

이미 한번 데여봤기 때문인지 불쑥 경계심이 생겼다. 그래서 나도 모르게 뒷걸음질 칠 뻔했다. 하지만 라키어스의 손이 나한테 닿는 게 먼저였다.

"어떻게 당신이 여기에 있어? 아니, 나도 혹시 하는 마음에 와보긴 했지만……. 그보다 다친 데는, 다친 데는 없어요?"

어쩐지 라키어스답지 않게 횡설수설하는 목소리가 고막을 울렸다. 라키어스는 내 양 뺨을 단단히 붙들고 얼굴을 샅샅이 살펴봤다. 그러는 동안 몸이 조금씩 뒤로 밀려서 벽 쪽에 있는 협탁에 엉덩이를 반쯤 걸친 자세가 되었다. 나도 라키어스에 의해 반강제로 고개가 이리저리 돌려지면서 마주한 사람을 살폈다.

창가에서 들어온 빛에 윤기를 그리는 금발. 유리알 같은 연청색 눈동자. 앞머리 사이로 드러난 곧게 뻗은 눈썹이라든가, 날카로운 눈매라든가, 오뚝한 코, 그리고 모양 좋은 입술…… 기타 등등을 포함해 지금 내 앞에 있는 남자의 외모만큼은 정말 라키어스와 똑같았다.

눈높이도 내가 알던 것과 동일했다. 목소리도, 어딘가 묘하게 이질적이던 가짜와 달리 억양이나 말투가 내가 알던 라키어스와 똑같았다. 장갑을 끼고 있어서 그의 손이 내 얼굴에 닿아도 전과 같은 두드러진 감정적 변화는 생기지 않았지만……. 지금 마주하는 열띤 눈빛이라든가, 그 안에 담긴 걱정 어린 감정은 분명 익숙했다.

"그 미친놈이 감히 누구한테 개짓거리를……. 혹시 생채기 하나라도 났으면 가만히 안 둬."

이제 라키어스는 욕을 짓씹으면서 내 몸을 살펴보았다. 불길이 이글거리는 눈동자가 어둠 속에서 사납게 빛났다.

'아, 라키어스다.'

지금 내 앞에 있는 이 남자는 분명 라키어스가 맞았다. 그렇게 최종적으로 확신을 내린 순간, 내 마음속에 돌멩이가 하나 퐁당 날아와 떨어진 것 같았다.

"라키어스 씨."

내가 이름을 부르자 라키어스가 대번에 고개를 들어 다시 나와 눈을 맞췄다.

"왜 그래요. 혹시 어디 아픈 데 있어요?"

그가 괜찮으니 다 이야기해 보라는 듯이 내 눈을 들여다보며 말했다.

예상치 못한 일이라 그런지 아직은 뭐가 뭔지 잘 알 수가 없었다. 지금 라키어스가 말하던 걸 들어보면, 나한테 무슨 일이 있었던 걸 대충이나마 아는 것 같은데……. 어떻게 그게 가능하지?

그럼 혹시 라키어스도 그와 똑같이 생긴 남자를 만난 건지, 이미 그 사람과 알던 사이인 건지, 도대체 그 인간의 정체는 뭔지……. 묻고 싶은 게 많았지만 왠지 이렇게 라키어스의 눈을 마주하니 그런 건 별로 중요하지 않게 느껴졌다. 어르듯이 내 뺨을 훑어내리는 손길이 지나치게 다정하고 부드러워서 속이 간지러웠다.

이런 느낌은 굉장히 오랜만인데, 왠지 거기에 매달려서 어리광을 피우고 싶은 기분이었다. 물론 술에 취해 제정신이 아닌 상태도 아니고, 진짜로 그러지는 않을 거지만. 그래도 좀 이상하긴 하네…….

생각했던 것보다 훨씬 더 반갑잖아.

나는 손을 들어서 라키어스가 그러던 것처럼 그의 얼굴을 쓰다듬었다. 내 행동이 예상 밖이었는지, 라키어스는 멈칫했다. 나는 상관하지 않고 맨 살갗에 스미는 온기를 만끽했다.

라키어스에게 손이 닿았을 때부터 익숙한 충족감이 가슴속에 들어차기 시작했다. 폐부에 달콤한 숨이 들어차는 듯했다. 차가운 달빛이 아니라 따뜻한 봄볕에 노출된 것 같았다. 역시 내게 이런 감흥을 생기게 하는 건 라키어스밖에 없었다. 하지만 뭔가 좀 부족한 느낌이 들었다.

"라키어스 씨, 장갑 벗어봐요."

작게 속삭이는 목소리로 라키어스에게 요구하자 그가 천천히 낮은 숨을 몰아 내쉬었다. 미동 없이 내 얼굴에 고정된 눈동자의 온기가 아까보다 조금 가열된 것 같았다. 전부터 생각한 거지만, 이렇게 시리도록 차가워 보이는 겨울 하늘 같은 파란 눈동자가 뜨겁게 느껴질 수도 있다는 게 신기했다.

이윽고 라키어스가 느릿하게 손을 움직였다. 피부에 밀착되어 있던 장갑이 그의 입술 사이에 물려 빼졌다. 아래로 깊이 깔렸던 속눈썹이 다시 위로 들리고, 그 밑으로 드러난 파란 눈동자가 다시 내 눈을 정면으로 응시했다. 그걸 보는데 왠지 속이 조금 후끈거렸다.

오랜만에 봐서 그런가……. 아니, 사실 엄밀히 따지면 라키어스와 똑같이 생긴 가짜의 얼굴은 불과 몇 시간 전쯤에 봤으니 이 얼굴 자체를 오랜만에 본 건 아니었다. 그래도 진짜 라키어스를 본 건 오랜만이라서 그런지, 왠지 그의 미모에 새삼스럽게 적응이 잘되지 않았다.

장갑을 벗은 라키어스의 손이 다시 나한테 닿자 정전기가 이는 것처럼 찌릿한 느낌이 등줄기를 스쳐 지나갔다. 라키어스는 내가 뭘 원하는지, 꼭 머릿속을 들여다봐서 알기라도 하는 것처럼 맨손으로 내 얼굴을 매만졌다. 그의 손이 나한테 깊게 닿은 순간 강렬한 포만감이 해일처럼 달려들었다.

머릿속에 작은 폭죽이 터지는 것 같았다. 그래, 바로 이거야. 바로 이 느낌이야. 누군가 내 귀에 대고 그렇게 속삭이는 것 같았다.

"라키어스 씨, 왜 이렇게 늦게 왔어요……."

나도 모르게 라키어스의 손에 뺨을 깊숙이 기댔다. 밀려드는 만족감을 주체하지 못해 꼭 애완동물이 주인에게 그러는 것처럼 거기에 얼굴을 비볐던 것 같기도 하다.

"기다렸는데."

예전에도 종종 이런 짓을 라키어스에게 한 다음 이성을 되찾은 뒤 정신적 타격을 입었었다. 하지만 늘 그랬듯이, 그런 것 따위는 막상 라키어스와 닿아 있는 동안에는 아무래도 상관없었다.

"기다렸어요?"

나를 보는 라키어스의 눈이 아까보다 깊은 푸른빛으로 물들었다. 내 얼굴을 훑는 손길도 왠지 조금 뭉근해진 것 같았다. 한결 낮아진 목소리가 귓가에 흘러들었다.

"미안. 내가 더 빨리 왔어야 했는데."

마주한 사람에게서 전해지는 모든 자극이 감미로운 여운으로 남았다. 꼭 부드러운 거품과 향기로운 꽃으로 가득 채운 욕조에서 목욕하는 것처럼 기분 좋게 몸이 노곤해졌다. 언제까지고 질리지 않고 이렇게 있을 것 같았다. 그러다 문득 떠오른 것이 있어 라키어스에게 물었다.

"라키어스 씨……. 할 일은 다 끝내고 온 거예요?"

그러고 보니 너 배신자 처리하러 갔었잖아. 사실은 그를 보자마자 물어봤어야 했는데, 계속 신경이 다른 데 팔려 있었던 탓에 이제야 확인하게 되었다. 그러자 아주 찰나, 음영 진 라키어스의 얼굴에 뭐라 설명하기 어려운 감정이 스쳐 지나갔다. 하지만 그것은 너무나 금방 사라져 버렸고, 대신 달빛이 번진 듯한 미소가 그 자리에 그려졌다.

"당연한 말을."

내 얼굴에서 느릿하게 흘러내려 간 라키어스의 손이 목덜미를 간지럽게 쓸었다. 그 야살스러운 감촉에 나도 모르게 어깨를 살짝 움츠렸다. 달빛에 하얗게 빛나는 라키어스의 얼굴이 지금까지보다 더 가깝게 다가왔다.

"유리 씨, 당신한테 아직 하고 싶은 말이 많은데……."

나직한 목소리가 섞인 숨결이 귓가에 흘러들었다. 작게 달싹이는 입술도 닿을 것처럼 가까워졌다.

"그런데 제가 지금 조금……."

라키어스가 고개를 떨어뜨린 곳은 내 어깨 위였다.

"졸려서."

목덜미를 간지럽게 쓸어내리던 손길이 미끄러져 어깨 위로 내려앉았다가, 뒤이어 꼭 떨어지듯이 내 팔을 타고 흘러내렸다.

"유리 씨……."

귓가에 울리는 속삭임이 점점 작게 잦아들었다. 순간 이상한 예감이 들었다.

"미안……."

갑자기 묵직한 무게감이 몸 위로 후욱 내려앉았다. 나는 기울어지는 라키어스의 몸을 무심코 붙잡아 지탱했다.

"어?"

바로 다음 순간, 손에 스민 축축한 감촉에 놀라 숨을 멈추었다. 라키어스를 붙든 손 중 하나를 떼서 확인하자, 거기에 흥건히 묻어난 액체가 어둠 속에서도 선명하게 두 눈을 찔렀다.

지금까지 라키어스에게 집중하느라 미처 인식하지 못하던 피비린내가 뒤늦게 확 코끝을 파고들었다. 덩달아 온몸의 핏기가 사라지는 듯한 느낌이 들었다. 나는 내 어깨 위로 무너져 내린 라키어스를 급히 내려다보며 나도 모르게 큰 소리로 그의 이름을 불렀다.

"라키어스 씨……!"

안네마리 치료소의 환자가 하나 더 늘어났다. 연달아 까다로운 환자를 둘이나 살피게 된 안네마리는 하루 사이에 얼굴이 더 핼쑥해졌다. 대강의 치료는 밤중에 모두 끝났으나 이후 상태를 살펴봐야 한다며 밤을 꼴딱 새웠으니 당연한 일이었다.

"안네마리 씨, 이거 드세요. 이것도 같이 먹으면 좋대요."

나는 밖에 나가서 몸에 좋은 여러 보양식을 잔뜩 쓸어 와 안네마리에게 먹였다. 상황이 아무리 급했다고는 하나 그녀를 너무 무리시킨 것 같아 미안한 마음이 들었다. 헤스티아가 그 모습을 보고 꼭 맞은편 집에 사는 톰슨 아저씨 같다고 중얼거렸다. 톰슨 씨는 첫째를 임신한 아내를 지극정성으로 돌보며 날마다 몸에 좋고 맛있는 음식을 사다 나르는 좋은 남편이었다.

"헤스티아랑 저 두 사람은 이제 제가 돌볼 테니까 걱정 말고 들어가서 쉬세요."

"그럼 조금만 자고 올게요."

안네마리는 하얘진 얼굴로 비척거리며 방으로 들어갔다. 그걸 보니 더 미안해졌다. 나는 안네마리 대신 헤스티아에게 아침 식사를 차려 주고 오딘과 라키어스가 있는 방으로 들어갔다.

두 사람은 각각 다른 소파에 누워 있었다. 안네마리의 집에는 두 사람을 눕힐 자리가 없어서 소파 하나는 우리 집에서 가져와야 했다. 아무리 그래도 양심이 있는데, 자매의 침대까지 내달라고 할 수는 없는 노릇이 아닌가? 그렇다고 환자를 바닥에 눕히기도 좀 그렇고.

안네마리와 헤스티아는 내가 긴 소파를 혼자 거뜬히 들고 온 데 이어 두 남자를 가볍게 옮겨놓기까지 하는 것을 보고 두 눈을 동그랗게 떴다. 안네마리는 내가 이상한 능력을 쓰는 걸 알고 있어 애써 그러려니 하는 것 같았다.

반면 헤스티아는 나를 그동안 괴력을 숨기던 옆집 언니 정도로 생각한 듯했다. 나는 탁자 위에 있는 물수건을 들고 오딘과 라키어스에게 남은 핏자국을 차례로 닦아주었다. 사실 치료소에 데려가는 게 제일 좋을 테지만 아무래도 두 사람 다 일반 사람이 아니다 보니 남은 선택지가 안네마리밖에 없었다. 안네마리에게 있는 치유의 힘이 효과도 제일 좋았고 말이다.

그나저나…… 라키어스도 자가 치유력이 잘 듣지 않는 것 같았는데, 왠지 오딘의 경우와 비슷해 보였다.

또 미심쩍은 마음이 들었다.

'혹시 라키어스도 그 가짜하고 만난 건가?'

어젯밤에 라키어스가 날 보고 왜 집에 있느냐는 듯이 놀라던 것과 그 후에 다친 곳이 없냐고 걱정하며 하던 말을 생각해 보면 타당한 의심인 것 같았다. 나는 눈가로 흘러내린 라키어스의 머리카락을 뒤로 넘겨주며 작게 중얼거렸다.

"빨리 일어나요."

그래야 궁금한 걸 물어보지. 그래도 오딘은 중간에 한 번 깨어났었는데 라키어스는 내 어깨에 기대 의식을 잃은 이후로 아직 눈을 뜨지 않았다. 안네마리가 가진 유적의 힘 덕분인지, 그나마 자가 치유력이 다시 활성화된 것 같아 다행이었다.

나는 핏물에 물든 수건을 들고 대야가 있는 탁자로 다시 걸어가다가 문득 닫힌 문을 쳐다보았다.

그러고 보니 결국은 안네마리가 큰 부상을 입은 라키어스를 치료해 줬구나. 소설의 줄거리대로 이야기가 흘러가게끔 하는 억지력이라도 있는 건가, 아니면 그냥 단순한 우연인가.

어젯밤에는 워낙 상황이 급해서 별다른 생각이 없었는데, 지금 와서 생각해 보니 조금 복잡미묘한 기분이 들었다. 하지만 역시 사람의 목숨이 달린 상황에서 그런 건 별로 중요한 문제가 아니니까.

나는 뒤쪽에 누워 있는 두 사람을 다시 한번 힐끔 쳐다본 뒤 대야를 들고 조용히 방을 나섰다.

—……스.

라키어스의 의식은 깊은 심연 속에 잠들어 있었다.

—……키어스!

그런데 누군가 자꾸 그를 부르는 소리가 들려왔다. 가뜩이나 머리가 아픈데 신경 줄을 긁작거리는 느낌이 왠지 익숙하면서도 거슬렸다.

'시끄러워.'

그래서 라키어스 역시 평소에 늘 그래 왔듯이 머릿속의 소음에게 입을 닥칠 것을 싸늘히 종용했다.

—일어나, 라키어스!

하지만 그 목소리는 끈질기게 사라지지 않았다. 라키어스는 한숨을 내쉬었다. 귀가 따가워 그만 눈을 뜨고 싶기도 했지만, 목소리가 원하는 것을 이루어주고 싶지 않은 고약한 심보도 함께 들었다. 그러나 바로 뒤이어 다급한 여자의 목소리가 환청처럼 귓가에 어른거린 순간.

"라키어스 씨……!"

라키어스는 번쩍 눈을 떴다.

눈꺼풀을 들어 올리자마자 은은한 빛이 시야에 번졌다. 라키어스는 움직이지 않고 눈만 뜬 채로 조용히 상황을 파악했다.

–라키어스, 일어났어?!

'닥쳐봐.'

머릿속에서 또 시끄럽게 말을 거는 소리가 들려와서 라키어스는 습관적으로 일갈했다. 하지만 지금 벌레가 쓸모없는 건 사실이었다. 그가 잠들어 있는 동안에는 벌레의 의식도 같이 끊겨 있었을 테니 지금의 상황을 파악하는 데 도움이 되지 않을 터였으니까.

아무래도 아침인 것 같았다. 그가 누워 있는 곳은 익숙한 소파였다. 하지만 시야에 비친 방은 낯설었다. 라키어스는 인상을 찡그리며 상체를 일으켰다. 그러다가 바로 옆에 보이는 얼굴을 보고 크게 흠칫했다.

"아 씨, 깜짝이야."

맞은편 소파에 시체처럼 누워 있는 것은 라키어스도 아는 사람이었다.

'까마귀? 저놈이 왜 내 옆에 누워 있지?'

라키어스의 눈에 의문이 떠올랐다. 오딘은 색색 고른 숨을 내쉬며 자고 있었다. 온몸이 붕대로 칭칭 감긴 모양새를 보니 아무래도 큰 부상을 입어 치료받은 것 같았다. 그가 없는 동안 유리를 지키라고 기껏 세뇌도 풀고 보내줬더니 도대체 저 몰골은……. 그러다 퍼뜩 라키어스는 어젯밤의 일을 기억해 냈다.

"라키어스 씨……!"

완전히 의식을 잃기 직전 귓가에 울렸던 유리의 목소리. 그녀가 그렇게 다급한 음성으로 그를 부른 것은 처음이었다. 무심코 시선을 내리자 옆에 있는 까마귀만큼은 아니지만, 그의 몸에 감겨 있는 붕대가 보였다.

일전에 경험해 본 바에 의하면 이건 유리의 솜씨가 아니었다. 게다가 이 집도 유리의 집이 아닌 것 같았다. 잠깐, 그럼 어찌 되었든 간에…….

'……유리의 앞에서 두 번이나 꼴사납게 의식을 잃고 쓰러진 모습을 보인 건가?'

마침내 현실을 깨달은 라키어스의 얼굴이 싸늘하게 식었다.

–그래! 너 어제 집 주인 여자 앞에서 두 번째로 쓰러졌어!

그런 라키어스의 속마음을 읽어낸 벌레가 악의 없이 종알거렸다.

–네 인생에서 이렇게 쪽팔린 꼴이었던 건 그 가짜 놈을 상대했던 두 번이 다인데, 그 두 번을 다 좋아하는 여자한테 보였네? 너 쪽팔리겠다, 야.

진심으로 그를 동정하는 듯한 벌레의 말을 들으니 주먹에 절로 힘이 들어가면서 핏줄이 곤두섰다.

'그 가짜 새끼…… 좀 더 패주고 오는 건데.'

라키어스는 바드득 이를 갈았다. 아직 살려둘 필요가 있어서 죽이지는 않고 반 빈사 상태로 만든 뒤에 처박아놓고 왔는데, 이제 와서 생각하니 조금 후회가 들었다.

그때, 문밖으로 누군가가 다가오는 소리가 들렸다. 라키어스의 날카로운 시선이 소리가 들려오는 곳으로 미끄러졌다. 어떻게 할까 조금 고민하다가, 아무래도 유리가 그를 이곳으로 데려온 것 같다는 생각에 라키어스는 위로 들어 올렸던 팔을 내렸다.

잠시 후 그의 눈앞에서 소리 없이 문이 열렸다. 창밖에서 스민 햇살에 윤기 흐르는 긴 은발이 하얗게 빛났다. 그것이 조금 눈부셔서 라키어스는 무심코 눈매를 찡그렸다. 곧 라키어스를 발견한 여자가 동그란 눈동자를 크게 떴다. 뒤따라 반가운 음성이 귓가에 울렸다.

"아……! 일어나셨네요?"

이상한 기시감이 든 것은 바로 그 순간이었다. 이해할 수 없는 익숙함. 마치 전에도 이런 식으로 이 여자를 만난 적이 있었던 것 같은…….

"몸은 좀 괜찮으세요? 특별히 아픈 곳은 없으시고요? 앗, 벌써 그렇게 몸을 일으켜 세우시면 안 돼요!"

여자가 그에게 서둘러 다가오며 말했다. 라키어스는 입을 다문 채 날카로운 눈빛으로 그녀를 바라보았다. 그에게 다가오는 여자가 유리의 옆집에 사는 안네마리라는 것을 한 박자 늦게 깨달았다.

"유리 씨……."

마침내 라키어스의 입술이 열렸다.

"그 사람은 지금 어디에 있지?"

그 시각, 라키어스가 찾는 유리는 안네마리의 청으로 환자들에게 먹일 유동식 재료를 사러 밖으로 나와 있었다. 겸사겸사 커피하우스에도 들러 길버트 씨에게도 생존 신고를 하고 돌아오는 길이었다. 그녀에게 다가오는 새의 존재가 느껴졌다.

짹짹!

움직임이 다소 부자연스러운 것을 보니 세이렌의 조종을 받는 새가 분명했다. 새의 다리에 작은 종이가 묶여 있는 것도 보였다. 고맙게도 유리가 부탁한 일을 바로 알아봐 준 모양이다. 유리는 골목으로 들어갔다.

짹짹짹!

그런 뒤 바로 앞까지 날아온 새를 붙잡고 쪽지를 풀어 보았다. 거기에는 새를 조종해 유리와 오딘이 갇혀 있던 곳에 정찰을 보낸 내용이 적혀 있었다. 지금 그곳은 동부의 수색대가 점거하고 있다고 했다.

입구가 철통같이 막혀 있어 안으로 들어가려다가 번번이 실패해 내부 사정에 대한 자세한 정보는 알아내지 못했지만, 수색대가 갔을 때 건물 안에 있던 이단자들은 모두 죽어 있었다고 한다. 칼리안 크록포드와 데이몬 살바토르 모두 부상을 입고 치료 중이라는 사실도 종이 아래에 덧붙어 있었다.

"알려줘서 고마워."

유리는 식료품이 든 봉투를 뒤져 새에게 빵을 조금 뜯어 주었다.

잠시 후 그녀는 골목길을 나섰다. 세이렌이 전해준 소식을 토대로 추측해 보자면, 칼리안과 싸웠던 가짜 라키어스는 결국 붙잡히지 않은 모양이다. 그게 잘된 건지 아닌지, 아직은 판단하기가 어려웠다.

그 남자가 아직도 라키어스의 얼굴로 활개를 치고 다닌다고 생각하면 물론 안 좋은 일이었지만, 동부의 수색대에 잡히는 것도 문제였다. 무엇보다도 칼리안이 가짜의 얼굴을 봤다면 진짜 라키어스에게도 악영향이 갈 수도 있으니…….

'하지만 라키어스에게는 남의 기억을 지우는 능력이 있으니 괜찮으려나.'

유리는 상황이 좀 복잡한 것 같다고 생각하며 집으로 걸음을 서둘렀다.

"으, 머리야……."

데이몬이 이마를 짚으며 신음했다. 현재 그는 살바토르 가문으로 옮겨져 몸을 회복하는 중이었다. 의식을 되찾은 지는 이제 하루 정도 되었고, 그동안 저택의 고용인들이 데이몬을 극진히 보살폈다.

"괜찮으십니까, 데이몬 님?"

"주치의! 도련님께서 머리가 아프시답니다!"

고용인들이 대기하고 있었는지, 부산스럽게 움직이는 소리가 들려왔다. 데이몬은 그 소리를 들으며 비몽사몽 눈을 깜빡였다.

"뭐야, 내가 깜빡 잠들었었나?"

데이몬이 침대에서 상체를 약간 들어 올리며 묻자 고용인이 얼른 시중을 들러 다가왔다.

"예, 여기 따뜻한 물을 좀 드시지요."

"다리를 주물러 드릴까요?"

상황이 상황인지라 한동안 밖에서 여기저기 굴러다니긴 했지만 이래 봬도 데이몬 역시 살바토르 가문의 귀한 자식이었다. 오랜만에 집에서 제대로 된 대접을 받자 만족스러운 기분이 들었다. 데이몬은 흡족한 마음을 안고 저도 모르게 다시 이불 속을 파고들려다가 퍼뜩 정신을 차렸다.

"잠깐. 내가 잠든 지 얼마나 됐어?"

"이제 다섯 시간 정도 지났습니다."

"뭐?!"

데이몬이 이불을 걷고 자리에서 벌떡 일어났다. 잠깐 눈만 감았다가 일어난 것 같은데 시간이 벌써 그 정도나 지났다니. 데이몬은 다시 누우라며 그를 만류하는 고용인들을 뿌리치고 다급히 물었다.

"살바토르에서 보낸 수색대는 돌아왔어? 그동안 별다른 소식은 없었고?"

"네, 아까 말씀드렸던 그대로입니다. 크록포드에서 워낙 철통같이 지키는 터라 내부에는 들어가 보지 못했다고 합니다. 말씀하신 분에 대한 소식도 아직 듣지 못했고요."

데이몬의 입에서 욕설이 내뱉어졌다. 데이몬은 어제 눈을 뜨자마자 그가 기절한 동안 있었던 대략적인 일들을 살바토르의 사람들에게 전해 들었다. 부상을 입은 데이몬이 먼저 이송된 뒤에 칼리안도 크게 다쳐서 돌아왔다는 소식을 듣고 얼마나 놀랐던가.

그 후 건물 안에 함께 있던 유리의 생각이 나서 행방을 찾았으나 어째서인지 구출된 인질에 대한 이야기는 하나도 들려오지 않았다. 더 자세히 알아보니 칼리안이 귀환할 때, 그는 분명 혼자였다고 했다. 그럼 설마 유리는 구출하지 못한 건가?

데이몬은 크게 당황해 살바토르의 사람들을 급히 사건 장소로 보냈다. 그러나 크록포드의 수색대에게 막혀 내부를 살펴볼 수는 없었다.

"크록포드에서는 따로 연락이 없던가?"

"여전히 아무 말도 없습니다."

데이몬의 기분이 순식간에 수직 하강했다. 데이몬뿐만이 아니라 고용인들의 표정도 좋지 않았다. 일단 데이몬이 칼리안과 함께 있다가 다쳐서 돌아왔으니, 사정을 알아보기 위해서라도 크록포드에서 마땅히 살바토르에 먼저 공식적인 연락을 취해야 했다. 사이좋게 안부를 주고받을 사이가 아니라 해도 일단 살바토르는 크록포드 다음가는 동부의 대귀족이었으니까.

그런데 크록포드에서는 이틀 내내 감감무소식이었다. 살바토르의 가주인 데이몬의 부친과 저택에 있는 사람들 모두가 이것은 살바토르를 무시하는 처사라며 분노하는 상태였다.

물론 데이몬이 적의 소굴에서 무사히 빠져나올 수 있었던 건 칼리안의 도움 덕분이었지만, 그 역시 그런 사실과는 별개로 크록포드의 이런 행태에는 밥맛이 떨어졌다.

"아버님은?"

"중앙의회에 가셨습니다."

그럼 한바탕 시끄러워지겠군. 데이몬도 결단을 내렸다.

"수색대한테 크록포드가 막아서든 말든 그냥 강행 돌파하라고 해."

"예? 그것은……."

"빨리 가서 전달해!"

데이몬의 호령을 들은 집사가 방을 나섰다.

"너희도 다들 나가봐. 혹시 다른 소식이 있으면 바로 알리고."

데이몬은 고용인들도 방에서 내보냈다. 그런 뒤 마음이 산만하여 제대로 쉬지도 못하고, 탁자 위에 있는 시계만 초조하게 계속 들여다보면서 시간을 보냈다. 똑똑. 그러다 다시 들려온 노크 소리에 데이몬은 벌떡 상체를 일으켰다.

"데이몬 님. 셀던가의 제노스 님이 방문하셨습니다."

하지만 뒤이어 들려온 것은 그가 기다리던 소식이 아니었다.

"제노스 셀던? 그 자식이 왜……."

데이몬은 습관적으로 얼굴을 일그러뜨리며 입을 열다가 멈칫했다.

"내 방으로 데려와."

곧 그의 입에서 처음의 생각과 다른 답변이 내뱉어졌다.

"데이몬 살바토르. 부상을 입었다고 들었는데, 몸은 좀 괜찮나?"

잠시 후 보기만 해도 데이몬의 속을 뒤집어놓는 반반한 낯짝이 열린 문 사이로 나타났다.

"금방 차를 내오겠습니다."

"차는 무슨, 찬물이나 가져와."

고용인의 말에 데이몬이 쌀쌀맞게 명령했다. 제노스는 그의 푸대접이 놀랍지도 않다는 듯이 아무렇지 않게 방으로 들어와 멋대로 침대 맡에 있는 의자에 앉았다.

"병문안을 빈손으로 오다니, 이건 어디의 예의지?"

"병문안을 와준 것만으로 고마워해야 할 텐데. 널 보러 일부러 시간을 내서 여기까지 와줄 사람이 또 있을 리 없으니까."

평소 같으면 또 한참 말꼬리를 잡고 씨름했을 테지만 데이몬은 그저 싸늘한 눈으로 제노스의 얼굴을 응시하다가 불쑥 물었다.

"칼리안이 보냈냐?"

"아니."

그런데 제노스의 대답은 예상과 달랐다. 데이몬은 눈살을 찌푸렸다.

'그럼 이 여우 같은 놈이 이런 시기에 왜 날 보러 온 거지?'

뭔가 목적이 있는 건 분명한데, 그게 뭔지를 쉬이 짐작할 수가 없었다. 데이몬은 탐색하는 눈으로 제노스를 보다가 문득 눈에 띄는 것이 있어 물었다.

"그런데 얼굴이 왜 그러냐? 어디서 맞은 것 같은데."

그러자 제노스의 반반한 낯짝에 처음으로 변화가 생겼다. 그는 묘한 표정을 지으며 말했다.

"음, 천사의 날개에 얻어맞았지."

데이몬의 얼굴에 '뭔 개소리야' 하는 표정이 떠올랐다. 그는 구겨진 얼굴로 제노스를 보다가 곧 알 만하다는 듯이 한쪽 입술 끝을 비틀었다.

"생긴 게 좀 반반하다고 전부터 이 여자 저 여자 후리고 다니더니, 치정 싸움이라도 났나 보군. 하여간에, 경박하게."

"그런 결론을 도출해 낸 네 머리야말로 경박한 생각으로 꽉 차 있는 것 같은데."

"뭐, 이 자식이……."

둘 사이의 공기가 또 약간 험악해지려 했을 때, 고용인이 방 안으로 들어왔다. 데이몬의 몫으로 준비된 것은 따뜻한 김이 피어오르는 차였고, 제노스에게 내주려 가져온 것은 아까 데이몬이 명령했던 대로 찬물이었다. 그런데 데이몬은 고용인이 제노스의 앞으로 내려놓는 찬물을 보고 신경질을 냈다.

"그걸 왜 거기에 내려놔?"

"예에?"

"자리가 바뀌었잖아. 이 보기만 해도 더워지는 건 저리 치우고, 그거 당장 이리 가져와!"

고용인은 영문을 알 수가 없어 어리둥절한 눈치였지만 일단 데이몬의 말대로 제노스에게 주려고 했던 찬물을 그에게 가져다주었다. 그러자 데이몬이 단숨에 들이마셨다.

"한잔 더 가져와. 하여간에 저놈 얼굴만 보면 속이 끓는다니까."

빈 컵을 고용인에게 준 데이몬이 제노스를 노려보면서 짜증스럽게 뇌까렸다. 이제 보니 제노스를 푸대접하기 위해 찬물이나 내주라고 한 것이 아니라, 처음부터 그가 마실 생각이었던 모양이다. 고용인은 데이몬의 뜻을 이제야 알아차리고 따뜻한 차를 제노스의 앞에 내려놓았다. 그러고 나서 찬물을 한잔 더 가져오기 위해 서둘러 방을 나섰다.

제노스도 오해했던 것은 마찬가지여서, 다소 오묘한 눈으로 데이몬을 쳐다보았다.

"제노스 셀던. 나 지금 여러 가지로 기분이 별로거든. 그러니까 빙빙 돌리지 말고 본론만 말해."

데이몬의 말에 제노스는 그가 원하는 대로 바로 본론으로 들어갔다.

"곧 크록포드에서 본격적인 이단자 사냥에 들어갈 거야."

데이몬도 요즘의 상황을 보고 짐작했던 부분이기 때문에 별다른 감흥은 없었다.

"그런데?"

하지만 이어서 고막을 뚫고 들어온 말에는 격하게 반응할 수밖에 없었다.

"그 사냥이 끝나면, 동부의 대귀족에 살바토르의 자리는 사라진다."

"헛소리……!"

데이몬에게서 사나운 기운이 뿜어져 나오기 시작했다. 그는 불길이 타오르는 눈으로 제노스를 노려보며 잇새로 짓이기는 듯한 거친 목소리를 뱉어냈다.

"말이 돼? 살바토르가 왜? 어디서 말 같지도 않은 개소리를……."

"네가 믿든 안 믿든, 난 본 걸 그대로 알려줄 뿐이야."

제노스는 분노하는 데이몬을 향해 담담하게 말했다. 데이몬의 입에서 낮은 욕설이 새어 나왔다. 평소처럼 약이라도 한 거 아니냐고, 그 귀신 눈깔로 미래를 봤다는 건 사실 다 거짓말 아니냐고 비웃어줘야 했는데, 이상하게도 제노스의 눈을 마주하니 아무런 말도 입 밖으로 나오지 않았다. 그의 말을 마냥 헛소리로 치부하지 못하는 것은, 요즘 동부의 분위기가 이상하다는 것을 데이몬도 느꼈기 때문이다. 크록포드가 살바토르를 대하는 태도도 점점 눈에 띄게 변하고 말이다.

"……X발. 그래서? 일단 계속 말해봐."

데이몬은 인내심을 가지고 제노스의 말을 끝까지 들어보기로 했다.

"설마 그딴 소리나 싸지르고 그냥 가려던 건 아니겠지?"

마침내 데이몬의 독촉을 들은 제노스가 다시 입을 열었다.

"나하고 잠시 손을 잡는 게 어때?"

데이몬의 눈썹이 꿈틀거렸다.

"내가 너한테 도움이 될 수 있을 것 같은데."

"너의 뭘 믿고? 아니, 그보다 왜 그런 제안을 하는 거지? 너, 나랑 친하냐? 아니잖아."

데이몬의 의심 가득한 말에 제노스가 그런 반응을 보일 줄 알았다는 듯이 웃었다. 하지만 그의 입가에 어렸던 미소는 금방 사라졌다.

"그건 그렇지만. 내가 본 미래의 동부가 기대했던 것과 너무 달라서 말이야."

"오랜만에 뵙습니다, 타티아나 님."

도미닉이 방 안으로 들어온 노부인을 보고 자리에서 일어났다. 그가 건네온 여상한 인사를 듣고 타티아나가 눈매을 가늘게 좁혔다.

"얼굴 보기 힘들군, 크록포드 가주."

"요즘 동부가 좀 어수선해서 말입니다."

"알고 있지. 나도 그 현장에 직접 있었으니까."

"동부에 오시자마자 불미스러운 일에 휘말리시게 되어 유감입니다."

그런 것치고는 얼굴을 내미는 것이 심히 늦었지만, 어쨌거나 도미닉의 말만큼은 번지르르했다. 타티아나는 도미닉이 권하기도 전에 의자에 앉아 다리를 꼬았다.

"차는 됐네. 피차 공사다망하긴 마찬가지이니, 여기 오래 있을 생각은 없어."

타티아나의 말에 도미닉은 두말하지 않고 손짓해 고용인을 내보냈다. 방 안에 둘만 남게 되었을 때, 타티아나는 바로 본론을 꺼냈다.

"거두절미하고 말하지. 북부에도 동부와 비슷한 일이 벌어지고 있어."

도미닉도 괜히 불필요한 서론으로 시간을 끌지 않고 동참했다.

"비슷한 일이라 하시면?"

"동부에서 이단자라 일컫는 이가 속출하고 있다는 말이네."

두 사람 다 어조는 차분했으나 서로를 응시하는 눈만큼은 탐색하듯이 예리한 빛을 띠었다. 도미닉은 의자에 몸을 깊이 기대며 손을 깍지 껴 무릎 위에 올려놓았다.

"이단자들이 여러 곳에서 난동이군요. 북부에서도 강경책을 써야 하지 않겠습니까."

"동부처럼 말인가?"

순간 방 안에 짧은 정적이 서렸다. 두 사람의 얼굴은 여전히 단정했으나 어쩐지 방 안의 온도는 조금 전보다 약간 떨어진 것 같았다. 하지만 도미닉이 입꼬리를 들어 소리 없이 긍정하면서 분위기는 다시 바뀌었다. 먼저 입을 연 건 타티아나였다.

"아무래도 지금 내가 한 말을 잘못 이해했나 보군."

그녀는 언제 도미닉을 겨냥해 말했냐는 듯이 담담한 목소리를 흘려보냈다.

"이단자들이 속출한다는 말은, 그들이 분란을 야기하고 있다는 의미가 아니었는데."

도미닉이 고개를 작게 기울였다.

"그러십니까."

"여러 곳에서 기괴한 시신들이 발견되었다네. 외양을 살피니 동부에서 말하는 이단자들과 비슷한 특징을 가지고 있었지. 한데 정황이 다소 이상해서……."

타티아나가 잠깐 뜸을 들인 뒤 말을 이었다.

"동부에 방문한 건 혹시 이에 대해 아는 게 없나 싶어서였는데."

"글쎄요. 아무래도 동부와 북부의 상황이 조금 다른 듯합니다만."

"동부에서는 이단자들을 색출하는 일을 준비 중이라지. 수차례 일어난 불온한 사건들의 범인이 이단자라는 명확한 증거가 나온 건가?"

"그렇습니다."

"어떤 증거지?"

"외부에 유출할 수 없는 기밀인지라 말씀드릴 수 없습니다."

틈 없는 거절의 말에 타티아나의 눈이 가느스름해졌다.

"혹시 크록포드에서 사적인 감정으로 섣불리 지나친 강경 대응을 하는 것은 아닌가?"

민감하다면 민감하다고 할 수 있는 주제였으나 도미닉은 아무렇지 않게 타티아나의 뒤를 이어 몇 년 전의 사건을 입에 담았다.

"제 누이인 셀레나가 이단자들에게 죽은 것을 말씀하십니까?"

"……."

도미닉의 태도가 태연하자 오히려 타티아나의 입이 다물렸다.

"공적인 일에 그런 사감을 섞을 정도로 분별이 없지는 않습니다. 무엇보다도 셀레나와는 그다지 우애가 돈독한 관계도 아니었고요."

감정이 한 톨도 담기지 않은 음성이 방 안에 울렸다.

"타티아나 님도 오래전부터 크록포드와 교분이 있었으니 알고 계시지 않습니까?"

"……내가 실언을 했나 보군."

타티아나는 조금 전의 말을 철회했지만 도미닉을 신뢰해서는 아니었다. 똑똑. 그때 문밖에서 노크 소리가 들렸다.

"무슨 일이지?"

"살바토르의 가주께서 만남을 청하십니다."

도미닉이 가느다란 미소를 지으며 타티아나에게 말했다.

"북부에서 일어난 사건에 대해 좀 더 자세히 듣고 싶지만 지금은 시간이 나지 않는군요. 괜찮으시면 다음에 다시 찾아와 주시겠습니까?"

"그래, 바쁜 사람을 오래 붙들 수는 없으니 오늘은 이만 가보지."

타티아나는 군말 없이 자리에서 일어났다.

'분명 뭔가를 숨기고 있군.'

하지만 그녀는 오히려 아까보다 한결 강해진 확신을 안고 방을 나섰다.

유리가 안네마리의 집에 도착했을 때, 좋은 소식이 그녀를 맞았다.

"유리 씨, 지금 막 환자분이 일어났어요."

유리는 그녀의 말을 듣고 곧바로 라키어스가 있는 방으로 향했다. 유리가 문을 열고 안으로 들어가자마자 정말 눈을 뜨고 있는 라키어스의 모습이 시야에 들어왔다.

"라키어스 씨."

라키어스도 유리의 기척을 느꼈는지, 당장에라도 밖으로 뛰쳐나올 것처럼 몸을 일으켰다. 유리는 그런 그를 급히 만류했다.

"잠깐, 일어나지 말고 그냥 있어요."

"어디 갔었어요? 눈을 뜨자마자 찾았는데 없어서 걱정했잖아요."

거의 동시에 울린 라키어스의 목소리에 유리의 표정이 조금 묘해졌다. 정작 다친 사람은 본인이면서 누가 누구를 걱정하나 싶었지만, 원래도 잔소리가 많던 라키어스라서 유리는 그냥 그러려니 했다.

"라키어스 씨, 몸은 좀 괜찮아요?"

유리의 물음을 들은 라키어스는 기다렸다는 듯이 답했다.

"아무렇지도 않아요. 그러니까 이제 그만 집으로 돌아가죠."

그 소리에 유리는 멈칫했다. 분명 지금 막 깨어났다고 들었는데 라키어스는 아무렇지도 않은 듯이 자리에서 몸을 일으키려 했다.

"네? 그게 무슨 말씀이세요?"

라키어스의 말에 대한 반응은 막 열린 문 안으로 들어선 안네마리에게서 흘러나왔다. 그녀는 말도 안 되는 소리를 들은 것 같은 표정을 지었다. 그런데 안네마리를 본 순간, 라키어스의 얼굴이 무섭도록 차갑게 얼어붙었다.

순간 모골이 송연해질 정도로 예리하게 날 선 눈빛이 헝클어진 머리카락 사이에서 형형하게 빛났다. 하지만 그 얼굴은 다시금 유리가 그를 돌아본 순간 감쪽같이 사라졌다. 안네마리는 구급 용품이 든 상자를 들고 두 사람에게 다가오며 큰일 날 소리를 한다는 듯이 다급히 말을 이었다.

"절대 안 돼요. 이쪽 분은 적어도 일주일은 꼼짝 말고 누워서 안정을 취하셔야 하고, 저쪽 분은 최소 전치 4주예요."

'그 정도는 아닌 것 같은데…….'

그 말을 듣고 유리는 무의식중에 생각했다. 라키어스는 지난번보다 상처가 작은 듯했으니 한나절 정도면 그럭저럭 움직여도 될 정도로 상처가 붙을 것 같았고, 온몸이 걸레짝처럼 된 오딘도 내일이나 모레 정도에는 거동이 가능할 것 같았다.

하지만 안네마리는 그들의 괴물 같은 회복력을 몰랐으니, 저렇게 생각하는 것도 이해할 수 있었다. 어쨌거나 유리도 라키어스가 지금 바로 일어나서 움직이는 건 반대였다. 그러다 기껏 봉합한 상처가 터지기라도 하면 안네마리에게도 민폐 아닌가.

"라키어스 씨, 제 생각에도 일단 하루나 이틀 정도는 여기에 있으면서 상태를 살피는 게 좋을 것 같아요."

그 말에 라키어스가 눈매를 구기며 입을 벌렸다. 하지만 유리는 그가 반대의 말을 꺼내기 전에 안네마리를 보며 아예 못을 박았다.

"안네마리 씨, 그럼 죄송하지만 신세 좀 질게요."

"신세라니요. 전혀 아니니까 편하게 계세요."

선량한 안네마리는 고개까지 저으며 유리의 마음을 편하게 만들어주려고 노력했다. 반면 라키어스는 그의 의사를 반영하지 않고 멋대로 정리되어 가는 상황에 반발심을 느꼈다.

"아니, 내 몸 상태는 내가 제일 잘 아는데."

라키어스에게서 약간 삐딱한 목소리가 흘러나왔다. 이쯤 되자 유리도 이상함을 느꼈다. 괜한 생각인지도 몰랐지만, 어쩐지 아까부터 라키어스는 꼭 한시라도 빨리 이곳을 떠나고 싶은 것처럼 굴었다. 라키어스는 좀 전에 걷어서 손에 들고 있던 이불을 바닥에 떨어뜨리며 소파에서 완전히 몸을 일으켰다.

"유리 씨, 전 지금 당장 움직여도 끄떡없는……."

"유리 씨가 이렇게 걱정하시는데 고집 그만 부리세요."

하지만 곧바로 이어진 안네마리의 단호한 음성에 결국 라키어스는 말을 잇지 못했다.

"옆에서 지켜보는 애인분 마음도 헤아려 주셔야죠. 유리 씨가 어젯밤부터 잠도 한숨 못 주무시고 얼마나 걱정했는지 아세요?"

갑자기 말문이 막힌 라키어스가 조용해졌다. 이내 그는 눈을 약하게 흔들면서 다시 자리에 스르륵 착석했다. 얌전해진 라키어스의 모습을 보는 유리의 한쪽 눈썹이 슬쩍 치켜 올라갔다.

"지금처럼 그렇게 갑자기 막 일어나셔도 안 돼요. 상처를 다시 봐야겠어요."

안네마리는 꼭 말 안 듣는 환자를 대하는 것처럼 계속 단호하게 말하며 라키어스에게 다가갔다. 라키어스는 아직도 마음에 안 드는 것이 있는 것처럼 눈살을 찌푸렸지만 더 이상 아까처럼 반박하지는 않았다.

"으으……."

그때, 유리의 등 뒤에서 작은 신음이 들려왔다. 때마침 오딘도 다시 정신을 차리려는 모양이다.

"아라크네…… 으, 어?"

예상대로 막 눈을 뜬 오딘이 가물거리는 시야에 제일 처음 잡힌 유리의 이름을 불렀다. 그러다 옆으로 미끄러진 그의 시선이 유리의 뒤에서 얼굴을 구긴 채 떨떠름한 눈빛을 보내는 라키어스에게 닿았다. 라키어스는 꼭 한입거리인 개구리를 눈앞에 둔 뱀처럼 오딘에게 서늘한 시선을 보냈다. 꼭 무언가를 확인하는 듯한 눈길에 오딘은 순간 목덜미에 소름이 돋는 기분을 느껴야 했다. 하지만 금방 다른 감각에 떠밀려 사라졌다.

"오딘, 왜 그래? 괜찮아?"

이상함을 감지한 유리가 눈을 가늘게 뜨며 오딘에게 물었다. 라키어스를 향한 오딘의 눈이 금세 멍해졌다. 그것을 본 라키어스의 얼굴이 한층 더 구겨졌다.

"구, 구두를……."

오딘이 멍하게 중얼거리는 소리를 듣고 유리는 속으로 탄식했다.

"구두를 핥게 해주…… 끄억!"

오딘이 소파 너머로 손을 뻗으며 상체를 일으키다가 비틀거리는 것을 유리가 붙잡았다.

"앗, 환자분! 괜찮으세요?"

다행히 소파 밑으로 떨어지는 것은 막았지만 그것만으로도 통증이 극심한지 오딘이 비명을 내질렀다.

"환자분이 아무래도 환각을 보는 것 같아요!"

황급히 다가온 안네마리가 오딘의 상태를 살피기 시작했다.

한편 유리는 이상한 촉을 느끼며 라키어스와 오딘을 번갈아 쳐다보았다. 하지만 이미 시치미를 뗀 라키어스에게서는 아무런 동요도 찾아볼 수 없어서, 결국 유리는 미심쩍은 마음을 안은 채 의심을 거둘 수밖에 없었다.

동부에 본격적인 이단자 색출 작업이 시작되었다.

"이쪽에 수상한 사람이 있다!"

"앗, 왜 이러세요……!"

"저쪽도 살펴봐!"

이단자를 찾는 일은 얼마 전부터 시작되었지만 지금까지와는 비할 수조차 없이 강도가 세졌다.

"이단자라니, 절대 아니에요! 제 동생은 그냥 병에 걸려서……!"

"일단 수상한 자는 모두 이송해 조사받는 것이 원칙입니다. 정말 무고하다면 다시 풀려날 테니 방해하지 말고 비키십시오!"

평소에 행실이 수상했거나 외양상 특이점이 있는 사람이 우선적으로 체포되었다.

"지금 뭐라고 했지?"

병석에 누워 있던 칼리안에게도 그 소식이 닿았다. 칼리안은 얼굴을 굳히며 곧장 상체를 일으켜 세웠다.

"아직 일어나시면 안 됩니다!"

옆에 있던 주치의와 집사가 급히 그를 말렸으나 소용없었다. 침상에 앉은 칼리안이 소식을 들려준 집사에게 다시 물었다.

"아버님이 직접 명을 내리신 일인가?"

하지만 그는 곧 바보 같은 질문이었다고 생각했다. 동부의 모든 일에는 크록포드의 입김이 닿아 있었으니, 이번 일도 당연히 도미닉의 결정하에 진행된 것일 터.

"지금 아버님이 계신 곳은?"

"중앙의회입니다."

칼리안은 곧바로 일어나 방을 나섰다. 벌써 움직여도 될 정도로 가벼운 부상이 아니었기에 사람들이 기함하며 그를 붙잡았다. 사실 칼리안의 상태는 그가 구출해 온 데이몬보다도 훨씬 심각했다. 왼손에는 부목까지 대었고, 겉으로 드러난 얼굴에도 자상과 입술이 터진 자국이 남았다.

"도련님! 적어도 2주일은 방에서 안정을 취해야 한다고 의원이 말하지 않았습니까?"

하지만 그들의 말은 칼리안의 걸음을 멈춰 세우지 못했다.

"칼리안! 또 어디를 가는 게냐?"

그나마 계단을 쿵쿵거리며 내려오는 바스티안의 발소리가 칼리안을 잠깐이나마 멈칫하게 했다. 아예 듣지 못했다면 또 몰라도, 차마 조부의 부름까지 무시할 수는 없었는지 칼리안이 뒤돌아서서 바스티안을 보고 답했다.

"잠깐 아버님을 뵙고 오겠습니다."

"어차피 밤에는 들어올 텐데 뭘 또…… 잠깐! 기다려라, 칼리안!"

하지만 그 짤막한 보고가 끝이었다. 칼리안은 바스티안에게 꾸벅 인사해 보인 뒤 돌아서서 뛰듯이 문을 나섰다.

그가 곧장 향한 곳은 도미닉이 있는 중앙의회였다. 본격적인 이단자 사냥이 시작되었다는 소식이 칼리안을 움직이게 했다.

마차를 타고 이동하는 동안, 어수선한 바깥의 풍경이 창가로 비쳤다. 사람이 많은 광장과 중앙의회 쪽에 가까워질수록 소란은 점점 커졌다. 칼리안의 얼굴은 그와 비례해 더 딱딱하게 얼었다.

사실 칼리안은 중앙의회에 속한 귀족 중에서 이번 이단자 사냥에 반대하는 거의 유일한 사람이었다. 물론 칼리안도 이단자들을 삿된 존재라 여기는 것은 마찬가지였다. 실제로 그들이 눈앞에 나타나면 바로 베어 신의 품으로 돌려보낼 준비도 얼마든지 되었다.

하지만 이런 식의 과격한 방법을 사용하는 것에는 부정적이었다. 이런 대대적인 색출에는 무고한 피해자도 나오게 마련이었으므로. 그래서 도미닉의 명령이 처음 내려와 칼리안이 직접 이 일을 맡은 후로는 나름대로 온건한 방식의 조사를 진행했었다.

그러나 그가 부상으로 별수 없이 자리를 비운 동안 도미닉이 본격적인 이단자 사냥을 시작했다면 더 이상의 방목은 없을 것이다.

칼리안은 목적지에 도착해 마차에서 내렸다.

"크록포드 경?"

만신창이가 된 칼리안의 모습을 본 사람들이 놀랐다. 칼리안은 다가오는 사람들을 무시하고 곧장 도미닉의 집무실로 향했다.

"내가 왔다고 고해라."

"아무도 들이지 말라고 하셨습니다."

하지만 문 앞을 지키는 시종은 정중히 도미닉의 뜻을 전할 뿐이었다.

"괜찮으니 들어오라고 해라."

그때 문 안에서 도미닉의 허락의 말이 들려왔다. 시종은 그 말을 듣고 칼리안에게 문을 열어주었다. 칼리안은 집무실로 들어가 도미닉을 마주했다.

"아버지, 제게 맡기셨던 이단자 수색을 오늘 직접 지시하셨다고 들었습니다."

서류를 보던 도미닉이 칼리안의 말을 듣고 고개를 들었다.

"몸도 성치 않은 놈이 왜 이렇게 부리나케 달려왔나 했더니만."

하지만 그는 금방 다시 시선을 서류 위에 고정하고 손을 움직여 종이 위에 서명을 휘갈겼다.

"고작 그것 때문이었나."

바깥의 상황이 어떻게 돌아가는지 모르는 것처럼 지극히 무심하고 담담한 태도였다.

"재고해 주십시오."

칼리안이 도미닉을 향해 청했다. 도미닉은 그 말을 듣지 못한 것처럼 눈길 한번 돌리지 않고 몇 장의 서류에 더 사인했다. 그러다 잠시 후, 그는 손에 들고 있는 펜을 내려놓고 의자에 등을 기대며 칼리안에게 시선을 보냈다.

"칼리안. 너는 내 아들이지만 참 잘 컸다."

칭찬이라기에는 건조했고, 빈정거리는 것이라기에는 사감이 담기지 않은 말이 도미닉의 입에서 흘러나왔다. 칼리안의 미간이 찌푸려졌다.

"올곧고 정의롭고, 네가 믿는 것을 위해서라면 물불 가리지 않고 움직이지."

도미닉은 콧대에 걸쳐져 있던 안경을 벗으며 나지막하게 읊조렸다.

"하지만 그건 왕에 걸맞은 성품이 아니야. 애초에 내가 네게 이 일을 맡긴 이유가 무엇이라고 생각하는 거냐."

빛을 약하게 반사하고 있던 유리알마저 치워지고, 가리는 것 하나 없이 완전히 드러난 도미닉의 눈은 차가웠다.

"네게 그 자리를 준 지 수년이 지났는데 아직까지도 이렇게 배운 게 없다니, 조금은 실망스럽구나."

칼리안은 도미닉의 눈을 조용히 마주했다. 도미닉이 칼리안에게 이런 식으로 말한 것은 이번이 처음이었다.

"제가 무엇을 배우기를 기대하셨단 말입니까."

칼리안의 낮은 물음에 도미닉이 주저 없이 대답했다.

"무엇이 크록포드에 가장 이로운가."

"……동부가 아니라, 크록포드 말씀입니까?"

"크록포드가 곧 동부가 아니냐."

칼리안은 침묵했다. 도미닉은 굳은 아들의 얼굴을 물끄러미 쳐다보았다. 그러다 이내 머리가 조금 아픈 듯이 손으로 눈썹 사이를 짓누르며 축객령을 내렸다.

"이제라도 알아들었으면 나가 봐라. 몸을 완전히 회복할 때까지는 푹 쉬는 게 좋겠구나."

이번 이단자 사냥이 완전히 끝나 동부가 청소될 때까지는 원래의 자리로 복귀할 생각 말고 물러나 있으라는 간접적인 의사 표현이었다. 잠시 후 칼리안은 여느 때처럼 고개를 숙여 인사하며 도미닉에게 대답했다.

"알겠습니다, 아버지."

하지만 머리카락 사이로 가려진 그의 눈동자는 첨예하게 빛났다. 당연한 말이었지만, 도미닉의 말처럼 정말 쉴 생각 따위는 하지 않았다.

유리는 크록포드와 살바토르에 전보를 하나씩 부쳐야 할지 고민에 빠졌다. 아무래도 마지막에 그런 식으로 헤어진 것이 마음에 걸렸기 때문이다. 변명을 하자면 탈출한 직후 워낙 경황이 없기도 했고, 또 막상 연락을 취하자니 편지에 적을 내용이 애매했다.

어쨌거나 그 두 사람은 유리를 평범한 여자로 생각하고 있는데, 그 상황에서 혼자 운 좋게 탈출했다고 하는 것도 좀 이상하지 않은가?

하지만 역시 이대로 입을 씻는 것은 도리가 아닌 듯해 고민하던 차에, 안네마리가 갑자기 생각났다는 듯이 말했다.

"아, 맞아! 그러고 보니 할아버지가 유리 씨 걱정 많이 하셨어요! 유리 씨가 며칠 동안 보이지 않는다고 하니까 경비대까지 풀어서 찾는다고 야단이셨는데."

그 말을 듣고 유리는 곧바로 편지를 써서 부쳤다. 대략 자신은 무사하니 걱정할 필요 없다는 내용이 그 안에 짤막하게 담겨 있었다. 그것이 라키어스가 깨어난 날 오후의 일이었다.

데이몬과 바스티안에게서는 굉장히 빠른 반응이 돌아왔다. 데이몬은 유리가 무사해서 다행이라는 말이 꾹꾹 눌러 적힌 답장을 급히 전달했다. 심지어 바스티안은 그녀의 집에 직접 들이닥치기까지 했다. 그는 유리의 얼굴을 직접 확인한 뒤에야 이성을 되찾고 굉장히 멋쩍어하며 돌아갔다.

'그러고 보니 고용 계약서에 주소를 기입하게 되어 있었지.'

불시의 기습 후에 유리는 작게 혀를 찼다.

"유리 씨, 할아버지는 돌아가셨어요?"

"네, 조금 전에요."

바스티안을 돌려보내고 다시 옆집에 가자 안네마리가 고생했다는 듯이 웃었다. 유리는 문득 창밖을 보았다.

"그런데 오늘은 밖이 좀 시끄럽네요."

"그런가요?"

유리처럼 귀가 좋지 않은 안네마리가 고개를 갸웃했다. 그러다 이내 생각났다는 듯이 입을 열었다.

"아, 그러고 보니 아까 메리엘 부인한테 들었는데……."

하지만 어째서인지 안네마리는 바로 말을 잇지 않고 머뭇거렸다. 그녀의 시선이 힐끗 닫힌 방문으로 향했다.

"지난번에 환영회 때 나왔던 이야기 있잖아요. 오늘 수색대가 그 이단자라고 하는 사람들을 색출하고 있다나 봐요."

유리는 순간 멈칫했다. 이단자 이야기를 하며 안네마리의 시선이 방으로 향한 것을 보니, 오딘과 라키어스가 뭔가 이상하다는 사실을 그녀도 눈치챈 것이 분명했다. 하기야, 당연한 일이었다. 심지어 오딘이 까마귀에서 사람으로 변신하는 모습을 목격하지 않았던가. 하지만 안네마리가 두 사람을 고발할까 봐 걱정하지는 않았다.

"잠깐 얘기 좀 할까요?"

유리는 라키어스가 있는 방으로 들어갔다. 왠지 오딘이 라키어스를 볼 때마다 이상한 반응을 보였기 때문에 두 사람은 이제 각방을 썼다. 라키어스는 꼭 유리가 찾아와서 이런 말을 할 걸 미리 알았던 것처럼 동요 없이 그녀를 쳐다보았다.

유리는 라키어스의 근처에 있는 의자에 앉았다. 그리고 잠깐 그에게 무엇을 먼저 물을까 고민하다가 입을 열었다.

"라키어스 씨, 저한테 할 말 없어요?"

뭘 먼저 물어야 할지, 또 어떻게 말을 꺼내야 라키어스가 솔직하게 대답해 줄지 알 수가 없었으니 차라리 라키어스에게 먼저 발언권을 주는 게 나을 것 같았다.

아까부터 유리의 얼굴을 빤히 쳐다보던 라키어스는 그녀의 물음에 고개를 옆으로 슬쩍 기울이며 시선을 천장으로 비꼈다.

“음. 있어요, 할 말.”

라키어스는 말을 돌리지 않고 깔끔하게 대답했다. 유리의 눈빛을 보니 아무래도 오늘은 그냥 넘어가지 않을 것 같았다. 그럼 그냥 적당히 둘러대거나 거짓말을 해도 될 테지만……. 왠지 그것도 내키지 않았다.

라키어스는 시선을 내려 다시 유리의 얼굴을 물끄러미 쳐다보았다. 차라리 다른 사람에게 그랬듯이 유리에게 세뇌를 걸어 그에게 유리하도록 기억을 조작하는 것도 나쁘지 않을 것 같긴 했다. 이참에 아예 다른 성가신 것들과의 연결 고리를 전부 다 끊어버리고 유리의 세상에 라키어스 하나만 존재하게 하는 것도…….

‘……몹시 끌리는데.’

라키어스는 자신의 생각에 매우 혹했다. 하지만 그는 금방 유혹을 떨쳐 버렸다. 일전에 유리에게 다시는 그런 방법을 사용하지 않겠다고 약속했던 것이 떠올랐다. 게다가 만약 세뇌 작업을 했다가 만에 하나 무언가가 잘못되어서 유리가 망가져 버리기라도 하면?

돌이킬 수 없게 될지도 모르는 일은 아예 시도하지 않는 것이 나았다.

“일단 유리 씨를 납치했던 놈은 제가 처리했으니까 더 신경 쓰지 않아도 돼요.”

라키어스는 먼저 유리와 오딘이 납치당했던 일부터 설명했다. 그의 말을 들은 유리의 미간이 찌푸려졌다.

“그래서 다친 거예요? 그 사람, 라키어스 씨랑 똑같이 생겼던데.”

유리가 덧붙인 말에 라키어스는 정색했다.

“혹시 쌍둥이예요?”

"절대 아니에요."

하지만 그는 애써 표정을 펴려고 노력하며 말을 이었다.

"그놈이 잔재주를 부렸을 뿐이니까. 애초에 제가 이번에 볼일이 있었던 것도 그래서였고."

아, 그런 건가. 유리는 무언가를 깨닫고 혼자 고개를 작게 끄덕였다. 왠지 느낌상 그럴 것 같긴 했지만 역시 그 가짜가 라키어스를 카르노말의 왕좌에서 밀어낸 배신자인 듯했다.

소설에는 자세한 이야기가 나와 있지 않아서 몰랐는데, 설마 라키어스 흉내를 내는 사람이었을 줄이야. 얼마 전에 보니까 남의 힘을 훔치는 능력도 있는 것 같았는데……. 아, 그럼 혹시 라키어스의 외모뿐만이 아니라 능력까지 전부 카피한 건가?

하긴, 그렇지 않고서야 라키어스가 한낱 부하였던 남자한테 두 번이나 크게 다쳐서 돌아오는 게 말이 안 되는 것 같긴 했다.

'가만……. 그러고 보니 오딘이 이상해진 게, 내가 카르노말의 근황을 알아봐 달라고 의뢰한 이후였지.'

갑자기 유리의 머릿속에 당시의 기억이 스쳐 지나갔다. 약속된 기한이 지나도록 연락이 없던 오딘. 그리고 한참 후에 나타나 꼭 사이비 종교라도 믿는 것처럼 이상한 말을 하던…….

"아라크네, 난 이제 새로운 인생을 살기로 했어."

"내 인생의 태양 같은 존재를 드디어 만났거든."

"난 그분을 위해 헌신할 거야! 설령 내 몸이 부서져 이 황무지의 모래알이 된다 해도!"

갑자기 의심이 불쑥 솟구쳤다. 혹시 그때 오딘이 카르노말에 있던 가짜와 마주쳐 세뇌 능력 비슷한 것에 당했던 것이 아닌가 하고.

"그래서 아마 저인 척하고 유리 씨한테 접근했을 것 같은데……."

그렇게 유리가 고민에 빠진 중에도 라키어스는 그녀에게 계속 설명을 이어갔다.

"그놈이 언제부터 유리 씨와 제 관계를 알았는지는 모르겠지만, 어쨌든 유리 씨가 그런 위험한 일을 겪어야 했던 건 저 때문이에요. 미안해요."

하지만 그가 유리에게 사과하는 순간, 그녀는 퍼뜩 정신을 차렸다.

"아니요. 그 사람이 라키어스 씨와 제 관계를 알고 먼저 접근한 건 아니에요."

유리는 라키어스가 잘못 알고 있는 사실을 정정했다.

"오히려 먼저 다가간 건 제 쪽이니까요."

그러자 라키어스가 일순간 멈칫했다.

"그래요?"

"네, 우연히 골목길에서 마주쳤는데 라키어스 씨가 돌아온 줄 알고 제가 먼저 가서 말을 걸었거든요."

라키어스의 손이 슬쩍 입매를 가렸다.

–어우, 심장 오두방정 떠는 거 봐라. 너 지금 집주인 여자가 너인 줄 알고 먼저 말 걸었다 그래서 이러는 거야? 소박한 자식.

머릿속에서 몸서리치는 소리가 들렸지만 라키어스는 무시했다. 라키어스는 다시 입꼬리를 원상 복귀시킨 뒤 손을 내리고 괜스레 큼큼 헛기침했다.

"그래도 제가 미리 말하지 않아서 위험해진 건 맞으니까 미안해요."

듣고 보니 그건 맞는 말인 것 같아서 유리는 그냥 라키어스의 사과를 받아들였다.

"그리고 저 까마귀는……."

하지만 화제가 오딘에게 옮겨졌을 때는 라키어스도 약간 머뭇거리지 않을 수 없었다.

"제가 조금 조치를 취하면 다시 정상으로 돌아오게 할 수 있을지도…… 아니……! 할 수 있어요."

그는 유리의 눈치를 보며 말하다가 그녀의 얼굴이 미묘하게 굳자 얼른 뒷말을 정정했다. 직접적으로 말하지는 않았지만 유리는 이미 라키어스가 오딘에게 무언가를 했고, 그로 인해 오딘이 저렇게 이상 증상을 보이게 되었다는 사실을 확신하는 듯했다.

솔직히 라키어스는 자신이 잘못했다고는 전혀 생각하지 않았지만, 유리는 어떨지 모를 일이었다.

"그래요. 그래도 라키어스 씨가 있어서 다행이네요."

그런데 유리는 그를 탓하는 것이 아니라, 오히려 반대되는 말을 했다. 그리고 이어지는 유리의 말에 라키어스가 멈칫했다.

"어쩐지 오딘이 예전부터 좀 이상했는데, 제 생각에는 아무래도 그때 이미 가짜하고 마주친 적이 있는 것 같아요."

"그래요……? 전이라 하면?"

"라키어스 씨하고 처음 만났을 때쯤 제 부탁으로 오딘이 카르노말 쪽에 간 적이 있었거든요. 아마 그때 마주쳐서…… 저렇게 된 게 아닌가 싶은데."

라키어스는 곧 유리가 오해하고 있다는 사실을 깨달았다. 애초에 밀리엄은 라키어스의 세뇌 능력까지 훔쳐가지 못했으니, 유리의 생각은 전제부터 잘못된 것이었다.

……하지만 굳이 진실을 밝힐 필요가 있나?

라키어스의 머리가 맹렬히 굴러갔다. 그가 일부러 유리를 속이려 한 것도 아니고. 왜, 오히려 선의의 거짓말이란 것도 있지 않나? 게다가 어차피 똥은 가짜 놈이 전부 싸놓고 치우는 건 자신이 해야 하는 불공평한 상황 아닌가? 그런데 이 정도 사소한 일 하나 덮어씌우지 못할 이유는 또 뭐란 말인가?

“제가 어떻게든 원래대로 고쳐놓을게요. 그러니 걱정하지 마세요.”

라키어스는 천연덕스럽게 시치미를 떼고 유리를 위로했다.

“유리 씨.”

그러다 불현듯 라키어스가 팔을 뻗어 유리의 손을 꼭 잡았다.

“저 미워하면 안 돼요.”

그러면서 꼭 주인의 이불에 흙발을 찍은 개처럼 유리를 쳐다보며 말했다.

유리는 라키어스가 또 미인계를 사용하고 있다는 사실을 깨달았다. 여느 때처럼 효과는 꽤 좋았다. 라키어스로서는 미리 연막을 치는 것이었지만 유리는 그런 사실을 모르고 그가 납치 건 때문에 이러는 것이라고만 생각했다.

“참, 칼리안 크록포드 씨가 그 사람 얼굴 봤어요. 라키어스 씨가 곤란하게 되면 어떡하죠?”

그러다 유리는 잠깐 잊고 있던 사실을 라키어스에게 알려주었다. 사실 칼리안은 진짜 라키어스와도 마주친 상태였지만 유리는 그것까지는 몰랐다.

“아, 맞아. 그랬죠.”

그런데 이어진 라키어스의 대답이 너무 미지근해서 유리는 좀 의아해졌다. 게다가 라키어스는 두 사람이 마주친 것도 이미 알고 있는 것 같았다.

"유리 씨는 아무것도 신경 쓰실 필요 없어요. 제가 다 알아서 할 테니까."

역시 칼리안 크록포드에게 세뇌 능력을 쓰려는 건가? 아니면 생각보다 복잡한 상황이 아닌 걸까?

하지만 라키어스가 워낙 대수롭지 않게 말해서 유리도 긴장감이 사라졌다.

"일단은 그 까마귀 문제부터 처리하죠."

그날 밤, 라키어스는 소리 없이 안네마리의 집을 빠져나갔다. 유리의 말대로 처리해야 할 일이 한두 개가 아니었다. 망할 놈이 그의 낯짝으로 사방팔방에 똥을 싸지르고 다닌 탓이었다. 라키어스는 짜증스럽게 혀를 차면서 난간을 밟고 도약했다.

한편 칼리안도 어둠을 틈타 크록포드 저택을 나섰다. 그가 향한 곳은 아직도 이단자 수색이 벌어지는 지역이었다.

"저, 저는 이단자 같은 게 아니에요! 살려주세요!"

"조용히 따라오지 못해? 거기, 입 막아!"

개중에는 정말 철저히 법규대로 이단자 색출을 진행하는 경우도 있고, 그렇지 않은 경우도 있었다.

"일단 차례로 벗겨보면 알겠지. 붙잡아!"

칼리안은 눈앞에 펼쳐진 상황을 보고 망설임 없이 허리춤의 검을 뽑았다.

"아악!"

날카로운 궤적을 그린 검이 남자의 등을 베고 지나갔다. 남자는 그대로 바닥에 쓰러졌다. 칼리안은 함께 낄낄거리던 다른 두 남자도 차례로 베어 넘겼다.

"히, 히익……."

강제로 붙잡혀 옷이 벗겨질 위기에 처해 있던 두 남녀가 피를 흘리며 쓰러진 남자들을 보고 질겁했다. 그들은 검을 빼 든 칼리안을 보고 벌벌 떨다가 도망쳤다. 칼리안은 이후로도 몇 번인가 비슷한 상황을 목도했다.

수색대가 아니라 일반 건달로 보이는 사람들이 이단자 색출을 핑계로 행패를 부리는 광경도 심심치 않게 보였다. 한 달 전과 비교했을 때, 밤의 도시는 무법천지가 되어 있었다.

"네가 혼자 그러고 다닌다고 해서 뭐가 변할 것 같냐?"

그때 어둑한 골목의 뒤쪽에서 낯익은 누군가의 목소리가 들려왔다. 이미 기척을 느꼈던 터라 칼리안은 놀라지 않고 고개를 돌렸다. 피처럼 붉은 머리카락에 달빛이 어린 것이 보였다. 그에게 말을 건 사람은 제노스였다.

"내 뒤를 따라온 건가."

칼리안이 골목의 입구 쪽을 향해 몸을 돌리며 일자로 닫혀 있던 입술을 뗐다. 제노스는 부정하지 않고 머리를 긁적이면서 그에게 다가왔다.

"내가 널 한두 해 알아온 것도 아니고. 가주님이 네게 휴식을 빙자한 근신을 명했다는 말은 들었지만……. 왠지 네가 이번엔 그걸 곧이곧대로 따를 마음이 없을 것 같았지."

그의 발에 챈 돌멩이가 투두둑 튀어 칼리안의 앞에 기절한 남자의 이마에 부딪혔다. 그 남자 역시 일반인을 상대로 폭력배 같은 짓을 하다가 칼리안에게 걸린 사람이었다.

"역시 이 꼴을 보니……. 너, 가주님 몰래 따로 움직일 생각이지?"

질문의 형식을 띠었지만 이미 확신하는 말투였다. 제노스가 칼리안의 앞에 서서 하는 수 없다는 듯이 말했다.

"너 혼자는 심심할 것 같으니 내가 동행해 준다."

"나는 필요 없……."

"너 혼자면 충분하다는 소리는 하지 말고."

속내를 제대로 간파했는지, 제노스의 말이 끝나자마자 칼리안의 입이 다시 다물렸다. 제노스가 발밑을 힐끗 내려다보며 아까 했던 말을 반복했다.

"이런 방법으로 근본적인 게 바뀌지 않는다는 건 너도 알잖아."

"……."

"뭐, 이건 네가 전에 나한테 하던 소리를 돌려준 것뿐이고."

이번에는 조금 장난스러운 어투의 말이었다. 그러나 칼리안의 시야에 비친 그의 얼굴에는 씁쓸한 빛이 어려 있었다. 이어서 제노스가 몸을 돌렸다.

"조용한 데로 가자. 너한테 할 말이 있으니까."

칼리안은 다시 골목의 입구 쪽을 향해 걷기 시작한 제노스를 바라보았다.

잠시 후, 자리에 멈춰 있던 칼리안의 발이 마침내 움직였다.

라키어스는 안네마리의 집을 빠져나가 곧바로 밀리엄을 찾아갔다.

“일어나 있었군.”

“라키어스.”

라키어스를 본 밀리엄이 고개를 들었다. 라키어스는 그의 얼굴을 거침없이 걷어찼다.

“윽!”

철그럭! 그를 묶어둔 사슬이 날카로운 쇳소리를 냈다. 몸을 가누지 못한 밀리엄이 휘청거렸다.

“그 상판 진짜 볼수록 개 같네.”

이곳은 예전에 라키어스가 있던 유적의 미궁을 닮았다. 어둡고 음습한 공간에서는 무언가가 썩어가는 듯한 역한 냄새가 풍겼다. 자원하거나 납치한 인간들에게 유적의 파편을 흡수시켜 수많은 시체가 실려 나간 곳이었으니 실내에 불쾌한 기운이 그득히 고인 것도 당연했다.

“그 몸……. 설마 벌써 회복이 다 된 건가?”

입에 고인 피를 뱉어낸 밀리엄이 믿을 수 없다는 듯이 그의 눈앞에 우뚝 선 라키어스를 올려다보았다. 이틀 전 마주쳤을 때 라키어스와 밀리엄은 꽤 치열한 공방을 벌였다.

라키어스의 외모뿐 아니라 신체 능력까지 모조리 훔쳤기에 처음에만 해도 밀리엄은 당연히 자신에게 승산이 있을 줄 알았다. 그래서 라키어스가 드디어 제 무덤을 찾아왔다는 생각에 내심 그의 등장을 반기기까지 했다. 하지만 결과는 예상과 달랐다. 어쩌면 라키어스에게 꽤 적지 않은 부상을 입혔다고 생각한 것도 착각일지 몰랐다.

“설마 너, 유적의 파편을 더 먹은 건가?”

밀리엄은 라키어스가 전보다도 더 강해진 이유를 고심하다가 결국 정답에 이르렀다.

"알고는 있었지만 정말 독한 놈이군."

라키어스가 비틀린 입술 사이로 싸늘한 비웃음을 흘렸다.

"조악한 잔재주만 부리는 네놈에 비하면 그렇지."

그래도 아직 자존심이 남았는지 밀리엄의 얼굴이 그의 말에 순간적으로 딱딱하게 굳어졌다. 라키어스는 그 모습이 꼴같잖았다.

"그런 주제에 욕심은 더럽게 많아서, 도대체 그동안 남의 걸 얼마나 열심히 처먹고 다닌 건지. 넌 내가 아니었어도 분명 막판에 탈 나서 뒈졌을 거야."

라키어스는 그런 그를 아낌없이 조롱해 주었다.

—야, 근데 라키어스. 네 얼굴이 저렇게 불어터진 찐빵같이 된 걸 보니까 웃기다. 너도 이왕 때리려면 다른 데를 때리지, 네 얼굴을 저 꼴로 만드니까 좋아? 취향 한번 특이하네.

'닥쳐. 그렇지 않아도 짜증 나니까.'

밀리엄은 라키어스의 이죽거림에도 흥분하지 않았다. 그는 한 번 더 역류하는 피를 뱉어내며 담담하게 말했다.

"그래. 널 카르노말에서 쫓아냈던 날이 처음이자 마지막 기회였다는 건가."

밀리엄은 라키어스를 배신해 그의 자리를 빼앗았던 날을 떠올리는 것 같았다.

"그냥 그때 망설이지 말고 널 죽였어야 하는 건데."

"아직도 개잡소리를 하고 있군."

하지만 라키어스는 별 웃기지도 않는 소리를 다 들었다는 듯이 실소했다.

"뭘 네가 봐줘서 내가 그날 죽지 않고 살아 나갔다는 식으로 얘기하고 있어? 네 능력치의 부족함을 그런 식으로 포장해 자위하면 기분이 좀 낫나?"

이어진 라키어스의 말을 들은 밀리엄이 침묵했다.

"입이 삐뚤어져도 말은 바로 해야지. 그날 병신같이 망설여서 널 살려줬던 건 나야, 등신아."

비록 지금은 이렇게 되긴 했어도 어쨌거나 밀리엄은 이전까지 라키어스가 거의 유일하게 곁에 두었던 사람이었다. 당연히 밀리엄도 그 사실을 알고 있었다. 어차피 그들은 이미 돌이킬 수 없는 강을 건넌 뒤였지만.

"날 어쩌려는 거냐? 왜 바로 죽이지 않았지?"

밀리엄은 라키어스에게 변명하며 목숨을 구걸하지 않았다. 더 이상의 굴욕을 줄 바에는 차라리 지금 당장 죽이라며 분개하지도 않았다. 그래서 라키어스도 그에게 왜 배신한 거냐며 이유를 묻지도, 이제는 의미 없는 분노를 표출하지도 않았다.

"벌써 죽여서 편안하게 만들어줄 수는 없지."

라키어스가 밀리엄에게 다가갔다. 아직 그에게서 알아내지 못한 정보들을 마저 읽어낼 생각이었다.

"무엇보다도, 네가 싼 똥은 네가 치우고 가야 할 것 아닌가."

처음 밀리엄을 붙잡았을 때는 유리의 행방을 알아내는 것이 급선무라 일부 기억만 선택적으로 취득했었다. 라키어스의 냉소적인 말을 들은 밀리엄이 그를 비웃었다.

"이제 와서 내가 네 명령을 따를 거라고 생각하는 거냐?"

하지만 뒤이은 라키어스의 비웃음이 더 짙었다.
"아직도 너한테 거부권이 있다고 생각하나 보군."
라키어스의 손이 밀리엄의 머리채를 거칠게 휘어잡았다.
"미련한 놈. 넌 숨이 끊어져도 내가 원하는 대로 움직일 수밖에 없을 거야."
겨울에 뜬 달 같은 차가운 연청색 눈동자가 그의 노예가 될 남자의 얼굴에 날카롭게 꽂혀들었다.
"이제부터 알려주지."

"네, 나가요!"
다음 날 새벽, 안네마리는 밖에서 들리는 노크 소리에 하품을 하며 문을 열었다.
"안녕하세요, 안네마리 씨."
"네, 좋은 아침이에요, 루크 씨."
"오늘이 이번 달 신문 배달 마지막 날이라 다음 달에도 정기적으로 이용해 주실 건지 여쭈어보러 들렀어요."
매일 아침 안네마리의 집에 신문을 가져다주던 배달부가 웃는 얼굴로 말했다. 벨을 누르지 않고 노크한 것은 아직 이른 아침임을 배려한 것이었다. 안네마리는 다음 달에도 신문 배달 서비스를 이용하겠다는 뜻을 전달했다.
"그럼 이쪽으로 납부를……."
스윽. 그렇게 두 사람이 대화하고 있을 때, 갑자기 머리 위로 그림자가 생겼다. 신물 배달부 루크와 안네마리는 눈앞이 어두워진 것을 느끼고 동시에 고개를 들었다. 장신의 남자가 어느새 두 사람의 옆쪽에서 아침 햇빛을 막고 서 있었다.

"비켜."

서늘한 시선으로 두 사람을 내려다보던 남자가 입술을 작게 벌려 짤막하게 말했다. 안네마리와 신문 배달부는 저도 모르게 몸을 움직여 그에게 길을 비켜주고 말았다. 라키어스가 문 안으로 들어가고 난 뒤에야 안네마리는 퍼뜩 정신을 차렸다.

"자, 잠깐!"

그녀는 화들짝 놀라 눈을 크게 떴다. 안네마리가 신문 배달부와의 볼일을 서둘러 끝마치고 집 안으로 들어갔을 때, 라키어스는 이미 방으로 돌아가 이불을 뒤집어쓰고 누운 상태였다.

"라키어스 씨, 설마 외출하셨던 거예요? 도대체 언제……."

안네마리로서는 크게 다쳤던 라키어스가 소리 소문 없이 외출했다 돌아왔으니 놀랄 만도 했다. 그녀는 자리에 누운 라키어스에게 다가갔다.

"그렇게 움직이면 위험하다고 말했잖아요. 잠깐 다친 곳 좀 살펴볼게요. 혹시 덧나기라도 했으면……."

철썩!

하지만 다음 순간, 라키어스가 그에게 닿은 안네마리의 손을 매몰차게 쳐냈다. 그 쌀쌀맞은 반응에 안네마리의 눈이 동그래졌다.

"건드리지 마."

소파에 비스듬히 기대 누운 라키어스가 찬기 뚝뚝 떨어지는 눈으로 안네마리를 쳐다보며 말했다. 그녀의 얼굴에 박힌 눈길이 어찌나 싸늘한지, 갑자기 몸에 오한이 들 정도였다.

"내 이름도 마음대로 부르지 마. 허락한 적 없으니까."

안네마리로서는 당황스러운 일이었다. 분명 전에 길에서 우연히 마주쳤을 때만 해도 라키어스는 그녀에게 나름대로 친절했었다. 유리가 있던 어제까지만 해도 그랬고 말이다. 그런데 지금의 그는 완전히 사람이 바뀐 것처럼 냉정한 태도를 보였다.

—야, 너 왜 그래?

라키어스의 머릿속에 있는 벌레도 깜짝 놀라서 라키어스에게 물었다.

—저 여자 이용할 생각인 거 아니었어? 그게 아니어도 옆집 여자랑 친분이 있어 지금까지 계속 내숭 떨더니, 갑자기 뭐야?

벌레의 말마따나 눈앞에 있는 여자에게 치유 능력이 있다는 사실을 알았을 때부터 이용할 생각을 가졌다. 방금도 여자의 손이 그에게 닿는 순간 아직 회복이 덜 되었던 몸이 한결 편해지는 느낌이 들었다. 고작 이 정도 접촉만으로도 이런 두드러진 효과라니. 이대로 여자의 손길을 거부하지 않고 얌전히 치료받는 것이 라키어스에게도 이득이었다.

하지만 몸이 편해지는 것과 반대로 그의 기분은 몹시도 불쾌해졌다. 안네마리의 손이 닿거나 눈만 마주쳐도 온몸의 신경이 예민하게 곤두섰다.

라키어스의 심기가 불편해진 것은 이 집에서 처음 눈을 떠 안네마리 블랑셰를 보았을 때부터였다. 그때 라키어스가 불시에 느꼈던 그 기묘한 감각이 도대체 무엇이었는지, 그조차도 알 수가 없었다.

"저기, 혹시 제가 저도 모르는 새 라키, 음…… 씨한테 뭔가 실수한 거라도 있나요?"

안네마리도 뭐가 뭔지 모르면서 일단 라키어스에게 먼저 사과했다. 함부로 이름을 부르지 말라는 그의 억지를 착실하게 따르는 것은 덤이었다.

"불편하게 해드린 부분이 있다면 사과드릴게요."

가끔 주위 사람이 답답해할 정도로 순진하고 착한 구석이 있는 안네마리의 성격이 이런 데서도 발휘되었다. 하지만 안네마리는 라키어스의 사나운 언행에 겁을 먹거나 움츠러들지도 않았다.

"그래도 상처 부위 확인은 꼭 해야 해요. 혹시 덧나기라도 하면 위험하다고요."

그동안 치료소에서 라키어스 못지않은 진상 환자들을 상대한 경험이 많아서 이 정도는 익숙했다. 안네마리는 단호하게 라키어스의 몸을 덮고 있던 이불을 걷어냈다. 라키어스를 둘러싸던 기운이 더욱 흉흉해진 것은 당연한 일이었다.

"필요 없으니까 꺼……."

어째서인지 라키어스는 안네마리에게 무슨 말인가를 더 퍼부으려고 다시 입을 열었다가 멈칫했다. 안네마리는 조용해진 라키어스를 의아하게 내려다보았다.

"안네마리 씨?"

그 이유는 바로 다음 순간 알 수 있었다. 열린 문으로 유리가 들어섰기 때문이다.

"무슨 일 있어요?"

"별거 아니에요, 유리 씨."

그녀가 묻자마자 라키어스가 기다렸다는 듯이 대답했다.

"그냥 어젯밤에 그런 것처럼 상처 입은 곳을 가볍게 살펴봤을 뿐이니까."

라키어스의 표정과 말투가 갑자기 순한 양처럼 나긋나긋하게 변했다. 그는 안네마리의 손에 들려 있던 이불을 자연스럽게 빼내 아까처럼 몸에 덮었다. 안네마리는 그런 라키어스의 모습을 약간 황당하게 쳐다보았다. 어쩐지 갑자기 얌전해지더라니, 설마 유리가 오는 걸 눈치채고 그런 것일까?

안네마리는 어쩐지 고자질쟁이 어린애의 마음을 알 것 같은 심정으로 유리를 돌아보았다.

"유리 씨, 그게 아니라……."

하지만 안네마리의 말은 더 이어지지 않고 중간에 끊어졌다. 라키어스가 마음대로 외출했다가 돌아왔다는 이야기를 하면 유리가 괜히 걱정하지 않을까 하는 생각이 들었다.

그러나 사실 유리는 밤중에 라키어스가 밖으로 나가는 소리를 들어, 이미 그의 외출을 알고 있었다. 그래서 지금 라키어스와 안네마리가 왜 이런 반응을 보이는 건지도 눈치챘다. 게다가 조금 전에 라키어스가 안네마리에게 날카롭게 반응하던 것도 들었고 말이다.

"그게 아니라…… 아직 진찰을 덜 했어요."

결국 안네마리는 불만스러운 마음을 숨긴 채 그렇게 얼버무렸다. 하지만 라키어스가 은근슬쩍 진료받지 않고 넘어가려고 하는 것까지 봐줄 마음은 없었다. 안네마리는 단호한 얼굴로 라키어스의 이불을 다시 걷어냈다. 순간 라키어스의 눈빛이 날카로워졌지만 그녀는 물러나지 않았다.

"환자분, 제대로 치료받으셔야 빨리 낫죠. 그래야 유리 씨도 안심하고 마음 편히 계시지 않겠어요?"

덧붙여진 말이 라키어스의 고삐를 잡는 데 한몫하기도 했다.

"라키어스 씨, 안네마리 씨 말이 맞아요."

유리도 방 안으로 걸어 들어오며 안네마리의 편을 들었다. 안네마리가 이불을 다시 빼앗아 갔을 때부터 날 선 기운을 풍기던 라키어스의 눈빛이 유리의 접근에 한층 누그러졌다.

"호의로 도와주시는 분을 너무 곤란하게 만들지 마세요."

유리의 말에 안네마리가 감동받은 듯이 그녀를 돌아보았다. 라키어스는 찰나의 순간 불만스럽게 눈썹을 꿈틀거렸다.

아무래도 조금 전에 그가 안네마리에게 험악하게 굴었던 것을 알고 있는 모양이다. 라키어스는 금세 돌변하여 비 맞은 강아지처럼 축 처진 얼굴을 하고 유리를 보았다.

"네, 이제 안 그럴게요."

안네마리는 꼭 이중인격자처럼 아련한 분위기를 흘리기 시작한 라키어스를 보며 놀란 듯이 입술을 삐끔거렸다. 이번에도 유리에게 무언가를 말하고 싶은 듯이 갈팡질팡하다가, 일단은 마음속에 갈등을 안은 채로 잠자코 라키어스를 진찰하기 시작했다.

라키어스는 아까와 동일 인물이라고는 믿을 수 없을 정도로 아주 온순하게 안네마리의 손길을 받았다. 하지만 그는 가끔 눈매를 움찔거리거나 아래로 늘어뜨린 주먹을 쥐었다 폈다 하면서 무언가를 억누르는 듯이 반응했다.

그래도 옆에 유리가 있어서 그런지 살기를 밖으로 흘리지는 않았지만 유리는 라키어스의 이상한 모습을 기민하게 포착했다. 그녀는 가느스름하게 뜬 눈으로 앞에 있는 두 사람을 지켜보았다.

라키어스도 할 일이 있어 밤새 바빴던 모양이지만, 유리도 유리 나름대로 할 일이 있었다. 그래서 해가 질 무렵 유리는 라키어스를 안네마리의 집에 두고 혼자 외출했다.

검푸른 빛이 내려앉은 밤하늘을 배경으로 한 채 그림자 속을 내달리는 동안 머릿속에 이런저런 상념이 떠돌았다. 유리는 라키어스의 계획을 몰랐지만, 어쩌면 앞으로도 종종 어제처럼 몰래 외출할 셈인지도 모른다는 생각이 들었다.

하지만 막을 생각은 없었다. 각자의 일은 각자 해결하면 된다는 게 유리의 생각이었다. 사실 라키어스도 유리의 오감이 예민하다는 것을 알 테니, 그의 외출 사실을 숨길 수 없다는 것을 처음부터 짐작했을 터였다. 그런데도 굳이 한밤중에 몰래 다녀온 것이 나름대로 귀엽기도 했다.

오딘은 어제 라키어스의 조치를 받아 더 이상 이상한 행동을 하지 않게 되었다. 그렇다고 해서 완전히 회복된 것은 아니라 아직 오딘의 기억에 공백이 있긴 했다.

하지만 라키어스가 뇌를 더 이상 건드리면 위험할지도 모른다고 해서 일단은 이 정도로 만족했다. 그러다 문득 혹시 안네마리의 힘으로 이런 정신적인 부분도 치료할 수 있는 건 아닐까, 하는 데 생각이 미쳤다.

'그러고 보니 안네마리를 향한 라키어스의 그 반응은 도대체 뭐였지.'

그렇게 여러 생각을 하는 동안 목적지에 다다랐다. 어느새 해는 완전히 떨어져 있었다.

유리는 지면을 박차고 도약해 눈앞에 있는 높은 담벼락 위로 가볍게 올라섰다. 땅거미 진 하늘에 우뚝 솟은 높은 첨탑이 시야에 들어왔다. 유리의 눈앞에 있는 것은 다름 아닌 연금술사의 탑이었다. 유리의 머릿속에 얼마 전에 받았던 의뢰 내용이 떠올랐다.

연금술사의 탑 조사. 이전 의뢰와 동시 진행. 선수금 2배.

전에 받았던 현자의 돌과 관련한 의뢰도 아직 완수하지 않았는데 이렇게 연달아 다음 의뢰를 또 하다니. 전에는 없던 일이었다. 그리고 분명…….

'거리가 가까웠지.'

표식과 그것을 만든 주체인 유리 사이에는 긴밀한 연결점이 있었다. 그래서 표식이 멀리 있는지 가까이 있는지 정도는 대강 어림잡아 알 수 있었다. 그런데 어째서인지 이번에 의뢰인이 표식을 보내온 장소가 전과는 비할 수조차 없이 근접했다.

지난번에도 의뢰인 조사를 해봐야겠다고 얼핏 지나가듯이 생각하긴 했지만, 그동안 실행으로 옮기지 않았었다. 신경 쓸 일이 계속 벌어지기도 했고, 또 한편으로는 그동안의 철칙을 깨고 의뢰인의 뒷조사를 하는 것이 내심 마음에 걸렸기 때문이다. 하지만 이쯤 되면 그냥 넘어가는 게 이상한 일이었다.

'일단은 의뢰 완수가 먼저지만.'

유리는 가볍게 몸을 날려 밑으로 뛰어내렸다. 그렇지 않아도 데이몬이 쓰는 연금술을 가까이에서 보았을 때부터 의문이 들었던 터라 시간이 날 때 한번 따로 조사해 볼까 했는데, 마침 나쁘지 않은 기회였다. 의외로 담벼락 주위에는 다른 보안 장치가 설치되어 있지 않았다.

연금술사의 탑 대지는 굉장히 넓었다. 유리는 바닥에 군데군데 숨겨진 위험한 장치들을 피해 탑에 다가갔다. 출입문은 세 개였다. 하지만 거기에 감도는 기운을 보았을 때, 섣불리 손을 대면 위험할 것 같았다.

유리는 눈앞에 있는 탑을 아래에서부터 위로 훑어보았다. 과연 연금술사의 탑이란 위명이 아깝지 않게, 건물의 외벽에선 위험한 기운이 흘러나왔다. 하지만 탑의 가장 꼭대기에는 아무런 장치도 없는 것 같았다. 확실히 보통 사람이라면 저기까지 올라갈 엄두는 내지 못할 것이다.

슈욱!

유리는 실을 길게 뽑아 위로 날려 보냈다. 그리고 실을 붙잡고 단숨에 탑의 정상으로 올랐다. 그곳에는 관측기로 보이는 물건들이 늘어져 있었다. 하지만 아래층으로 연결된 통로는 굳게 잠겨 있었고, 어떤 함정이 설치되어 있었다.

유리의 손가락에서 뻗어 나온 가느다란 실이 잠금 장치로 들어갔다. 안쪽에서 작게 달그락거리는 소리가 들렸다. 정밀한 움직임을 요하는 작업이었기 때문에 장치를 해제하는 데 30초 정도의 시간이 걸렸다.

달깍!

유리는 조용히 문을 열고 연금술사의 탑 내부로 들어갔다.

'이 느낌…….'

그리고 막 통로 안에 몸을 들인 순간, 유리의 눈빛이 날카로워졌다. 눈에는 보이지 않는 끈적이는 기운이 피부에 달라붙었다. 이 느낌은 분명 낯설지 않았다.

'꼭 카르노말의 실험실 같잖아.'

잠깐 멈추어졌던 유리의 발이 다시 떼어졌다. 늦은 시각임에도 연금술사의 탑 내부에는 아직 남아 있는 사람들이 있었다. 하지만 각자 연구라도 하고 있는지, 방에 틀어박힌 사람들이 대부분이라 크게 주의해야 할 것 같지는 않았다.

잠시 후, 유리는 연금술사의 탑 안에서 익숙한 얼굴들을 보게 되었다.

"이봐, 정말 이게 최선이야? 아까도 그렇고, 하마터면 다른 사람과 마주칠 뻔했잖아."

유리는 빛이 닿지 않는 천장 구석에 붙어 눈앞을 지나가는 사람들을 응시했다.

"우린 지금 몰래 움직이는 거라고. 탑에 대해서는 뭐든 안다고 큰소리 떵떵 치기에 혹시 너만 아는 다른 비밀 통로 같은 거라도 있나 했는데."

"뭐 인마? 그딴 소리나 할 거면 그냥 지금 당장 꺼져. 애초에 내가 누구 때문에 이런 몸을 이끌고 지금 이 시간에 여기까지 왔는데."

소리 낮추어 옥신각신하는 것은 바로 데이몬과 제노스였다. 평소 사이가 원만하지 않던 두 사람이니만큼, 지금 이렇게 티격태격하면서도 나란히 같은 목적지를 향해 가는 모습이 눈에 두드러졌다. 제노스와 데이몬은 마침 유리가 가려던 방향으로 움직였다.

"근데 여기 뭐가 있는 게 확실해? 네 귀신 눈깔이 잘못 본 게 아니고?"

"도대체 몇 번을 확인하는 거야. 이따 네 눈으로 직접 확인하면 될 것 아니야?"

연금술사의 탑은 원래 외부인의 출입이 엄금된 장소였다. 그래서인지 두 사람은 탑에 있는 다른 사람을 피해 몰래 이동하는 눈치였다. 유리는 소리를 죽이고 그들의 뒤를 따랐다. 그러는 동안, 유리는 오감을 건드리는 끈적한 기운이 점점 더 강해지는 것을 느꼈다.

제노스도 조금 으스스한 느낌을 받았는지 괜히 뒷덜미를 만지작거리거나 뒤를 돌아보았다. 평소 수도 없이 연금술사의 탑을 돌아다녔을 데이몬만 아무렇지 않은 모습이었다. 마침내 앞서 걷던 데이몬이 어떤 방 앞에서 걸음을 멈추었다.

"알지? 딱 5분이야. 그 이상은 안 돼."

그곳은 연금술 물품들이 보관된 방이었다. 두 사람은 문을 열고 안으로 들어갔다. 유리는 문이 닫히는 것을 확인한 뒤 방에 조금 더 가까이 다가갔다. 방음이 잘 되어 있는 방인 데다, 두 사람이 안에서 소곤거리는 목소리는 아주 작았다. 하지만 유리의 귀에는 그들의 대화가 무리 없이 들려왔다.

"뭐가 이렇게 많아. 이게 다 연금술 제련할 때 쓰는 재료들이야?"

"그래. 그런데 이 자식들……. 오늘 당번 누구지? 정리를 뭐 이따위로 하고 갔어?"

무언가를 찾는 건지, 아니면 정리하는 건지, 작게 덜그럭거리는 소리가 들렸다.

"이거 뭘로 만든 거야? 빛에 비춰보면 다른 입자가 보이는데."

그러다 잠시 후, 제노스가 데이몬에게 물었다. 대답은 한 박자 늦게 이어졌다.

"너 설마 오늘 여기서 찾으려던 게 축복받은 돌이냐?"

"축복받은 돌?"

"지금 네가 들고 있는 거에 든 재료."

데이몬의 설명이 이어졌다.

"중앙의회 쪽에서 독점하는 거라 나도 자세한 건 몰라. 다만 연금술을 사용하려면 그 돌이 필수적이라는 것만 알고 있지. 나도 찝찝해서 조사해 보려다 뭔가 비슷한 느낌인 현자의 돌이라고 하는 걸 입수하려고 했는데……."

"아, 그 경매장."

제노스도 무언가가 생각난 듯이 데이몬이 설명하는 중간에 작은 탄

성을 내뱉었다. 데이몬의 낮은 욕설이 뒤를 이었다.

"젠장, 이 얘긴 됐고……. 어쨌든, 네가 탑을 살펴보고 싶다고 한 이유가 그거라면 이해하지 못할 건 아니야."

안쪽에서 잠깐 부스럭거리는 소리가 들렸다.

"이거, 몇 개 가져가자. 다른 사건 현장에서 내가 찾은 게 있는데 그거랑 비교 좀 해봐야겠어."

그러고 나서 문 쪽으로 다가오는 발소리가 이어졌다. 곧 데이몬이 먼저 밖으로 나왔다. 그가 문틈으로 빼꼼 고개를 내밀고 주위를 살폈다. 그러고 나서 오가는 사람이 아무도 없다는 것을 깨닫고 뒤돌아 손짓했다. 데이몬과 제노스는 조금 전보다 빠른 걸음으로 복도를 걸었다.

"데이몬 님?"

하지만 요행은 계속되지 않았다. 그들은 복도의 모퉁이에서 다른 연금술사와 마주치고 말았다. 의혹 어린 시선을 받은 데이몬의 눈동자에 순간 낭패감이 떠올랐다.

"몸도 편치 않으신 분이 이 시간에 왜 여기에……."

퍼억!

하지만 데이몬은 금방 그런 기색을 지워내고 옆에 있던 제노스의 정강이를 확 걷어찼다. 제노스가 신음하며 고개를 수그렸다.

"쯧, 왜 오긴 왜 와? 이 모자란 놈이 내 연구물을 잘못 건드려서 사고를 쳤으니까 그렇지."

"죄, 죄송합니다, 데이몬 님."

"닥쳐, 죄송하다는 한마디로 해결될 거면 내가 이 성치 않은 몸을 이끌고 여기까지 왔겠냐?"

제노스도 데이몬에게 얼른 장단을 맞추었다. 그래도 만일을 대비해 제노스도 연금술사들의 옷을 입어서 적당히 고개를 숙이면 정체를 들키지 않을 것 같았다.

"쓸모없는 놈. 하여간 이래서 내가 마음 편히 뭘 맡길 수가 없다니까."

데이몬은 한 번 더 제노스의 다리를 걷어찼다.

제노스는 허리를 더 굽실거리며 티 나지 않게 이를 갈았다. 이 정도로 세게 걷어찰 필요는 없을 텐데, 데이몬의 발길질에 사적인 감정이 담겼다는 생각을 지울 수 없었다.

데이몬의 성질을 알고 있는 연금술사가 식은땀을 흘리며 말했다.

"그런 일이 있었군요. 아무래도 견습 같은데 데이몬 님께서 굳이 직접 관리하실 필요 있겠습니까? 제가 데려가서 제대로 교육을……."

쿠웅!

그때 뒤쪽에서 무언가가 떨어지거나 넘어져 부서지는 것 같은 소리가 들렸다.

"또 뭐야?"

데이몬이 짜증스럽게 눈을 번뜩였다.

"불량품 처리하는 방에서 나는 소리 아니야? 너네 또 버리는 물건 쌓아놨냐?"

"아, 아닙니다! 어제 확인했을 땐 분명 비어 있었……."

"어젠 어제고 오늘은 오늘이지! 저러다가 오작동으로 폭발하기라도 하면 네가 책임질래?"

"헉, 제가 지금 당장 가서 확인하겠습니다!"

데이몬에게 호통을 들은 연금술사가 서둘러 소리가 난 곳으로 달려갔다. 데이몬과 제노스는 그사이에 자리를 벗어났다.

"야, 늦장 부리지 말고 빨리 와."

"이봐, 아무리 생각해도 다리를 두 번이나 걷어찰 필요는 없었던 것 같은데?"

"크흠, 무슨 소리야? 나 때문에 안 들킨 줄 알아."

"너…… 일단 나가서 보자."

그들이 사라진 뒤 유리도 조용히 움직였다. 연금술사의 주의를 돌려 두 사람이 빠져나가는 데 도움을 준 것도 그녀였다. 유리는 아까 데이몬과 제노스가 들어갔던 방으로 향했다. 불 꺼진 방 안으로 들어서자 아까부터 느꼈던 위화감이 더 크게 팽배했다.

방에는 수많은 물건이 어지럽게 놓여 있었지만 그중에서도 유리의 육감을 건드리는 것은 따로 있었다. 조금 전에 두 사람이 이야기하던 것도 지금 유리가 보고 있는 것과 동일한 물건일 것이라는 확신이 들었다. 유리는 상자 속에 쌓인 물건을 하나 집어 들었다.

그것은 아이 주먹만 한 크기의 투박한 원석처럼 보였다. 안에는 아까 제노스가 말한 것처럼 완전히 정제되지 않은 검은 입자가 있었다. 유리는 이것이 뭔지 알고 있었다. 연구소에서 질리도록 보고 만지고 몸으로 흡수했던 것. 바로 유적의 파편이었다.

똑똑.

"잠깐 들어갈게요."

안네마리는 노크를 하고 오딘이 있는 방문을 살짝 열었다. 그녀의 얼굴에는 심란함이 깃들어 있었다. 방금 라키어스가 또 말도 없이 자리를 비운 것을 발견했기 때문이다. 헤스티아도 몰랐다고 하는데, 도대체 어떻게 감쪽같이 기척을 숨기며 집을 드나드는 건지 도통 알 수가 없었다.

"아, 안에 계셨네요. 잠깐 좀 살펴봐도 될까요?"

혹시 오딘도 라키어스처럼 다친 몸을 끌고 외출한 게 아닌가 싶어 확인차 온 것이었으나, 다행히도 그는 방에 있었다. 라키어스를 상대할 때의 기억 때문에 그런지, 안네마리는 저도 모르게 오딘에게도 조심스럽게 물어봤다.

"괜찮아…… 요. 들어오세요."

하지만 오딘이 흔쾌히 그녀를 안으로 들여 안심할 수 있었다. 존댓말이 어색한지 조금 말을 더듬긴 했지만 말이다. 오딘은 가까이 다가와 상처를 살피기 시작한 안네마리를 힐끔 쳐다보았다. 그는 이제 완전히 정신을 추스른 상태였다.

안네마리가 유리의 옆집 여자라는 사실도 이제 확실히 인지했기 때문에 일단 그는 선량한 일반인 흉내를 내고 있었다.

툭툭. 그때 바깥에서 작은 소리가 들려왔다. 창틀에 일렬로 앉은 까마귀 중 한 마리가 닫힌 유리창을 부리로 두 번 쪼았다. 아까 오딘이 날려 보냈던 그의 분신이었다.

안네마리는 집중하느라 소리를 듣지 못한 것 같았다. 오딘은 안네마리에게 주의를 기울이며 까마귀를 조종했다. 창밖에 있던 까마귀들이 한 마리씩 검은 연기로 변해 틈새로 흘러들어 왔다. 그것은 곧 소리 없이 오딘에게 흡수되었다. 그 순간 까마귀들이 밖에서 보고 들었던 것들이 그의 머릿속에 각인되었다.

'그래, 아라크네가 간 곳은 연금술사의 탑이구나. 이따 돌아오면 내가 알아낸 중앙의회 쪽 동향을 알려줘야지.'

오딘은 다른 까마귀에게서 흘러든 정보를 보고 저도 모르게 얼굴을 확 일그러뜨렸다.

'아니, 세이렌……. 이 껌딱지 년이 지금 뭘 하고 있는 거야? 가뜩이나 바깥도 변종 사냥 때문에 시끄러운데 그 번견 자식하고 같이 조용히 구석에 짱 박혀 있지는 못할망정 어딜 쏘다녀? 저러다 또 멍청하게 잡혀가기라도 하면 이번에는 국물도 없을 줄 알라지.'

"아, 혹시 아프신가요?"

그때, 안네마리가 오딘에게 물었다. 그의 얼굴이 찌푸려진 이유가 상처를 잘못 건드려서라고 오해한 듯했다.

"아니, 괜찮아요. 계속하세요."

오딘은 구겨진 이마를 펴고 말했다. 하지만 까마귀가 물어온 것 중에 라키어스에 대한 정보는 하나도 없다는 사실을 깨닫고 오딘은 얼굴을 더 찡그릴 수밖에 없었다.

'외출하는 걸 알고 바로 뒤쫓았는데 놓쳤단 말이야?'

역시 카르노말의 왕이라는 건가. 비록 기억을 소실해 그에게 부려졌던 일은 잊었을지언정, 오딘은 카르노말의 지배자인 라키어스 아발론의 얼굴을 똑똑히 알고 있었다. 그래서 납치당했을 때 유리와 그가 퍽 친밀한 관계인 듯해 얼마나 놀랐던가.

그런데 이후 기절했다가 정신을 차리자마자 이번에는 진짜 라키어스 아발론이 눈앞에 나타나다니.

'그런데 이렇게 소득이 없을 줄이야. 정보상으로서의 내 자존심이…….'

부들거리는 오딘을 본 안네마리의 손길이 한결 부드러워졌다.

"그래도 회복 속도가 굉장히 빠르시네요. 이대로면 붕대도 금방 풀 수 있겠어요."

잠시 후, 오딘의 상태를 꼼꼼히 확인한 안네마리가 감탄했다. 오딘도 안네마리의 능력에 호기심을 느끼던 참이었다. 그래서 마음을 가라앉히고 안네마리에게 고개를 돌렸다. 신기하게도 안네마리의 손이 닿을 때면 몸의 회복이 훨씬 빨라졌다.

'분명 유적의 힘인 것 같은데……. 하지만 실험체는 아닌 것 같고. 혹시 이 여자, 자연 변종인가?'

"저, 선생님. 이쪽이 유독 아픈 것 같은데 좀 더 봐주실 수 있을까요?"

오딘은 정보상답게 안네마리의 힘에 대해 좀 더 알아볼 작정으로 일부러 엄살을 부리며 그녀에게 말했다. 이 정도 치유 능력을 가진 여자라면, 어쩌면 나중에 다른 고객들에게 비싸게 정보를 팔 일이 있을지도 몰랐다.

안네마리는 오딘의 말에 잠깐 멈칫했다. 다음 순간, 오딘은 눈앞에서 피어난 꽃 같은 미소에 심장이 쿵 떨어지는 느낌을 받았다.

"오딘 씨는 정말 상냥하시네요."

오딘이 그녀의 개인 정보를 팔아치울 생각으로 개수작을 부렸다는 사실도 모르고 안네마리는 오늘도 순진하게 감격했다.

오딘은 정면으로 목격한 안네마리의 환한 미소에 얼이 빠져 잠깐 어버버했다. 그러다가 퍼뜩 정신을 차리고 황급히 고개를 돌려 안네마리의 시선을 피했다. 이상하게도 귓불이 달아오르면서 심장이 쿵쾅쿵쾅 정신 사납게 뛰었다.

"어, 그…… 제가 좀."

그래서 사실은 안네마리가 뭐라고 했는지도 제대로 듣지 못했다.

"그럼 잠깐 볼게요. 어디가 아프시다고요? 여기요?"

안네마리의 손이 다시 오딘에게 닿았다. 그녀는 처음 문을 열고 방으로 들어올 때보다 기분이 좋아진 것 같았다.

오딘은 맨살에 닿는 그녀의 손길에 저도 모르게 흠칫했다. 스스로도 왜 이런 반응을 보이는지 알 수가 없었다.

하지만 안네마리의 미소를 정통으로 마주한 순간 어쩐지 뒤통수를 한 대 얻어맞은 것 같았다. 잠시 후에야 오딘은 완전히 정신을 차리고 의문을 느꼈다.

'무보수로 치료해 주고 밥도 주고 집도 빌려주는 건 자기면서 왜 나한테 상냥하다 그러지?'

물론 그 이유는 라키어스 때문이었다. 안네마리는 별수 없이 두 환자를 비교하게 되었다. 물론 사람을 함부로 재단하고 평가하면 안 되는 거지만…… 아무래도 유리의 애인인 라키어스라는 사람은 처음 생각한 것만큼 친절한 사람이 아닌 것 같았다. 유리가 있을 때와 없을 때의 성격 차이가 너무 컸으니까. 특히 그는 안네마리에게 굉장히 쌀쌀맞았다.

반면 오딘은 온화한 성정을 가진 데다 그녀의 치료를 거부하지 않아서, 안네마리는 그가 좋아지기 시작했다. 물론 인류애 비슷한 감정이었고, 이성으로서의 호감은 아니었다. 아직은 말이다. 그러다 안네마리는 문득 생각난 것이 있어 입을 열었다.

"참, 오딘 씨. 혹시 해서 말하는 거지만…… 요즘 밖이 좀 어수선하거든요."

그녀는 요즘 동부의 수색대가 이단자들을 색출하는 상황에 대해 오딘에게 설명해 주었다. 방에만 있는 오딘은 바깥의 상황을 모를 것이라 생각했기 때문이다. 순간 오딘의 눈초리가 날카로워졌다.

"그러니까 라키어스 씨처럼 꼭 외출하셔야 할 일이 생기면 미리 말씀해 주시면 좋겠어요. 지나가다가 괜히 휘말려서 위험한 상황에 처할지도 모르고…… 걱정되니까요."

'이 여자……. 왠지 내가 이단자라는 걸 아는 눈치인데.'

안네마리는 오딘에 대해 짐작한 사실을 겉으로 티 내지 않았지만 오딘도 보통의 눈치를 가진 게 아니었다.

'귀찮아지기 전에 처리하는 게 안전할지도 모르겠어…….'

은혜도 모르는 냉정한 생각이었지만 카르노말의 인간다운 사고방식이었다. 하지만 머릿속의 사정과 달리 실제의 오딘은 그냥 얌전히 안네마리의 치료를 받았다.

'아니야……. 그냥 놔두자. 아라크네가 이 여자를 친구라고 했으니까.'

그러다 그는 금세 생각을 고쳐먹었다.

'뭐……. 보니까 입이 가벼운 여자도 아닌 것 같고.'

왠지 스스로에게 변명하는 것 같았지만 어쨌거나 오딘은 그렇게 결론짓고 괜한 머쓱함에 큼큼 헛기침했다.

"그래도 오딘 씨는 충분히 안정을 취하고 계셔서 약을 꾸준히 바르면 금방 괜찮아질 거예요."

상냥한 목소리가 귓가에 울렸다. 이상한 일이었지만, 오딘은 왠지 안네마리의 얼굴을 똑바로 볼 수가 없었다.

유리는 연금술사의 탑을 더 조사하다가 밖으로 빠져나왔다. 나름대로 샅샅이 살펴봤으나, 아까 발견한 유적의 파편을 제외하고는 달리 볼만한 건 없었다.

연금술사의 탑 꼭대기에 선 유리는 손가락 끝에 걸린 실을 슬쩍 잡아당겼다. 아까 데이몬과 제노스에게 각기 붙여두었던 실이 같은 장소에 멈춰 있었다.

휘이익!

유리는 바람을 가르며 탑 밑으로 뛰어내렸다. 장소를 옮겨 두 사람이 있는 곳에 가볼 생각이었다. 유리가 데이몬에게 붙은 실이 움직였다. 방향을 보니 살바토르 자택으로 돌아가는 중인 것 같았다. 유리는 제노스가 아직 머무는 곳을 목적지로 삼았다.

잠시 후 유리가 도달한 장소는 그녀의 눈에 익은 곳이었다. 일전에 칼리안의 뒤를 쫓아 들렀던 낡은 건물. 카르노말의 연구소와 비슷한 실험의 흔적이 남아 있던 그 불쾌한 장소였다.

유리는 슬쩍 미간을 찌푸린 뒤 그 안으로 들어갔다. 포진해 있던 수색대는 이제 모두 철수한 듯했다. 안쪽에서는 제노스로 추정되는 사람과 다른 한 명의 기척 말고는 아무것도 느껴지지 않았다. 그런데 그 한 명의 기운이 왠지…….

유리는 의혹 어린 눈을 찌푸리며 청각에 주의를 집중시켰다.

"이게 그 연금술사의 탑이란 데서 가져온 거라고?"

아무도 없는 빈 건물임에도 작게 소곤거리는 음성이 들려왔다. 그런데 그 목소리가 어쩐지 귀에 익어서 유리는 손으로 이마를 짚고 말았다.

"맞아요. 전에 말한 연금술사 놈한테서 얻어온 건데……. 얼마 전에 봤던 장면도 그렇고, 여기서 발견했던 조각하고 이 안에 박힌 게 비슷해 보여서……."

"이리 줘봐, 나도 좀 가까이에서 보게!"

제노스의 목소리에 이어 성급한 여자의 음성이 울렸다.

'세이렌……. 여기서 뭐 하는 거야?'

유리는 방의 한구석에 붙어 속닥거리는 두 사람을 보고 할 말을 잃고 말았다. 제노스와 세이렌이라니, 지금까지 단 한 번도 하나로 묶어 생각한 적 없는 조합이었다. 그런데 저 두 사람이 왜 같이 있는 건지 도무지 알 수가 없었다. 게다가 왠지 저들의 태도를 보니 지금 처음 만난 사이도 아닌 것 같지 않은가?

그러다 문득 최근에 만나 안부를 물었을 때, 이상하게 말을 얼버무리던 세이렌의 모습이 떠올랐다.

'혹시 날 찾겠다고 돌아다니다가 제노스한테 들킨 건가? 아니야, 설마 그렇게 바보 같을 정도로 대책 없이 움직였으려고.'

유리는 왠지 세이렌을 모욕하는 것 같아 마음속에 떠오른 의심을 지워 버렸다. 하지만 사실은 그게 정답이었다. 물론 그 사실을 모르는 유리는 두 사람의 모습을 보고 생각이 많아졌다. 무엇보다도 사람을 꺼리는 세이렌이 왜 제노스와 단둘이 만나 저렇게 오순도순 대화를 나누는지가 의문이었다.

"헉! 이거 뭐야!"

그때, 제노스가 가져온 물건을 살피던 세이렌이 갑자기 몸서리치며 손에 든 것을 내동댕이쳤다.

"앗, 조심!"

하지만 물건이 바닥에 닿기 전에 제노스가 붙잡는 데 성공했다.

"뭡니까, 갑자기 왜 그러는 건데요?"

제노스의 물음에 세이렌이 조금 전까지와 달리 딱딱하게 굳은 목소리로 말했다.

"동부 연금술사들이 정말 이걸로 연금술을 한다고? 그것도 인체 실험이야?"

"뭐?"

세이렌의 말에 이번에는 제노스의 얼굴이 굳어졌다.

"아니, 연금술은 살아 있는 생명을 대상으로 하지 않는데."

"하지만 이건 유적의 파편이잖아!"

"유적의 파편?"

"너희가 말하는 돌연변이, 이단자를 탄생시키는 거 말이야……!"

순간 실내의 공기가 약간 싸늘하게 내려앉았다.

"……그게 무슨 소리입니까? 이게 이단자를 만든다고?"

제노스의 목소리가 한층 가라앉았다. 그의 시선이 주변을 한차례 훑었다. 이곳에서 있었던 것으로 추정되는 일을 다시 생각해 보는 것이 분명했다.

"기분 나빠졌어, 그만 갈래! 그렇지 않아도 여기 이 건물, 올 때마다 가뜩이나 불쾌했는데. 다음에 볼일 있으면 다른 곳에서 보든가 아니면 그냥……!"

세이렌은 그렇게 외치며 자리에서 벌떡 일어나다 말고 돌연 숨을 크게 들이마셨다. 제노스에게 붙은 실 한 가닥이 그제야 눈에 띄었기 때문이다. 제노스가 갑자기 말을 멈춘 세이렌을 의아하게 쳐다보았다. 세이렌은 허둥지둥 주위를 두리번거리다가 급히 창가로 향했다.

"나…… 나 간다, 인간!"

유리는 세이렌이 자신의 존재를 깨달았다는 것을 알아차렸다. 그녀는 조용히 세이렌의 뒤를 쫓았다.

"세이렌."

"흐약!"

레오가 있는 은신처로 향하는 동안 세이렌이 자꾸 뒤를 돌아보며 주춤거렸기 때문에 유리는 금방 그녀를 따라잡을 수 있었다. 유리가 조용히 어둠 속에서 나타나 이름을 부르자 세이렌은 경기하듯이 몸을 떨었다.

"아, 아라크네!"

"어쩐지 요즘 바쁜 것 같더니, 밖에서 하는 게 있어서 그랬나 보네."

유리는 실을 타고 나뭇가지 위로 올라가 세이렌과 눈높이를 맞추었다.

"인간은 별로 안 좋아하더니, 저 남자는 마음에 든 거야?"

비꼬는 것이 아니라 순수한 궁금증에 물은 것이었다.

"그런 거 아니야!"

하지만 세이렌은 유리의 말에 화들짝 놀라 고개까지 도리도리 저으며 부정했다.

"나, 나는 그 인간 남자가 널 도울 수 있는 건 나뿐이라고 그래서 몇 번 만난 것뿐이야!"

"날 돕는다고?"

"그래. 그 인간 남자 처음에 만났을 때 그냥 죽이려고 했는데, 그때 어쩌다 예지력을 가진 걸 알아서……."

세이렌이 한 말을 듣고 유리가 눈을 가느스름하게 떴다. 세이렌은 더 이상 숨길 수 없다는 것을 알았는지, 날개를 축 늘어뜨리고 유리가 선 나뭇가지 위에 내려앉았다. 그리고 지금까지의 경위를 그녀에게 전부 설명하기 시작했다.

동부의 큰 행사인 기원제가 사흘 앞으로 다가왔다. 제노스가 내게 위험을 경고했던 것이 이날이었던 만큼 나도 조금은 경각심을 갖기로 했다.

"유리 씨, 이렇게 같이 어디를 가는 건 오랜만인 것 같아요."

오늘 나와 같이 외출한 안네마리가 흔들리는 마차 안에서 환하게 웃으며 말했다.

"할아버지도 기뻐하실 거예요."

우리는 지금 함께 크록포드에 가는 중이었다. 집에 칼리안이 없다는 건 미리 확인했으니 꺼릴 건 없었다. 일단은 바스티안에게만 알리고 몰래 방문하는 것이기도 했고 말이다. 집에 있던 환자들도 놀라운 회복력으로 거의 다 나은 상태라 걱정할 건 없었다.

라키어스는 진작 펄펄 날아다녔고, 오딘은 이상하게 회복이 다른 때보다 더딘 것 같았지만 심각한 부상은 전부 나은 뒤였으니까.

잠시 후, 안네마리와 나는 목적지에 다다라 마차에서 내려섰다. 안네마리의 말처럼 이렇게 크록포드의 저택 앞에 서는 건 확실히 오랜만이었다.

"들어오십시오. 바스티안 님께서 기다리고 계십니다."

우리는 집사 아저씨의 안내를 받아 건물 안으로 들어섰다. 복도를 걸으면서, 나는 아까부터 익숙한 기운이 느껴지는 곳을 향해 눈길을 움직였다. 사실 오늘 내가 이곳에 온 이유는 베일에 감춰져 있던 의뢰인을 찾아서였다. 의뢰인이 가지고 있는 표식으로 이렇게 구체적인 위치를 추적한 건 이번이 처음이었다.

그런데 하필 장소가 크록포드 저택이라니. 분명 이전까지 대략적으로 추정되던 표식의 위치는 동부가 아니었다. 미루어 짐작했을 때, 지금 내 표식을 가진 사람은 얼마 전부터 크록포드에 머무는 손님인 게 분명했다. 사실 정 궁금하면 밤에 몰래 크록포드에 잠입해 확인해도 될 일이었다.

하지만 전에도 말했다시피 크록포드는 보안이 철저해서 자칫 잘못 하다가는 괜히 긁어 부스럼 만드는 일이 될 수도 있었다. 무엇보다도 칼리안이 눈치채기라도 하면 얼마나 귀찮아질지……. 한두 번도 아니고, 그와 또 그런 식으로 마주치는 것은 껄끄러웠다.

"애들아, 어서 와라!"

바스티안이 우리를 엄청나게 환대해 주었다. 지난번에 걱정해서 직접 집에 찾아오기까지 할 정도였으니까.

"안녕하세요, 할아버지. 이거 선물이에요."

"뭘 이런 걸 또!"

내가 가져온 것은 바스티안이 커피하우스에서 즐겨 먹었던 간식들이었다. 아무래도 한동안 커피하우스의 일을 쉬는 게 좋을 것 같아 길버트 씨에게 이야기하러 들른 김에 사 온 것이었다. 무엇보다도 요즘 이단자 사냥이니 뭐니 해서 바깥이 시끄러워 되도록 조용히 상황을 살피는 게 나을 것 같았다.

길버트 씨는 많이 아쉬워했다. 그래도 애초에 내 사정에 따라 유동적으로 근무하기로 계약했던 만큼 나를 오래 붙잡지는 않았다. 나도 양심이 있어서, 피치 못한 일이었기는 하나 무단결근을 일삼았던 이번 달 치 봉급은 받지 않기로 했다.

바스티안이 직접 내 선물을 건네받아 집사에게 넘겼다. 그리고 지금 당장 내가 가져온 것으로 다과상을 차리라는 명령을 덧붙인 뒤 다시 내게 시선을 돌렸다.

"그런데 얼굴이 왜 그새 반쪽이 됐누? 몸이 어디 안 좋은 건 아니냐?"

내 얼굴을 자세히 살핀 바스티안이 걱정스럽게 말했다. 하지만 내 체중은 1kg도 빠지지 않은 그대로였다. 그러니 내 얼굴이 반쪽이 된 것 같다면 그건 바스티안이 마음의 눈으로 나를 보았기 때문일 터였다.

"할아버지야말로 오늘 피곤해 보이세요. 쉬셔야 하는데 제가 괜히 온 게 아닌지 모르겠네요."

"무슨 소리를, 절대 아니다! 너희라면 언제든 환영이지!"

"할아버지, 그런데 유리 씨 말처럼 오늘 피로해 보이시긴 한 것 같아요. 이렇게 서 계시지 말고 자리에 앉으세요."

우리는 이전처럼 테이블을 사이에 두고 둘러앉았다. 금방 고용인이 들어와 다과상을 차렸다.

"그래, 고향에 생겼다던 일은 잘 처리하고 온 게냐?"

"네, 갑작스러운 일이라 미처 말씀도 못 드리고 가는 바람에 심려 끼쳐 죄송해요."

"아니야, 오죽 급하면 그랬을까."

바스티안이 이해한다는 듯이 나를 보며 말했다. 일단 바스티안에게 괜한 걱정을 끼칠 필요는 없다는 의견이 참작되어 나는 급한 개인 사정으로 잠깐 고향에 다녀온 것으로 이야기되어 있었다.

지금 나를 마주한 바스티안의 얼굴에 별다른 낌새가 없는 것을 보면, 칼리안도 사건 현장에서 나와 마주쳤던 일을 이야기하진 않나 보다. 하긴, 원래도 그는 바스티안과 내 관계를 마뜩잖게 여겼으니 괜히 그런 얘기를 해서 내게 이 이상의 관심을 두게 하고 싶지는 않을 것이었다.

"할아버지, 요즘 밤에 푹 주무시고 계신 거 맞아요? 혹시 또 늦게 잠자리에 드시는 건 아니죠?"

"무슨 소리냐, 충분히 잘 만큼 자고 있다."

"눈 밑이 점점 거뭇해지시는 것 같아서 그래요. 아직도 타티아나 님

하고 밤늦게까지 대작하시는 건 아니겠죠?"

안네마리는 어느새 간병인의 눈으로 바스티안을 살폈다. 안네마리의 의심 어린 눈을 마주한 바스티안이 슬쩍 시선을 피하며 불편하게 헛기침했다. 그러다 귀에 들어온 이름을 듣고, 나는 그것이 지금 크록포드에 머무는 손님의 이름이란 사실을 눈치챘다.

"그보다, 요즘 바깥이 시끄러운데 너희도 한동안은 각별히 주의해서 몸조심하도록 해라."

바스티안이 티 나게 화제를 돌렸다. 안네마리의 집중된 질문 공세를 피하려는 의도가 느껴졌지만 생각보다 효과적이었다. 바스티안에게 엄하게 무슨 말인가를 하려던 안네마리의 입이 다물어졌다.

"이단자 색출 말씀이시군요."

나는 찻잔을 들면서 바스티안의 말에 담담하게 호응했다. 안네마리의 시선이 순간 내 얼굴을 스치는 것이 느껴졌다.

"오늘 만난 길버트 씨도 거리 분위기가 전 같지 않게 흉흉하다고 걱정하는 눈치던데. 이런 일이 언제까지 지속될지 모르겠네요."

"그러게 말이다. 나도 지금 뒷방으로 물러난 노인네일 뿐이라 자세한 건 모르겠지만, 귀동냥으로 들어보니 기원제 이후에는 기세가 한풀 꺾일 것 같다고 하더구나. 그러니 너무 염려는 말아라."

지나가는 듯한 내 물음에 바스티안이 답했다. 그의 말을 듣고 예상하던 게 맞다는 것을 확인했다. 나는 고개를 끄덕이며 다시 차를 마셨다. 그때 안네마리가 머뭇거리다가 다시 입을 열었다.

"저, 할아버지. 잡혀간 이단자들은 어떻게 되나요? 죄가 없다는 게 밝혀지면 당연히 다시 풀려나겠죠?"

찻잔을 들고 있던 바스티안의 손이 멈칫했다. 곧 그가 안네마리를 쳐다보았다. 나도 눈길을 안네마리에게 돌렸다.

"이번 폭발 사건이 그 사람들 때문에 벌어진 게 사실이라고 해도, 착하고 좋은 이단자도 분명 있을 수 있잖아요. 그러니까 죄 없는 사람들까지 너무 무섭게 잡아가지는 말았으면 좋겠어요."

나는 안네마리가 왜 이런 말을 하는지 알았다.

'나랑 집 안의 환자 두 사람을 생각하는 거구나.'

우리를 좋은 이단자라고 생각해 주는 건 확실히 고마운 일이었다. 하지만 동부 분위기를 봤을 때, 이런 말을 직접 입 밖으로 꺼내는 건 위험했다. 게다가 아무리 사람 좋아 보이는 할아버지라 해도, 바스티안 역시 이단자 사냥을 주도하는 크록포드의 전 가주 아닌가.

바스티안이 손에 들고 있던 찻잔을 내려놓았다. 하지만 우려와 달리 바스티안은 온화한 목소리로 말했다.

"안네마리, 네 말이 맞다. 좋은 이단자도 분명 있겠지."

그의 말은 좀 의외였다. 안네마리도 설마 바스티안이 그렇게 호응해 줄 줄은 몰랐는지, 동그래진 눈으로 그를 바라보았다. 그 후로 이단자와 관련한 대화는 더 오가지 않았지만, 덕분에 자칫 무거워질 뻔했던 분위기는 다시 풀어졌다.

잠시 후, 나는 잠깐 화장실에 가겠다고 핑계를 대고 방을 빠져나왔다. 표식이 있는 방에 줄곧 머무르던 사람이 움직이는 것이 포착되었기 때문이다.

"그 노인네에게 손님이 왔다고?"

"예, 그러니 잠시 후에 다시……."

"이 시간이면 그 간병인이 올 시간일 텐데. 간병인이 있을 때 동석은 허락받았으니 상관없어."

"다른 손님도 함께 있습니다."

"다른 손님?"

복도가 꺾어지는 곳에서 집사와 어떤 여자의 목소리가 들렸다. 또각. 잠시 후 내가 복도의 모퉁이를 돌자 두 사람이 발소리를 듣고 나를 돌아보았다. 집사가 먼저 내게 인사하며 말을 걸었다.

"유리 님, 벌써 돌아가시는 겁니까?"

"아니요. 잠깐 세면장에 가려고요."

"그러셨군요. 그럼 하녀에게 안내를."

"괜찮아요. 길은 알고 있어요."

하녀를 부르겠다는 집사의 말을 거절한 뒤, 나는 찌를 듯이 느껴지는 시선을 좇아 고개를 돌렸다. 우아하게 머리를 틀어 올린 노부인이 눈 한 번 깜빡이지 않고 나를 쳐다보았다.

'이 사람이구나. 내 의뢰인.'

그런데 어딘가 낯이 익었다. 그 이유는 금방 깨달았다. 역시 박람회장에서 지나가듯이 봤던 그 노부인이 확실했다. 그런데 그녀는 나를 너무 빤히 쳐다보았다. 그래서 '혹시 내 얼굴을 알고 아라크네에게 의뢰를 맡긴 거였나?' 하는 의심이 들었으나, 역시 그건 아니었다.

"이런, 정말 셀레나와 닮았구나."

잠시 후 입술을 뗀 노부인이 시원한 웃음을 터뜨렸다.

"어쩐지, 다 늙어서 주책이라고 생각했는데. 그럴 만했군."

아무래도 내가 음지의 아라크네인 걸 아는 것 같지는 않은데……. 나는 마주한 사람을 티 나지 않게 관찰하며 물었다.

"타티아나 님이신가요?"

"내 이름을 알고 있나?"

노부인의 눈이 가느스름하게 뜨였다.

"실례였다면 죄송합니다. 저택에 머물고 계신 손님에 대해 얼핏 들은 게 생각나서."

나를 응시하는 눈동자에 흥미가 어리는 것을 나는 놓치지 않았다.

"그렇군. 세면장에 간다고 했나? 마침 나도 그쪽에 볼일이 있던 참이니 같이 가지."

노부인이 집사를 뒤로하고 먼저 발길을 돌리며 말했다. 나는 흔쾌히 그 뒤를 따랐다. 눈앞에 있는 사람에게서 무언가를 캐내기에 나쁘지 않은 제안이었다.

"크릉."

레오는 요즘 세이렌의 움직임이 수상한 것을 느끼고 그녀를 관찰하는 중이었다. 전과는 반대로, 세이렌이 밤중에 몰래 빠져나고 레오가 은신처에 얌전히 머무는 일이 반복되었다.

유리가 돌아온 것은 레오도 알고 있었다. 애초에 그가 요즘 외출을 자제하는 이유도 그녀에게 당부를 들었기 때문이다. 그래서 레오는 한동안 헤스티아도 만나지 않았다.

"레오!"

"킁?!"

그런데 수도원의 입구 쪽에서 분홍 원피스를 입은 소녀가 나타났다.

"헤, 헤스티아?"

"안녕, 오늘은 내가 놀러 왔어!"

레오는 깜짝 놀라 자리에서 벌떡 일어났다. 그러고 나서 헤스티아에게 우다다 뛰어갔다.

"여, 여긴 어떻게 알고 왔어?"

"지난번에 네가 데리고 와줬잖아?"

헤스티아가 왜 이렇게 놀라냐는 듯이 고개를 갸웃했다. 일전에 그가 등에 헤스티아를 태우고 수도원에 왔던 적이 한 번 있었는데, 그때를 말하는 듯했다. 수도원 앞의 웃자란 풀밭을 지나온 탓인지, 헤스티아의 머리카락과 옷에는 노랗게 마른 풀이 붙어 있었다.

"마침 집에 나밖에 없어서 놀러 왔어."

안네마리와 유리도 같이 외출하고, 집에 남아 있던 검은 머리 환자도 지금은 자리를 비운 참이었다. 노란 머리 환자는 진작 퇴원(?)해 유리의 집으로 돌아간 상태였다.

"넌 계속 집에만 있었던 거야?"

헤스티아가 치마를 툭툭 털며 레오를 보았다.

"나가자. 여긴 답답하잖아."

"크릉!"

레오의 꼬리가 정신없이 흔들렸다.

"아, 그런데 사람들 있는 곳에는 가면 안 돼. 지금 무서운 사람들이 돌아다니고 있어."

"나, 나도 알아! 사람 없는 데서 놀면 된다!"

두 사람은 손에 손을 잡고 사이좋게 밖으로 놀러 나갔다. 헤스티아가 납치당한 것은 그로부터 한 시간 뒤였다.

"오늘 재미있었어요, 그렇죠?"

집으로 돌아가는 길, 안네마리는 기분이 좋아 보였다. 안네마리와 나는 저녁 식사 시간 전에 귀가하기 위해 크록포드 저택을 빠져나왔다. 세면장에 나와 동행했던 타티아나라는 노부인은 결국 그길로 우리와 티타임까지 함께했다. 보아하니 안네마리와는 이미 친분이 있는 것 같았고, 나도 그녀에게 관심이 있어서 합석을 거부하지 않았다.

그렇게 크록포드에서 보내게 된 시간은 생각보다 나쁘지 않았다. 그래서 자리에서 일어날 때 두 사람이 저녁을 들고 가라며 우리를 잡았지만 안네마리와 나는 집에 기다리는 사람이 있어 거절했다.

들어보니 타티아나가 동부에 온 이유는 북부에서 일어난 기이한 일 때문인 것 같았다. 물론 안네마리와 내가 있는 자리에서 대놓고 그런 말을 하지는 않았지만 중간중간에 흘린 간접적인 정보를 취합해 보면 그랬다.

그리고 이건 최근에 내가 아라크네로서 따로 조사해 본 일인데, 요즘 다른 지역에서도 동부와 비슷한 일들이 벌어지는 중이었다. 즉, 아이들이 실종되고 실험 현장이 발견되거나 돌연변이들이 나타나는 일이 빈번하다는 소리였다.

나는 타티아나의 최근 의뢰 내용을 떠올렸다. 그녀는 연금술사의 탑과 유적의 파편 사이의 연관성을 의심하는 듯했다. 그럼 혹시 지금까지 경매장 같은 곳에 나온 물건을 내게 낙찰받으라 의뢰했던 것도 그것과 관련이 있는 건가?

결국 얼마 전 경매장에 현자의 돌이라는 가짜 이름을 가진 유적의 파편이 나왔으니, 만약 그렇다면 그녀에게 선견지명이 있는 셈이었다.

그런데…… 이건 좀 다른 얘기지만 그 노부인, 역시 안네마리의 할

머니가 맞는 것 같은데?

일단 생긴 것도 닮았고, 소설의 막바지에 등장했을 때 그녀가 북부 출신이라고 했던 기억이 났다. 뭐, 이건 나중에 따로 조사해 보면 바로 나올 일이니 일단 지금은 그냥 넘어가고. 어쨌든, 이렇게 전 지역적으로 흉흉한 사건이 일어나다니. 혹시 이것도 그 가짜 라키어스와 관련이 있는 건가, 아니면…….

"이상하네. 헤스티아가 왜 아직도 안 들어올까요?"

그때, 안네마리가 걱정스러운 낯빛으로 의문을 표했다. 그녀의 시선이 벽에 걸린 시계와 문가를 번갈아 훑었다.

"오딘 씨한테 물어보니 벌써 나간 지 세 시간은 지났다고 하던데."

나도 오늘은 그녀와 저녁 식사를 같이하기로 약속해 지금 안네마리의 집에 자리를 잡은 참이었다.

라키어스는 함께하지 않았다. 그는 오늘 하루 종일 밖에서 다른 볼일을 볼 예정이라고 했다. 어째서인지 그는 안네마리를 몹시도 꺼림칙하게 여기는 눈치였으니, 아마 일이 없다 해도 동석하지는 않았을 터였다.

"아무래도 찾으러 가봐야겠어요."

결국 안네마리가 자리에서 일어났다.

"저도 같이 찾아볼게요."

나도 그녀의 뒤를 따라갔다. 우리는 흩어져 헤스티아를 찾기로 했다. 하지만 나는 곧장 한 목표 지점을 향해 움직였다. 사실 헤스티아에게 다시 실을 붙여 뒀기 때문에 지금 그녀가 어디에 있는지 알 수 있었다.

내가 실을 단 건 총 세 사람이었다. 안네마리, 헤스티아, 레오. 아무래도 요즘 동부의 분위기가 영 뒤숭숭했기 때문에 만일의 사태에 대비해 위치 정도는 확인해 둘 요량으로 취한 대비책이었다. 세이렌은 지난번처럼 상황이 여의치 않을 때 새를 보내 도움을 요청할 수 있으니 예외로 두었다.

까악, 까악!

머리 위로 한 무더기의 까마귀가 날아갔다. 오딘의 까마귀였다. 아닌 척하더니 헤스티아의 일이 신경 쓰였던 모양이다. 아까 크록포드에 있을 때 실의 위치를 한번 확인해 봤는데, 헤스티아가 외출한 이유는 레오를 만나기 위해서가 분명했다.

사실 나와 오딘, 둘 다 헤스티아와 레오가 친구 사이라는 걸 얼마 전부터 알고 있었다. 외출한 헤스티아가 가끔 익숙한 냄새를 묻히고 집으로 돌아왔으니, 모르려야 모를 수가 없었다. 특히 오딘은 세이렌이나 레오나 조심성 없기는 마찬가지라며 아주 진저리를 쳤다.

솔직히 우리도 멋모르고 움직였다가 납치당해 곤욕을 치렀던 건 마찬가지라, 그들만 타박할 건 아니라고 생각하는데……. 뭐, 따지고 보면 오딘은 나 때문에 휩쓸렸던 것이니 우리 중에 유일하게 잔소리 할 자격이 있는지도 몰랐다. 그런데 헤스티아에게 붙인 실을 따라가는 동안 점점 불길한 마음이 들었다.

잠시 후, 나는 눈앞의 건물을 보고 짐작이 맞았다는 사실을 깨달았다.

"일렬로 들여보내! 신원 확인을 해야 하니까!"

동부의 중앙. 이단자로 의심받아 붙잡힌 사람들을 송치하는 곳.

"저, 전 이단자가 아니에요!"

"이거 풀어주세요!"

헤스티아에게 붙인 실이 저 안쪽으로 이어져 있었다. 게다가 레오도 근처 어딘가에 있었다. 하지만 그에게 붙인 실도 일반인이 출입할 수 없는 장소로 연결돼 있었다.

이게 어떻게 된 일인지, 지금 이 상황에서 생각할 수 있는 건 하나뿐이었다. 나는 곧장 안네마리에게 향했다.

"네?! 저희 헤스티아가 이단자로 오해받아 붙잡혀 갔다고요?"

내 말을 들은 안네마리의 얼굴이 사색이 되었다.

"네, 근처에서 헤스티아를 봤다는 사람이 있었는데 분명 그렇게 말했어요."

"자, 잘못 본 게 아니고요?"

"그럼 좋겠지만, 일단 확인은 해봐야 할 것 같아요."

이 경우에는, 내가 삼엄한 경비를 뚫고 안으로 몰래 들어가서 헤스티아를 데려오는 것보다 관련자에게 직접 도움을 청하는 것이 빨랐다. 그래도 크록포드에는 연이 있었으니, 바스티안이나 칼리안이 안네마리를 도와줄 수 있을 것이었다.

"젠장, 이럴 줄 알았으면 쪼그만 것들 둘이 아무리 눈꼴시게 굴어도 그냥 참고 까마귀를 붙여두는 건데."

안네마리가 혼비백산해 마차를 부르러 달려나가자마자 오딘이 자책하며 말했다.

"난 일단 안네마리 씨랑 같이 다녀올게."

"난 혹시 모르니까 까마귀 보내볼게. 크록포드 쪽에도 한 마리 보낼 테니 무슨 일 있으면 바로 말해."

"그래. 위험할지도 모르니까 상황이 파악되기 전까지 네가 직접 움직이진 마."

"알았어."

안네마리와 나는 아까 떠나왔던 크록포드로 다시 향했다.

"뭐야?! 그놈들이 멀쩡한 애를 잡아갔단 말이냐?"

다행히 저택에는 아직 바스티안이 있었다. 그는 바로 관련 부서에 연락을 넣었다. 불려온 사람은 대노한 바스티안을 앞에 두고 식은땀을 뻘뻘 흘리며 굽실거리다가 급히 움직였다.

"안네마리 씨의 동생이 말입니까? 제가 얼굴을 알고 있으니 직접 다녀오겠습니다."

때마침 귀가했던 칼리안이 함께 떠났다. 시간이 조금 지난 뒤, 헤스티아가 그의 품에 안겨 돌아왔다.

"헤스티아! 세상에, 헤스티아, 너 괜찮니?"

울다 지쳐 잠들어 있던 헤스티아가 소란을 듣고 눈을 떴다.

"언니? 레오…… 레오는?!"

헤스티아는 눈을 뜨자마자 벌떡 일어나 레오를 먼저 찾았다.

"레오는 어딨어? 나 때문에 무서운 아저씨들한테 잡혀갔는데……!"

자세한 내막은 모르지만 역시 둘이 같이 있다가 수색대한테 걸려 잡힌 게 맞는 모양이다. 안네마리에게 헤스티아의 이야기를 들었을 때부터 가뜩이나 굳어 있던 칼리안의 얼굴이 더 딱딱해졌다.

"같이 잡혀간 친구가 있었는지 몰랐습니다. 인상착의를 알려주면 바로 돌아가 찾아보겠습니다."

"그래, 헤스티아! 친구 누구? 언니도 아는 애야? 혹시 이웃집?"

같이 잡혀간 친구가 있다는 소리에 안네마리도 놀라 헤스티아를 재촉했다.

"그게, 그게……."

그런데 헤스티아는 말해도 될지 모르겠다는 듯이 흔들리는 눈으로 어른들을 보며 망설였다.

"나, 나이는 저랑 비슷하고요. 가, 갈색 머리랑 노란 눈에 옷은……."

그리고 더듬더듬 이어진 헤스티아의 설명에, 방 안의 공기가 급속도로 무거워졌다.

"그리고 가, 강아지 귀랑 꼬리가 있는데……."

안네마리도 예상치 못한 말에 당황했는지, 입술을 벙긋거렸다.

"그러니까…… 분장을, 하고 있다는 말이니?"

안네마리가 확인하듯이 조심스럽게 꺼낸 물음에 헤스티아가 눈물을 글썽이며 소리쳤다.

"내, 내 친구는 나쁜 애 아니야! 그냥 다른 애들이랑 똑같은 내 친구란 말이야."

헤스티아도 사람들의 분위기가 조금 전과 달라진 것을 느낀 모양이다. 나는 바스티안과 칼리안을 힐끗 쳐다봤다.

"일단 확인해 보겠습니다."

"그래, 칼리안."

칼리안이 경직된 얼굴로 먼저 방을 나갔다. 바스티안이 곤혹감을 표하며 그를 배웅했다. 하지만 레오를 헤스티아처럼 빼내 오는 건 불가능할 것이다. 레오는 두드러진 신체 특징을 가진 데다 신원도 불확실했으니까.

"그럼 전 먼저 가볼게요."

나는 기대하지 않고 먼저 방을 빠져나왔다. 다들 정신이 없는 상태라 그런지 제대로 된 반응은 돌아오지 않았다. 나는 곧장 크록포드를 나왔다.

까악!

오딘의 까마귀가 기다렸다는 듯이 내 머리 위를 맴돌며 뒤따라왔다. 지금 바로 오딘과 세이렌을 만나야 할 듯했다.

똑똑.

"가주님."

"들어와라."

도미닉은 중앙의회 건물 안에 있는 그의 집무실에 있었다. 노크 소리에 출입을 허락하자, 곧 문이 열렸다. 안으로 들어선 것은 수색 현황을 보고하러 온 관리자였다. 도미닉의 앞에 묵례한 남자가 입을 열었다.

"오늘 '진짜 이단자'가 발견되었다고 합니다."

그 순간, 서류를 넘기던 도미닉의 손이 멈추어졌다. 창밖의 노을이 스민 눈에 빛이 스쳐 지나갔다.

"그런가."

"네, 단순히 신체가 기형인 돌연변이 인간인 게 아니라, 짐승의 귀와 꼬리가 달린 데다 야생동물의 습성을 가져 누가 봐도 이단자라고 생각할 수밖에 없다고 하니 이번엔 확실합니다. 게다가 이단자를 포획한 자들에게 들은 말로는, 위협을 가하자 몸집이 집채만큼 커지기까지 했다고 합니다. 흉포함도 다른 돌연변이들과 비할 수 없어 괴물이 따로 없었다고 하더군요."

이어진 설명을 들은 도미닉의 입술 사이로 낮은 웃음이 흘러나왔다. 기원제가 목전인 지금, 때마침 이런 좋은 패가 굴러들어 오다니.

"다른 이단자들과 함께 잘 관리하도록 해라."

의자에 등을 기댄 그의 입가에 만족감 어린 가느다란 미소가 떠올랐다. 도미닉이 창밖의 붉은 해를 보며 명령했다.

"예정대로 기원제 때 전부 공개 처형하도록 하겠다."

"하아, 나 참."

라키어스는 눈앞의 똥 덩어리들을 보며 한숨을 내쉬었다. 그의 눈에는 숨길 수 없는 짜증이 묻어나 있었다.

'이 미친놈이 진짜 사방에 똥칠을 해놨잖아.'

"라, 라키어스 님? 갑자기 왜 이런 짓을……!"

소동을 듣고 달려 나온 부하가 라키어스의 앞에 납작 엎드려 벌벌 거렸다.

쇄아악!

하지만 문장을 채 끝맺기도 전에 무참하게 잘려 굴러떨어진 머리가 바닥을 뒹굴었다. 또다시 청소의 시간이었다.

라키어스는 밀리엄이 온갖 곳에 설치해 놓은 연구 시설들을 모조리 처리했다. 얼마 전 놈의 머릿속을 들여다보니 정말 변종 군대를 만들 생각이었던 게 맞아 라키어스는 기가 찼다. 좋게 말하면 가짜 주제에 배포가 크다고 할 수 있었지만, 그래봤자 주제 파악을 못 하는 종자일 뿐이었다. 심지어 가짜 놈은 동부로도 모자라 남부와 북부에까지 손을 뻗쳐놓았다.

하기야, 서부에서만 실험체를 구하는 건 어려울 테니 당연한 일이었지만. 유적의 파편을 통한 실험은 어린 개체를 이용했을 때 성공률이 높았다. 그러니 서부에서는 조달할 수 있는 개체 수에 한계가 있었을 것이다.

—이제 관리자들은 다 처리한 것 같은데?

라키어스는 밀리엄에게 꼬리를 흔들었던 놈들을 전부 죽여 버렸다. 아직 이용할 가치가 남은 한 명만 기절시킨 뒤 구석에 처박아두었다. 놈들의 입장에서야 시키는 대로 했을 뿐인데 또 뭐가 수틀려 이 지랄인가 하겠지만, 라키어스로서는 재활용도 하지 못할 쓰레기들을 처리한 것일 뿐이었다.

게다가 라키어스는 원래도 이 역겨운 짓거리를 혐오했다. 오죽하면 예전에 그가 카르노말의 왕좌에 오르자마자 실행했던 일이 연구소 폭파였을까.

'그런데 잘도 이런 개짓거리를.'

라키어스는 지금쯤 남부에 있을 밀리엄을 향해 바드득 이를 갈았다. 유리가 있는 동부에서 멀어질 생각은 없었기 때문에 먼 곳에는 가짜 놈을 보내놓았다.

밀리엄에게 건 세뇌는 아주 잘 먹혔다. 그는 말 잘 듣는 노예가 되어 라키어스의 명령대로 다른 지역에 있는 시설들을 하나씩 없앴다. 그래도 다른 구역에는 동부처럼 쓰레기장이 많지 않으니, 시간이 그리 오래 걸리지는 않을 터였다.

—라키어스, 여기도 빨리 마무리하고 가자. 아후, 난 이 작업은 진짜 몇 번을 해도 기분만 찝찝하고 싫더라.

라키어스는 벌레의 말에 동감하며 지하로 내려갔다. 그곳에는 유적의 파편을 흡수한 실험체들이 있었다. 유소년층이 대부분이었고, 가끔 성인으로 보이는 개체도 눈에 띄었다.

라키어스는 개중에 부작용으로 숨이 끊기기 직전인 사람들을 편하게 죽여주었다.

"사, 살…… 살려주세요……."

하지만 적어도 지금 당장 죽지는 않을 실험체들도 있었다. 물론 그 말이 실험에 성공했다는 뜻은 아니어서, 아무 능력 없이 생김새만 기이해진 이들이 대다수였다. 라키어스는 차가운 눈으로 그들을 내려다보았다.

잠시 후, 쯧 작게 혀를 찬 뒤 말했다.

"아직 살고 싶은 마음이 남아 있거든 서부의 카르노말로 가라. 안내인을 붙여줄 테니까. 거기 가면 또 다른 안내인이 기다릴 텐데, 거기서부터는 따라가든 말든 알아서 하고."

라키어스는 아까 기절시킨 관리인에게 세뇌를 걸어 실험체들에게 붙여주었다. 다른 지역, 특히 동부에서는 요즘 이단자 탄압이 극심해져 여기서 풀려나 봐야 죽을 게 분명했다.

비록 일을 저지른 건 밀리엄이었지만 어쨌거나 그는 라키어스의 수중에 있는 카르노말의 사람이었다. 그러니 이 돌연변이들에 대한 책임이 라키어스에게도 일부 있었다. 라키어스는 또 다른 시설을 정리하기 위해 떠났다.

"제길, 내가 그 번견 사고 한번 칠 줄 알았어."

유리와 오딘 그리고 세이렌, 세 사람은 오랜만에 은신처에 다 같이 모였다.

"까마귀를 보내봤는데 어째서인지 번견만 따로 관리받는 모양이야. 아라크네, 네가 알려준 지점으로 가서 확인했지만 털끝 하나 못 봤어."

오딘이 성가시다는 듯이 말했다. 그래도 다행히 유리가 붙인 실이 아직 레오와 연결돼 있었다. 실에서 전해지는 심장박동을 보면, 아직 레오가 살아 있는 건 확실했다. 하지만 오딘이 까마귀를 보내도 레오를 직접 볼 수 없었다면, 서로 연락을 주고받는 것도 불가능하다는 이야기였다.

"경비가 삼엄해서 일단 난 근처까지밖에 못 갔는데……. 야, 껌딱지. 다음은 네가 말해봐."

오딘이 세이렌에게 까딱거리며 눈짓했다.

"뭐, 껌딱지? 하잘것없는 분신술이나 써서 오늘 일에 별로 도움도 못 된 주제에."

"뭐야?"

오딘이 발끈해서 눈을 부라렸다. 세이렌도 오딘에게 눈을 치켜떴지만 일단은 그냥 참아준다는 듯이 넘어갔다.

"아라크네! 네 말처럼 오늘은 내가 보낸 새가 까마귀보다 쓸모 있었어!"

오딘의 까마귀는 소멸할 때 연기가 되는 만큼 혹시 몰라 경비원이 있는 곳에 일정 거리 이상 접근하지 않도록 당부했던 터였다.

"번견이 갇힌 곳 주위에 세워둔 경비가 많더라. 교대는 정확히 세 시간 간격인데, 주위에 사각지대가 없어서 몰래 접근할 틈은 없었어."

"새를 조종 중인 걸 들키지는 않았어?"

"들키진 않은 것 같아. 근데 내가 보낸 새도 번견이 있는 문 앞으로 가까이 가자마자 바로 모가지를 따버리더라. 까마귀 분신이 걸렸으면 난감했을 뻔했어."

세이렌은 실제 새를 조종하는 만큼 지금처럼 탐색하다가 잘못 걸려도 보통의 새라고 생각할 확률이 높았다. 유리는 두 사람의 이야기를 듣고 잠깐 생각하다가 말했다.

"레오만 다른 사람들과 따로 분리해 놨다는 건, 진짜 변종인 걸 알아봤다는 건가."

"걔 다른 인간들이 보는 앞에서 변신한 거 아니야?"

그럴 확률이 높아 보였다. 레오 외에 생김새가 기형적인 다른 사람을 가둬둔 장소는 따로 있었다고 들었으니까.

"아라크네, 경비원들이 말하는 걸 내가 언뜻 들었는데 기원제 때 번견을 밖으로 꺼내 옮길 거라고 했어!"

세이렌이 그렇게 덧붙이며 의기양양한 눈으로 오딘을 돌아보았다. 오딘은 그런 세이렌을 짜증스러운 얼굴로 쳐다보았다. 순간 유리는 깨달았다.

'제노스의 말이 이거였나?'

기원제 때 유리에게 위험한 일이 생길 것이라는 예지. 확실히 레오가 관련되었다면 유리도 직접 움직일 수밖에 없었다. 레오가 동부의 중심부에 갇혀 있는 한, 그 안으로 침입해 그를 구해내는 건 거의 불가능한 일이었으니까.

"그래, 그럼 그때 움직이는 게 낫겠다."

그래서 일단 현재로서 최선이라 생각되는 방향을 말하자 오딘이 동의했다. 세이렌도 고개를 끄덕였다.

"엇? 잠깐……!"

하지만 그녀는 금방 다른 무언가를 기억해 내고 화들짝 놀라 소리쳤다.

"그건 안 돼!"

오딘이 이건 또 뭐냐는 듯이 세이렌을 쳐다보았다.

"잘못하면 아라크네가 기원제 때 죽거나 다칠 수도 있다고 그 빨간 머리 예언자가 그랬단 말이야!"

"뭐?"

오딘은 해괴한 소리를 들은 것처럼 눈살을 찌푸렸으나 유리는 이미 알고 있던 사실이라 덤덤했다.

"갑자기 그게 무슨 자다가 봉창 두드리는 소리야? 빨간 머리 예언자?"

세이렌에게 의아하게 묻던 오딘이 불현듯 멈칫했다.

"잠깐, 빨간 머리 예언자라면…… 혹시 동부의 셀던 말하는 거야?"

세이렌이 말한 단편적인 정보만으로 그는 바로 제노스의 정체를 유추해 냈다. 정보상답게 오딘은 제노스에 대해서도 당연히 알고 있던 모양이다. 세이렌이 부정하지 않자 그의 얼굴이 험악해졌다.

"그 자식이 아라크네에 대해 그따위 예언을 했다고? 아니, 그보다 너 제노스 셀던이랑 어떻게 아는 사이야?"

세이렌은 당황한 듯이 눈을 굴리다가 오딘의 등쌀에 못 이겨 당시의 일을 설명하기 시작했다.

"이 등신이! 정체를 들켰으면 그때 바로 처리해 버렸어야지!"

"나도 그러려고 했어! 그런데 바로 그 남자가……."

"유리 씨? 유리 씨 친구분? 하얀 새?"

세이렌과 눈이 마주친 직후 굳어 있던 남자의 입에서 별안간 정리되지 않은 단어들이 쏟아져 나왔다. 그 안에 박힌 이름만큼은 세이렌의 귀를 열리게 하기 충분했다.

"뭐? 너 아라크네를 알아?"

"정말 맞다고? 그럼…… 당신 이름은 세이렌이고?"

"헉. 뭐, 뭐야. 혹시 아라크네한테 들었어?"

세이렌은 놀라서 제노스의 목을 그어버리려던 손을 주춤했다. 그러자 무언가를 확신한 듯이, 그의 얼굴에 밝은 미소가 떠올랐다. 그때 제노스는 세이렌을 마주하자마자 어떤 미래의 장면을 본 듯했다.

"어서 와요, 세이렌 씨. 그날, 유리 씨에게 필요한 사람이 바로 당신이었군요."

"……그래서 그 빨간 머리가 분명 그랬단 말이야, 기원제 때 아라크네가 위험하다고."

"그 중요한 걸 왜 이제 말해? 그럼 아라크네는 빼고 우리끼리 움직여야 하잖아."

유리는 옆에서 티격태격하는 오딘과 세이렌을 보다가 말했다.

"괜찮지 않을까? 그 말대로라면 세이렌이 나한테 도움이 된다니까 같이 움직이면 되겠지."

"그, 그런가?"

세이렌의 얼굴에 또다시 조금 의기양양한 빛이 떠올랐다. 그 모습을 보고 오딘의 얼굴이 구겨진 건 당연한 일이었다.

"난 아직 인정 못 해. 야, 껌딱지. 네가 아라크네에게 도움이 되다니, 정확히 어떻게?"

"그, 그건 나도 잘 모르겠지만……. 하지만 나 열심히 할게, 아라크네!"

세이렌은 제 손으로 유리를 지켜내고야 말겠다는 의욕을 불태웠다. 오딘이 옆에서 그런 그녀를 한심하단 듯이 쳐다보았지만 그녀는 그마저도 알아차리지 못했다.

시간이 늦어 일단은 내일 다시 만나 또 이야기하기로 하고, 세 사람은 헤어졌다.

"그럼 아라크네, 내일 봐."

안네마리의 집 앞에 다다라, 오딘이 유리에게 자연스럽게 인사를 건넸다. 오딘은 아직 내상이 완전히 낫지 않았다는 것과 안네마리가 가진 치유력에 대한 탐구욕을 이유로 환자를 자처했다.

"그래, 안네마리 씨가 오늘 일로 많이 놀란 것 같던데 네가 잘 다독여 줘."

"걱정 말고……."

그러다 두 사람은 다가오는 인기척에 움직임을 멈추었다.

"유리 씨."

골목길에서 나타난 사람은 라키어스였다.

"이제 와요, 라키어스 씨."

유리는 태연히 그를 맞았지만 오딘은 무의식중에 긴장했다. 라키어스가 유리를 보며 웃었다.

"네, 유리 씨는…… 오늘 친구분과 같이 외출했었나 보네요."

하지만 뒤이어 오딘에게 향한 시선은 약간 싸늘했다.

"그, 그럼 나는 이만……."

"잠깐."

오딘이 서둘러 자리를 떠나려 했으나 라키어스의 팔이 그를 막았다.

"이렇게 마주친 김에 혹시 정신적인 후유증이 남았는지 확인해 보는 게 나을 것 같은데."

"아, 아니, 전 괜찮……."

"그럼 잠깐 실례."

오딘이 반사적으로 거부했으나 라키어스는 그의 의사를 무시했다. 오딘의 시선이 라키어스를 말릴 수 있는 유일한 사람인 유리에게로 다급히 향했다.

"아, 아라크네."

하지만 유리는 오딘의 간절한 기대를 묵살했다.

"그래, 오딘. 요즘 신경 쓸 데도 많아서 몸에 무리가 갔을지도 몰라. 이참에 라키어스 씨한테 검사 한번 받아봐."

"맞는 말이에요, 유리 씨. 이런 건 바로바로 확인해 줘야 부작용이 없죠."

라키어스가 오딘의 수작질이 같잖다는 듯이 삐딱한 미소를 지었다. 유리는 라키어스를 등지고 있어 그 미소를 보지 못했지만 오딘의 눈에는 똑똑히 보였다.

하지만 그렇다 한들 그가 할 수 있는 일은 없었다. 오딘은 라키어스의 앞에서 거대한 뱀의 아가리를 마주한 한 마리의 가련한 까마귀가 되어버렸다. 라키어스의 손은 무엇에도 저지받지 않고 오딘의 머리에 닿았다. 라키어스는 능력을 사용했다. 물론 유리에게 미움받고 싶지는 않았기 때문에 오딘에게 건 세뇌는 깔끔히 풀렸고, 두 번 다시 세뇌도 시도하지 않았다.

대신 라키어스는 이런 식으로 가끔 오딘과 접촉해 정보를 빼내었다. 유적의 파편을 몇 번인가 더 흡수하며 능력이 향상되어 상대방의 뇌에 무리를 주지 않고 능력을 사용할 수 있었다.

나쁜 의도는 아니었다. 요즘 유리가 까마귀와 종종 어울려 다니는 눈치라, 혹시 위험한 일은 없는지 신경이 쓰였다. 게다가 오딘은 매일 까마귀를 풀어 동부의 상태를 틈틈이 확인했다.

그래서 라키어스가 자리를 비운 사이의 전반적인 상황을 파악하는 데도 도움이 되었다. 그런데 한참 오딘의 머릿속을 훑고 있을 때, 그의 심기를 건드리는 내용이 그물에 걸려들었다.

"잘못하면 아라크네가 기원제 때 죽거나 다칠 수도 있다고 그 빨간 머리 예언자가 그랬단 말이야!"

"……뭐라고?"

"네, 네?"

라키어스의 입에서 음산하게 흘러나온 목소리에 오딘이 당황해 반문했다. 오딘의 머리통을 잡고 있던 라키어스의 손에도 어느새 힘이 들어간 상태였다.

"라키어스 씨, 왜 그러세요? 뭔가 문제라도 있어요?"

하지만 라키어스는 이어진 유리의 물음에 금방 정신을 차렸다.

"아니……. 아니요, 아무 문제도 없어요."

그에 유리와 오딘은 안심한 눈치였다. 하지만 오딘에게서 손을 뗀 뒤 집으로 들어가기 위해 유리를 앞세운 라키어스의 눈빛은 날카롭게 벼려져 있었다.

그날 밤 라키어스는 막 씻고 나온 유리의 머리를 수건으로 직접 말려주다 말고 은근한 어투로 물었다.

"유리 씨, 나한테 뭐 할 말 없어요?"

"무슨 말이요?"

유리가 의문을 표하며 그를 돌아보았다. 젖은 머리카락 옆으로 언제나처럼 고요한 눈동자가 드러났다. 그녀의 얼굴을 보니 정말 라키어스에게 하고 싶은 말이 없는 것 같았다. 아까 오딘의 기억을 읽은 그로서는 실망스러운 일이었다. 아무래도 유리는 모든 일을 혼자 해결할 셈인 듯했다. 그리고 그걸 당연하게 여기는 눈치였다.

하아, 라키어스의 입술에서 작은 한숨이 새어 나왔다. 원래 자립심이 강한 아가씨인 건 알았지만…….

라키어스는 그게 좋기도 하고 싫기도 했다. 지금까지는 어쩔 수 없는 일이라고만 생각했다. 원래 더 반한 사람이 지는 거라고, 유리가 원하는 것에 그가 맞출 수밖에 없었으니까.

하지만 이건 사안의 심각성이 달랐다. 목숨의 위협을 받는 상황이 아닌가?

'별수 없군.'

라키어스는 다시 유리의 고개를 앞으로 돌렸다. 그리고 나서 그녀의 머리를 수건으로 문지르며 생각했다. 사실 동부 놈들이 저들끼리 지지고 볶다가 망하든 말든 라키어스와는 상관없는 일이라 그냥 내버려 두려고 했는데, 유리가 연관되었다면 그냥 둘 수 없는 일이었다.

무엇보다도, 동부에 자꾸 쓸데없는 일이 터져서 유리가 거기에 신경 쓰는 게 마음에 들지 않았다.

"아무것도 아니에요. 그냥, 오늘 오랜만에 외출했으니까 어땠는지 궁금해서."

"아."

라키어스의 말에 유리는 무슨 말을 할 것처럼 입을 열었다. 하지만 결국 그녀는 라키어스에게 오늘 있었던 일을 이야기하지 않았다. 레오의 얘기를 하면 라키어스가 힘을 보태줄지도 몰랐지만 그를 이런 일에 끼어들게 하고 싶지 않았다.

게다가 왠지 제노스의 예언에 대해 알게 되면, 라키어스가 또 집 밖은 위험하다는 주장을 펼치며 문밖으로 한 발짝도 나가지 못하게 할 것 같았다. 그리고 유리의 생각은 정답이었다.

"별일 없었으면 다행이고."

라키어스는 슬쩍 유리의 기색을 살피다가 그냥 아무것도 모르는 척하고 넘어갔다. 그러다 그의 손이 멈추어졌다.

"사실 나도 당신한테 하고 싶은 말이 있는데."

"그래요? 뭔데요?"

"나중에 말할래요. 지금은 말고."

라키어스가 유리의 정수리에 턱을 기대고 약간 볼멘 어투로 말했다. 유리가 가늘게 뜬 눈으로 다시 그를 돌아보아도 라키어스는 끝까지 말해주지 않았다. 유리는 궁금하긴 했지만 다시 묻지 않았다.

라키어스의 손이 다시 부드럽게 유리의 머리를 훑었다. 그 손길에는 감정이 배어 있지 않았지만, 그의 눈동자는 아까처럼 싸늘하게 가라앉아 있었다.

“데이몬, 어디를 다녀오는 거냐?”

외출 후 돌아온 데이몬을 기다리던 것은 그의 부친인 살바토르 가주였다. 데이몬은 약간 상기된 얼굴로 현관에 들어서다 말고 걸음을 멈추었다.

“아버지, 오늘은 일찍 들어오셨네요.”

“들어보니 며칠 전부터 외출이 잦다고 하던데. 네가 살바토르를 위해 바삐 움직이고 있다는 건 알지만 성치 않은 몸으로 무리하지 마라.”

그는 부상을 입고도 집에 붙어 있지 않는 데이몬을 보며 혀를 찼다. 아들이 칼리안을 따라갔다가 크게 다쳐 실려 온 뒤부터 걱정스러운 마음이 가시지 않는 눈치였다.

“네, 무리하고 있지 않으니 걱정하지 않으셔도 됩니다.”

데이몬은 귀찮은 일을 질색하며 싫어했지만 살바토르에 대한 애정은 가지고 있었다. 또 나름대로 자신의 위치에 대한 책임감이라는 것을 느끼기도 했다.

그러지 않았다면 아마 가문이고, 연금술사의 탑이고 간에 진작 다 때려치우고 말았으리라.

데이몬은 오늘 그가 밖에서 알아온 내용을 부친에게 말할까 싶어 입을 열었다가, 일단은 좀 더 자료를 모은 뒤 전하기로 하고 말을 바꾸었다.

“중앙의회 쪽 분위기는 어떻습니까?”

“흥, 여전하다.”

데이몬의 물음에 살바토르 가주는 못마땅하게 말했다.

"망할 크록포드가 이참에 우리 살바토르를 제대로 깔아뭉개기로 결정을 내린 게지. 멍청한 귀족 놈들까지 기회를 놓치지 않고 거기에 편승하는 꼴이라니. 이게 다 우리 살바토르의 위세가 그만큼 위협적이라는 뜻이 아니겠냐?"

그는 크록포드와 다른 귀족들을 생각만 해도 이가 갈리는 모양이다.

"하지만 다 헛짓거리일 뿐이지. 우리 살바토르가 쉽게 당하고만 있을 줄 알고?"

살바토르 가주에게서 흘러나오는 기운이 험악해졌다. 요즘 두 부자는 크록포드의 약점으로 삼을 만한 것을 캐내느라 바쁘게 움직였다.

"아버지 말씀이 맞습니다. 고작 이 정도 수작에 무너질 만큼 살바토르가 쌓아온 지반이 얕지 않죠."

데이몬은 부친의 말에 적당히 장단을 맞추었다. 아들로서 아버지의 말에 긍정하는 마음도 당연히 있었지만, 반 정도는 그냥 부친의 기분을 맞춰 대화를 빨리 끝내고 싶어서였다. 크록포드가 살바토르의 날개를 잘라낼 작정을 했을 때부터 데이몬은 종종 부친에게 불려가 이런 식으로 푸념을 들어줘야 했다.

만약 데이몬에게 자존심과 나름의 책임감이 없었다면, 불효자식인 그는 진작 아버지의 원성을 뒤로하고 침대에 파묻혀 본격적인 한량 생활을 시작했을지도 몰랐다.

여하튼, 그런 상황에서 별로 인정하고 싶지는 않았지만 제노스 셀던은 제법 도움이 되었다. 복귀한 뒤로 예지력이 신통치 않다고 들었는데 그건 헛말이었던 듯, 제노스는 데이몬의 구미를 당기게 하는 소재를 적잖이 제공해 주었다. 물론 그것을 토대로 열심히 땅을 파헤치는 건 데이몬의 몫이었지만 말이다.

"걱정하지 마십시오, 아버지."

그래도 어제와 오늘 그 땅바닥에서 퍼 올린 사금 조각이 꽤 있었으니 다행이었다.

"살바토르의 명예를 다시 굳건히 할 날도 머지않았습니다."

"그래, 나도 요즘 중앙의회 쪽에 걸리는 부분이 있어 따로 알아보는 중이다. 잘하면 기원제 전에 크록포드를 물어뜯을 만한 근거를 찾을 수도 모르겠어."

데이몬의 믿음직스러운 말에 살바토르 가주가 얼굴을 폈다.

"난 다시 나가볼 테니 넌 그만 쉬어라."

그는 대견하다는 듯이 데이몬의 어깨를 두드린 뒤 자리를 떠났다. 데이몬은 부친이 문을 나서는 것을 배웅한 뒤에 걸음을 서둘러 방으로 들어갔다.

'이게 대체…….'

칼리안은 어둠에 익숙해진 눈에 비친 광경을 보고 할 말을 잃었다. 지금 그가 서 있는 곳은 관계자 외 출입이 불가능한 중앙의회의 심층부였다. 만약 칼리안이 크록포드가 아니었다면, 앞쪽의 입구마저도 통과하지 못했을 것이 분명했다.

하지만 그 이후에는 칼리안 크록포드의 이름으로도 출입을 허가받지 못해, 결국 그는 비교적 경비가 소홀해진 틈을 노려 몰래 안쪽에 침입해야만 했다.

사실 칼리안은 이곳의 존재를 일찌감치 알고 있었다. 그러나 직접 들어와 보기로 마음먹은 것은 처음이었다. 그동안은 도미닉의 그늘에 있는 자신이 간섭해도 될 일이 아니라 생각해, 중앙의회의 일에 일정 부분 이상 관여하지 않았다.

위에서 명령이 내려오면 충실히 이행하기는 했으나, 사실상 칼리안은 정치에 깊이 연루되어 있지 않았다. 칼리안이 자발적으로 먼저 움직이는 경우는 그의 도덕성에 위반되는 사건이나 동부의 명예를 실추시킬 만한 일을 앞두었을 때뿐이었다.

그것이 칼리안을 동부의 영웅이니 뭐니 하는 이름으로 불리도록 만들어 주었지만, 사실 그는 자신에게 그 호칭이 과분하다고 생각했다. 기실 굳이 앞장서 발을 담그고 싶지는 않다는 이유로, 일부러 눈을 돌리던 일도 있었기 때문에.

지금 칼리안이 보고 있는 방 안의 광경도 그중 하나였다. 내부에서도 극소수의 사람에 의해 극비리에 진행되었던 일.

이곳은 사실상 무기고였다. 검은 금속성의 물건들이 어둠 속에서도 번지르르한 광택을 냈다. 이와 비슷하게 생긴 것을 칼리안도 본 적이 있었다. 도미닉이 저택에서 개에게 사용했던 바로 그 무기였다. 하지만 그때보다 모양이 좀 더 날렵해지고 무게가 줄었다.

'일전에는 아직 실험 단계라고 언뜻 들었던 것 같은데 벌써 완성된 건가?'

이 방 안의 무기들에는 칼리안의 검에 박힌 것과 동일한 원석이 박혀 있었다.

물론 연금술을 이용해 무기의 강도나 살상력을 높이는 일은 전부터 있었다. 하지만 이 신식 무기는 기존의 것과 아예 궤를 달리했다.

원거리용이기 때문에 직접 적과 맞부딪칠 필요가 없어 위험도가 월등히 낮고, 활보다 살상력이 단연코 뛰어났다. 게다가 조작법도 쉬워 무기를 효과적으로 사용하기 위해 긴 시간 단련할 필요도 없었다.

그래서 칼리안도 맨 처음 지나가듯이 이야기를 들었을 때 잠깐 경계심을 느끼기는 했다. 그런 무기가 발명된다면 세상에 끼칠 영향력이 결코 작지 않을 것이기 때문이다.

하지만 그토록 편리한 무기가 그리 쉽게 개발될 리가 있을까 싶어 곧 깊게 신경 쓰지 않았었다. 그러나 지금 이곳에 있는 완성된 무기의 숫자는 타의 추종을 불허했다. 이런 다량의 무기 개량과 제조라니. 가볍게 생각하기엔 정도가 지나쳤다.

'설마 전쟁이라도 준비하는 것인가?'

게다가 제노스의 말에 의하면, 실종된 아이들을 찾은 곳에서 발견된 돌 조각들은 연금술에 사용하는 것과 동일하다고 했다. 하지만 '축복받은 돌'이라 불리는 그 원석은 애초에 중앙의회 쪽에서 관리 및 보급하는 물자가 아니었던가? 그렇다면…….

'역시 그 실종 사건들도 연관이 있다고밖에는.'

칼리안의 주먹이 꽉 쥐어졌다. 그는 무기고에서 조용히 빠져나왔다. 아까 회의를 끝내고 나온 귀족들에게서 몰래 엿들었던 대화가 귀에 어른거렸다.

"새로 개발한 무기를 이번 기원제 때 선보일 예정이라 했던가?"

"그래, 이번에 반응이 좋으면 아예 앞으로 사형제도에 도입하는 방향도 고려 중이라고 들었지."

"화려한 볼거리가 되겠구먼."

"우리 동부의 강대함이 만천하에 알려질 날도 머지않았어."

그들은 모두 동부의 대귀족들이었다. 하지만 개중에 크록포드 다음 가는 실세였던 살바토르는 없었다.

칼리안은 중앙의회 심층부에 있는 또 다른 극비 구역으로 향했다.

"크록포드 경."

경비를 서던 기사들이 그를 보고 경례했다.

"수고하는군. 이단자의 난동이 심하다고 들었는데, 별다른 이상은 없나?"

"예, 수면제가 든 먹이를 먹지 않아, 안쪽에 수면 향을 던져 넣어 재웠습니다."

"들어가서 상태를 확인해 보지 않아도 되겠나."

"기원제 때까지는 누구의 출입도 허용하지 말라는 지시가 있었습니다."

이곳 역시 출입이 엄금된 상태였다. 이 안에 따로 가둔 이단자의 모습은 칼리안도 보지 못했다. 하지만 정황상 안네마리의 여동생이 말한 그 친구라는 아이일 확률이 높아 보였다.

"나, 나이는 저랑 비슷하고요. 가, 갈색 머리랑 노란 눈에 옷은……."

"그리고 가, 강아지 귀랑 꼬리가 있는데……."

만약 그 말이 사실이라면, 레오라는 아이는 이단자가 확실했다.

따로 조사해 본 결과, 등록된 신원이 없는 것도 증거가 되었다. 지금까지 체포한 이단자 중에 그 정도로 두드러진 외양적 특이성을 지닌 사람은 없었다. 그러니 이렇게 따로 관리되는 것이 당연하다고 할 수 있었다. 하지만…….

"내, 내 친구는 나쁜 애 아니야! 그냥 다른 애들이랑 똑같은 내 친구란 말이야."

허리춤에 찬 검에 닿아 있던 칼리안의 손이 살짝 움직였다. 그러나 칼리안은 지금 이 자리에서 무기를 뽑아 소동을 벌이는 대신, 조용히 돌아섰다.

"그럼 더 수고하도록."

"살펴 가십시오."

뒤돌아 걷는 칼리안의 눈은 차갑게 굳어 있었다.

다음 날, 칼리안의 명령으로 며칠간 바쁘게 움직였던 부하 러셀 하프만이 그를 찾아왔다.

"살바토르 쪽의 움직임이 심상치 않습니다."

수색대 내에서 믿고 일을 맡길 수 있는 이는 칼리안의 수족이나 다름없는 러셀 한 명밖에 없었다. 그가 칼리안에게 소리 죽여 속삭였다.

"듣자 하니, 크록포드의 약점을 찾아 반격을 모색하는 것 같더군요. 이번 기원제 때 무언가 일을 꾸미는 눈치였습니다."

칼리안의 눈이 으스스하게 가라앉았다. 살바토르가 이대로 움츠리지 않고 무언가를 시도할 속셈이라는 것은 알았지만 생각보다 움직임이 빨랐다.

"그리고 이것."

하지만 칼리안이 그보다 더 중요하게 생각하는 문제는 달리 있었다. 그 문제의 결과에 따라 그는 앞으로 나아갈 방향을 결정지을 것이었다.

"빌려주신 권한으로 최근 3년간 중앙의회 쪽의 움직임을 추적한 결과입니다. 급히 찾아본 내용이라 미흡함이 있을지도 모르겠습니다."

칼리안은 보고서의 내용을 한 글자도 빠짐없이 읽었다. 그리고 마침내 마지막 장까지 모두 넘겼을 때, 그만 침음을 삼키고 말았다.

선택의 순간이 어느새 바로 코앞에 다가와 있었다.

그날 밤에도 칼리안은 중앙의회의 심층부에 발을 들였다. 주위는 아주 조용했다. 고즈넉한 바람만이 달빛 어린 복도를 스쳐 지나갔다. 은은한 빛마저 피해 그림자 속을 소리 없이 움직이는 칼리안은 꼭 어둠 그 자체 같았다.

"여어."

그러던 어느 순간, 옆쪽에서 지금 들려서는 안 될 사람의 목소리가 울려왔다.

"보아하니 그쪽도 똥 치우고 다니느라 바쁜 모양인데."

칼리안이 흠칫해 반사적으로 고개를 돌린 순간, 달빛이 눈앞에서 부스러졌다. 흩날리는 금발이 어둠 속에서도 찬연히 반짝였다.

창턱에 가볍게 내려앉은 남자와 눈이 마주쳤다. 그는 온통 검은 옷을 입었지만 얼굴은 가리지 않아, 달빛을 받은 머리카락과 눈이 몹시도 선명하게 도드라져 보였다.

칼리안은 지금 그의 눈앞에 나타난 남자가 누구인지 한눈에 알아봤다. 칼리안의 손에서 발검 된 무기가 휘둘러지기 직전, 라키어스가 조용히 경고했다.

"나야 딱히 상관없지만, 그쪽은 소란 피워서 좋을 것 없지 않나?"

그 순간, 허공을 가르던 검이 멈추었다. 라키어스의 말은 사실이었다. 하지만 태연자약한 얼굴에 살의가 치솟았다. 칼리안은 비록 공격은 멈추었을지언정 여전히 경계를 늦추지 않은 상태로 소리 낮추어 말했다.

"미쳤나 보군. 여기가 어디라고 감히 그 낯짝을 들이미는 거지?"

불과 얼마 전 마주쳐 서로 혈투를 벌였던 사이였다. 비록 패배한 것은 칼리안이었고, 라키어스에게 상처조차 입히지 못했지만 둘이 사이좋게 얼굴을 마주할 사이가 아니라는 것은 분명했다.

"내 손에 잡히고 싶어 제 발로 기어온 거냐?"

"그렇게 반응하면 곤란한데."

라키어스의 입가에 기울어진 달 같은 시린 미소가 그려졌다.

"이쪽에서는 기껏 아량을 베풀어 네게 득이 될 만한 제안을 하러 왔는데, 그런 식으로 나오면 그냥 다 집어치우고 죽여 버리고 싶어지잖아."

그의 말이 말 같지 않게 들리는 것은 칼리안도 마찬가지였다.

"제안이라고? 무슨 헛소리를……."

라키어스는 얼굴을 찌푸린 칼리안을 싸늘한 눈으로 쳐다보았다. 그러다 이내 한번은 참고 넘어가 준다는 듯이 작게 혀를 찬 뒤, 살의를 담아 까딱거리던 손의 움직임을 멈추었다. 이어서 밤공기를 스쳐 고막을 파고든 말에 칼리안은 숨을 들이켤 수밖에 없었다.

"그래. 서부의 지배자로서 네게 거래를 제안한다. 동부의 이름뿐인 영웅."

안네마리의 집은 꼭 초상집 분위기였다. 헤스티아 때문이었다.

"헤스티아, 너 정말 아무것도 안 먹을 거야?"

"안…… 먹어."

"점심도 먹는 둥 마는 둥 했잖아. 그러지 말고 이거 한 입만이라도 먹자. 응? 언니가 일부러 헤스티아가 좋아하는 것만 만들었어."

안네마리가 방에 들어가 헤스티아를 달랬다. 하지만 헤스티아는 여전히 이불을 뒤집어쓰고 누운 채 꼼짝하지 않았다.

"레오는……."

이불 안쪽에서 코를 훌쩍이며 더듬거리는 목소리가 들려왔다.

"레오는 지금 혼자 무서워서 울고 있을지도 모르는데, 어떻게 나 혼자만 편하게 밥을 먹어?"

"헤스티아……."

안네마리는 헤스티아의 말을 듣고 쉽게 말을 잇지 못했다. 유리가 보기에 고집을 부리며 밥도 굶고 잠도 잘 자지 못하는 여동생이 안타까운 것 같기도 했고, 이렇게 동생을 걱정하는 언니의 마음을 몰라주는 것이 답답하고 속상한 것 같기도 했다.

나는 그 모습을 뒤에서 지켜보다가 작게 혀를 찼다. 보호자는 역시 힘드네. 언니도 아무나 하는 게 아니야.

"안네마리 씨, 잠깐만."

자매가 있는 방으로 들어갔다. 안네마리는 잠깐 망설이다가 내 뜻대로 자리를 피해주었다.

"헤스티아."

동그랗게 솟은 이불 가까이 다가가 침대에 걸터앉았다. 어차피 웬만한 회유와 달램은 안네마리가 다 해봤을 테고……. 난 위로에는 소질이 없었다. 특히 아이를 대하는 건 더더욱 어려웠다. 그러니 속전속결이다.

"언니가 지금부터 하는 얘기는 비밀인데 말이야."

나는 소리를 낮추어 헤스티아에게 말했다.

"사실 네 친구인 레오는 언니 친구이기도 하거든."

이불 속에서 콧물을 훌쩍이던 소리가 순간 멎었다. 침대 위의 작은 동산이 꿈틀거리며 작게 움직였다.

"얼마 전부터 너희 집에 신세 지는 오딘 오빠 있지? 그 오빠도 레오랑 친구야."

틈 하나 없이 막혀 있던 이불이 슬쩍 들춰졌다. 그 사이로 작은 목소리가 흘러나왔다.

"……진짜요?"

그래도 관심을 갖는구나. 다행이다.

"응, 너도 레오의 친구니까 알겠지만 우리 존재는 다른 사람들한테 비밀이라. 그래서 먼저 얘기하지 못했어."

나는 슬그머니 이불 틈새로 드러난 헤스티아의 얼굴을 들여다보았다.

"그러니까 헤스티아. 레오는 걱정하지 않아도 돼. 레오의 친구들은 다들 아주 힘세고 강하거든."

그리고 강한 확신이 깃든 어조로 그녀에게 말했다.

"그러니까 레오는 무슨 일이 있어도 우리가 구해낼 거야."

솔직히 '무슨 일이 있어도'라는 건 좀 과장한 말이긴 했다. 막상 그 상황이 되면 다른 변수가 생길지도 모르고, 또 만일의 상황에서는 각자의 안위를 우선시하기로 이야기되어 있었다.

냉정한 소리일지도 모르지만 만약의 사태 때 레오를 구하기 위해 다 같이 죽는 건 현실적으로 무리였다. 반대로, 만약 내가 위험한 상황에 처한다 해도 다른 동료들이 나를 위해 희생하기를 바라지 않았다.

"저…… 정말이에요?"

"응."

내 말을 들은 헤스티아가 울먹울먹했다. 몸을 좀 더 일으킨 헤스티아의 머리에서 이불이 흘러내렸다. 이미 한참 울어서 부은 눈에 또 새로운 눈물방울이 맺혔다.

"그럼 약속해 줄 수 있어요? 레오 다시 데려와 준다고……."

음……. 이 말에는 좀 망설이지 않을 수 없었다. 위에서 한 말과 같은 맥락으로, 확신할 수 없는 미래에 섣불리 약속 같은 걸 하는 게 아니었다. 하지만 울먹이는 헤스티아를 보고 결국 고개를 끄덕였다.

"약속할게."

그래도 어쩌겠나, 애가 이렇게 우는데. 뭐, 카르노말 사람에게 이 정도 거짓말은 거짓말도 아니니까.

"그리고 이건 언니가 레오의 친구라서 아는 건데, 레오는 분명 지금 헤스티아 걱정을 하고 있을 거야."

나는 헤스티아에게 하려던 말을 이어서 했다.

"그러니까 밥도 먹고 잠도 잘 자야 레오도 마음이 편해지지. 레오가 다시 돌아왔을 때 헤스티아가 지금 같은 얼굴을 하고 있으면 얼마나 속상하겠어?"

미안하지만 레오가 없는 사이에 그의 이름을 좀 팔았다. 하지만 친구인 헤스티아를 위해서이니 레오도 분명 이해할 것이라고 믿었다.

"그리고 안네마리 씨도 지금 헤스티아 걱정을 엄청 많이 하고 있어. 안네마리 언니가 이렇게 이불 속에서 밥도 안 먹고 울고 있으면 헤스티아도 걱정되겠지?"

덧붙인 내 말에 헤스티아가 입을 우물거리며 고개를 끄덕였다.

"저…… 밥 먹을게요."

"그래. 착하다."

나는 헤스티아의 머리를 쓰다듬었다. 그리고 조금 기운을 차린 듯한 그녀를 두고 먼저 방에서 나왔다.

"안네마리 씨, 헤스티아가 밥을 조금 먹겠대요."

"정말요?"

밖에서 노심초사하던 안네마리는 내 말에 안심한 듯이 얼굴을 밝게 폈다. 그녀는 헤스티아의 마음이 변할세라 얼른 쟁반을 들고 방으로 들어갔다.

그나저나 원래는 로맨스 판타지 소설인데, 계속 예상 밖의 사건 사고가 터져서 그런지 로맨스는 실종되었다. 남주인공인 칼리안 크록포드도 바빠 보이고. 다른 서브남들도…….

"쪼그마한 게 그깟 번견 따위가 뭐라고 단식 투쟁을 해서 언니를 걱정시키고 난리야?"

그때 오딘이 내 뒤쪽에서 걸어오며 못마땅한 듯이 중얼거렸다. 하기야 그는 평소에도 레오와 헤스티아의 오순도순한 모습을 눈꼴시어 했었다.

"그 태평한 성격을 봤을 때, 번견이 어디 잡혀 들어갔다고 해서 겁먹고 찡찡거릴 리도 없는데."

사실 내 생각에도 그럴 것 같긴 한데.

다음 순간 나는 오딘을 뒤돌아보다 말고 멈칫했다. 부엌에서 나온 그는 앞치마를 하고 있었다.

"밥 네가 만든 거였어?"

"어? 아니, 난 그냥 옆에서 좀 도와준 거야. 지금은 설거지했어."

레이스가 팔락이는 안네마리의 앞치마가 아무렇지도 않은지, 오딘은 태연히 말했다. 오딘이 설거지?

나는 조금 놀랐다. 그래도 밥값은 하고 있던 건가. 나는 오딘을 새삼스러운 눈으로 보았다.

까악!

그때 열린 창문에서 까마귀가 날아들어 왔다. 까마귀의 부리에는 반짝이는 금화가 물려 있었다.

짤그랑.

그런데 까마귀는 굉장히 자연스럽게 안네마리가 들어간 문 옆에 있는 작은 선반 위에 금화를 떨구었다. 그 뒤를 따라 들어온 또 다른 까마귀가 이번에는 탁자 밑에 은화를 뱉고 사라졌다.

"……?"

도대체 이게 뭔가 싶었다. 슬쩍 오딘을 쳐다보니 그는 자신의 까마귀가 한 짓에 별다른 관심이 없는 것 같았다. 오딘은 앞치마를 벗으면서 헤스티아와 안네마리가 들어간 방을 약간 찌푸린 눈으로 쳐다보았다. 그때 안네마리가 밖으로 나왔다. 다행히 쟁반 위에 있던 접시는 전부 비어 있었다.

"고마워요, 유리 씨. 제가 무슨 말을 해도 안 들어서 걱정이었는데."

"아니에요. 안네마리 씨 마음이 전해진 거죠."

안네마리도 헤스티아가 밥을 제대로 먹어서 이제 한시름 놓은 기색이었다.

"안네마리 씨도 아무것도 안 드셨잖아요. 식탁으로 가요."

안네마리의 얼굴 역시 파리하기는 마찬가지라, 나는 그녀를 부엌으로 이끌었다. 입맛이 없다고 해도 뭐라도 먹일 생각이었다. 내가 얼마 전에 안네마리를 위해 사놓은 영양식품들도 아직 남아 있었으니까.

가뜩이나 오딘과 라키어스 때문에 쭉쭉 빨린 기력이 아직 완전히 회복되지도 않았을 텐데 이렇게 또 연거푸 몸을 혹사했다가는 정말 큰일이 날지도 몰랐다.

"아라…… 아니, 유리 말이 맞아요. 뭐라도 먹어야 기운을 차리지."

오딘도 옆에서 내 말을 거들었다. 그렇게 해서 우리는 안네마리를 데리고 부엌으로 갔다. 나는 안네마리에게 영양 주스라도 만들어줄 생각으로 선반에서 전에 사놓은 영양제를 꺼냈다. 그런데 안네마리가 의자를 빼다 말고 무언가를 발견한 듯이 말했다.

"어머? 여기 돈이 떨어져 있네요?"

좀 전에 오딘의 까마귀가 놓고 간 동전이었다. 나는 일단 아는 척하지 않고 말을 아꼈다.

"혹시 오딘 씨 거예요?"

"내 거 아닌데…… 요."

오딘이 모르는 일이라는 듯이 천연덕스럽게 고개를 저었다. 하지만 그의 분신인 까마귀가 한 일이었으니, 정말 오딘이 모를 리는 없었다. 안네마리가 이번에는 나를 쳐다보았다. 나도 고개를 저었다. 그러자 오딘이 냉큼 말했다.

"집주인이 흘린 거겠죠."

"이상하네요. 얼마 전부터 자꾸 집 안 곳곳에서 돈이 발견되는데……. 요즘 정신이 없어서 저도 모르게 흘린 걸까요?"

"그게 맞는 것 같은데."

안네마리가 고개를 갸웃거리자 오딘이 뻔뻔스럽게 긍정했다. 잠시 후, 나는 오딘과 둘만 있는 자리에서 물었다.

"저거 네가 가지려고 모으던 반짝이들 아니야?"

"어? 아, 아니야, 집주인 주려고. 뭐어, 치료해 준 빚도 있고……. 또 지내다 보니까 똥꼬 찢어지게 가난해서 계절 바뀌면 입에 풀칠은 제대로 할까 싶기도 하고…… 어, 그래서."

오딘은 웅얼거리며 변명하듯이 말했다. 나는 약간 빨개진 오딘의 얼굴을 보고 깨달음을 얻었다. 어쩐지 뭔가 좀 이상하다 싶었는데, 까마귀가 자기 소유의 반짝이는 물건을 남에게 주다니. 이건 빼도 박도 못할 진짜였다. 아무래도 로맨스가 여기 하나 있었던 모양이다.

"칼리안."

늦은 밤, 칼리안은 잠자리에 들지 않고 복도에 서 있었다. 창밖의 달이 오늘따라 밝았다. 그러다 문득 누군가 창가에 서 있는 그를 불렀다. 칼리안이 고개를 돌리자, 복도에 서 있는 바스티안의 모습이 시야에 들어왔다.

"조부님."

"이 늦은 시간에 왜 나와 있는 게야? 잠이 안 오느냐? 아니면 설마 지금 들어온 건 아니겠지?"

바스티안의 옆에는 그를 부축하는 시종이 있었다. 바스티안은 손짓해 그를 물렸다. 그리고 나서 혼자 지팡이를 짚고 칼리안에게 걸어갔다. 칼리안은 바스티안의 물음에 대답하지 않고 그에게 같은 질문을 던졌다.

"조부님은 왜 주무시지 않고 나오셨습니까?"

"원래 나이가 들면 잠이 없어지는 법 아니겠냐."

칼리안의 옆으로 다가온 바스티안도 창가를 보고 섰다. 그 후 두 사람은 함께 말없이 밤하늘에 뜬 달을 보았다.

"요즘 네 얼굴에 상념이 많아 보인다."

잠시 후, 바스티안이 먼저 입을 열어 칼리안에게 말했다. 칼리안의 시선이 바스티안의 옆얼굴로 향했다.

"왜 안 그러겠나. 동부가 벌집처럼 이리도 어수선한데."

"……."

"네 아비는 기회를 놓치지 않고 그걸 또 들쑤시고 있고."

서로 입 밖으로 꺼내지는 않았지만, 바스티안과 칼리안이 이렇게 늦은 시간까지 잠을 못 이루고 있던 이유는 비슷했다.

"넌 도미닉의 자식답지 않게 어릴 때부터 온순한 성격이었지."

바스티안이 옛날 일을 떠올리듯이 말했다.

"장남인 데다 어릴 때부터 제법 영특하기까지 해 주위에서 품은 기대가 커서 부담스러웠을 법도 한데, 한 번도 싫은 내색 없이 네 아비가 시키는 걸 잘도 따랐어."

뒤이어 그는 창문에서 시선을 떼 칼리안을 돌아보았다.

"하지만 솔직히 도미닉과 네 성격이 잘 맞는 편은 아니야. 그렇지 않느냐?"

칼리안은 그런 조부의 얼굴을 말없이 쳐다보았다.

"단지 그놈은 밀어붙이는 걸 잘해 어떻게든 제 의견을 관철하고야 마는 성격이고, 너는 어른들의 말을 잘 듣는 고지식하고 예의 바른 아이니까."

"……아닙니다."

줄곧 닫혀 있던 칼리안의 입이 열린 것은 그때였다.

그는 바스티안의 말이 적합하지 않다고 생각했다.

"단지 주위의 기대에 맞추는 게 편했기 때문에 굳이 나서지 않았던 것이죠."

그런 약아빠진 마음을 한 꺼풀 포장해 가리고 나니, 바스티안을 비롯한 다른 사람들이 그를 오해해 좋게 봐주었을 뿐이었다. 바스티안은 그렇게 말하는 칼리안을 향해 쯧쯧 혀를 찼다.

"내가 봤을 때 넌 스스로에게 결벽증이 좀 있는 것 같다. 굳이 그렇게 너 자신을 야박하게 평할 건 또 뭐냐?"

바스티안의 힐난에 칼리안이 면구하다는 듯이 고개를 작게 숙였다. 바스티안이 그런 칼리안을 보고 다시 한번 혀를 찼으나, 곧 됐다는 듯이 말을 돌렸다.

"어쨌든, 네가 그렇게 생각한다니 나도 말하기가 더 수월하구먼. 내가 너한테 진짜 하려던 말은 이거다."

이어서 귓가에 울린 바스티안의 말에 창틀을 짚고 있던 칼리안의 손이 움찟했다.

"칼리안, 넌 이제 그만하면 충분했다."

고개를 들자마자 여전히 그를 곧게 응시하는 바스티안의 눈과 시선이 마주쳤다.

"넌 누군가의 부속품이 아니야. 꼭 나나 도미닉, 혹은 다른 사람들의 기대대로 살려고 할 필요는 없어."

꼭 칼리안의 고뇌를 읽어내기라도 한 것처럼 바스티안이 말했다.

"그러니 너는 네가 옳다고 여기는 길을 가려무나. 그 결과에 대한 책임도 네 것이라는 것만 잊지 않으면 된다."

세월을 흔적을 고스란히 담아낸 얼굴에는 손자를 향한 믿음이 어려 있었다. 그것을 마주한 칼리안의 눈빛이 희미하게 흔들렸다. 물론 바스티안이 지금 칼리안의 마음을 번잡하게 만드는 고민을 모두 다 알고 이런 말을 한 것은 아닐 테지만…….

어쩌면 앞으로의 칼리안에게 실망할 수도 있었지만, 그래도 지금만큼은 전부터 아버지보다 더 큰 따뜻함으로 그를 지켜봐 주었던 조부에게 위안받은 것 같은 기분이 들었다. 이윽고 칼리안은 눈을 감으며 작게 속삭였다.

"감사합니다, 조부님."

창밖에서 스미는 달빛이 새하얬다. 꼭 칼리안의 어깨를 다독여 주는 것 같았다.

그날 밤, 제노스는 혼자 찬장에서 술을 꺼냈다.

"이건 얼마나 오래된 거야?"

그가 파면당했을 때부터 셀던가의 저택은 비워져 있었다. 물론 고용인들이 저택 관리 겸 가끔 청소했다고 들었지만, 그렇다고 예전에 쓰던 물건들을 정리하지는 않았던 모양이다. 그래서 예전에 모아두었던 술은 그대로 남아 있었다.

제노스는 다시 복귀한 이후부터 한동안 금주 생활을 했었다. 그러다 오늘은 정말 술이 당겨서 이렇게 밤중에 찬장을 뒤지는 중이었다. 개중에 아직 개봉하지 않아 그럭저럭 먹을 만한 술이 있어 다행이었다.

"후우."

제노스는 창밖에서 흘러드는 정원의 꽃향기를 안주 삼아 혼자 병째로 술을 기울였다. 요즘 무리해서 바쁘게 돌아다닌 데다, 술까지 속에 들어가니 누적되었던 피로가 한꺼번에 몰려왔다.

마음이 영 편치 않은 상태라 그런지 잠깐 넋을 놓은 사이에 큰 술병 안에 든 액체를 반이나 비워버렸다.

제노스는 조금 전에 칼리안을 만나고 왔다.

"그냥 교섭을 시도해 보는 게 낫지 않겠어?"

칼리안은 이제 완전히 결단을 내린 모양이다. 그런데 그 각오가 제노스의 상상 이상이라 그는 조금 놀라고 말았다.

"난 이런 생각으로 살바토르에게 도움을 준 게 아닌데. 그쪽에서 독이 많이 오른 상태긴 하지만 크록포드 쪽에서 한 수 물러나면 교섭은 충분히 가능하다고 봐. 크록포드 가주님도 살바토르에서 폭탄을 쥐고 있는 한 지금까지처럼 마음대로 움직이지는 못할 테고."

물론 제노스도 도미닉 크록포드가 저지른 일이 생각보다 큰 것을 알고 이대로는 안 되겠다고 생각하긴 했다. 하지만 그렇다고 해서 친구인 칼리안의 자리까지 위태롭게 만들기를 원한 것은 아니었다.

그가 살바토르를 조금 도운 것은 어디까지나 저울의 균형을 맞추기 위해서였다. 지금의 동부는 크록포드, 그중에서도 현 가주인 도미닉에게 너무 많은 저울추가 모여 있었기 때문에.

"아니, 아마 물러나지 않으실 거다. 내가 알고 있는 아버님이라면 지금 당장은 잠깐 물러나는 척해도, 나중에는 오히려 더 철저히 크록포드에 반하는 세력을 꺾어놓으려 할 거야."

그러나 칼리안은 완고했다.

"그리고 또 크록포드만의 동부를 견고히 하려 하시겠지."

"그래도…… 정말 괜찮겠냐?"

"이 뒤의 일은 크록포드의 후계자이자 도미닉 크록포드의 아들로서 내가 마무리해야 해. 그러니 너는 이쯤에서 물러나도 된다."

제노스가 무슨 말을 해도 그는 마음을 바꾸지 않을 것 같았다.

"네가 그렇다면 나도 더 할 말은 없지만. 이건 널 위해 준비한 거야. 혹시 나중에 필요해지면 써라."

그래서 제노스는 칼리안을 더 말리지 못하고, 그가 뒤에서 모은 교섭용 추가 정보를 건네준 뒤 물러났다.

"좀 더 말려봤어야 했나."

제노스는 혼잣말을 중얼거렸다. 하지만 제삼자나 다름없는 그가 마음을 굳힌 칼리안을 무슨 수로 말린단 말인가. 칼리안의 고집은 생각 이상으로 강했다.

'일이 잘 풀려야 할 텐데.'

며칠 동안 불면의 밤을 지새우던 제노스는 결국 술병을 다 비우고 나서야 잠이 들었다.

팔락.

열린 창문으로 검은 그림자가 드리워진 것은 잠시 후였다. 침입자는 발소리 없이 제노스가 있는 방으로 내려섰다. 잠귀가 밝은 제노스가 다른 사람이 이렇게 가까이 접근한 것을 알아차리지 못할 리 없었다.

하지만 오늘 그는 술에 취해 있었고, 침입자는 꼭 창밖에서 스민 달빛처럼 기척이 하나도 없었다.

–어라, 얘 술 마셨나 봐. 마침 잘됐다. 손대도 안 깨겠네.

제노스의 집에 들어온 것은 다름 아닌 라키어스였다. 그는 소파에 누워 잠든 제노스에게 다가갔다. 그리고 주저 없이 제노스의 이마에 손을 가져다 댔다.

"으음……."

제노스가 잠깐 뒤척였으나, 결국 잠에서 깨지 않았다.

라키어스는 제노스의 머릿속을 엿보았다. 수많은 정보가 라키어스의 안으로 쏟아져 들어왔다. 그리고 마침내 라키어스는 그 속에서 원하던 것을 찾아냈다.

까마귀 오딘의 기억을 읽었을 때부터 그의 심기를 내내 불편하게 만들던 원인. 유리에 대한 예지였다. 피에 젖은 검은 머리카락의 여자를 제노스의 기억에서 본 라키어스의 눈이 싸늘하게 빛났다.

–오오, 예지란 게 이런 건가? 직접 보는 건 처음인데, 되게 생생하게 보이네.

'넌 이게 재미있냐?'

흥미롭다는 듯이 지껄이는 벌레를 향해 카리어스가 냉랭하게 빈정거렸다.

–아니, 재미있다기보다는 신기해서 그러지……. 나 참, 집주인 여자 일이라고 까칠하기는. 보니까 이 피가 집주인 여자 피가 맞는지 아닌지도 불분명하구먼.

벌레의 말이 맞았지만 그래도 라키어스는 기분이 더러웠다. 이런 재수 없는 예지를 본 것이 제노스의 탓이 아니란 걸 알면서도 한순간 살의가 치솟았을 정도였다.

–아! 다른 것도 있다. 저것도 봐봐. 날개 달린 변종 나오는 거. 저것도 집주인 여자랑 연관 있는 예지 같은데?

그래도 다음 예지를 보고 라키어스의 기분이 좀 나아졌다. 펄럭. 그는 제노스의 머리에서 원하는 정보를 모두 얻어내고 처음 나타났을 때처럼 소리 없이 자리를 떠났다.

유리는 오늘도 오딘과 세이렌을 만나고 왔다. 느지막하게 귀가하기 직전, 메모를 적은 표식을 목적지로 날려 보내는 것도 잊지 않았다. 그러고 나서 집에 와보니, 마찬가지로 외출했던 라키어스가 그녀보다 먼저 돌아와 있었다.

"다녀왔어요."

유리가 문을 닫고 들어오며 그에게 인사했다.

"라키어스 씨, 일찍 왔네요?"

"그러는 유리 씨는 늦게 왔고요."

창가에 앉아 있던 라키어스가 이제는 익숙한 풍경처럼 유리를 맞았다. 차르륵. 커튼을 쳐 창문을 가린 라키어스가 몸을 일으켰다. 그의 말을 듣고 유리는 힐끗 시계를 확인해 보았다. 짧은 시곗바늘이 2와 3 사이를 가리켰다.

"아직 초저녁인데요."

유리는 이제 라키어스의 말에 대충 수긍하는 척조차 하지 않고 말했다. 뻔히 다 아는 사이에 뭘 이 정도 가지고 그러느냐는 듯한 대수롭지 않은 태도였다.

그에 라키어스의 눈썹이 슬그머니 굴곡을 그리며 올라갔다. 겉옷을 벗는 유리에게 라키어스가 다가갔다. 하지만 그는 평소에 그랬듯이 그녀를 도와 옷을 받아 드는 대신, 유리가 반쯤 벗은 겉옷을 앞으로 감아 그녀의 움직임을 봉쇄했다.

"라키어스 씨?"

유리는 꼭 번데기나 누에고치가 된 것 같은 모습으로 라키어스를 올려다보았다.

"왜 이래요?"

"그냥 좀."

영문을 알 수가 없어 묻자 라키어스가 말했다.

"심술이 나서요."

그 말을 듣고 유리는 라키어스를 빤히 쳐다보았다. 그의 얼굴에는 별다른 감정이 드러나 있지 않았지만 잘 보면 평소와 약간 다른 점이 눈에 띄었다. 이런 표현은 다소 부적절할지 몰라도, 유리는 어쩐지 라키어스가 삐진 것 같다고 생각했다.

어쩌면 요 며칠간 말도 없이 밖에 나가 밤늦게 귀가하는 유리의 생활 패턴에 불만을 느낀 것인지도 몰랐다. 게다가 제 딴에는 잘 숨긴다고 한 것 같긴 하지만, 원래도 라키어스는 오딘을 포함한 유리의 다른 실험실 동료들을 마뜩잖게 여기는 눈치였다.

게다가 유리는 지금 라키어스가 이러는 이유가 그게 전부는 아닌 것 같다고 느꼈다.

"도와달라고 하면 도와줄 텐데."

이어진 라키어스의 말을 듣고, 유리는 그녀의 생각이 맞았다는 것을 확신했다.

"당신이라면 부탁이 아니라 명령을 해도 좋고."

이제 기원제가 이틀 남았다. 라키어스는 아마 유리가 요즘 왜 오딘과 세이렌을 만나고 다니는지 일찌감치 눈치챈 모양이다. 언제 무엇을 계기로 안 것인지는 몰라도, 원래 눈치가 빠른 라키어스니 이상할 건 없었다.

"그런데 정말 끝까지 나한테는 아무 말도 안 하네요."

아직 시간이 좀 남긴 했지만 라키어스에게 아무 말도 안 할 생각이었던 건 맞으니, 그의 말은 틀리지 않았다.

"내가 아무 데도 가지 말라고 해도 안 들을 게 뻔하고."

그것도 라키어스의 말이 맞았다. 무슨 생각을 하는지, 약간 찡그려진 연청색 눈이 약간 짙게 가라앉았다. 유리는 그 눈을 마주 보다가 입을 열었다.

"라키어스 씨."

그녀의 입술에서 흘러나온 목소리에 라키어스의 눈매가 한순간 움칫했다.

"혹시 해서 말해두는 건데 라키어스 씨 능력, 나한테는 안 통해요."

라키어스는 유리의 말을 바로 알아듣지 못한 얼굴이었다.

"전에 암시장에 갔을 때 라키어스 씨가 가면 쓰고 나타나서 사람들 기억 지웠던 것도 기억하고 있거든요."

하지만 곧 그의 눈이 서서히 크게 뜨였다.

"그……."

유리는 물살처럼 흔들리는 눈동자를 빤히 응시했다.

"그걸 어떻게 기억하는……."

이윽고, 당혹감에 굳어 있던 라키어스의 얼굴에 서서히 다른 표정이 떠올랐다.

"잠깐. 그런데 그게 무슨 소리야. 그런 거 당신한테 쓸 생각도 없었는데!"

라키어스가 억울한 듯이 소리쳤다. 진심으로 억울해 보이는 눈빛을 보아하니, 아무래도 그의 말은 사실인 것 같았다. 하지만 조금 전의 표정으로 미루어 짐작했을 때……. 실제로 유리에게 능력을 쓸 생각까지는 없었더라도, 유혹은 느꼈던 것 같았다. 물론 이렇게 말하면 라키어스는 펄쩍 뛰며 부정할 것이 분명했지만.

"아니면 됐고요."

슈우욱!

옷자락에 갇힌 유리의 손에서 하얀 실이 뽑혀 나왔다. 실은 라키어스가 조금 전에 그런 것처럼 그의 몸을 칭칭 휘감았다. 유리가 이런 식으로 라키어스의 앞에서 버젓이 유적의 힘을 사용한 건 이번이 처음이었다. 라키어스는 입에서 얕은 헛웃음이 새어 나왔다.

유리는 라키어스를 움직이지 못하게 속박한 뒤 그녀의 몸을 묶고 있던 겉옷을 풀었다. 밑으로 떨어지던 겉옷이 바닥에 닿기 전에 실에 꿰여 옷걸이로 날아갔다. 유리의 손짓을 받은 라키어스의 몸이 저절로 움직였다. 별로 강도가 높지 않은 실이라 끊어내려면 얼마든지 그럴 수 있었지만 라키어스는 그냥 순순히 유리의 행동에 따랐다.

"유리 씨. 그럼 당신…… 그때 그게 나라는 걸 알면서 지금까지 감쪽같이 모르는 척하고 있던 거네요."

"좀 번거롭긴 했죠."

"가면을 썼는데 어떻게 알았지?"

"당신도 내가 머리끝부터 발끝까지 망토를 뒤집어썼어도 나라는 걸 알아보지 않았어요?"

라키어스의 얼굴에 묘한 빛이 떠올랐다. 유리의 말에 동조하는 눈치였다.

풀썩!

라키어스의 몸이 소파 위로 밀쳐졌다. 그 위로 검은 머리카락이 내려앉았다. 유리가 라키어스를 소파에 눕히고 꼭 아이를 재우듯이 그의 어깨를 토닥이며 말했다.

"라키어스 씨. 라키어스 씨가 걱정하는 것도 알겠고 그건 무척 고마운데요. 안 그래도 돼요."

사실은 어젯밤 레오에게 연결되어 있던 실이 알 수 없는 이유로 끊어졌다. 그래서 더 이상 그의 상태나 위치를 간접적으로도 알 수 없게 되었다. 새들을 통해 다시 확인한 정보대로라면, 기원제 때 레오를 밖으로 꺼내 광장 쪽으로 이동시킬 예정은 그대로인 듯했으니 일단 계획에 차질은 없을 것이었다.

"일단 저 혼자 움직이는 것도 아니고요."

오딘과 세이렌의 능력은 레오를 빼내는 데는 효율적이지 않았다. 그래서 결정적인 순간에는 유리가 직접 움직이게 될 확률이 높았다. 그러니 제노스의 예지는, 그 과정에서 유리를 위협할 만한 요소가 있다는 의미일 것이다.

솔직히 이건 근거 없는 자신감인데…….

왠지 유리는 자신이 죽을 것 같지 않았다. 물론 이렇게 큰소리를 치다가 한순간에 골로 가는 사람도 종종 봤으니 혹시 이러다 그녀도 큰 봉변을 당할지 모르는 일이긴 했다.

그러나 지금으로서는 그다지 큰 위기감이 느껴지지 않았다. 어쩌면 유리의 위기 감지 회로가 망가진 걸지도 몰랐다. 실제로도 그녀는 죽지만 않으면 어느 정도 다치는 것쯤은 괜찮다고 생각했으니까.

"그러니까 라키어스 씨는 아무 걱정 말고 마음 편히 먹고 있어요. 다 괜찮으니까. 나 믿죠?"

"……지금 누가 하고 싶은 소리를."

라키어스는 그를 도닥이는 유리를 보며 한숨을 내쉬었다. 유리는 라키어스가 그녀와 관련된 예지의 내용까지 안다는 사실은 몰랐다. 그래서 그의 걱정이 무엇에서 비롯되는지 정확히 모르는 듯했다. 라키어스로서는 절로 한숨이 나오는 일이었다.

어쨌든, 유리가 먼저 그에게 솔직히 말하지 않은 내용이 있으니 라키어스도 자세히 말하지 않아도 될 것이다. 라키어스는 다소 약아빠진 생각을 하면서 유리의 말에 일단 수긍하는 척했다.

"그나저나…… 그럼 혹시 이것도 유리 씨의 숨겨놨던 취향인가요? 혹시 묶는 거 좋아해요?"

예상치 못한 말이었는지, 유리의 눈이 조금 빠르게 깜빡였다.

"글쎄요. 한 번도 안 해봐서 모르겠는데……. 지금 라키어스 씨를 보니 나름대로 괜찮은 것 같긴 하네요."

그러자 라키어스는 고개를 작게 끄덕였다.

"난 확실히 묶는 취향이지만 이렇게 당신한테 묶이는 것도 나쁘지 않네요."

눈꼬리가 천천히 가늘게 휘어지면서 그의 얼굴에 나른한 미소가 떠올랐다. 라키어스의 어깨에 닿아 있던 유리의 손이 멈칫했다. 지금까지 잠깐 잊고 있었는데 역시 라키어스는 페로몬계 미남이었다. 게다가 유리는 라키어스의 이런 웃는 얼굴에 약했다.

"음."

갑자기 분위기나 대화 내용의 수위가 좀 위험하게 올라가는 것 같아서 유리는 라키어스를 묶었던 실을 풀고 몸을 뒤로 물렸다.

"그럼 전 씻고 올게요."

"다녀와요."

라키어스는 언제 페로몬을 흩뿌렸냐는 듯이 청순하게 웃으며 소파에서 몸을 일으켰다. 유리는 라키어스의 배웅을 받으면서 거실을 떠났다. 그리고 마침내 그녀가 완전히 시야에서 사라졌을 때, 라키어스의 얼굴에서도 미소가 사라졌다.

다음 날은 기원제가 하루 앞으로 다가온 날이었다. 큰 행사를 앞두고 동부는 어수선해졌다. 특히 광장 부근은 이른 아침부터 기원제의 막바지 준비로 바쁘게 오가는 사람들 때문에 몹시도 산만했다.

유리가 어제 표식을 보냈던 사람에서는 아무런 답장도 오지 않았다. 하지만 내용이 전해진 건 확실하니 상관없었다.

"유리 씨, 오늘도 오딘 씨랑 외출하실 거죠? 이거 가져가서 드세요."

세이렌을 만나기 위해 오딘과 함께 문을 나서는 유리에게 안네마리가 도시락을 내밀었다.

"엇, 뭘 이런 걸 다."

오딘도 모르고 있던 일인지 깜짝 놀란 표정을 지었다.

"저, 너무 위험한 일은 하지 마시고요. 조심하세요."

덧붙이는 말을 듣고 유리는 안네마리의 얼굴을 쳐다보았다. 걱정 어린 눈빛을 보니 유리와 오딘이 요즘 바쁜 이유가 뭔지 안네마리도 어렴풋이 눈치챈 듯했다.

"고마워요, 안네마리 씨. 그럼 저녁에 봐요."

유리는 안네마리에게 도시락 통을 받아 들고 밖으로 나왔다. 그 후 유리와 오딘은 세이렌이 있는 은신처로 향했다.

"왔구나, 아라크네!"

"난 안 보이냐?"

세이렌은 여느 때처럼 오딘은 본체만체하고 유리만 환대했다.

"그런데 그건 뭐야?"

"안네마리 씨가 싸 준 도시락."

"그 옆집 여자?"

세 사람은 은신처의 깊은 안쪽으로 들어갔다. 그러던 중 유리의 입에서 나온 이름을 듣고 세이렌이 입술을 삐죽였다.

"전부터 느꼈는데 그 여자 너한테 너무 친한 척하는 거 아냐?"

"이 꼼딱지가, 감히 은인한테 뭐래?"

"너야말로 뭐라는 거야? 야, 까마귀. 그 여자가 네 은인이지, 내 은인이냐?"

오딘과 세이렌이 여느 때처럼 티격태격했다. 유리는 익숙하게 그들이 만들어내는 소음을 흘려들었다.

"아라크네, 나 요즘 혹시 몰라서 손톱 열심히 갈아두고 있어."

세이렌은 금방 오딘과의 대화에 싫증을 내고 유리에게 달라붙었다. 그녀는 안네마리라는 옆집 여자보다 자신이 더 유리에게 도움이 된다는 것을 알리기 위해 열심히 말을 이었다.

"날개 힘도 기르고 있고, 또 진짜 만약을 위해서 노래도……."

바로 그 순간, 세 사람은 거의 동시에 눈을 번쩍 떴다. 누구 한 사람 신호를 보내지 않았는데도 그들은 동시에 왔던 길로 뛰기 시작했다.

"왜 오늘?"

"번견 모습은 안 보여."

"다른 이단자들이 자리를 옮기는 모습도 눈에 띄지 않았는데, 다른 짐 마차에 섞여 이동했나?"

세 사람 다 멀리서 들리는 소리를 감지했다. 오딘과 세이렌은 소리가 들려온 곳의 근방에 있던 새들을 보내 상황을 파악했다. 내일 열릴 기원제의 준비가 한창인 줄 알았던 광장에 포박된 자들이 끌려 나왔다. 레오는 보이지 않았다. 유리가 그에게 연결해 놨던 실도 끊어진 뒤라 위치를 파악할 수도 없었다.

'일정이 하루 앞당겨진 건가?'

분명 내내 감시하던 경비원들에게서도 아무 낌새가 없었는데.

세 사람은 지체하지 않고 광장으로 이동했다.

광장에는 사람들이 바글바글했다. 평소에도 인파가 몰리는 장소이기는 했지만, 오늘은 특히 모여든 사람이 많아 인산인해를 이뤘다.

"지금 행사가 열린대요?"

"글쎄, 뭔가를 하긴 한다고 사람들을 불러 모으긴 하더만."

"오늘은 그냥 내일 있을 기원제 준비만 하는 줄 알았는데."

모여 있던 사람들이 수군거리며 예고 없는 행사에 의문을 표했다. 그때, 제복을 입은 사람들이 밧줄로 묶은 사람들을 끌고 단상 위로 올라갔다.

"죄수복을 입고 있는데?"

그 광경을 본 사람들이 더 크게 웅성거렸다.

"아! 저 사람 얼굴 예전에 현상수배 전단에서 본 적 있어! 사형수네."

"사형수라고?"

어느 한 사람이 외친 소리를 선두로 단상 위에 올라간 죄수들의 신상이 퍼져 나가기 시작했다. 그 소란스러움은 신성해 보이는 하얀 의복을 입은 사람이 단상에 서는 순간 잦아들었다. 신전에서 나온 사제였다.

"기원제에 앞서, 지금부터 정화 의식을 시작하겠소."

사제가 기도문을 읊었다. 그제야 광장 안에 모인 사람들은 지금 이것이 사형수들의 처형식이라는 사실을 깨달았다. 원래 기원제 전에 사형수들의 영혼을 정화하는 것은 매년 있어 왔던 일이었다.

하지만 보통은 행사 직전 처형식을 거행하기 때문에 이렇게 하루 전날부터 시민들에게 볼거리를 제공하는 경우는 없었다. 어찌 되었든 간에 기원제 때 정화 대상이 되는 죄수들은 전부 살인마나 강간마 등 극형에 처해도 싼 사형수들이었다. 그래서 이번에도 사람들은 신전에서 사제가 직접 나와 범죄자들을 정화하는 일에 열광했다.

마침내 사제의 기도가 그쳤다. 제복을 입은 사람들이 사형수들을 일렬로 세웠다. 그 맞은편에 모양이 다소 희한한 무기를 든 사람들이 섰다. 원래는 한 명씩 교수형에 처하는 것이 보편적이었기에, 사람들은 평소와 다른 배치에 의아함을 표했다.

타앙! 탕!

잠시 후, 폭죽 소리 같은 거대한 파공음이 수차례 광장에 울렸다. 그러자 사형수들이 피를 흘리며 쓰러졌다.

"뭐야? 죽은 거야?"

사람들은 놀라 눈을 휘둥그렇게 떴다. 귀청을 울리는 소음 뒤에 갑자기 사형수들이 넘어졌다. 그 후 사제들이 미동 없이 드러누운 죄수들을 끌고 가는 걸 보면 죽은 게 확실했다.

사제가 사형수들의 피가 남은 자리에서 또 기도문을 읊었다. 사람들은 도대체 지금 눈앞에서 무슨 일이 벌어졌던 것인지 몰라 시끄럽게 웅성거렸다. 사제가 물러난 뒤 이번에는 제복을 입은 다른 사람이 단상 위에 올라왔다.

"내일은 동부에 수많은 폭발 사건을 일으켰던 이단자들의 사형식이 열릴 예정이니 기원제의 정화 의식에 많은 참석 바랍니다."

다른 설명은 더 없었다. 하지만 그것만으로도 사람들의 호기심을 자극하기에는 충분했다.

"에구머니, 폭발 사건 범인들을 드디어 잡은 거야?"

"이단자 사형식이라니, 몇 년 전에 있고 나서 처음 아니우?"

"그런데 아까 그 희한한 무기는 도대체 뭐래요?"

"내 친척의 사돈 중에 경비대 관련자가 있어서 언뜻 들었는데, 그게 우리 동부에서 자체 개발한 신형 무기라고……."

"거, 되게 신기하더만! 탕! 소리가 나고 픽픽 쓰러지던데?"

"내일도 오면 또 볼 수 있는 건가?"

유리도 멀리서 그 모습을 보았다. 그녀가 있는 곳은 높은 첨탑 위였다.

"저게 뭐야? 동부 촌것들이 희한한 걸 만들었잖아?"

"저것도 연금술이란 걸로 만든 건가?"

오딘과 세이렌은 예상치 못한 일에 깜짝 놀란 눈치였다. 유리도 놀라기는 마찬가지였다.

"총……."

"총?"

이내 유리의 입에서 작은 혼잣말이 흘러나왔다.

"아라크네, 저게 뭔지 알아?"

오딘과 세이렌의 시선이 유리에게 향했다. 유리는 평소보다 조금 더 굳은 얼굴을 하고 날카로운 눈으로 광장을 보았다.

"대충은. 똑같은 건 아니지만."

유리가 보았을 때, 동부의 신형 무기라는 것은 이전에 그녀가 살던 세상에 있던 총과 비슷했다. 물론 이쪽의 동력은 연금술이니 그 원리까지 같은 건 아닌 듯했지만, 어쨌거나 모양이나 기능은 매우 흡사해 보였다.

오늘의 처형식이 이단자들을 대상으로 한 것이 아니라 다행이었다.

"어쨌든, 번견이 아닌 건 잘됐네."

"공개 처형한 게 사형수인 것도 다행이야. 물론 다른 변종들이 저기 있었어도 굳이 구해주러 나가진 않았을 테지만 좀 찜찜하긴 했을 거잖아."

"찜찜할 게 뭐 있어? 잡힌 게 멍청한 거지. 껌딱지 너처럼 말이야. 아, 그래서 동병상련이라도 느낀 건가?"

"닥쳐, 이 까마귀 새끼야!"

유리는 양쪽에서 쨍하게 울리는 소리를 들으며 광장에서 눈을 뗐다.

"일단 은신처로 돌아가자."

오딘과 세이렌을 두고 먼저 첨탑 밑으로 뛰어내렸다. 유리의 생각에 오늘의 처형식은 내일을 위한 홍보 수단으로 이용된 듯했다. 세 사람에게도 잘된 일이었다. 저 무기의 존재를 몰랐다면 내일 방심하다가 위험한 상황에 처했을지도 몰랐으니까.

유적의 파편이라는 신기한 힘을 지닌 사람들이 있는 세상이긴 했지만 그래도 일반 사람들의 무기는 보통 검이나 창, 활 등이었기 때문에 갑자기 등장한 총기류에 경계심이 들었다. 유리는 뒤쪽을 힐끔 쳐다보며 은신처로 이동했다.

달칵.

"아버지."

도미닉은 집무실의 문을 열고 들어온 사람을 돌아보았다. 칼리안이었다.

"이젠 기본적인 소양조차 잊은 거냐? 허락도 없이 마음대로 문을 열고 들어오다니."

도미닉의 서늘한 시선이 문을 닫고 선 칼리안에게 닿았다. 도미닉은 겉옷을 걸친 뒤 장갑을 꼈다. 밖으로 나갈 준비를 하는 듯했다.

"게다가 칼리안. 내가 분명 근신하라 했을 텐데."

칼리안의 갑작스러운 출입에도 도미닉은 작게 혀를 찼을 뿐, 그에게 화를 내지는 않았다.

“물론 네가 내 명을 어기고 마음대로 밖을 돌아다니는 건 이미 알고 있었다.”

“…….”

“그럼에도 묵인해 준 것이었고.”

도미닉의 입에서 싸늘한 음성이 흘러나왔다.

“하지만 이렇게 숨기려는 노력도 없이 대놓고 내 앞에 나타나는 건 좀 다르지 않겠니.”

저벅. 마지막으로 지팡이를 든 도미닉이 걸음을 뗐다. 두 부자는 다섯 걸음 정도 떨어진 곳에서 마주 보고 섰다.

“비키거라.”

하지만 도미닉의 명에도 칼리안은 문 앞을 떠나지 않았다. 도미닉의 입에서 실낱같은 한숨이 새어 나왔다.

“할 말이 있다면 나중에 제대로 약속을 잡고 찾아와 하도록 해. 난 아무 때나 널 상대해 줄 정도로 그렇게 한가하지 않다.”

도미닉이 다리를 움직여 한 걸음 더 앞으로 내디뎠다. 동시에 칼리안도 도미닉이 있는 곳으로 한 발짝 다가서며 그를 가로막듯이 팔을 들어 올렸다.

“나가지 못하십니다.”

적막한 방 안에 나지막한 음성이 울렸다. 도미닉이 자리에 가만히 서서 칼리안의 얼굴을 마주 보았다. 곧 그의 입술이 천천히 떼어졌다.

“이게 무슨 짓이냐, 칼리안?”

도미닉은 이해할 수 없는 기행을 보이는 칼리안에게 언성을 높이지도 않았다. 칼리안도 도미닉의 물음에 고요한 목소리로 답했다.

“지금 이대로 밖에 나가지 못하신다고 했습니다.”

"도대체 뭘 하자는 건지 모르겠군."

도미닉이 상대할 가치도 없다는 듯이 칼리안을 지나쳐 문을 열었다. 하지만 그는 소기의 목적대로 방을 나서지 못했다.

"……지금 뭣들 하는 짓이냐?"

문 앞을 지키고 서 있던 무장한 병사들이 도미닉을 막아섰다.

"감히."

도미닉의 눈에 노기가 스쳐 지나갔다.

쿵!

그의 손에 들린 지팡이가 바닥에 맞닿으며 둔탁한 소리를 냈다.

"그래, 칼리안. 전에 못다 한 대화라도 하자는 거냐?"

날카로운 빛을 발하는 눈이 칼리안의 얼굴에 날아가 꽂혔다.

"일단 안으로 들어오십시오."

칼리안은 도미닉의 노여움을 정면에서 마주하면서도 움츠러들지 않았다. 도미닉의 예리한 시선이 얼마 동안 칼리안의 얼굴에 조용히 머물렀다. 지금 바깥에 있는 이들은 칼리안의 직속 부하였기에 도미닉보다 그의 명을 우선했다.

원래 문 앞에 세워뒀던 시종들은 구석에서 어찌할 바를 몰랐다. 하지만 도미닉이 확인한 바에 의하면 시종 중 한 명의 모습이 보이지 않았다. 바깥에 지원을 요청하러 간 것이 분명했다.

"딱 5분이다. 그 정도면 충분할 듯하구나."

잠시 후 도미닉이 칼리안 쪽으로 완전히 몸을 돌렸다. 칼리안의 의견에 따라준 것이었지만, 그렇다 해서 도미닉이 진 것으로는 보이지 않았다. 오히려 도미닉의 태도는 아들의 고집을 너그러이 수용해 한 발 물러나 준, 부모로서의 자애로움과 비슷해 보였다.

탁. 칼리안이 손짓하자 문 앞에 서 있던 그의 부하 러셀 하프만이 고개를 끄덕이며 문을 닫았다. 집무실에는 다시 두 사람만 남았다.

"다른 사람도 아닌 네가 이런 짓을 벌일 줄은 몰랐다."

"저도 제가 아버지께 이런 일을 하게 될지 몰랐습니다."

한마디씩 주고받고 난 뒤 밀폐된 방 안에는 짧은 정적이 맴돌았다.

"아버지가 하신 일을 알고 있습니다."

먼저 입을 연 것은 칼리안이었다.

"뭘 말이냐. 또 이단자들을 잡아들이는 일이 지나치게 과격하다 말하는 건가?"

도미닉의 입가에 나른한 미소가 걸렸다. 철없는 아들과의 지속된 마찰이 지루하다는 듯한 어투였다. 하지만 뒤이은 칼리안의 말에 그의 눈빛이 싸늘히 얼어붙었다.

"그 이단자를 만든 게 크로포드이지요."

"……지금 네가 무슨 말을 하는지 알고 있는 것이냐?"

도미닉의 반문에 칼리안이 주먹을 쥐며 이를 조금 세게 물었다.

"외양적으로 혐오감을 주는 돌연변이들."

"……."

"거기에 잔혹하고 폭력적인 특징을 지녔다 대대적인 선전까지 더하면, 동부 공공의 적으로 삼기 딱 좋은 희생양이 탄생하지 않겠습니까?"

그것은 딱히 새삼스러울 것도 없는 말이었다. 조금만 생각해 보면 알 수 있는 사실이었으니까.

"그러니 동부의 유일한 지배자인 크로포드의 입지가 흔들릴 때, 사람들의 시선을 돌리고 세력을 규합하기 위한 정치적 목적으로 이단자들을 이용해 오셨던 것을 아버지도 부정할 수 없으실 겁니다."

사실 도미닉은 그런 생각을 구태여 숨기려 한 적도 없었다. 물론 공식 석상을 포함한 대외적인 자리에서야 대의를 위해서인 양 말을 골랐지만, 측근들 앞에서는 그런 노력조차 하지 않았으니까.

"지금까지 그 사실을 내심 짐작하고 있으면서 모른 척했습니다."

결과적으로 칼리안도 거기에 동참했다. 도미닉을 거스를 용기가 없기도 했고, 또 깊은 생각 없이 순순히 주어진 일을 하는 것이 편했기 때문이다.

"그리고 그뿐만이 아니라……."

칼리안이 오늘 도미닉을 만나기로 결정한 것은 당연히 그것 때문만이 아니었다.

"최근 지속적으로 신고된 실종 사건들이 아버지와 연관되어 있다는 것도 알고 있습니다."

이미 마음을 단단히 먹고 나섰는데도 이런 내용을 입 밖으로 꺼내기 어려워 자꾸만 말을 멈추게 되었다.

"아이들을 데리고 실험을 하셨지요. 중앙의회에서 관리 중인 그 정체를 알 수 없는 돌로."

더는 도미닉의 행태를 모른 척하지 않기로 결정한 뒤 본격적으로 그의 행적을 추적하다가 알게 된 사실이었다.

"그 돌이 연금술이나 무기 개발에만 사용된 것이 아니었다니. 인체 실험을 통해 도대체 무엇을 하려 했던 겁니까?"

사안이 사안인 만큼 도미닉은 철저히 흔적을 감췄다. 그래서 칼리안도 제노스의 도움이 아니었다면 이렇게 근시일 내로 증거를 찾을 수 없었을 것이다.

게다가 도미닉은 그것을 살바토르에 뒤집어씌울 작정이었다. 남부와의 교류로 힘을 확대해 언젠가부터 번번이 크록포드의 일에 딴죽을 걸기 시작한 그들을 동부에서 치워 버릴 계획이었던 것을, 그 당사자인 살바토르도 알았다.

"혹시 제가 잘못 아는 사실이 있다면 말씀해 주십시오."

칼리안이 모은 정보는 빼도 박도 못할 진실이었다. 하지만 칼리안은 마지막으로 도미닉에게 물었다. 사실은 그가 지금 무슨 말도 안 되는 소리를 하는 거냐고 칼리안의 말을 부정해 주기를 바랐다. 그런 그의 마음을 알기라도 한 것일까.

"네가 잘못 알고 있다."

지금까지 칼리안의 말을 조용히 듣고만 있던 도미닉이 말했다. 그 순간, 칼리안의 눈빛에 미약한 희망이 떠올랐다. 하지만 이어진 말은 그가 기대했던 내용이 아니었다.

"나는 인체 실험을 위해 그 돌을 가져다 쓴 것이 아니라, 그 돌을 만들어내기 위해 아이들을 이용한 게야."

"그게 무슨……."

"그것까지는 아직 알아내지 못했나 보구나."

도미닉이 바닥에 댄 지팡이에 몸을 기대며 칼리안의 얼굴을 물끄러미 들여다보았다.

"그 신묘한 힘을 지닌 돌을 만들어내기 위해 필요한 것이 인간의 생명력이란 의미다."

순간 모골이 송연해지며 목덜미의 솜털이 오소소 곤두섰다. 그 돌을 만드는 데 필요한 게 인간의 생명력이라니. 도미닉은 이번 신형 무기의 개발을 위해 수년의 시간을 들였다. 동부의 연금술이 부흥하기 시작한 건 그보다 더 오래전이었다. 하면 지금까지 그 무수한 돌을 만들어내는 데 도대체 얼마나 많은 생명을 사용했다는 것인가?

칼리안은 도미닉의 말에 본능적인 거부감을 느끼며 저도 모르게 소리쳤다.

"인간이 재료라니, 어떻게 그런 말도 되는 일이 가능하단 말입니까……!"

"글쎄, 나머지는 네가 직접 알아내 보지 그러느냐?"

도미닉은 그런 칼리안을 앞에 두고서도 태연히 냉소했다.

"그래서, 결국 네 선택이 이것이라니."

이어진 도미닉의 말에 칼리안은 주먹을 더 세게 쥐었다.

"나는 네가 좀 더 어른이 되기를 바랐는데."

오히려 칼리안에게 실망하기라도 했다는 듯한 어투였다. 얼음으로 빚어진 것 같은 도미닉의 얼굴에는 일말의 죄책감이나 거리낌도 없어 보였다. 칼리안은 그의 아들로서 말했다.

"이제라도 바로잡으십시오, 아버지. 그래야 합니다."

"바로잡는다니. 원래대로 돌려놓으란 말이냐?"

"그렇습니다."

"예전 상태로 돌아가는 것이 꼭 바른 일인 것은 아니지."

하지만 도미닉의 태도는 변하지 않았다.

"아직도 모르는구나. 동부에 있어 바른 일이란, 크록포드에게 이로운 일을 의미한다."

어린 아들을 교육하듯이 자상한 목소리였다. 칼리안의 눈빛이 가라앉았다.

"정녕 이것이 아버지의 선택입니까?"

"너도 내가 네 의견에 동의하지 않으리라는 것을 확신하고 있으니 저렇게 바깥에 네 사람들을 포진시켜 놓은 것이 아니냐?"

도미닉의 입가에 조소가 스쳐 지나갔다. 칼리안은 부정하지 않았다. 도미닉의 시선이 다수의 발소리가 다가오고 있는 문가로 향했다. 어쩐지 조금 전부터 바깥이 소란스러웠다.

"5분이 지났구나."

벌컥!

그의 말처럼 시간이 되었는지 문이 열렸다.

"바깥의 일은 모두 처리했습니다."

나타난 것은 아까 보았던 칼리안의 부하가 아니라 중앙의회 건물의 경비를 도맡고 있는 총책임자였다. 칼리안이 몰고 왔던 자들을 그새 전부 제압한 모양이다.

"예상보다 반발하는 자의 수가 적어 수월히 해결했습니다. 아무래도 현 사태가 외부에까지 알려지는 건 막는 게 좋을 듯해 최대한 조용히 움직였는데 이대로 괜찮으시겠습니까?"

"그래, 잘했다. 그래도 일단은 부자간의 일이니 크록포드가 아닌 자들이 입방아 찧을 거리를 만들 필요는 없지."

도미닉은 꽤 괜찮은 판단이었다는 생각을 하며 총책임자를 칭찬했다.

"내 아들에게 망상증이 있는지는 몰랐군. 그동안 내가 바깥일이 바빠 집안을 돌보는 데 다소 소홀했던 모양이야."

집무실에는 이미 방음용 연금술 물품이 마련되어 있어 안에서의 대화 소리가 밖에까지 들렸을 리는 없었다. 그래도 아까 부하들을 그만큼이나 끌고 온 것을 보면, 칼리안이 이번에 알아낸 도미닉의 행적을 미리 밝혀 동조를 얻어냈을 게 분명했다.

"아무리 하나뿐인 내 후계라고는 하나 오늘 일은 가벼이 넘길 게 아닌 것 같구나. 일단 모두 포박해라."

도미닉은 문밖에 있는 그의 부하들에게 명령했다. 하지만 아무도 자리에서 움직이지 않았다.

"내 말을 못 들었나?"

다시금 서늘하게 독촉해도 마찬가지였다. 심지어 도미닉의 바로 직속 호위나 부관들도 그의 명에 불복했다. 그들은 어째서인지 흔들리는 눈으로 도미닉을 보았다. 마주한 얼굴에 비친 감정은 혼란이었다. 도미닉의 눈썹이 꿈틀거렸다.

도대체 어떻게 된 건지 알 수가 없었다. 다른 사람이라면 몰라도 이미 모든 것을 다 알고 있던 도미닉의 수족들까지 칼리안에게 현혹되었을 리는 없었다. 게다가 설령 칼리안의 말에 넘어갔다고 해도, 얼마든지 조작이 가능한 비루한 증거만으로 크록포드의 가주인 도미닉에게 이렇게 정면으로 맞선다고?

있을 수 없는 일이었다.

"무슨 수작을 부린 거냐?"

도미닉의 날 선 눈빛이 칼리안에게 박혔다. 그런 도미닉을 보며 칼리안이 다물려 있던 입술을 뗐다.

"잘못된 것을 뒤늦게나마 바로잡으려는 것뿐입니다."

문 앞을 지키던 병사들이 뒤쪽에서부터 갈라지기 시작한 건 바로 그때였다. 그 사이로 누군가가 나타났다. 비로소 시선 끝에 닿은 사람의 얼굴을 확인한 도미닉이 눈을 부릅떴다.

"생각보다 시간이 걸렸구나, 칼리안."

"죄송합니다, 아버지."

칼리안이 도미닉이 아닌, 뒤쪽에서 나타난 사람을 향해 고개를 숙였다. 모여 있던 다른 사람들도 일제히 무릎을 꿇어 부복했다. 자리에 서 있는 것은 도미닉과 칼리안, 그리고 가장 늦게 나타난 사람, 이 세 명뿐이었다.

그리고 그중 두 사람은 쌍둥이처럼 생김새가 같았다. 믿을 수 없게도, 사람들을 가르고 나타난 것은 또 다른 도미닉이었다.

기원제 당일은 전날보다 날씨가 아주 화창했다. 야외 활동을 하기 좋은 날씨에 사람들은 오전부터 바깥에 나와 미리 축제의 기분을 즐겼다. 정오부터 시작되는 기원제 행사의 서막은 어제처럼 불순종자들을 정화하는 것부터 시작될 예정이었다.

그 후 남은 한 해의 평안을 기원하는 제례가 진행되고, 그 밖의 여러 가지 화려한 볼거리가 제공될 것이다. 해가 질 때쯤에는 액운을 막아준다는 가지치기 행사가 있었다. 동부에만 자라는 행운 나무라는 것이 있는데, 언젠가부터 기원제 날 하얀 꽃이 핀 가지를 잘라 불운을 막는 부적 용도로 집에 두기 시작했다.

꺾은 꽃가지를 신관들에게 가져가면 축복도 내려주기 때문에 이 행사는 특히 일반 서민들에게 인기가 많았다. 그리고 해가 지면 마지막으로 풍등 날리기를 하면서 하루를 마감한다. 동부에서 열리는 기원제의 대략적인 순서는 이랬다.

이날은 평소에 얼굴을 보기 어려운 동부의 주인, 크록포드의 가주도 참석해 식의 시작을 알리는 인사말을 했다. 그래서 그를 가까이에서 보기 위해 몰려든 사람들이 오전 일찍부터 광장에 자리를 잡았다.

게다가 어제의 처형식이 선전 효과를 발휘했다.

"이제 시간이 되었는데. 정화식은 언제 시작하는 거야?"

"금방 하겠지. 너 어제 처형식 봤어?"

"아니, 얘기만 들었어. 신기한 무기가 나왔다며? 난 오늘 그거 보러 왔는데."

이번에는 제대로 된 준비를 끝마친 뒤라 그런지, 정화 의식이 진행될 광장의 단상은 많은 군중이 구경할 수 있도록 어제보다 더 높고 넓게 설치되어 있었다.

"어, 이제 시작하나 봐!"

"저기 나온다, 나와!"

정오가 되어 제복을 입은 기사들이 가장 먼저 모습을 비쳤다. 그들은 군중을 통제해 앞쪽에 길을 만들었다. 그 사이로 곧 검은 천을 씌운 우리 같은 것이 몇 개 옮겨졌다.

"저기에 이단자들이 있나 봐."

그 모습을 본 사람들이 수군거렸다. 어제 사형수들의 처형식을 집행하였기에 오늘의 정화 대상은 미리 고지했듯이 이단자들로 한정될 예정이었다.

"본격적인 정화식이 시작되기에 앞서 먼저 동부의 통솔자인 도미닉 크록포드 님께서 우리 시민들을 위한 축사를 해주시겠습니다."

가장 먼저 단상에 올랐던 기사가 내려가고 난 뒤, 범상치 않은 기운을 흘리는 남자가 미리 준비된 연설대 앞에 섰다. 도미닉 크록포드는 워낙 공사다망한 사람인 데다, 원래 사람들 앞에 자주 나서지 않았다.

그러다 보니 일반 시민들과 더 가까운 것은 동부의 영웅이라 불리며 내적 친근감을 쌓아 온 칼리안 크록포드 쪽이었다. 그래서 오랜만에 도미닉 크록포드가 공식적인 자리에 서자 일순간 사위가 적막해졌다. 하지만 곧 기다렸다는 듯이 함성이 쏟아졌다.

"우와아아아!"

"동부에 영광을!"

"크록포드 영원하라!"

미리 마련된 자리에 앉아 있던 귀족들도 도미닉을 향해 박수를 쳤다. 하지만 대귀족 중 유일하게 살바토르의 자리는 비어 있었다. 이윽고 도미닉이 한 손을 들어 올리자 좌중이 금세 또 조용해졌다.

"오늘, 기원제를 맞아 우리 동부는 또 새 시대를 향해 한 걸음 내딛게 되었소."

나지막한 목소리가 단상 주변에 설치한 연금술 물품을 거쳐 광장 밖까지 장엄하게 울려 퍼졌다.

"모두 알다시피 처음 동부의 질서를 바로잡은 초대 크록포드 가주가 우리에게 남긴 사명은 다른 그 어느 지역보다 부강하고 평안한 삶의 터전을 이루는 것이었고……."

평소 다른 공식 석상에서 읊던 것과 비슷한 서문이 얼마간 이어졌다.

"그리하여 오늘날 우리 동부는 최선을 다해 그 사명을 달성했다 확신하오."

지금껏 다져온 동부의 태평성대와 그들의 업적을 기리는 내용은 다소 따분하다 할 만했다.

"그러나."

하지만 그다음 순간, 도미닉이 돌연 분위기를 바꾸었다.

"몇 년 전부터 우리가 애써 일궈온 이 땅의 질서를 위협하고, 우리의 권리를 침해하는 자들이 등장하기 시작했으니."

군중이 다시 수군거리기 시작했다. 그중 도미닉과 기원제의 계획을 함께했던 일부 대귀족들은 '드디어 시작이군' 하는 듯이 남몰래 눈을 빛냈다.

"동부를 시험하기 위해 나타난 저 악마들이 바로 우리가 가장 먼저 처단해야 할 적이라 할 수 있겠소."

펄럭!

신호를 받은 기사들이 우리 위에 씌어 검은 천을 걷었다.

"헉!"

"저게 뭐야!"

"괴물이잖아!"

마침내 드러난 이단자의 모습에 광장이 소란스러워졌다.

"이단자를 처단하라!"

"동부에서 꺼져!"

우리 안에는 인간인지 괴물인지 모를 기괴한 형태의 돌연변이들이 갇혀 있었다. 앞쪽에 있는 것은 진짜 실험체들로, 유적의 파편을 흡수한 부작용으로 외형이 흉측해진 경우였다.

개중에는 선천적 기형이나 질병으로 인해 외모가 변했을 뿐 이단자가 아닌 사람들도 섞여 있었다. 하지만 앞쪽에 있는 실험체들의 생김새가 워낙 강렬히 뇌리에 박힌 탓에 그들은 사람들의 눈에 잘 띄지 않았다.

"어? 저건 어린애잖아."

그때 맨 앞쪽에 있던 이단자 하나가 사람들의 관심을 끌었다.

"뭐? 어린애라고?"

"어디?"

몸집도 작은 데다 바닥에 누워 몸을 웅크린 채 잠들어 있어 뒤늦게 시선이 닿은 것이었다.

"세상에, 귀하고 꼬리가 있어!"

그 소리에 레오가 잠에서 깨려는지, 귀를 꿈틀거렸다. 사실 그를 데려온 경비원들은 조금 황당해하는 중이었다. 다른 이단자들에게 그런 것과 마찬가지로, 오늘은 레오에게 수면제를 사용하지 않았다.

처음 한동안은 난폭성을 드러내 억지로 수면 향을 피워 잠재웠지만 얼마 전부터는 그럴 필요가 없었다. 원래 기질이 태평했는지, 아니면 탈출하기를 포기하면서 마음을 놓은 건지, 레오가 더는 공격성을 드러내지 않았기 때문이다. 먹이를 주러 간 사람을 물어뜯으려 하는 일도 없었다.

그는 약이 들어 있지 않은 먹이만 귀신같이 골라 먹고 누가 감시하든 말든 늘어지게 잠을 잤다. 우리째로 옮겨지는 것도 모르고 천하태평하게 잠든 이단자는 오직 레오뿐이었다. 유리를 포함한 다른 동료들의 생각이 맞아떨어진 셈이었다.

"킁……."

하지만 그렇게 속 편한 레오도 바로 코앞에서 밀려드는 시끄러운 소리에는 별수 없었는지, 하품하며 눈을 떴다. 다시 말하지만 레오의 외양은 열세 살, 열네 살 정도 되는 소년이었다. 게다가 비록 연구소에서는 실패한 축에 속하는 실험체긴 해도 외모는 성공한 실험체들만큼 뛰어났다.

몸을 웅크리던 미형의 소년이 잠에서 깨어나 천천히 눈을 뜨는 장면에는, 꼭 갓 태어난 작은 동물이 처음으로 걸음마 하는 모습을 보는 듯한 천진한 사랑스러움이 있었다. 앞쪽에 있던 군중은 부스스 고개를 드는 레오의 모습을 어느새 숨소리까지 죽인 채 지켜보았다. 레오도 이내 상황을 파악했다.

"캬앙!"

그는 꼬리를 부풀리며 뒤쪽으로 물러났다. 등에 부딪힌 철창에서 철커덩 소리가 났다.

으르릉!

레오의 얼굴이 사나워지며 날카로운 송곳니가 드러났다. 바로 그 모습을 코앞에서 본 몇몇 사람이 깜짝 놀라 헉 숨을 들이마셨다. 살랑. 바로 그때, 하얀 나비 한 마리가 레오가 있는 우리 안으로 날아 들어갔다. 나비는 가볍게 날갯짓해 레오의 코에 달라붙었다.

레오의 눈이 동그랗게 뜨였다. 다른 사람들은 몰랐지만 그것은 유리가 보낸 표식이었다. 거기에는 변종만이 알아볼 정도로 아주 작은 글씨가 적혀 있었다. 글씨를 확인한 순간 험악한 기운을 흩뿌리던 레오가 거짓말처럼 온순해졌다. 나비가 잠깐 내려앉았던 레오의 코에서 날아올라 우리 안을 날아다녔다.

"낑……."

레오가 좁은 우리 안에서 나비를 쫓아 움직였다. 나비는 금방 우리를 떠났지만, 레오는 그 앞쪽에 떨어져 있던 새의 깃털 같은 것을 발견하고 그것을 끌어왔다. 그리고 물어뜯고 놀기 시작했다.

그 모습은 전혀 위협적이지 않고 오히려 천진난만해 귀엽기까지 했다. 그래서 조금 전 레오의 사나운 표정을 봤던 사람들도 방금 모습이 착각이었다고 생각했다.

"이, 이 애도 이단자라고?"

"뭔가 좀……."

"물론 저 귀랑 꼬리를 보면 분명 돌연변이는 돌연변이인데……."

사람들이 아까와는 다른 의미로 술렁이기 시작했다. 오늘 정화 의식 때 처형될 이단자들이 생각하던 것과 달라 당황하고 놀란 듯했다.

하지만 이것 역시 원래 이단자 사냥을 계획했던 도미닉과 대귀족들이 노리던 바였다. 레오의 작고 귀여운 모습에 동정과 호감을 품었던 사람들일수록 우리 밖으로 나와 거대화한 그의 모습을 보면 더 경악할 것이 분명했다.

"간혹 악마는 천사의 모습으로 다가와 인간들을 현혹시키기도 한다는 구절이 성서에 적혀 있었지."

도미닉이 그렇게 말하며 눈짓했다.

"이번 기회에 우리는 그 사실을 두 눈으로 똑똑히 목격하게 될 것이오."

그러자 특수한 장치가 된 우리에 기사들이 다가갔다. 지정된 자들이 각각 손을 가져다 대자 철컥, 소리를 내며 잠금장치가 열렸다. 레오를 제외한 이단자들이 먼저 우리 밖으로 풀려났다.

"또 오늘 기원제를 맞아 모두의 앞에서 위대한 동부의 업적을 또 하나 알릴 수 있어 기쁘게 생각하는 바외다."

동시에 신형 무기를 든 기사들이 단상 위로 올라오기 시작했다. 그들이 자리를 잡고 난 뒤, 마침내 지시를 받은 사람이 레오의 우리로 손을 뻗었다.

까악, 까악!

바로 근처에서 까마귀 우는 소리가 들렸다. 나비에 이어 바닥에 떨어진 깃털에 적힌 글씨를 보고 아까부터 청각에 집중하던 레오의 귀가 티 나지 않게 쫑긋했다.

"오늘 우리는 동부를 나아가 이 땅에 새로운 역사를……."

"도미닉 크록포드! 도대체 언제까지 우리를 기만할 셈인가?"

바로 그때였다. 누군가 큰소리로 외치며 광장에 들어섰다. 도미닉의 말이 중간에 싹둑 잘려 나갔다. 사람들이 이목이 단상으로 다가오는 사람에게 집중되었다. 정화 의식에 불참하는 줄 알았던 살바토르의 가주가 사병들의 호위를 받으며 걸어왔다.

"살바토르 가주?"

"자네, 왔으면 조용히 자리에 앉기나 할 것이지, 갑자기 이게 무슨 망발인가?"

귀족들이 기함하여 자리에서 벌떡 일어났다. 그들은 조금 전 살바토르 가주가 외친 말에 놀라 도미닉의 눈치를 보았다. 다른 누구도 아닌 크록포드에게 이런 모욕적인 언사라니!

"살바토르 가주! 정녕 가문이 풍비박산 나야 정신을 차릴 겐가?"

"여기가 어느 안전이라고 감히 함부로 입을 놀리나!"

특히 도미닉과 뜻을 같이했던 대귀족들은 앞다투어 살바토르 가주를 비난했다.

"오늘 풍비박산 날 것이 어느 가문인지는 두고 봐야 하겠지!"

살바토르 가주도 그들을 보고 비릿하게 웃었다. 대귀족들은 그 모습을 보며 흠칫했다. 살바토르 가주가 요즘 권위와 체면이 실추된 일로 분을 못 참아 드디어 자멸하러 왔나 했는데, 왠지 분위기가 심상치 않았다.

'저 자신만만한 태도는 도대체 뭐지?'

모여 있던 군중도 갑자기 이게 무슨 상황인가 싶어 위풍당당하게 나타난 살바토르 가주를 쳐다보았다.

"신성한 정화 의식 중에 이 무슨 경거망동인가, 살바토르 가주."

그때 도미닉이 입을 열었다. 그의 목소리에는 사람들의 이목을 단번에 집중시키는 힘이 있었다. 그것을 느낀 살바토르 가주가 입꼬리를 씰룩였다.

"정화 의식이라니, 참으로 어이없는 소리가 아닐 수 없군."

곧 그가 도미닉을 삿대질하며 소리쳤다.

"이단자를 만든 자의 입에서 나온 말이라기에는 심히 우습지 않은가!"

충격적인 발언에 사람들이 웅성거렸다.

"뭐, 뭐라고?"

대귀족들도 놀랐다. 살바토르 가주가 그 사실을 어떻게 알았단 말인가?

"그 무슨 황당한 소리지?"

하지만 도미닉은 단지 눈썹을 한 번 꿈틀거렸을 뿐, 감정의 기복을 겉으로 전혀 드러내지 않았다.

"대낮부터 꿈이라도 꾼 건가?"

그 모습에 대귀족들도 침착함을 되찾았다.

"살바토르 가주, 자네 미쳤나?"

"우리가 이단자들 근절에 얼마나 큰 힘을 쏟았는지 알면서 이런 말도 안 되는 소리로 귀를 더럽히는 게야!"

"선량한 동부 시민들을 혼란에 빠뜨려 분탕질을 칠 속셈인가 보군!"

그들은 너 나 할 것 없이 목에 핏대까지 세우며 살바토르 가주를 맹렬히 비난했다.

"여봐라! 저 정신 나간 자를 당장 끌어……!"

"여기 증인들이 이렇게 버젓이 있는데도 잡아뗄 속셈인가?"

하지만 살바토르 가주를 그 자리에서 끌어낼 수는 없었다. 살바토르의 군사를 헤치고 어떤 사람들이 줄줄이 엮여 나왔다.

"헉!"

그들의 얼굴을 확인한 대귀족들이 두 눈을 부릅떴다.

"크록포드뿐 아니라 여기 있는 다른 여섯 대귀족도 모두 한통속이지 않나! 이미 관련 증인들에게 자백을 받았으니 발뺌할 생각 말게!"

앞으로 끌려 나온 것은 그들의 명령을 받아 이번 일을 밑에서 직접 수행한 부하들이었다.

"죄, 죄송합니다. 현장을 급습당해서……."

개중에는 직접 아이들을 납치하는 데 일조했던 말단들도 있었다.

"저, 저 사람……! 실종된 내 조카를 데려간 사람이야! 분명 그놈이 맞아!"

광장에 있던 사람 중 누군가가 아이의 실종 당시 마지막으로 목격했던 얼굴을 알아보고 외쳤다. 대귀족들로서는 다소 간담이 서늘해지는 일이었다. 하지만 이런 것쯤이야 그냥 모른다고 잡아떼면 그만이었다.

"이건 모함이야! 살바토르 가주가 만들어낸 흉계네!"

"우린 저런 사람들을 모른다!"

"자네, 적당히 하지 못하겠나?"

살바토르 가주는 그럴 줄 알았다는 듯이 이번에는 다른 사람들을 향해 손짓했다.

"물론 그렇게 얘기할 줄 알았네. 하면 중앙의회에서 독점하고 있는 이 돌까지 모른다고 할 텐가?"

도르르륵!

명령을 받은 사람들이 수레를 끌고 왔다. 거기에는 투박한 모양의 돌들이 실려 있었다.

"저 신형 무기를 개발하는 데 사용한 돌 말이다!"

그것은 동부에서 축복의 돌이라 부르는 것이었다. 과연 살바토르 가주의 말마따나 신형 무기에 박힌 원석과 생김새가 비슷했다. 앞쪽에 있는 군중의 눈으로도 구분이 가능했다.

"허 참. 그건 연금술에 이용하는 돌 아닌가?"

"그래, 자네 아들이 연금술사로 이름 높은 데이몬 살바토르였지. 그건 아들을 시켜 탑에서 가져온 건가 보군."

대귀족들은 코웃음을 쳤다. 저 돌을 중앙의회에서 독점하는 것은 맞지만, 저건 연금술사의 탑에서도 찾아볼 수 있었다. 애초에 그래서 이 일을 계획할 때 겸사겸사 살바토르에게 뒤집어씌울 속셈이었던 게 아니던가?

"그래, 연금술사의 탑에서도 찾아볼 수 있는 것이지. 중앙의회에서 내려 보내주는 보급품으로 말이야."

살바토르 가주도 그들의 말을 부정하지는 않았다.

"하지만 누가 알았겠나?"

하지만 이어진 그의 행동은 대귀족 중 누구도 미처 예상하지 못한 것이었다.

"설마 이게 바로 이단자를 만들어내는 사특한 물건일 줄은!"

살바토르 가주가 수레에 실린 깨진 돌조각 중 하나를 집어 들었다. 그리고 방금 끌고 온 증인 중 한 명의 목에 조각을 꽂아 넣었다.

"아악……!"

아이들을 납치하는 일을 도맡았던 남자가 몸부림치며 비명을 내질렀다.

뚜두둑, 뚜둑!

뼈가 뒤틀리는 듯한 섬뜩한 소리가 울렸다.

"헉, 저것 좀 봐!"

잠시 후, 거품을 물고 기절한 남자의 몸이 우리 속에 갇혀 있던 이단자들과 비슷한 몰골로 변했다.

"꺄아악!"

"으악, 저게 뭐야!"

멀쩡한 사람이 바로 눈앞에서 돌연변이로 변하는 광경을 지켜본 사람들이 질겁해 소리를 질렀다.

"내 아들인 데이몬은 오래전부터 중앙의회에서 독점하는 축복받은 돌에 대해 의문을 품고 조사해 왔다! 그러다 마침내 이 믿을 수 없는 진실을 발견한 것이다!"

살바토르 가주가 분개한 모습으로 외쳤다.

"실종된 아이들을 데리고 이런 잔악무도한 실험을 해오다니, 그래 놓고는 천연덕스럽게 이단자 사냥이니 뭐니! 동부 시민들을 기만하는 것도 정도가 있지!"

그에 동화된 군중도 술렁였다.

"그, 그럼 지난달에 없어진 내 아이가 저렇게 되었을 수도 있다는 거야?"

"어쩐지 실종된 애들을 열심히 찾는 느낌이 아니더라니, 정부도 한통속이라 그랬던 건가?"

"설마 저 우리 안에 있는 저 애도 납치돼서 저렇게 변한 거 아냐?"

살바토르 가주는 사람들을 선동하는 데 재주가 있었다. 대귀족들은 설마 살바토르 가주가 그들의 비밀을 알아낸 데 이어, 이렇게 군중이 있는 곳에서 직접 돌연변이를 만들어내는 모습까지 보일 줄은 몰랐기 때문에 당황해 바로 적절한 조치를 취하지 못했다.

"이건 음모야! 우리는 아무것도 모르는 일이오……!"

그러다 이내 정신을 차린 대귀족들은 소리쳤다. 가장 좋은 방법은 무조건 시치미를 떼고 우기는 것뿐이었다. 증거야 조작한 것이라고 주장하면 되는 것이고, 일단 이 상황을 모면하고 나면 그들에게 유리한 대로 얼마든지 정황을 꾸며낼 수 있었으니까.

"여봐라! 당장 저 미친 자, 살바토르 가주를 끌어내라!"

하지만 살바토르 가주는 그들이 대응할 틈을 주지 않고 연거푸 몰아쳤다.

"소용없다! 북부와 남부에서도 네놈들이 같은 일을 자행한 증거를 찾았으니!"

그의 말이 떨어지자마자 광장 안에 새로운 세력의 군사들이 밀려들었다.

"이, 이건 또 무슨! 어디의 놈들이냐!"

그들의 선두에 선 것은 나이답지 않은 기백을 흘리고 있는 노부인이었다.

"부, 북부의 타티아나!"

북부의 지배자의 등장에 그녀의 얼굴을 아는 귀족들이 놀라 입을 벌렸다.

"이렇게 마주하게 되어 유감이군, 크록포드 가주."

타티아나가 단상에 선 도미닉을 싸늘한 눈으로 응시하며 말했다.

"동부의 중앙의회를 통해 저 수상한 원석이 북부에 반입된 정황이 확인되었으니 설명을 해주어야겠네."

두 사람의 차가운 시선이 맞부딪쳤다. 살바토르 가주만 나섰을 때보다 확연히 큰 위압감이 어린 공기가 광장 안에 가득 찼다. 꼭 살얼음판을 걷는 것 같은 긴장감이었다. 하지만 이 상황이 꼭 도미닉과 대귀족들에게 불리한 것만은 아니었다. 대귀족 하나가 타티아나를 향해 삿대질하며 앞으로 나섰다.

"이건 북부와 살바토르가 결탁해 동부를 송두리째 손에 넣으려는 계략……."

도미닉이 손을 들어 올린 것은 바로 그때였다.

철컥!

신호를 받은 기사들이 망설임 없이 타티아나와 살바토르 가주가 있는 곳을 향해 무기를 겨누었다.

"자, 잠깐……!"

살바토르 가주가 당황해 눈을 크게 떴다.

"크, 크록포드 가주?"

대귀족들도 놀라 도미닉을 쳐다보았다. 설마 이렇게 보는 사람이 많은 곳에서 그를 죽이기라도 하겠다는 건가? 하지만 그들의 불길한 예감이 맞았다.

"쏴라."

도미닉의 입에서 냉엄한 명령이 내려졌다.

타앙!

뒤이어 큰 파공음이 귀청을 찢을 듯이 울려 퍼졌다.

타앙!

"가자."

그 소리가 신호라도 되는 것처럼 유리는 망설임 없이 몸을 날렸다.

"조심해!"

오딘과 세이렌도 움직이기 시작했다. 레오는 아직 단상 위 우리 속에 있었다. 저것도 연금술로 특수 제작된 우리로 보여 일단 레오가 밖으로 나오면 행동을 개시할 생각이었다. 하지만 벌써 총기 공격이 시작된 이상 별수 없었다. 물론 저 무기의 실제 이름이 뭔지는 몰랐지만 유리는 그냥 편의상 총이라고 부르기로 했다.

탕! 타앙!

"으아악!"

"꺄악!"

갑작스러운 발포에 단상 근처는 그야말로 오만 난리가 났다. 살바토르 가주에 이어 타티아나까지 등장하면서 상황이 새로운 국면을 맞나 싶었는데, 이렇게 갑자기 선제공격이라니. 상황을 보고 혹시 이대로 식이 무산되면 다른 방식으로 레오에게 접근할 생각이었는데, 결국은 유리가 직접 나서게 되었다.

슈욱!

"어엇, 뭐, 뭐……!"

유리는 단상 쪽으로 넓게 그물망을 펼쳤다. 일단 가능하다면 사람들을 다치게 하지 않고 움직임을 묶어놓을 생각이었다.

"이단자다!"

하지만 밑에는 총만 든 기사들만 있는 것이 아니어서, 검을 든 사람들이 유리의 실을 잘라냈다. 강도를 높여 철만큼이나 단단한 실이었지만 연금술로 제련한 무기는 실을 잘라낼 만큼 강했다.

"이단자다!"

"위쪽!"

탕!

유리의 위치를 알아낸 자들이 총을 쏘았다. 유리는 반대쪽 건물로 몸을 날려 피했다.

슉! 그러면서 이번에는 가늘게 뽑아낸 실을 총을 든 사람에게만 날려 보냈다. 그리고 막 발포되려던 총의 입구를 막았다.

쾅!

"악!"

오작동한 총이 폭발했다. 반대쪽에서 까마귀로 변한 오딘도 깃털을 날려 먼저 총기부터 처리했다.

"이단자를 막아라!"

"모두 사살해!"

탕!

탄환이 유리의 어깨를 스쳐 지나갔다. 거리가 멀어서 그런지 조준이 정밀하지 못했다. 그래서 그저 피부가 조금 찢기는 데서 그쳤다.

'어?'

하지만 그 순간 느껴진 위화감에 유리의 눈매가 움칫 좁혀졌다. 총에 스친 상처의 부위가 자연 치유되지 않았다.

'이건 좀 위험할 수도 있겠어.'

힐끗 오딘을 보니 그래도 날아드는 총탄을 날쌔게 잘 피했다. 애초에 유리에 비해 공격받는 빈도가 확연히 낮기도 했다. 밑에 있는 사람들은 오딘을 이단자라고 생각하지 못하는 것 같았다.

지금은 완전한 까마귀로 변해 있으니 그럴 만도 했다. 게다가 까마귀가 된 오딘은 몸체가 작아서 유리보다 위험에 노출될 가능성도 적었다. 그래서 아까 레오에게도 우리에서 나오면 거대화하지 말고 그대로 있으라고 지시 사항을 전달한 것이다.

만약 레오가 변한다면 단박에 총알받이가 되어 몸이 벌집처럼 될 게 분명했으니까. 물론 일반적인 무기라면 거대화한 레오의 몸에 상처 하나 입힐 수 없겠지만 연금술로 제련된 무기는 예외인 듯했으니.

"도미닉 크록포드를 잡아!"

아래에서 들려오는 소음에 유리는 총알을 피하며 상황을 확인했다. 다른 쪽에서 살바토르 가주와 타티아나가 이번 일의 원인인 도미닉 크록포드를 붙잡으려 했다. 그래서인지 유리를 공격하던 기사들이 상당수 그들을 경계하는 쪽으로 방향을 튼 상태였다.

탕! 타앙!

소리는 요란했지만 살바토르와 타티아나 쪽은 피해가 거의 없어 보였다. 애초에 두 사람이 가지고 있던 연금술 보호품 때문인 듯했다. 어찌 되었든 저들이 서로 치고받는 동안 유리도 움직이기 더 쉬워졌다.

슈욱!

유리는 가볍게 몸을 날려 단상 위로 내려앉았다.

"이단자다! 놓치지 마라!"

혹시 칼리안을 포함해 그녀를 알아보는 사람이 있을까 봐 가면으로 얼굴을 가린 상태였다. 그래도 직접 부딪히는 건 위험했다.

사아악!

유리는 허리를 숙여 검을 피해낸 뒤 손끝에서 실을 뽑아냈다.

"쏘지 마!"

누군가 총을 든 아군에게 외쳤다. 단상으로 자리를 옮겨 편리해진 것이 한 가지 있었다. 유리가 기사들 사이로 섞여들면서 총의 사용이 멈춘 것이다. 아군을 상처 입힐 가능성이 높아서인 게 분명했다.

"앗!"

차르륵!

살바토르의 사병들을 상대하느라 멀리서 유리를 등지고 있던 기사의 검이 방심한 틈에 그녀의 실에 걸려 날아왔다. 유리는 실을 잡고 레오가 있는 우리로 달렸다.

까악, 까악!

"으악!"

그러는 동안 위에서 오딘이 까마귀 떼와 깃털들을 날려 유리를 엄호해 주었다.

"아, 아라크네!"

"뒤로 가!"

레오가 눈치 빠르게 우리 뒤쪽으로 붙었다. 유리는 곧장 손에 들린 검을 휘둘렀다.

카앙!

부딪친 곳에서 불꽃이 튀었다. 유리의 미간이 찌푸려졌다. 지난번에 보니 엇비슷한 강도로 제작된 연금술 무기에는 파손되는 것 같았는데……. 무기를 든 사람이 칼리안이라 가능했던 건가 보다. 철창은 흠집만 났을 뿐, 부서지지 않았다. 유리는 총에 관심을 돌렸다.

타앙!

그때, 날아온 총알이 레오가 갇힌 우리의 잠금장치를 빗맞혔다. 유리는 일순간 멈칫했다.

끼이익. 잠금장치가 부서지고 문이 열렸다. 역시 총알은 강했다. 물론 이게 유리가 전생의 상식과 같은 진짜 총알은 아니었지만.

"캬오오!"

레오가 우리 밖으로 뛰쳐나왔다.

"레오, 먼저 가!"

유리는 막 던져 버리려 했던 검을 다시 고쳐 잡았다. 그러고 나서 기사들을 피해 오도 가도 못 하고 단상의 구석에서 벌벌 떨던 돌연변이들에게 다가가 족쇄를 끊었다.

콰직! 철컹!

"이단자들이 도망친다! 잡아!"

그때 어디선가 아름다운 노랫소리가 들려오기 시작했다.

–라라라라라, 라라.

그것을 들은 사람들의 몸에서 스르륵 힘이 빠졌다.

철그럭!

육체가 편안하게 이완되면서 무기를 손에서 놓치는 사람들도 생겨났다.

세이렌의 노래에 영향을 받는 건 유리 같은 변종들도 마찬가지였지만 그래도 보통의 인간들보다는 움직임이 자유로웠다. 유리는 기회를 놓치지 않고 돌연변이들을 향해 그물망을 펼쳤다. 날아든 까마귀들이 그물을 입에 물었다. 돌연변이들을 실은 그물이 까마귀들에 의해 공중에 떠올라 운반되기 시작했다.

그때, 아까부터 총으로 유리를 겨누던 기사 하나가 비틀거렸다. 그가 실수로 총을 작동시켰을 때, 유리의 머리 위에서 비명이 울렸다.

"꺄아악!"

탕!

그 바람에 방향을 튼 총알이 유리를 향해 날아들었다. 유리는 공기의 파동을 느끼고 뒤돌아보았다.

-라라라, 라라.

한편, 세이렌은 모습을 감춘 채 열심히 노래를 불렀다. 그녀의 노래에는 듣는 이의 전투력을 급상승시키거나 반대로 심신의 긴장을 이완시키는 능력이 있었다.

다만 노래에 유적의 힘을 담을 수 있는 시간은 매우 짧은 데다 후유증이 있어 사용하는 데 한계가 있었다. 그 때문에 평소 세이렌은 이 능력을 사용하는 걸 좋아하지 않았다. 하지만 아라크네를 돕기 위해서라면 후유증도 얼마든지 견뎌낼 수 있었다.

-라라라라, 라.

마음 같아서는 세이렌도 직접 아라크네와 함께 움직이고 싶었지만 그녀의 신체는 전투에 특화되어 있지 않았다. 그래서 그녀는 광장에 있는 시계탑에 몸을 숨긴 채 노래를 불렀다.

툭.

"……!"

그때, 갑자기 뒤에서 인기척이 느껴졌다. 세이렌은 심장이 벌렁 튀어나올 정도로 놀라 휙 뒤돌아보았다.

"라, 라키어스 아발론?"

언제 왔는지 모를 남자가 황금빛 머리칼을 흩날리며 세이렌의 뒤에서 있었다. 그는 시린 겨울 호수 같은 파란 눈으로 세이렌을 내려다보면서 무슨 의미인지 모를 말을 읊조렸다.

"지금쯤이었던 것 같은데."

"뭐, 무슨……. 으, 으아악!"

대뜸 세이렌의 옷을 붙든 라키어스가 그녀를 시계탑 밖으로 내던졌다.

"꺄아악!"

파다닥!

세이렌은 비명을 지르며 낙하하다가 날개를 펼쳐 중심을 잡았다.

타앙!

세이렌의 비명에 놀라 방향을 튼 총알이 유리를 스쳐 지나갔다. 유리는 반사적으로 총알을 피하다가 미끄러운 무언가를 밟고 순간 균형을 잃었다. 바닥을 짚은 손에 질척한 핏물이 묻었다. 유리가 밟고 미끄러진 것도 다른 사람이 흘린 피였다.

치유가 안 된다는 걸 알고 총알을 피하는 데 너무 집중한 탓일까. 그 바람에 가면이 벗겨진 것도 몰랐다. 하지만 다행히도 사람들은 머리 위에서 나타난 세이렌에게 정신이 팔려서 유리를 보고 있지 않았다.

"처, 천사?"

눈부신 태양을 등지고 나타난 세이렌에게서 꼭 후광이 비치는 것 같았다. 새하얀 깃털이 하늘하늘 떨어져 내렸다. 정말 천사의 강림처럼 신성해 보이기까지 하는 광경이었다. 유리는 세이렌이 왜 갑자기 나타났는지 영문을 알 수 없었다.

세이렌은 그녀 나름대로 당황했다.

바로 그때 이상한 일이 벌어졌다.

"저, 저게 뭐야……!"

천사의 강림에 모두가 넋을 놓고 있던 때, 돌연 누군가가 경악한 목소리로 소리 질렀다. 사람들이 시선이 옮겨 갔다. 그리고 모두가 헉 숨을 들이켰다. 단상 위에 서 있던 도미닉의 모습이 변했다. 꼭 용암이 끓듯이 머리끝부터 부글부글 녹아내린 자리에는 낯선 여자가 서 있었다.

"뭐, 뭐야? 어떻게 된 거야?"

"도미닉 크록포드는 어디 갔지?"

모두가 당황해 주위를 두리번거렸다. 그때 단상 위에 있던 다른 남자의 몸이 부글거리며 변했다. 이번에도 낯선 외모의 남자가 그 자리를 대신했다.

"쏴…… 라……."

그는 성대가 녹아내리기라도 한 것처럼 어눌한 음성으로 아까 도미닉 크록포드가 명령했던 말을 그대로 읊었다. 부글부글. 그러고 나서 또다시 새로운 육체를 가진 사람이 그 자리에 나타났다.

"괴, 괴물이다……!"

경악한 사람들이 비명을 지르며 도망치기 시작했다.

그때 칼리안이 등장했다. 부하들을 이끌고 나타난 칼리안이 단상 위에서 또 모습을 변화시키고 있는 남자를 가리키며 소리쳤다.

"당장 저자를 포박해라! 단상에 있는 자는 크록포드 가주가 아니다!"

사태가 예기치 못한 방향으로 흐르기 시작했다.

"저 가짜에 의해 감금되어 있던 진짜 도미닉 크록포드를 방금 수색대가 찾아냈다!"

그 놀라운 말에 모두가 입을 쩍 벌렸다.

"그동안 감히 동부의 지배자 행세를 해 질서를 어지럽혔던 죄인을 잡아라!"

칼리안의 명령을 받은 부하들이 일사불란하게 움직여 단상으로 뛰어 올라갔다. 조금 전까지 도미닉 크록포드의 모습을 하고 있던 남자는 몸에 문제라도 생겼는지, 변신을 멈추고 반쯤 녹아내린 모습을 하고 있었다.

"세이렌!"

유리는 사람들의 이목이 분산된 틈에 자리를 피하기 위해 세이렌을 불렀다. 아주 작은 소리였지만 청각이 발달한 세이렌의 귀에 닿기엔 충분했다. 세이렌은 퍼뜩 정신을 차렸다. 마침 후유증이 올 시간이었다. 깃털이 하나둘씩 빠져 흩날리기 시작했다. 그때 사람들도 이변을 알아차렸다.

"저기……!"

태양을 등지고 있던 천사가 순식간에 사라졌다. 꼭 인계에 현신했던 육신이 신성한 하얀 빛을 담은 깃털로 화해 흩어지기라도 한 것 같았다.

"처, 천사가……."

단상 위로 보드라운 순백의 깃털이 흩날렸다.

"천사가 동부를 집어삼키려 하던 악마의 정체를 밝혀냈다!"

평소 신실하던 한 시민이 멍하니 그 광경을 바라보다가 외쳤다.

"우와아아아아!"

조용하던 사람들이 잠시 후 함성을 내질렀다. 단상 위에 있던 이단자들과 유리는 모두 무사히 모습을 감춘 뒤였다. 도미닉 크록포드의 행세를 하고 있던 괴물도 동부의 영웅인 칼리안에게 체포되었다.

파란의 기원제는 그렇게 시작하자마자 막을 내렸다.

“아라크네! 다친 데 없어?”

“없어. 너희는?”

“우리도 괜찮아.”

“크릉!”

유리와 오딘, 그리고 레오와 세이렌은 일단 은신처로 향했다.

“그런데 마지막에 그거 대체 뭐야?”

“그러게! 단상에 있던 그 동부의 지배자인지 뭔지 하는 사람, 갑자기 녹아내렸어.”

“그것도 그렇지만 난 네 얘기한 거야, 이 껌딱지야.”

“뭐, 나?”

“그래, 잘 숨어 있다가 왜 갑자기 튀어나오고 난리야?”

사람의 모습으로 돌아온 오딘이 세이렌을 보며 혀를 찼다.

“날개 탈모 때문에 벌거숭이 돼서 제대로 날지도 못하는 주제에 죽고 싶어서 환장했어?”

“뭐? 날개 탈모? 벌거숭이? 너 지금 말 다 했어?”

세이렌의 얼굴이 벌겋게 달아올랐다. 오딘의 말이 완전히 틀린 게 아니었기 때문에 더 발끈했다.

유적의 힘을 담은 노래를 부른 후유증으로 세이렌은 금쪽같이 아끼던 깃털을 거의 다 잃게 되었다. 그래서 원래의 아름다운 자태는 온데간데없이, 지금 세이렌의 날개는 땜빵이 숭숭 난 볼품없는 모양새를 하고 있었다. 물론 시간이 지나면 깃털은 다시 자라날 테지만 정신적 타격이 큰 것은 부정할 수 없었다.

“오딘, 세이렌 덕분에 일을 쉽게 끝냈는데 말이 너무 심하잖아.”

원래 두 사람이 티격태격할 때 잘 끼어들지 않던 유리가 오늘은 말을 얹었다. 세이렌이 그토록 아끼던 날개도 잃고 눈물을 찔끔거리는 모습이 안쓰러워 보였기 때문이다. 게다가 오늘 일에는 그녀의 도움이 컸던 것도 사실이었다.

"고마워, 세이렌. 네가 도와줘서 아무도 안 다치고 무사히 일을 끝마칠 수 있었어. 역시 오늘 네가 옆에 있어야 한다는 그 예지가 맞았나 봐."

"아, 아니야. 난 너를 위해서라면 이깟 날개쯤은 몇 번이든 희생할 수 있어!"

오딘은 세이렌이 유리에게 찰싹 달라붙는 모습을 못마땅하게 쳐다보았다. 그래도 한 번 더 혀를 찼을 뿐, 평소처럼 그녀를 떼어놓지는 않았다.

"그보다 재네들, 일단 데려오긴 했는데 어쩌지?"

오딘이 옆쪽을 힐끗 쳐다보며 말했다. 그곳에는 아까 탈출시킨 이단자들이 있었다. 그들은 구석에 숨어들어 몸을 달달 떨었다.

"그러게. 계속 여기 둘 수도 없고."

"여기도 이제 비워야 하는 거 아니야? 그 소란을 피웠는데, 동부에서 추적해 오지 않으려나?"

"크릉, 여기, 내 집인데."

유리도 구출해 온 사람들을 쳐다보았다. 개중에는 유적의 파편으로 생긴 변종이 아니라 자연적으로 발생한 돌연변이도 섞여 있었다.

"지, 집……."

그중 한 사람이 울음 섞인 어눌한 목소리로 말했다.

"집에 가고 싶어……."

하긴, 저 안에는 돌아갈 곳이 있는 일반 시민이 있을 터였다.

“어쩌지?”

“보내줘야지. 집에 가고 싶다는데.”

“킁, 밖에, 위험.”

“그렇긴 한데, 이후의 일은 우리 책임이 아니잖아.”

“도와줄 수 있는 데까지는 도와주고 싶긴 한데…….”

이대로 그냥 풀어준다고 해도 집에 돌아가다가 사람들 눈에 띄면 또 문제가 생길 것 같았다. 무엇보다도 오늘 일도 있었으니 이 사람들이 앞으로 계속 동부에서 살 수 있을지 미지수였다.

중앙의회 쪽 사람들이 처형대에서 단체로 탈출할 사람들을 다시 추격하지 않으리란 보장이 없었기 때문이다. 게다가 이미 돌연변이로 낙인찍힌 이상, 이후에 또 험한 꼴을 당할지도 모를 일이었고 말이다. 솔직히 거기까지는 유리가 간섭할 일이 아니긴 했지만…….

“생각보다 협소하네, 여기.”

“크릉!”

그때 수도원의 입구에서 귀에 익숙한 저음의 목소리가 들렸다. 유리가 고개를 돌리자, 역시 낯익은 남자의 모습이 시야에 들어왔다.

“라키어스 씨.”

라키어스를 알아본 세이렌도 눈을 부릅떴다. 오딘의 날개 발언에 잠깐 잊었지만, 라키어스는 아까 시계탑에서 느닷없이 나타나 그녀를 내던진 장본인이었다.

“당신!”

“뭐.”

“아, 아니…….”

하지만 라키어스의 눈이 스치듯 닿은 순간, 세이렌은 저도 모르게 쫄아서 쭈그러지고 말았다.

"라키어스 씨, 여긴 웬일이에요?"

"뭘 당연한 걸 묻죠? 유리 씨가 여기 있으니까 나도 여기로 온 거지."

라키어스는 당연하다는 듯이 다가와서 유리의 상태를 살폈다.

"음, 역시 다친 곳은 없네."

유리는 라키어스의 갑작스러운 등장에 놀라지 않았다. 왠지 그가 가까이에 있을 것 같은 느낌이 들었기 때문이다.

"라키어스 씨, 아까도 광장에 있었죠?"

유리의 질문에 그녀의 뒤에 있던 세이렌이 고개를 얼른 파바박 끄덕였다. 유리는 세이렌이 고개를 끄덕이는 것을 보지 못했지만, 아까 광장을 떠나기 직전에 마지막으로 보았던 단상 위의 광경을 떠올리고 자신의 생각에 기묘한 확신을 얻었다.

"마지막에 있었던 일, 혹시 라키어스 씨하고 관련 있어요?"

어찌 보면 예리한 질문이었다. 단상 위에서 녹아내리며 모습을 변화시키던 도미닉 크록포드. 그리고 때마침 나타나 상황을 정리한 칼리안. 유리의 물음에 라키어스는 나른하게 느껴지는 태연한 목소리로 대꾸했다.

"글쎄요. 무슨 일을 말하는 건지 모르겠는데."

"그 가짜……."

"아, 다친 데가 없는 줄 알았더니."

그때 라키어스가 아까 총알에 스친 자국을 발견했다. 라키어스의 눈살이 찌푸려졌다.

"마음에 안 드네, 정말……."

스스로에게 하는 말인지, 유리에게 하는 말인지, 그도 아니면 이 상처 자국을 만든 제삼의 인물에게 하는 말인지 모를 읊조림이었다. 라키어스는 저도 모르게 지그시 힘이 들어갔던 손에서 힘을 빼며 물었다.

"여기 말고 다른 데는?"

"다친 건 거기밖에 없어요."

유리는 라키어스의 손아귀에서 팔을 빼냈다.

"오딘, 일단 넌 안네마리 씨한테 가봐."

유리가 오딘을 돌아보며 말했다. 그러자 아까부터 말은 안 해도 라키어스의 눈치를 보며 불편하게 몸을 움찔거리던 오딘이 반색했다.

"그, 그럴까?"

"응, 걱정하고 있을 테니까."

"그럼 금방 갔다 올게!"

오딘이 순식간에 까마귀로 변해 날아갔다. 세이렌은 그를 배신자를 보는 것 같은 눈빛으로 쳐다보았다. 라키어스의 시선이 힐끗 옆쪽으로 미끄러졌다.

"저 사람들, 어떻게 처리할 생각이에요?"

"고민 중이에요."

라키어스가 넌지시 묻자 유리는 슬쩍 미간을 좁히며 답했다. 그러자 라키어스는 고개를 비스듬히 기울이며 유리의 눈을 가만히 들여다보았다.

"흠. 내가 해결할 수 있을 것 같은데."

귓가에 흘러든 속삭임에 유리는 라키어스를 마주 보았다.

"귀찮은 일은 질색이지만 유리 씨를 위해서라면."

시야에 달큼한 미소가 번졌다.

결국 기원제는 무산되었다. 주최자인 중앙의회도 그렇고, 동부의 시민들도 행사에 참여할 정신이 아니었기 때문이다. 정화 의식 때 있었던 일이 그만큼 충격적이었으니 그럴 만도 했다.

"정말, 걱정했잖아요!"

집에서 안절부절못하며 기다리던 안네마리가 유리를 보고 한달음에 달려 나왔다. 애초에 정화 의식이라 칭하는 처형 광경을 어린 헤스티아에게 보여줄 수 없어 두 사람은 기원제 행사에 참여하지 않았다. 무엇보다도 정화 의식에 이단자들이 나온다는 소문이 자자했으니, 그런 이야기가 헤스티아의 귀에 들어가지 않도록 더 각별히 주의할 수밖에 없었다.

하지만 집을 나선 유리와 오딘이 신경 쓰여 안네마리 혼자서 계속 광장 쪽을 주시하고 있었다고 했다. 그래서 갑자기 나타나 소란을 벌인 이단자들에 대한 이야기와 칼리안에게 체포된 가짜 도미닉 크록포드의 소식도 들었다고 말했다. 안네마리가 놀라서 전전긍긍하며 그들을 기다린 것도 당연했다.

"아파요, 안네마리 씨."

"아파도 어쩔 수 없어요. 이러다 흉이라도 지면 어쩌려고 그래요?"

유리는 지금 안네마리에게 총에 스친 상처를 치료받고 있었다. 피부가 조금 찢긴 정도였지만 역시 아직까지도 자가 치유가 되지 않고 있었다. 원래 유리는 안네마리에게 다친 곳을 보일 생각이 없었다. 그런데 라키어스가 워낙 단호한 태도로 안네마리에게 그녀를 보내서 결국은 이렇게 되고 말았다.

"그래도 이 정도라 다행이에요. 제가 집에서 얼마나 걱정했는지 알아요?"

치료를 마친 뒤 유리는 걷어 올렸던 소매를 내리며 힐끗 안네마리의 얼굴을 보았다. 그녀의 눈가가 약간 발긋했다.

"고마워요, 안네마리. 걱정해 준 덕분에 무사히 돌아왔어요."

그런 안네마리의 마음이 고마워 유리도 인사했다. 끼익. 그때 방문이 열리는 소리가 들렸다. 아까부터 문가에서 기웃거리던 헤스티아가 열린 문틈으로 빼꼼 고개를 내밀었다.

"저기, 들어가도 돼요?"

입술을 우물거리는 것을 보니 유리한테 묻고 싶은 게 있는 듯했다.

"아, 헤스티아."

그 얼굴을 보니 문득 생각난 것이 있어 유리는 주머니를 뒤졌다.

"이거 레오가 전해달래."

유리의 입에서 나온 이름에 헤스티아의 눈이 번쩍 뜨였다. 헤스티아는 빠르게 다가와 유리의 앞에 섰다. 유리는 그런 헤스티아에게 쪽지를 건네주었다.

부스럭. 헤스티아가 접힌 종이를 열어보더니 울먹였다. 유리는 종이에 뭐라고 적혀 있는지 이미 알고 있었다.

또 같이 놀자.

삐뚤빼뚤한 글씨가 적힌 사탕 껍질은 은신처에서 헤어지기 전에 레오가 준 것이었다.

"레, 레오 이제 괜찮아요?"

"응."

“아픈 데 없대요?”

“응.”

“나…… 안 미워해요?”

“미워하다니, 왜?”

“나 때문에 잡혔는데. 많이 무서웠을 텐데…….”

헤스티아는 울먹거리며 말했지만 유리는 동조하기 어려웠다.

‘글쎄. 단상 위에 올라와서도 천하태평하게 자고 있던 걸 생각하면…….’

유리는 헤스티아를 달래며 말했다.

“헤스티아를 미워했으면 이걸 전해달라고 나한테 부탁하지도 않았겠지. 그리고 레오는 다친 곳 하나 없이 건강하니까 걱정하지 마.”

그러자 헤스티아가 눈물을 그렁거리면서 고개를 끄덕였다. 그리고 다음 순간 유리는 흠칫해서 몸을 굳히고 말았다. 헤스티아가 유리에게 덥석 안겼기 때문이다.

“고마워요, 언니.”

결국 울음을 터뜨렸는지, 헤스티아가 얼굴을 묻고 있는 유리의 가슴팍이 축축하게 젖어 들었다. 안네마리는 두 사람의 모습을 보며 따뜻하게 웃었다. 유리는 잠시 후 약간 어색하게 손을 들어 헤스티아의 등을 다독여 주었다.

기원제 첫날에 있었던 일로 동부는 떠들썩했다. 반면 중앙의회 쪽은 무섭도록 잠잠했다. 물론 그 내부까지 조용하지는 않겠지만 일단 겉으로 드러나는 당장의 움직임은 없었다. 정화 의식 때 단체로 탈출했던 이단자들을 추격하려는 낌새도 보이지 않았다.

하기야 그럴 겨를이 없기도 할 것이다. 사람들 앞에서 한바탕 폭로전을 열었던 살바토르 가주나, 뒤이어 거기에 가세한 북부의 지배자 타티아나의 일도은 결코 가볍지 않았으니까.

사실 타티아나를 무대 위로 끌어낸 건 유리가 한 일이었다. 조사를 하다가 북부에서 일어나는 일과 동부의 연결점을 알아냈고, 잘하면 그것을 이용할 수 있을 것 같았다. 어차피 그녀가 의뢰한 내용이 있었기 때문에 연락을 취하기는 쉬웠다. 실제로도 살바토르 가주와 타티아나의 등장으로 정화 의식은 도중에 멈춘 듯했다.

갑자기 도미닉 크록포드가 그들을 향해 무력 진압을 명령하지만 않았다면 레오를 구출하기는 더 수월했을지도 몰랐다. 하지만 상황은 기대대로 흘러가지 않았다. 무엇보다 가장 큰 충격이었던 건 그 후에 벌어졌으니, 바로 단상 위에서 녹아내리던 도미닉 크록포드의 모습이었다.

나중에 등장한 칼리안 크록포드의 주장에 의하면 그는 감히 간 크게도 동부의 지배자 행세를 하고 있던 가짜라고 했다. 결코 가볍게 넘어갈 일이 아니었다. 게다가 동부 시민 모두가 그 장면을 두 눈으로 똑똑히 목격했지 않은가. 그래서 그 이후 사람들은 모이기만 하면 그날의 일을 수군거렸다.

“그럼 도대체 언제부터 가짜가 자리를 차지하고 있던 거야?”

“어쩐지 이상했어! 뭔가 정확히 말은 못 하겠지만, 왠지 예전에 봤을 때랑 느낌이 좀 달랐다니까!”

“그럼 애초에 이단자니 뭐니 하면서 동부를 시끄럽게 들쑤신 것도 전부 가짜가 주도한 건가?”

"뭐가 뭔지 잘은 몰라도, 그 괴물이 동부를 집어삼키려고 모두를 속이고 있었다는 거 아니야!"

그런 상황에서, 시간이 지날수록 동부의 분위기는 지금까지와 약간 다른 의미로 술렁이기 시작했다.

"그런데 있잖아. 살바토르 가주가 말한 걸 생각해 보면 그동안 이단자라고 우리가 배척해 온 게 전부 납치당해서 강제로 실험당한 피해자라는 건데……."

"그럼 그런 사람들이랑 폭발 사건을 일으킨 이단자는 별개인 건가? 아니면 이단자가 나쁜 짓을 저질렀던 것도 전부 다 거짓말이라는 거야?"

"글쎄, 뭐가 뭔지 잘 모르겠는데……."

"그럼 그 가짜 크록포드 가주님은 뭔데? 결국 그 괴물도 이단자 아니야?"

"그러게. 그 괴물도 돌연변이인데. 하지만 이번에 일의 주모자로 체포되었잖아?"

"이단자가 정말 전부 다 피해자인 거 맞아?"

애초에 사람들이 가지고 있던 돌연변이에 대한 거부감은 애초에 쉽게 지워질 것이 아니었다. 무엇보다도 단상에서 흉측하게 녹아내리던 도미닉 크록포드의 모습이 그날 광장에 있던 사람들의 뇌리에 강렬히 인식된 상태였다. 하지만 아직 중앙의회에서 공식적으로 내놓은 답변은 없었고, 사람들의 추측은 중구난방으로 퍼지기 시작했다.

"분위기 영 별로네. 역시 이대로 동부에 방출하는 건 무리겠는데?"

동부 곳곳에 날려 보냈던 까마귀를 한꺼번에 불러들인 오딘이 쯧혀를 찼다. 그러다 그는 팔짱을 끼고 있는 라키어스를 돌아보며 더듬더듬 말했다.

“그, 그…… 이번에 카르노말의 왕님…… 께서 말씀하신 게 역시 제일 좋은 방법인 것 같습니다요.”

오딘은 아직도 라키어스가 많이 불편한 모양이다. 라키어스가 오딘의 말을 듣고 뭘 하나 마나 한 소리를 하냐는 듯이 눈썹을 까딱였다.

“내 말이 제일인 건 당연한 거고.”

“예, 옙. 그렇지요…….”

현재 그들은 레오의 은신처에 모인 상태였다. 평소와 다른 것은 그 안에 라키어스가 섞여 있다는 것뿐이었다. 그런데도 익숙한 공간 안에서 느껴지는 이질감은 엄청났다.

어쩌면 라키어스가 기도실의 가장 상석에 너무 당당하게 다리를 꼬고 앉아 있어서 그런지도 몰랐다. 분명 그들이 있는 곳은 추레한 낡은 건물이었는데도, 어쩐지 라키어스가 있는 곳만큼은 화려한 왕좌인 것 같은 착각마저 들었다. 오히려 전부터 이곳을 익숙하게 드나들던 오딘과 세이렌은 평소보다 불편하게 쭈그러진 모습으로 라키어스의 앞에 조심스럽게 앉아 있었다.

빠스락!

“냠냠냠냠.”

그 와중에도 레오는 혼자 편안했다. 그는 원래 단순한 성격답게, 별 생각이 없는 얼굴로 바닥에 배를 깔고 드러누워 유리가 가져온 과자를 먹고 있었다. 아까 외출하기 전에 헤스티아가 레오에게 전해달라며 유리에게 준 것이었다. 오딘과 세이렌은 속 편한 레오의 모습을 반은 부러운 눈으로, 그리고 나머지 반은 질린 눈으로 쳐다보았다.

"그럼 오늘 밤에 바로 움직이는 걸로. 길은 이미 확인해 뒀으니까 사람들 눈에 띄지 않고 충분히 이동할 수 있을 거야."

지금까지의 대화 내용을 모두 정리해 유리가 말했다. 그런 뒤 그녀가 세이렌을 돌아보며 물었다.

"세이렌, 사람들한테 물어본 결과는 어제랑 똑같아?"

"으응, 둘만 빼고 이동하면 될 것 같아. 그 사람들은 동부 토박이라 떠나기가 좀 그렇대."

"그래? 정 원한다면 집까지 데려다주겠지만, 이미 근처 주민들은 그 사람들이 사는 곳을 다 알아서 앞으로 좀 위험할 수도 있을 것 같은데."

하지만 본인들이 결정한 일에 더 이상 왈가왈부할 이유는 없었다. 그래서 유리도 딱히 집으로 돌아가기로 한 이단자들을 더 설득할 마음은 없었다. 그때 라키어스가 턱을 괴며 지나가는 듯한 어투로 말했다.

"제대로 이야기한 거 맞나? 서부로 가면 사람들이 주거할 곳도 다 따로 마련해 줄 거라고 전했어?"

딱히 다그치는 어투가 아니었는데도 세이렌은 어깨를 뻣뻣하게 굳혔다. 라키어스가 카르노말의 왕이라는 사실 자체만으로 절로 긴장이 되는 듯했다.

"네, 네. 말했는데……."

"말했는데?"

"그, 그게 서부는 좀…… 무섭다고."

라키어스의 눈꼬리가 슬그머니 치켜 올라갔다. 세이렌은 그 모습을 보고 슬쩍 라키어스의 시선을 피했다. 등 뒤로 삐질 식은땀이 흘렀다.

"아니, 이해가 안 되네. 카르노말이 얼마나 살기 좋은데. 평온하고,

아늑하고. 그렇게 생각 안 해? 응?"

카르노말이 평온하고 아늑하다니. 라키어스가 입에 침도 안 바르고 천연덕스럽게 말했다. 그의 서늘한 시선이 옆으로 향하자 오딘은 재빨리 머리카락이 휘날리도록 고개를 끄덕였다.

"다, 당연히 말씀하신 대로지요! 지당하신 말씀입니다."

라키어스에게 종으로 부려졌던 기억은 잊었어도 그의 비위를 맞추던 습관은 아직 남은 듯했다. 꼭 '카르노말의 아름다움을 모르는 당신이 불쌍해요!'라고 말하는 듯한 모습에 유리는 포옥 한숨을 내쉬었다.

카르노말의 악명을 동부 사람들도 알고 있을 테니 그냥 여기에 남아 있기를 선택한 사람들의 마음도 이해하지 못할 바는 아니었다. 그러나 유리는 그런 생각을 입 밖으로 꺼내지는 않았다.

"그나저나 놀랐어요, 라키어스 씨. 앞으로 동부에서 살기 어려운 이단자들을 카르노말에 받아들이겠다니."

라키어스가 먼저 이런 말을 꺼낸 것만으로도 충분히 놀랄 일이었다. 게다가 라키어스는 그들을 위해 따로 보호구역까지 만들겠다고 선언했다.

"유리 씨가 신경 쓰고 있는 걸 알았는데 어떻게 제가 가만히 있겠어요?"

라키어스는 언제 선득한 눈을 하고 오딘에게 대답을 강요했냐는 듯이 순식간에 청순한 낯빛으로 돌아가 유리를 보았다.

"게다가 지금 여기 있는 모두와 마찬가지로 저도 변종인 건 똑같으니, 서로서로 도우며 살아야죠."

세이렌과 오딘은 소름이 돋아 남몰래 몸을 떨었다.

이어서 라키어스의 시선이 바닥에 있는 레오에게로 떨어져 내렸다.

"그런데 저…… 번견이라고 했던가."

"레오요."

"그래, 레오."

유리의 정정을 받은 라키어스의 입에서 어울리지 않는 부드러운 음성이 흘러나왔다. 오딘과 세이렌은 다시 부르르 몸서리쳤다. 레오도 괜스레 뒷덜미가 오싹거렸는지, '크응?' 소리를 내며 과자 바구니에 처박고 있던 머리를 들었다. 그들이 그러거나 말거나, 라키어스는 유리를 향해 다시 입을 열었다.

"저 친구도 단상 위에서 불특정 다수에게 얼굴을 보여서 이대로 여기 두는 건 위험할 듯한데. 저 비둘기 친구도 그렇고."

"비, 비둘……?! 이, 이건 백조 날개인데요?"

라키어스의 호칭에 세이렌이 충격을 받아 어버버거렸다. 물론 라키어스는 옆에서 들려오는 잡음을 깨끗이 무시했다.

"이참에 친구들도 다시 원래 고향으로 돌아가면 어떨지."

"전 아라크네 옆에 있을 거예요!"

"유리 씨와 까마귀 친구는 겉으로 티가 나지 않으니 그렇다 쳐도 이 두 친구는 다른 사람 눈에 띄면 꽤 타격이 클 것 같은데."

매끄러운 음성이 기도실 안에 울려 퍼졌다. 사실 지금 라키어스가 말한 건 그들도 전부터 생각하던 것이었다. 세이렌과 레오는 이미 동부에서 변종 사냥꾼들에게 한 번씩 잡혀갔던 전적도 있었고 말이다.

하지만 세이렌은 강력하게 '아라크네의 옆에 있겠다'는 의사를 표명했다. 유리는 고민에 빠졌다. 만약 그녀 때문에 이대로 동부에서 머물다가 세이렌이 또 위험에 처할 가능성도 충분히 있었기 때문이다.

"뭐, 그냥 한번 생각해 보는 게 좋을 것 같아서."

라키어스는 그냥 큰 의미 없이 꺼낸 말이라는 듯 더 이상 말을 얹지 않았다. 유리는 일단 동부의 분위기를 조금 더 살펴봐야겠다고 생각했다.

칼리안은 조용한 복도를 걸어 문이 단단히 걸어 잠긴 방 앞에 다다랐다.

"오셨습니까, 크록포드 경."

문을 지키고 있던 부하가 그에게 인사했다. 칼리안이 고갯짓으로 화답하자 앞에 있던 다른 부하가 문의 잠금장치를 해제했다.

덜컹. 끼이익.

곧 문이 열렸다. 칼리안은 그 앞에 잠깐 가만히 멈춰 있다가 이내 열린 문 안으로 들어갔다. 방 안은 넓고 깨끗했다.

위험한 물건은 진작 다 치운 뒤였지만 그렇다 해서 감옥처럼 가구 하나 없이 삭막하거나 곰팡내가 나는 더럽고 좁아터진 방은 아니었다. 지금 이곳에서 생활하고 있는 사람은 죄인으로 취급받고 있지 않았으니 당연했다. 칼리안은 창가에 있는 테이블 앞에 앉은 사람을 바라보았다.

"아버지."

나지막한 부름에 도미닉이 고개를 돌렸다.

"생각보다 조금 늦게 왔구나."

그는 태연히 칼리안을 맞았다. 자신을 감금하다시피 한 아들에게 날을 세울 만도 한데, 칼리안을 향한 눈빛이나 말투에서는 아무런 적개심도 느껴지지 않았다. 도미닉의 태도는 심히 여상했다. 평소와 같은 담담한 그의 얼굴에는 이렇다 할 감정이 드러나 있지 않았다.

"얼굴을 보니 네 뜻대로 일이 잘 진행된 모양인데."

도미닉이 여전히 문가에 선 칼리안을 보며 물었다.

"그래, 이제 만족스러우냐?"

칼리안은 그런 도미닉을 말없이 응시했다. 그러다가 이내 천천히 입을 열었다.

"아버지가 벌이신 일은 모두 가짜가 저지른 것으로 처리될 겁니다."

피식, 낮은 웃음이 방 안에 울렸다.

"지금 바깥을 시끄럽게 만든 일은 전부 내 행세를 하고 있던 그 가짜 이단자가 벌인 것이고, 그동안 나는 놈에게 당해 갇혀 있느라 아무것도 몰랐다는 게 대략적인 연극의 내용인가."

현재 세간에 퍼져 있는 소문도 그러했다. 칼리안이 처음부터 의도했던 바였다. 도미닉이 알 만하다는 듯이 말을 이었다.

"그리고 나는 그 후유증으로 심신에 무리가 와, 네게 자리를 넘겨주고 물러난다. 최종 마무리는 이게 맞느냐?"

칼리안은 침묵했다. 긍정의 표시였다. 도미닉의 입가에 가느스름한 미소가 떠올랐다.

"그래도 마지막으로 명예는 지켜주겠다는 건가."

그는 아들인 칼리안의 생각쯤은 모조리 꿰고 있는 것처럼 말했다. 이윽고 도미닉이 칼리안의 얼굴에서 시선을 뗐다.

"그래, 네가 앞으로 크록포드를 이어가기 위해서도 그게 낫겠지. 너답지 않은 방법 같긴 하다만, 이제 보니 지금까지 내가 널 과소평가했던 모양이니."

칭찬도 꾸지람도 아닌 뜨뜻미지근한 느낌의 말이 귓가를 스쳤다.

사실상 도미닉 크록포드는 실질적인 모든 권력을 잃고 방에 감금된 상태였다. 그를 따랐던 사람들은 갑작스러운 가짜의 등장에 본래의 목적을 잃고 와해하거나 혼란스러운 사이 칼리안에게 체포되었다.

일부는 도미닉의 뒤를 이어 크록포드의 가주가 될 칼리안의 밑으로 들어갔다. 물론 소수로, 도미닉의 사상에 진심으로 찬동했던 사람은 받아들이지 않았다. 칼리안은 이참에 썩은 고름은 모두 짜내기로 했다.

"칼리안. 이제 여기 오지 마라."

도미닉이 무덤덤한 어투로 칼리안에게 말했다.

"네 손으로 직접 나를 끌어내리고 그 자리를 차지했으니, 이제는 너도 내게서 완전히 자립해야지."

다소 비꼬는 것처럼 들리는 매정한 말이었다.

슬슬 시간이 된 터라 칼리안은 도미닉에게 인사를 건넸다.

"또 오겠습니다. 아직 여쭈어볼 게 더 있으니까요."

"난 아무것도 대답해 줄 게 없다."

"앞으로의 일을 너무 확신하지 마십시오."

칼리안은 이번 사건에 대하여 아직 도미닉에게 알아내야 할 정황이 더 남아 있었다. 지난번에 도미닉은 칼리안에게 알아서 조사해 보라 했지만, 칼리안은 꼭 도미닉의 입으로 이야기를 듣고 싶었다. 게다가 꼭 그게 아니더라도……. 이제 도미닉을 찾아올 사람은 없을 터였으니까.

도미닉은 현재의 동부에 너무도 위험한 인물이었고, 이제 그의 뒤를 이어 동부를 다스리게 될 칼리안으로서는 그런 위험 요소를 바깥에 노출할 수 없었다. 따라서 도미닉이 예상했듯이 이제부터 그는 요양을 이유로 이대로 사람들의 앞에서 모습을 감추게 될 것이다.

그리고 앞으로는 이곳에서 격리되어 생활하게 될 터였다. 사실상 도미닉이 저지른 일은 극형을 받아도 별수 없는 중죄였으나 칼리안은 아버지인 그를 그렇게 만들 수 없었다.

하지만 그 대신 평생 이 좁은 방에 갇혀 살아야 할지도 모르게 되었으니, 어느 쪽이 도미닉에게 더 가혹한지 모를 일이었다.

"그럼 다음에 뵙겠습니다, 아버지."

칼리안은 그렇게 다음을 기약하며 도미닉이 있는 방을 빠져나왔다. 도미닉은 문을 나서는 칼리안을 끝내 돌아보지 않았다.

그날 정오, 중앙의회의 공식적인 성명 발표가 있었다. 발화자는 칼리안 크로포드였다. 그는 그동안 도미닉 크로포드의 행세를 하고 있던 이단자를 붙잡았으며, 내일모레 광장에서 죄인의 처형식을 열 것이라고 공표했다.

또 진짜 도미닉 크로포드는 장기간 범인에 의해 감금당한 탓에 현재 심신미약으로 대외적인 활동을 하기 어려운 상태라, 한동안 아들인 칼리안이 그의 뒤를 이어 가주 대리로 동부를 다스릴 것이라 말했다.

칼리안은 기원제의 첫날 정화 의식 때 있었던 일에 대해서, 동부를 대표해 깊은 유감을 표한다고 덧붙였다. 그리고 비록 가짜가 벌인 일이기는 하나 그 때문에 피해를 입었던 이들에게 마땅히 도의적 책임을 지겠노라며 직접 고개를 숙였다.

그날 광장에서 생긴 무력다툼으로 인한 사망자는 다행히 없었으나, 부상을 입거나 정신적 피해를 입은 사람들은 얼마든지 배상금을 청구하라고 했다. 또 북부와 남부, 그리고 살바토르에도 칼리안이 직접 연락을 취해 일을 마무리 지었다.

그 책임 배상으로 크록포드는 일부 이권을 잃게 되었다. 사실 엄밀히 따져봤을 때 그 모든 일을 도미닉 혼자 한 것은 아니었기 때문에, 칼리안 혼자 모든 책임을 질 필요는 없었다. 하지만 애초에 이것은 그런 '거래'였다.

"그 가짜, 정말 동부에서 처리해도 상관없는 건가?"

며칠 만에 다시 만나게 된 카르노말의 왕 앞에서 칼리안이 물었다. 그에 라키어스가 시큰둥하게 답했다.

"알아서 해. 찜 쪄 먹든, 회 쳐 먹든. 어차피 다시 가져와도 망가져서 더 써먹지도 못하겠던데."

기원제 첫날, 단상 위에서 가짜 도미닉 크록포드로 체포되었던 사람은 바로 라키어스가 데리고 있던 밀리엄이었다.

라키어스는 칼리안이 동부의 사건을 원만히 해결할 수 있도록 세뇌한 밀리엄을 넘겨주었다. 일전에 그의 머릿속을 엿보았을 때 알게 된 사실인데, 애초에 밀리엄과 도미닉 크록포드는 임시로 손을 잡은 사이였다. 어쩐지 밀리엄이 동부에서 유독 그렇게 활개를 치고 다닌 것이 이상하긴 했다.

도미닉과 밀리엄의 최종 목적은 달라도 그 과정에서 생기는 이해관계는 일치했으니 그 둘이 만나 결탁한 것도 납득할 수 있었다. 그래서 이번에 칼리안이 임시 가주가 되면서 책임진 일에는 도미닉뿐만 아니라 밀리엄이 벌인 일도 있었다. 하지만 칼리안은 기꺼이 그것을 떠맡았다.

모든 것은 단 하나, 도미닉의 명예를 지키기 위해서였다. 라키어스가 보내준 가짜로 인해 명목이 생기면서 책임 소지가 줄어든 건 다행인 일이었다.

"동부의 영웅, 아니, 이제는 동부의 지배자라고 해야 하나. 어쨌든 나한테 빚진 거나 갚아."

"그쪽이 요구했던 거래 내용 말인가."

"그래, 난 인내심이 그리 길지 않거든."

하지만 라키어스는 이것이 불평등 계약이라고는 눈곱만큼도 생각하지 않는 것 같았다. 오히려 그는 어디까지나 자신이 칼리안의 입장을 많이 봐주었다고 생각하는 듯했다. 라키어스의 입장에서야, 어차피 서부는 다른 지역과 전혀 교류하지 않던 완전 독립된 영역이었으니, 남부와 북부의 원성을 사는 것 정도야 가렵지도 않은 일이었다.

어쨌든, 두 사람이 미리 모종의 거래를 했기 때문에 그날 처형식이 있던 광장에서 그 요란을 피우고도 사망자가 없었던 것이다. 칼리안의 명으로 이단자들이 무사히 도망갈 수 있게 일부러 총탄을 빗맞히고, 또 일부는 실수를 가장해 우리의 잠금장치를 부숴주는 등, 은근한 도움을 주기도 했다. 유리가 그날 은연중에 위화감을 느꼈던 것도 그래서였다.

라키어스가 요구한 것은 그날 정화 의식에 침입할 이단자들에게 위험이 없을 것. 또 앞으로 동부에 이단자가 살 수 없도록 조치할 것. 그 두 가지였다.

"그래, 잊지 않았다. 반드시 지키도록 하지."

"그럼 잘해보라고."

발코니의 난간 위에 서 있던 라키어스가 처음 나타났을 때처럼 홀연히 사라졌다. 칼리안은 저도 모르게 입을 벌렸다가 이내 침묵했다.

그는 카르노말의 왕인 라키어스 아발론에 대해 무어라 쉽게 형용하기 어려운 감정을 느끼고 있었다. 여전히 그를 보면 속이 불편하게 들썩였다. 개인의 이기심으로 꼭 영혼을 팔아 사악한 악마와 거래를 맺은 듯한 기분이 들어서 마음이 편치 못했다. 요즘 계속 그랬던 것처럼 자괴감이 함께 심장을 짓눌렀다. 하지만 약속은 약속이었으니.

다만…… 그 방법은 칼리안 스스로 용인이 가능한 선에서 정해도 될 것이었다.

그리하여 다음 날, 동부의 중앙의회는 동부의 끝자락에 돌연변이들의 임시 거주 지역을 마련하기로 했노라 발표했다. 지정 구역은 서부와 맞닿은 경계 부근이었다. 그것은 시민들의 찬동과 반발을 동시에 이끌어냈다. 하지만 대부분의 사람은 찬성하는 분위기였다.

애초에 이단자로 불리던 돌연변이의 숫자는 극소수였고, 대부분의 사람은 이번 가짜 도미닉 크록포드의 일로 이단자에 대한 두려움을 새로이 각인한 상태였다. 게다가 사람이란 결국 자신의 안위를 우선시하게 마련이었기에 돌연변이들의 격리에 찬성하는 목소리가 반대의 의견을 압도했다.

"너구리 같은 놈이."

라키어스는 그 소식을 듣고 혀를 찼다. 칼리안이 발표한 내용은 그가 기대한 것보다 매우 온건한 방식이었다. 그래서 다소 마뜩잖았지만 어쨌거나 상황은 그에게 나쁘지 않게 흘러갔다.

"이사 갈까."

중앙의회의 발표를 들은 유리는 혼잣말처럼 읊조렸다.

"아라크네, 동부 떠날 거야?"

세이렌이 반색했다. 유리의 옆에 붙어 있겠다는 결심에는 추호의 흔들림도 없었지만 그래도 내심 돌아가는 분위기를 보니 걱정이 되긴 했던 모양이다. 세이렌은 눈을 빛내며 홀랑 유리에게 달라붙었다.

"그럼 어디로 갈까? 난 추운 것보다는 따뜻한 게 좋은데, 남부는 어떠…….”

까악! 철썩!

바로 그때 오딘의 분신인 까마귀가 옆에서 날아들어 세이렌의 입을 날개로 후려쳤다.

“악, 이게 무슨 짓이야!”

세이렌이 눈을 세모꼴로 뜨고 오딘을 향해 씩씩거렸다.

“이 눈치 없는 새대가리……. 하여간 넌 그 입이 방정이야.”

하지만 오딘은 나름대로 세이렌을 위해 행한 일이었다. 그녀가 유리에게 다음 주거지역으로 남부를 추천했을 때, 라키어스 쪽에서 흘러나오는 기운이 살기를 띠기 시작했기 때문이다.

“크흠. 다, 당연히 제일 살기 좋은 곳은 우리의 고향인 서부가 아니겠니?”

오딘은 꼭 책에 적힌 내용을 그대로 읊듯이 딱딱하고 어색한 말투로 읊조렸다.

“유리 씨.”

라키어스는 기회를 놓치지 않고 양 거죽을 뒤집어쓴 듯한 얼굴을 한 채 유리를 향해 청순하게 웃었다.

“내 성에 빈방 많아요.”

그제야 뭔가를 눈치챈 세이렌은 얼른 입을 꾹 다물고 날개를 열심히 손질하는 척 딴청을 피웠다.

유리는 곰곰이 고민했다. 슬슬 동부를 떠날 때가 된 것 같았다. 열심히 돈을 모아 어차피 나중에 마당이 있는 큰 집으로 이사를 가고 싶은 생각이 있긴 했다.

그게 동부여도 괜찮을 것 같았지만, 사실 다른 구역이어도 딱히 문제는 없었다. 무엇보다도 동부가 돌연변이들을 격리할 움직임을 보이기 시작한 지금, 왠지 혼자만 보통 인간인 척하고 사람들 사이에 섞여 사는 건 좀 마음에 걸렸다. 굳이 그렇게까지 해서 동부에 눌러앉을 이유도 없었고 말이다.

무엇보다도 동부에 지내는 동안 뜻하지 않게 여러 사건에 휘말린 탓에, 자칫 그녀를 수상하게 여기는 사람이 나올지도 몰랐다. 그러니 평온한 일상을 위해 이쯤에서 한 번 신분 세탁을 해주는 것도 괜찮을 것 같았다.

또 이번 일로 여러 가지를 조사하는 동안 궁금한 것도 생겼다.

"라키어스 씨, 유적의 파편이 처음 발견된 장소가 어디인지 알아요?"

유리의 질문에 라키어스가 고개를 갸웃 기울였다.

"그건 왜요?"

"한번 가보고 싶어져서."

이번에 연금술사의 탑을 조사한 일이나 기원제 때 총과 비슷한 신형 무기를 본 일 등등. 여러 일을 겪으면서 유적의 파편에 대해 좀 더 알아보고 싶어졌다.

라키어스는 유리의 말을 듣고 잠깐 머리를 굴렸다. 계산은 바로 끝났다.

"그럼 지금 당장 갈까요?"

"지금요?"

"네, 지금."

라키어스가 너무 천연덕스럽게 유리를 쳐다봐서, 유리는 순간 저도 모르게 동의할 뻔했다.

"지금 당장은 너무 이르고요. 아직 정리해야 할 게 남아서."

하지만 그녀는 고개를 저었다. 어찌 되었든 간에 다른 곳으로 이주해야 할 것 같긴 하니 우선 집을 처분해야 했다. 물론 라키어스는 유리의 선택을 반겼다.

"이사를 간다고?"

유리의 말을 들은 커피하우스의 길버트 씨가 놀라 되물었다.

"네, 그렇게 되었어요."

"아이고, 그동안 정 들었는데 아쉬워서 어쩌나."

그는 유리의 이사 소식에 진심으로 서운한 기색을 내비쳤다.

"난 언제든 유리 씨가 우리 가게에 다시 돌아와 주길 기다리고 있었는데. 유리 씨 단골분들도 많이 서운해하겠어."

그 말을 듣자 생각나는 얼굴이 몇 명 있었다. 특히 바보 같이 웃는 얼굴로 자주 커피하우스에 찾아오던 스노우……. 제노스 셀던이 떠올랐다. 그의 얼굴을 직접 보지 못하게 된 지 시일이 꽤 지났다.

가장 최근에 본 것이 연금술사의 탑을 조사한 날이었으니 직접 대화를 나눈 것은 더 오래된 셈이었다. 이번에 동부에서 있었던 일 때문에 칼리안, 데이몬, 제노스, 소설의 세 남주인공 모두 정신없이 바쁜 듯했다. 무엇보다도 유리가 이미 커피하우스를 그만둬 그들과 만날 수 있는 창구도 없어진 뒤였으니까.

그래도 오며 가며 얼굴을 마주한 시간이 있어 유리와 세 사람은 나름대로 친분이 있다고 할 수 있었지만……. 역시 이런 상황에서 일부러 찾아가 작별 인사를 할 정도로 가까운 관계냐 하면 그건 아니었다. 아마 그들도 유리가 뜬금없이 찾아가 이사 소식을 알리면 이상하게 생각하지 않을까?

'막상 떠나려니 좀 아쉽긴 하네.'

그래서 유리가 유일하게 연락을 취한 것은 바스티안이었다. 도미닉의 일 이후 크록포드는 외부 손님을 받지 않았다. 물론 바스티안이 양녀로 삼을 생각까지 했던 유리라면 다를지도 몰랐지만, 그녀는 고민하다가 결국 크록포드에 직접 찾아가지는 않았다.

바스티안이 도미닉과 칼리안의 일을 어디까지 아는지는 짐작할 수 없었다. 하지만 어찌 되었거나 바스티안이 칩거를 선택했다면 거기에는 이유가 있을 터였다. 그러니 유리 같은 제삼자가 무슨 말을 해도 그에게 위안이 될 수는 없을 것이라는 생각이 들었다.

그래서 대신 편지를 남겼다. 손편지는 오랜만이라 멋쩍기도 했지만 유리를 딸처럼 생각했던 그에게 이 정도는 해야 도리일 것 같았다.

"유리 씨, 정말 내일 바로 떠나는 거예요?"

편지를 부치고 오는 길에 안네마리를 만났다. 그녀의 얼굴은 평소보다 어두웠다. 옆집에 살며 친구로 지낸 유리가 동부를 떠난다는 게 많이 아쉽고 슬픈 듯했다.

"자주 놀러 올게요."

유리도 아쉬운 건 마찬가지였다. 같이 지냈던 시간이 그리 길지는 않지만, 그동안 안네마리와 헤스티아에게 생각보다 많은 정을 붙였다.

"어디로 가실지는 정하셨어요?"

"아마 서부로 갈 것 같아요."

"정착하면 주소 알려주실 거죠?"

"음……."

유리는 바로 대답하지 않고 뜸을 들였다. 안네마리가 한결 풀 죽은 얼굴로 말했다.

“혹시 번거로우시면…….”

“그런 게 아니라 혹시 안네마리 씨한테 위험한 일이 생길까 봐 그래요.”

안네마리는 유리가 이대로 안네마리에게 행선지를 알려주고 싶지 않아 망설인다고 생각한 듯했다. 하지만 유리는 바로 부정했다.

“주소를 알려 드리는 건 어렵지 않지만 절대 혼자 오려고 하시면 안 돼요. 그쪽은 여기랑 좀 분위기가 다르거든요. 이거 드릴 테니까 놀러 오시기 전에, 그리고 다른 할 얘기가 있을 때 연락 주세요.”

유리는 좀 고민하다가 안네마리에게 실로 만든 표식을 주었다. 하얗게 나풀거리는 나비를 보고 안네마리가 눈을 동그랗게 떴다.

“이게 뭐예요?”

“어떻게 쓰는 거냐면…….”

유리는 표식의 사용법을 간단히 알려주었다.

“어디서 보내도 유리 씨에게 도착한다니 신기하네요!”

나비를 소중히 품에 끌어안은 안네마리의 얼굴이 아까보다 밝아졌다. 유리가 준 표식 덕분에 그녀와 연결된 느낌이 들어 서운함이 많이 가신 모양이다.

유리는 안네마리의 얼굴을 물끄러미 쳐다보다가 말했다.

“그리고 안네마리 씨. 내일 안네마리 씨를 찾는 사람이 올 거예요.”

“저를요?”

“네. 그쪽에서 타티아나라는 이름을 대면 한번 만나보세요.”

“타티아나라면, 할아버지 친구분 말씀인가요?”

오늘 유리는 바스티안뿐 아니라 타티아나에게도 서신을 보냈다. 이번에는 아라크네로서였다. 유리의 생각대로라면 내일은 눈물의 가족 상봉이 있을 터였다. 안네마리는 알쏭달쏭한 표정이었지만 그래도 일단 유리의 말에 알았다고 고개를 끄덕였다.

"이대로 영영 헤어지는 게 아니니까 아쉬워하지 않을 거예요."

안네마리가 씩씩하게 말했다. 유리는 그런 그녀를 보며 여상한 어투로 말했다.

"네. 조만간 또 봐요."

그렇게 그들은 다음에 만날 것을 기약하며 인사했다. 마지막 작별은 아니었다.

"얼굴이 그새 반쪽이 됐네. 밥은 잘 먹고 있어?"

그날 저녁, 제노스가 칼리안을 찾아왔다. 칼리안은 도미닉이 사용하던 집무실에 있었다. 문을 열고 안으로 들어온 제노스를 본 그는 들고 있던 서류를 놓았다. 제노스는 그런 칼리안의 모습을 보고 묘한 감회를 느꼈다. 칼리안이 제노스에게 자리를 권하며 말했다.

"그럭저럭. 너도 바쁠 텐데 불러서 미안하다."

"내가 아무리 바빠도 너만 하려고."

제노스의 말마따나 칼리안의 얼굴에는 피로가 가득했다. 두 사람은 잠깐 서로의 안부를 물으며 평이한 대화를 나누었다.

"제노스, 너한테 부탁하고 싶은 게 있어."

그러다 칼리안이 제노스를 부른 목적을 말했다.

"난 한동안 동부를 떠나지 못하니까."

제노스도 예상한 것이 있어 그런지 담담히 반응했다.

"그 돌과 관련한 일인가."

"그래."

동부의 연금술을 부흥시키고 신식 무기를 개발했을 뿐 아니라 사람의 형질까지 변하게 만드는 신묘한 돌.

"너하고 동행할 사람이 한 명 더 있는데……."

똑똑.

"가주님, 말씀하셨던 손님이 도착했습니다."

때마침 밖에서 시종이 노크를 해왔다. 칼리안이 출입을 수락하자 문이 열렸다. 그리고 안으로 들어선 사람을 보고 제노스가 얼굴을 구겼다.

"네가 왜 지금 나타나?"

"불만이냐? 꼬우면 네가 동부 최고의 연금술사 하든가."

데이몬 살바토르도 덩달아 인상을 찌푸리며 제노스의 말을 받아쳤다.

"아, 왠지 여기 오기 전부터 묘하게 이럴 것 같은 느낌이 들긴 했는데."

제노스가 한탄했다. 데이몬은 떨떠름함을 감추지 않고 옆에 있는 의자에 자리를 잡았다.

살바토르와 크록포드는 임시 휴전을 맺은 상태였다. 물론 거기에는 이런저런 정치적 요소가 개입되어 있었다.

"이미 짐작하고 있겠지만 두 사람이 함께 서부로 가주었으면 해."

칼리안이 그들을 보며 다시 입을 열었다.

"지금부터 자세한 설명을 하도록 하지."

다음 날, 동이 트자마자 유리와 라키어스는 집을 나섰다. 다른 동료들과는 차후에 합류하기로 했다.

오딘과 레오는 안네마리와 헤스티아의 곁을 떠나기 싫은 듯했다. 하지만 '너희의 존재가 그 자매한테 폐가 될지도 모른다는 생각은 안 해?'라는 세이렌의 뾰족한 말에 일단은 서부에서 머물며 상황을 살피기로 마음을 고쳐먹었다. 사실 세이렌은 이러다 유리의 마음이 다시 바뀔까 봐 그들을 힐난한 것이었지만 나름 타당한 말이었다.

"많이 아쉬워요?"

라키어스가 밖으로 나와 집을 돌아보는 유리를 향해 물었다.

"왠지 여기 처음 이사 올 때의 일이나, 라키어스 씨를 처음 만났을 때 생각이 나서요."

유리의 말에 라키어스도 그들이 몇 달간 함께 살던 집을 돌아보았다.

유리는 그런 그의 모습을 보며 두 사람의 첫 만남을 떠올렸다. 그녀의 집 앞에 소설 속 악역이 쓰러져 있던 그 밤의 기막힌 상황을.

"혹시 그런 생각 안 해봤어요?"

그러다가 그날부터 가끔 생각했던 것을 입 밖으로 꺼냈다.

"라키어스 씨가 몇 걸음만 더 옆으로 가서 쓰러져 있었어도 우리가 만날 일은 없었겠죠."

그래. 라키어스가 그때 집을 잘못 찾아오지 않았다면 지금 이렇게 그녀와 함께 문을 나설 사람은 없었을 것이다.

하지만 라키어스는 그게 무슨 소리냐는 듯이 한쪽 눈썹을 슬쩍 들어 올리며 유리를 돌아보았다.

"아니요. 만약 그렇다 해도 어떻게든 만났을 거예요."

그러고는 너무도 아무렇지 않게 유리가 내심 듣고 싶었던 말을 속삭였다.

"내가 당신을 찾아내지 못할 리 없으니까."

그러면서 라키어스가 웃었다. 유리는 이슬처럼 반짝이는 그 미소를 바라보았다.

라키어스가 유리의 손을 잡았다.

"가요, 유리 씨."

유리도 손안의 온기를 마주 잡으며 자리에서 걸음을 뗐다. 두 사람을 만나게 했던 회백색 벽돌집은 꼭 그들을 배웅하듯이 등 뒤에서 하얀 햇빛을 받으며 조용히 서 있었다.

에필로그

악역 서브남의 집을 잘 찾아갔다

“라키어스 씨, 기분이 좋아 보이시네요.”

나는 오늘따라 반짝이는 기운을 흩뿌리는 라키어스를 쳐다보았다. 확실히 그레이페럿가의 집에 있을 때보다 라키어스의 신색이 환했다. 하긴 어떤 의미로는 당연한 건지도 몰랐다.

지금 라키어스와 내가 밟고 있는 것은 서부 땅이었다. 사람들이 주로 모여 사는 시가지와는 거리가 좀 떨어진 황폐한 구역이라 주변의 풍경은 사막과 비슷했다.

바람이 불자 익숙한 향취가 건조한 공기에 떠밀려 코끝을 스쳤다. 카르노말은 내 고향이기도 했지만 원래 라키어스가 살던 곳이기도 했다. 그러니 오랜만에 서부에 오게 되어서 반가운 기분이 드는 건지도 몰랐다.

“네, 좋아요.”

라키어스가 황량한 모래 먼지 속에서도 옥처럼 빛나는 얼굴로 나를 돌아보며 눈을 접어 웃었다.

"오랜만에 유리 씨랑 단둘이 있는데 기분이 안 좋을 리가 있나요."

꿀에 절인 것 같은 미소가 직격하자 나는 순간 멈칫했다.

그의 말대로 지금 이곳에는 라키어스와 나, 둘밖에 없었다. 오딘과 레오, 그리고 세이렌은 먼저 새로운 보금자리로 향했다. 라키어스와 나는 유적이 발견된 곳에 들를 예정이었기 때문에 그들과 함께 움직이지 않고 따로 이동했다.

"다 왔어요. 저기예요."

내가 오늘따라 눈부신 라키어스의 미소에 잠깐 할 말을 고르는 사이, 그가 고개를 돌리며 어느 한곳을 가리켰다. 나는 라키어스의 손짓을 따라 시선을 움직였다. 그 후 눈에 띈 것은…….

나는 천천히 입술을 뗐다.

"빈터네요."

"빈터죠."

라키어스가 태연히 대꾸했다. 지금 내 앞에 있는 것은 여태껏 우리가 지나온 곳과 같은 황량한 공터였다. 다만 한 가지 다른 것은, 지면이 꼭 폭격이라도 맞은 것처럼 움푹 꺼져 있다는 것이었다. 그 반경이 굉장히 넓어서, 라키어스의 말대로라면 원래 이곳에 상당히 큰 유적이 들어서 있었다는 것을 알 수 있었다.

"라키어스 씨가 없앴어요?"

"제가 없앴죠."

내 물음에 라키어스는 또 산뜻하게 대답했다. 내가 눈썹을 살짝 올리며 그를 쳐다보자, 라키어스는 입가에 묘한 미소를 그렸다.

"유리 씨가 물어보지 않아서 따로 말하지 않았지만 벌써 몇 년 전 일이에요."

사실은 여기 오기 전부터 왠지 그럴 것 같은 느낌이 들긴 했다. 라키어스가 유적의 위치를 안다고 했을 때부터 어느 정도 예상했던 바였다. 연구소도 직접 찾아가 폭파했던 라키어스이니, 유적의 위치를 안다면 그곳 역시 가만히 놔뒀을 리 없다는 생각이 들었다.

하지만 막상 이렇게 직접 두 눈으로 확인하니 좀 허무하긴 했다. 그래도 잔해라도 남아 있을 줄 알았는데……. 지금 이곳에서는 아예 유적의 흔적도 찾아볼 수 없었다.

"가루 하나 안 남았네요."

"제가 좀 완벽주의자라서."

칭찬 아니야. 라키어스가 내 말에 쑥스러운 듯이 수줍게 반응해서 나는 그를 흘겨봤다. 뭔가 좀 속은 기분이 들었지만 생각해 보면 라키어스의 말마따나 애초에 그가 나한테 거짓말 한 건 없었다. 난 단지 그에게 유적의 파편이 처음 발견된 장소를 아느냐고 물었을 뿐이고, 그는 거기에 대답했을 뿐이니까.

그 유적이 남아 있는지 아닌지, 라키어스에게 더 확인해 보지 않은 건 나였다. 하지만 설령 내가 그런 질문을 해서 라키어스가 솔직히 대답해 줬다고 해도 별로 달라지는 건 없었을 터였다.

아무리 그래도 설마 정말 가루도 안 남았겠나 하는 생각에 한 번쯤 확인해 보러 오긴 했을 테니까. 그 설마가 사람을 잡을 줄도 모르고. 나는 눈앞의 허허벌판을 보며 작게 혀를 찼다.

"혹시 궁금한 거 있으면 나한테 다 물어봐도 돼요."

그때 라키어스가 나를 쳐다보면서 말했다. 이어진 말에 나는 조금 놀라서 그를 돌아보았다.

"저 안에서 몇 년 살기까지 했으니 다른 사람보다 아는 게 좀 더 있긴 할 테니까."

라키어스가 유적 안에서 살았었다고? 몰랐던 사실이었다. 라키어스가 지나가는 어투로 담담히 덧붙였다.

"그리고 딱히 찾아본 적은 없지만 윗세대 때 진행한 연구 내용을 기록한 자료가 성에 좀 남아 있기도 하고."

"카르노말 성에요?"

"네."

내가 반응을 보이자 라키어스가 입매를 부드럽게 끌어당겨 조금 전과는 다른 형태로 웃어 보였다. 기울어지는 그의 고개를 따라 금빛 머리칼이 사르르 흐트러졌다. 그 밑으로 드러난 푸른 눈동자에도 고운 미소가 맺혀 있었다. 라키어스가 나를 향해 거절하기 어려운 달큼한 목소리로 속삭여 권했다.

"그러니까 지금 나랑 같이 가면 좋을 텐데. 카르노말 성에."

이번에도 라키어스의 미인계에 넘어갔다. 결국 나는 카르노말 성에 가기로 했다. 원래는 다른 동료들과 같은 장소에 머물 생각이었는데. 라키어스는 처음 이주 얘기가 나왔을 때부터 계속 자기 성에 오라고 했지만 나는 좀 미온하게 반응했었다.

라키어스는 나뿐만 아니라 오딘, 레오, 세이렌도 성에 함께 와서 원하는 만큼 머물러도 좋다고 흔쾌히 말했다. 하지만 오딘과 세이렌은 그의 권유를 듣고 눈에 지진이 난 것처럼 굴며 좋다 싫다, 어느 쪽으로도 쉽게 대답하지 못했다.

두 사람은 카르노말의 왕인 라키어스를 처음부터 불편하게 여기는 눈치였으니 당연한 일이었다. 뭐, 레오야 평소처럼 아무 생각이 없어 보였지만 말이다. 아무튼 그래서 결국 세 사람은 카르노말 성이 아닌 다른 곳에 머물기로 했고, 그건 나도 마찬가지였다. 하지만 결국 지금, 나는 라키어스를 따라 그의 성에 들어와 있었다.

"내 성에 온 걸 환영해요, 유리 씨."

라키어스가 아까보다 더 화사하게 반짝거리는 얼굴로 나를 보며 환하게 웃었다. 아름다운 얼굴에 그린 듯한 미소까지 어리니 그야말로 한 폭의 그림을 보는 것 같았다.

"허억!"

"힉!"

하지만 주변에 있던 사람들은 꼭 귀신이라도 본 것처럼 반응했다. 지금 라키어스와 내가 막 들어온 거대한 성의 정문 앞에는 이곳에서 일하는 것으로 보이는 사람들이 일사불란하게 정렬해 있었다. 막 돌아온 그들의 주인을 맞이하기 위해서였다.

하지만 그들은 라키어스가 입을 떼자마자 귀를 의심하듯이 공손히 숙이고 있던 고개를 번쩍 쳐들어 경악 어린 눈을 부릅뜨거나, 급하게 숨을 들이켰다. 라키어스의 찬란한 미소를 보기까지 한 사람들은 얼굴이 새하얗게 질려 당장에라도 기절할 것 같았다.

"고마워요, 라키어스 씨……. 성이 참 멋지네요."

나는 애매모호한 기분을 느끼며 라키어스에게 답했다. 그러자 또 근처에 있던 사람들이 눈을 마구 흔들면서 나를 쳐다보았다. 그들의 입은 믿을 수 없다는 듯이 쩍 벌어져 있었다.

"얼마 전에 새로 단장했는데 마음에 들어요?"

"네, 이런 데는 처음 와보는데 라키어스 씨하고 잘 어울리는 성이네요."

"유리 씨 마음에 든다니 기쁘네요."

내 말에 라키어스가 또 설탕을 입에 문 것처럼 달콤하게 속삭였다. 라키어스의 미모는 정말 하늘을 뚫고 올라갈 기세였다. 그에게 충분히 적응되었다고 생각했는데 아니었나 보다. 오늘따라 라키어스를 보는 순간순간 말문이 막혔다.

"방은 잘 치워뒀겠지?"

"네, 네, 네! 딸꾹!"

하지만 성에 있는 사람들은 나보다 더 라키어스에게 적응하지 못한 듯했다. 라키어스가 고개를 돌려 묻자 그의 시선을 받은 사람이 딸꾹질까지 하며 볼썽사납게 말을 더듬었다.

"그럼 위층으로 올라갈까요? 제일 좋은 방을 유리 씨한테 드리려고 정리해 뒀어요. 아마 마음에 드실 거예요."

하지만 라키어스는 다른 사람들이 어떤 반응을 보이든 눈곱만큼도 신경 쓰지 않는 것 같았다. 라키어스가 내 손을 잡아끌었다. 꼭 들뜬 소년처럼 해사하게 웃는 그의 주위로 꽃이 퐁퐁 피어나는 것 같은 환상이 보였다.

나는 그런 그를 물끄러미 쳐다보았다. 내 방이라니. 일개 소시민이었던 내가 지금 초대를 받아 카르노말 성에 들어와 있는 것도 신기한데, 그 안에 내 방까지 있다니. 기분이 굉장히 묘해졌다.

내 기분을 이상하게 만드는 건 또 있었다. 누군가 나를 위해 이렇게 내가 있을 공간을 일부러 마련해 주는 게 익숙하지 않았다. 하지만 분명 싫은 기분은 아니었다. 오히려…….

"라키어스 씨가 준비해 준 거니까 분명 마음에 들 거예요."

나는 라키어스를 따라 걸음을 떼며 말했다. 나 스스로 느끼기에도 평소보다 부드러운 어투로 목소리가 흘러나간 것 같았다.

라키어스는 내 말에 조금 놀란 것처럼 눈을 동그랗게 뜨고 나를 쳐다보았다. 그 얼굴이 평소의 라키어스답지 않게 꽤 순진해 보여서 귀여웠다. 뒤이어 라키어스의 머리카락 사이로 드러난 귀가 서서히 붉게 달아오르는 게 언뜻 눈에 들어왔다. 다음 순간, 라키어스가 지금까지 중에 가장 예쁘게 웃었다.

"그랬으면 좋겠네요."

나도 거기에 전염된 듯이 그를 따라 살짝 웃었다. 그리고 예상대로 라키어스가 준비해 준 방은 내 마음에 쏙 들었다. 그렇게 라키어스와 함께하는 카르노말 성에서의 생활이 시작되었다.

"찻물을 따른 지 벌써 삼 분이나 지났네요. 식었을 테니 얼른 다시 뜨끈하게 데워 드릴게요!"

"괜찮아요. 지금 딱 마시기 좋은데요."

하지만 내 거절에도 아직 김도 채 가시지 않은 찻잔은 눈앞에서 교체되었다. 그리고 또 잠시 후.

"이런! 여기, 카펫에 먼지가……! 지금 당장 빨아 올게요."

"아니, 괜찮아요."

"이런 불결한 환경에서 귀인을 지내시게 할 수 없습니다! 제게 맡겨주세요!"

나는 성에서 일하는 사람이 서둘러 걷기 시작한 카펫을 가만히 내려다보았다. 도대체 먼지가 어디 있다는 걸까? 보통 사람의 시력이 아닌 내 눈에도 보이지 않는데. 역시 전문가는 다른 모양인가 보다.

"시간이 벌써 세 시네요. 출출하시진 않나요? 간식을 가져다드릴까요?"

잠시 후 또 다른 고용인이 내게 찾아와 물었다. 이번에 방에 들어온 사람은 그래도 지금까지보다 제일 차분해 보였다.

"아니에요, 점심을 많이 먹었더니 배가 불러서요."

하지만 내 말이 떨어지자마자 그녀는 두 눈을 부릅뜨고 허억 숨을 들이켰다.

"당장 소화제를 가져오겠습니다! 아니, 아예 의사를……!"

"잠깐!"

나는 처음의 차분한 모습은 모두 속임수인 듯 허둥지둥 문밖으로 뛰쳐나가려는 사람을 붙잡았다.

"체한 게 아니니까 그러실 거 없어요. 그냥 소화가 덜된 것뿐이에요."

"그럼 소화에 도움이 되는 차를 다시 올리겠습니다!"

성에서 일하는 사람들은 원래 모두 이런 건가?

다들 사소한 것 하나도 놓치지 않고 나를 세심히 신경 써주었다. 라키어스가 직접 데려온 손님이라서 그런지 각별히 대우해 주는 게 눈에 보였다. 그런데 솔직히 좀 부담스럽기도 했다.

그들은 내가 걷는 길 앞에 먼지 한 톨 떨어져 있는 것도 용납할 수 없는 것처럼 굴었다. 이러다가는 거의 밥까지 떠먹여 줄 것 같았다.

"아가씨는 손가락 하나 까딱하지 않으셔도 됩니다! 종이도 제가 넘겨 드릴게요!"

"아니요, 정말 됐어요."

"하지만 그러다 종이에 손이 베이시기라도 하면……!"

결국 나는 읽던 문서를 덮고 정색했다.

"필요한 게 있으면 먼저 말할 테니까 너무 신경 쓰지 않으셔도 돼요."

단호하게 말하자 그들도 이런 게 내 취향이 아니라는 걸 깨달은 듯했다. 그런데 왜 또 저렇게 사색이 되어서 안절부절못할까?

"뭐야, 왜 이렇게 몰려 있어?"

그때 라키어스가 방으로 들어왔다. 그는 내 앞에 있는 사람들을 보고 불만스러운 듯이 눈썹을 추켜세웠다.

"죄, 죄송합니다, 주인님!"

라키어스의 등장에 화들짝 놀란 사람들이 얼른 고개를 수그리고 사죄했다. 라키어스는 그 모습을 보고 못마땅하게 혀를 찼다. 하지만 그들을 바로 내보내지는 않았다. 다음 순간 나를 돌아본 라키어스의 얼굴에 꽃이 피었다. 다른 사람들을 향할 때 만년 빙설 같던 눈동자도 꼭 봄에 녹은 호수처럼 변했다.

"유리 씨, 지내는 건 어때요? 불편한 건 없어요?"

그가 부드럽기 짝이 없는 목소리로 내게 물었다. 그 순간, 라키어스의 뒤에서 고개를 수그리던 사람들이 홱 고개를 쳐들었다. 내 시야에 들어온 희멀건 얼굴들이 꼭 도살을 앞둔 한 무리의 양 떼 같았다.

그들은 내 대답에 목숨이 달려 있기라도 한 것처럼 달달 떨면서 나를 주시했다. 라키어스는 늘 그랬듯이 내 앞에서 무해하게 웃고 있었지만……. 사람들이 저렇게 긴장하는 걸 보면 역시 라키어스가 그들에게 어떤 존재인지 알 만했다.

"세심하게 신경 써주셔서 아주 편안하게 지내고 있어요."

내가 대답하자 라키어스가 그 말이 진짜인지 확인하려는 듯이 내 눈을 잠깐 가만히 들여다봤다. 그러다 이내 그가 웃으며 말했다.

"그래요? 혹시 조금이라도 마음에 안 드는 게 있으면 언제든 말해요."

말투는 여전히 다정하기 그지없었으나 그 내용은 라키어스의 등 뒤에 서 있던 사람들을 위협하기에 충분했다. 파르르 몸을 떠는 그들에게 라키어스가 다시 스산한 시선을 미끄러뜨렸다.

"뭣들 하고 있어? 눈치껏 알아서 나가지 않고."

"네, 넵!"

그들은 또 화들짝 놀라 서둘러 라키어스와 내게 인사를 남겼다.

"그럼 즐거운 시간 보내십시오!"

나는 그 모습을 보며 속으로 혀를 내둘렀다.

"유리 씨, 일하는 사람들이 마음에 안 들면 처리…… 아니, 바꿀까요?"

라키어스가 나한테 다가오며 물었다. 그런데 방금 처리라고 하지 않았나?

분명 잘못 들은 게 아닌 것 같았지만 라키어스의 얼굴이 천연덕스러워서 나도 그냥 모른 척 넘어갔다.

"아뇨, 안 그래도 돼요."

그러자 '흐음, 그래요?'라고 혼잣말처럼 속삭이며 다가온 라키어스가 내 손에 들린 종이를 손가락으로 가볍게 건드렸다.

"궁금해하던 내용은 찾았어요?"

나는 라키어스가 말했던 대로 성에 남아 있는 유적의 파편에 관련된 자료들을 살펴보고 있었다.

"글쎄요……."

나는 말끝을 흐리며 읽고 있던 자료를 내려다보았다. 라키어스는 평소 성에 들어오는 날이 별로 없어, 이런 게 여기 남아 있는지도 몰랐다고 한다. 그러다가 나 때문에 성을 재단장할 때 대청소를 하다가 서고 구석에 있는 걸 우연히 발견했다고 말했다. 나는 내가 읽은 문서의 내용을 떠올렸다.

서력 442년 6월 8일 정체불명의 유적이 발견되었다. 거센 모래 폭풍이 지나간 자리에 지형 변동이 일어났고, 그래서 황폐한 땅에 파묻혀 있던 고대 유적의 흔적이 드러났다.

일지로 보이는 문서들은 정리가 하나도 되지 않아 순서가 중구난방이었다. 개중에는 종이가 상해서 읽기 어려운 것도 있었다.

거기에서는 신비한 기운이 느껴졌고, 원인을 추측하기 어려운 힘에 파손된 흔적이 곳곳에 남아 있었다. 수많은 사람이 유적의 기원을 조사했으나 결국 정확한 시대를 규명하지 못했다.

그래도 직접 읽어보고 대충 순서를 끼워 맞춰보니 맥락을 파악하기는 어렵지 않았다.

유적에는 놀라운 힘이 잠들어 있었다. 유적을 조사하던 중 한 연구원이 우연히 파편 조각에 손을 찔렸다. 그 연구원은 즉시 육체에 변화가 생겼다.

이것이 바로 유적의 파편에 신비한 힘이 있다는 사실이 알려져 대대적인 실험을 벌이게 된 경위였다.

결국 연구원들은 신비한 유적을 고대 연금술이 만연했던 시절의 흔적으로 추정했다.

여기까지는 흥미롭기만 할 뿐, 사실 별다른 문제가 없었다. 하지만 내 눈에 띈 것은 뒷내용이었다.

유적 곳곳에는 해독이 불가능한 글자가 적혀 있었다. 아마 고대에 사용하던 기도문이나 주술 같은 것으로 추측된다. 아래 원문을 그대로 기록한 내용을 첨부한다.

그러고 나서 확인한 고대어의 원문은 내 간담을 서늘하게 만들었다.

출입 금지 ······역.

글자는 꼭 어린애가 그림을 그린 것처럼 삐뚤빼뚤했다. 또 군데군데 모양이 분명치 않았다.

안전 ······의.

제12발전소.

하지만 이미 내 머릿속에 들어 있던 언어이기에 몇 번 주의 깊게 살펴보자 그것을 알아보는 데는 무리가 없었다.

출차 주…….

원…… 력 실험…….

신…… 생체…… 에너지…….

폐기…… 처리장.

그 밖에도 많은 글씨가 적혀 있었지만 내 시선을 사로잡은 건 대략 이 정도였다. 마지막에는 이렇게 덧붙여져 있었다.

-일부 글씨는 마모되어 확인 불가.

그렇게 고대어라고 적힌 내용을 다 확인한 뒤 조금은 혼란스러워졌다. 이건 분명 내가 전생에 알던 언어였다. 그런데 이게 고대어라니?

중간중간 몇 개의 단어가 누락되긴 했지만 그 내용을 추정하기란 어려운 일이 아니었다.

어느 날 갑자기 발견된 유적의 정체에 대해서도 추측하기 충분했다. 순간 좀 소름이 돋을 뻔했다. 그 유적의 파편에 담긴 힘이란 게 뭔지 예상이 되었기 때문이다.

"라키어스 씨, 유적에서 몇 년간 살았다고 했죠? 그때 얘기 좀 해줘요."

나는 라키어스에게 부탁했다. 라키어스는 흔쾌히 얘기해 주었다. 그의 말을 듣고 나서 나는 더욱 확신했다.

하지만 유적의 파편으로 인해 사람들이 보인 변화는 내가 전생에서 알고 있던 일련의 부작용과 달랐다. 나는 가만히 생각했다. 도대체 뭐가 뭔지 알 수가 없었다. 혹시 연금술이 만연했다던 이곳의 고대 시절이 정말 내가 알고 있는 그 문명 시대를 의미하는 게 맞는 건가? 그럼 지금 내가 살고 있는 이 시간대가 전생에서 수천 년이 지난 미래라고?

의구심은 아직 남아 있었다. 소설에서는 어느 날 갑자기 발견된 유적의 정체가 뭔지 끝내 밝혀지지 않았다. 그래서 작가가 소설의 배경을 미래 세계로 설정해 두고 있던 건지 뭔지 알 수가 없었다.

"흐음, 생각보다 별 내용은 없네요."

라키어스는 몇 번 종이를 팔락이며 넘기다가 곧 흥미를 잃은 눈치였다.

"언제까지 볼 거예요? 나 심심한데."

귓가에 속삭여지는 목소리가 은근해졌다. 라키어스는 내 쪽으로 조용히 상체를 기울였다. 창밖에서 들어오는 햇빛에 물든 그의 얼굴이 아름답게 빛났다. 하지만 다른 데 신경이 쏠린 탓에 지금만큼은 라키어스의 미인계에 넘어가지 않았다.

"라키어스 씨, 저 잠깐 나갔다 올게요."

"어디를 또 가려고요?"

내가 자리에서 일어나자 라키어스가 불만스러운 듯이 슬쩍 미간을 찌푸렸다.

"다른 유적이 있는 곳을 확인하러 가려고요."

내 말이 뜻밖이었는지, 라키어스의 입이 작게 벌어졌다.

"다른 유적?"

"네, 다른 유적."

내 생각이 맞는다면, 아직 실재하고 있는 또 다른 유적이 남아 있을 터였다. 라키어스가 곧 낮은 한숨을 내쉬며 나를 따라왔다.

"같이 가요."

우리는 성을 나와 이동했다.

유리는 무언가를 확인하듯이 장소를 이동했다. 어제 라키어스가 안내해 주었던 유적의 빈터에서부터 일정한 거리를 재며 몇몇 곳을 옮겨 다녔다. 문서에 기록된 고대어 중에는 지명도 섞여 있었는데, 그걸 보고 혹시 싶어 몇 군데를 확인해 본 것이었다. 그 결과 유리는 다른 유적 하나를 발견해 내는 데 성공했다.

"거기서 한 발자국만 더 가면 남부인데."

유리가 움직이는 대로 잠자코 따라온 라키어스가 앞서가는 그녀를 보고 말했다. 유리는 라키어스의 말을 못 들은 것처럼 눈에 보이지 않는 경계를 넘어 깎아지른 듯한 절벽 앞에 섰다.

그 밑에는 새까만 늪이 펼쳐져 있었다. 유리가 서 있는 곳은 동부, 서부, 남부의 경계가 겹쳐진 곳으로, 아슬아슬하게 남부의 영역이었다. 그래서 일단 사실을 알려주기는 했으나 라키어스도 딱히 남부의 반응을 걱정하는 건 아니었기 때문에 이번에도 유리가 원하는 대로 하게 내버려 두었다.

"라키어스 씨, 저기 봐요."

라키어스의 시선이 유리의 손가락이 가리킨 곳으로 향했다. 하지만 라키어스가 서 있는 장소에서는 유리가 보여주려 하는 것이 뭔지 눈에 들어오지 않았다. 라키어스는 그녀의 뒤로 다가가 그 역시 서부의 땅 밖으로 걸음을 내디뎠다. 몇 발짝 걸어가자 유리가 서 있는 절벽의 끄트머리에 당도할 수 있었다. 예전에도 이 근처에 와본 적이 있었지만 어차피 앞쪽은 늪지대라 굳이 경계를 넘은 적은 없었다.

"……!"

그런데 유리를 따라 암벽의 가장자리에 서자마자 익숙한 느낌이 라키어스의 뒷덜미를 스쳐 지나갔다. 유적의 파편과 동일한 기운이었다. 유리가 손으로 가리킨 곳은 그들이 서 있는 절벽의 아래쪽이었다.

"기둥? 설마 저거……."

라키어스의 눈살이 찌푸려졌다. 그들이 밟고 서 있는 땅은 단순한 암벽이 아니었다. 모양을 잘 보니 기둥으로 받쳐진 동굴의 입구 같은 것이 그 사이에 있었다. 동굴 내부는 서부로 이어진 듯했다.

"들어가 보죠."

라키어스가 무어라 말하기도 전에 유리는 밑으로 뛰어내렸다. 아래쪽에는 한눈에도 위험해 보이는 검은 늪지대가 펼쳐져 있었지만 암벽을 타고 내려가는 것 정도야 그들에게 어려운 일도 아니었다.

라키어스도 주위를 살피면서 밑으로 내려갔다. 그러다 그는 암벽 중간에 누군가 만들어놓은 듯한 작은 외길을 발견했다. 자연의 모습을 간직하고 있어 눈에 잘 띄지는 않았지만 분명 사람이 지나다닌 흔적이 있었다. 라키어스의 눈이 가늘게 뜨였다.

유리는 처음으로 유적 안에 발을 들였다. 내부는 어두웠다. 하지만 벽 쪽에 장치가 있어서 그걸 건드리자 흐린 불이 들어왔다. 군데군데 망가진 것도 있었지만, 천장에서 은은한 빛을 발하고 있는 것은 분명 연금술 물품이었다.

내부의 광경은 라키어스의 설명이나 문서에 적혀 있던 묘사와는 좀 달랐다. 이곳은 차라리 그녀가 있던 연구소와 비슷했다. 하지만 완전히 동일한 분위기는 아니었는데, 내부를 살펴보니 이곳에서는 실험이 이루어지지 않은 것 같았다.

"잠깐."

잠시 후 눈앞에 나타난 여러 갈래의 길 중 하나로 들어섰을 때, 라키어스가 유리의 팔을 잡았다. 유리도 라키어스를 따라 걸음을 멈추었다. 공간 안쪽에서 불길할 만큼 강렬한 기운이 넘실거리는 게 느껴졌다.

벽면과 천장을 빼곡하게 채운 검은 광택을 내는 크고 작은 결정들이 보였다. 그 밑쪽에는 연금술사의 탑에서 보았던 것과 비슷한 원석이 몇 개 떨어져 있었다.

"유적의 파편이네요."

유리의 말에 라키어스가 미간을 좁혔다.

"위험할지도 모르니까 일단 건드리지는 말아요."

유리도 라키어스의 의견에 동의했다.

"다른 방으로 가보죠. 여긴 별로 들어가고 싶지 않네요."

두 사람은 유적의 파편이 징그러울 정도로 가득 찬 공간에서 뒤돌아 다른 갈래의 길로 들어섰다.

"여기는 문서가 보관돼 있어요."

방에는 오래된 종이 냄새가 스며 있었다. 유리는 책장에 있는 문서 하나를 꺼내 들었다. 역시 카르노말 성에서 본 것과 비슷한 일지였다. 유리가 일기를 살펴보는 동안 라키어스는 슬쩍 문 뒤쪽을 돌아보았다.

"……잠깐 다른 곳을 둘러보고 올 테니 여기 있어요."

유리가 고개를 끄덕여 동의하자 라키어스가 문을 나섰다. 유리는 일지의 내용을 훑어보았다. 예전에 이곳에 있던 책임자가 일기처럼 당시에 있었던 일들을 기록해 놓은 듯했다. 그중 눈에 띄는 구절이 몇 개 있었다.

주의 사항. 파편 채집 때는 할당된 장비를 잊지 않도록 한다. 장비의 상태를 꼼꼼히 확인하는 것도 중요하다. 어제 제9구역에 배치된 인원 중 찢어진 장갑을 사용한 인부 한 명은 맨 살갗이 파편에 닿아 곧바로 형체를 찾아볼 수 없게 녹아버렸다.

파편에 닿은 생명체는 인간, 동물, 곤충, 식물을 가리지 않고 그게 무엇이든 전부 다 본래의 성질을 잃게 된다. 시간이 지나자 녹아내린 덩어리는 단단한 원석처럼 변했다. 가끔 유적 안으로 날아든 나방이나 반딧불 같은 것이 유적의 파편에 부딪혀 원석으로 변하기도 했다.

그 원석은 새로운 자원으로 활용이 가능하다. 역사에 새겨질 놀라운 발견이다.

원석의 조각을 인체에 심으면 기능이 향상되거나 드물게 신비한 힘이 생기는 경우도 있었다. 또한 물건에 활용해 완전히 새로운 형질로 변화시키는 것도 가능하니, 고대의 연금술에 비견할 만하다고 생각된다.

밖에서는 생물체가 변이한 원석의 조각을 그냥 유적의 파편이라고 부르지만 엄밀히 따져 이 두 가지는 명확히 분리된…….

탁. 마침내 유리는 문서를 다 읽고 일기를 덮었다. 바닥에는 유리가 읽고 버린 자료들이 널려 있었다. 그녀의 얼굴이 미미하게 찌푸려졌다.

여기에 적힌 내용대로라면 유리가 알고 있던 '유적의 파편'은 진짜 유적의 파편이 아닐지도 몰랐다. 유적의 파편에 닿으면 생명체가 원석화된다고?

그리고 그 변이한 원석을 사람에게 심으면 신비한 능력이 생기고?

그럼 유리를 포함한 변종들이 흡수한 것도 진짜 유적의 파편이 아니라, 유적의 파편으로 인해 생물의 형체가 변질된 원석의 조각이란 말인가?

사실 이런 옛 문서에 적힌 내용만으로는 완전히 파악하기 어려운 부분들도 있었지만 그렇게 생각하자 찜찜한 마음이 들었다.

혹시 모르는 일이 아닌가. 유리의 몸에 흡수된 원석의 조각 중에 동식물뿐만 아니라 인간으로 이루어진 것이 있을지도. 어쩌면 원석의 조각을 흡수한 뒤 외모가 변하는 것도 그런 이유로 설명할 수 있을지도 몰랐다.

그 순간 셀레나 크록포드가 문득 뇌리를 스쳐 지나간 것은 어째서인지 몰랐다. 도미닉 크록포드는 크고 작건 간에 유적의 파편과 연관되어 있는 것이 분명했다. 혹시 셀레나 크록포드도 무관하지 않다면…….

그녀는 이단자들에 의해 습격당해 죽은 것으로 되어 있었지만 실상은 어떨지 몰랐다. 어떤 혈연관계도 없는 셀레나 크록포드와 유리의 외모가 이토록 흡사한 것도 어쩌면 우연이 아닐 가능성이 있었다. 유리는 연구소에 팔려가기 전 자신의 외모가 어땠는지 떠올려봤다. 확실히 많이 변한 것 같긴 했다.

'한번 확인해 볼 가치는 있나.'

유리는 한 번 기회를 봐서 동부에 가봐야겠다고 생각했다.

"유리 씨, 다른 곳에 더 살펴볼 건 없는 것 같은데. 그만 가죠."

그때 돌아온 라키어스가 유리에게 손을 내밀었다.

유리는 들고 있던 문서를 땅바닥에 버리고 라키어스의 손을 잡았다.

"혹시 가져갈 건 없어요?"

"딱히 없어요."

여기 있던 자료들은 모두 머릿속에 저장했으니 따로 챙길 필요는 없었다.

"여기, 없앨 거죠?"

라키어스가 무슨 생각을 하고 있는지 알 것 같아서 지나가듯이 묻자 그의 입가에 가느다란 미소가 떠올랐다.

두 사람은 유적 밖으로 나와 위쪽으로 올라갔다. 그 순간 착각인지 아래쪽에서 작은 인기척이 느껴진 것 같았다. 하지만 유리가 고개를 돌리자마자 굉음이 귓가에 울렸다.

콰앙!

자리를 비우던 사이에 미리 조치해 놨던 건지, 유적이 시원하게 폭발했다. 암벽과 함께 부서져 내린 옛 문명의 흔적이 서서히 늪지대 속에 가라앉았다. 라키어스는 속이 후련해 보였다.

그 시각. 유적과 함께 늪지대 밑으로 가라앉을 뻔한 사람들이 있었다.

"허, 큰일 날 뻔했네."

"뭐야! 갑자기 멀쩡하던 게 왜 무너져?"

제노스와 데이몬은 간발의 차이로 연금술 보호 물품을 사용해 무너지는 낙석 속에서 몸을 보호하는 데 성공했다.

"망할, 힘들게 여기까지 기어 내려왔더니 괜히 개고생만 한 격이잖아!"

"설마 외부인이 들어오면 폭파되게 설계되어 있었나?"

두 사람은 의구심을 느꼈다. 그들은 도미닉이 진행하던 실험에 대한 실마리를 얻은 칼리안의 부탁으로 이곳에 온 참이었다. 그런데 뭔가 쓸 만한 것을 찾기도 전에 갑자기 동굴이 무너져 내렸다. 그래서 결국 두 사람은 수확 없이 다시 동부로 돌아가야만 했다.

하지만 폭발에 휘말려 밖으로 휘날리는 종이 다발들이 있어서 일단 그것만이라도 손에 닿는 대로 회수하기로 했다.

유적 안에 고인 강렬한 기운이 오감을 일부 차단한 탓에 유리는 그들의 존재를 알아차리지 못했다. 그러나 일찍이 거기에 익숙해져 있던 라키어스는 기척을 감지했고, 유적 안에 들어온 것이 동부의 두 거슬리던 애송이라는 사실을 확인했다. 그래서 이참에 유적과 함께 그들을 늪 속에 파묻어 버리기로 한 것이었다. 역시 악당들의 왕다운 사악함이라 할 만했다.

'이 정도면 확실히 죽었겠지.'

평소라면 확인사살을 했겠지만 지금은 옆에 유리가 있었다. 뭐, 혹시 운이 좋아 살아남았다 해도 나중에 다시 처리하면 되었으니까. 라키어스는 꽤 홀가분한 마음으로 상쾌하게 웃으며 유리의 손을 잡아끌었다.

"가요, 유리 씨."

유리는 새까만 늪지대 속에 파묻혀 가는 유적을 멀리서 보다가 뒤돌아섰다. 후에 또 할 일들이 있었지만 지금은 일단 집으로 돌아갈 시간이었다.

집 잘못 찾아오셨어요, 악역님 〈완결〉

외전

악역님의 이웃사촌입니다

몹시도 맑고 화창한 어느 날.

"왈왈!"

오늘도 나를 깨우는 코코의 소리가 아침을 알렸다. 침대 위로 뛰어올라온 코코가 이불 위로 빼꼼 내밀어진 내 얼굴을 핥았다.

"음……. 코코, 간지러워."

나는 잠이 덜 깬 채로 코코를 쓰다듬어 주기 위해 손을 움직였다. 하지만 거기에 닿은 건 북실북실한 털 뭉치가 아니었다. 침대를 짓누르고 있던 코코의 무게감이 불쑥 사라졌다. 멍멍 짖어대는 소리가 순식간에 멀어진 데 이어, 그 자리에 감미로운 남자의 목소리가 대신 들어찼다.

"유리 씨, 아침이에요."

은은한 커피 향이 섞인 나지막한 속삭임이 귓가를 스쳤다. 가늘게 눈을 뜨자 아침 햇살이 번진 화사한 얼굴이 나를 맞았다. 조금 전까지만 해도 코코가 있던 옆자리에 라키어스가 걸터앉아 있었다.

"안녕, 잘 잤어요?"

라키어스는 잡고 있던 내 손을 부드럽게 끌어당겨 거기에 입을 맞추며 웃었다. 침대 광고…… 혹은 화장품 광고의 모델 같은 상큼하고 맑은 미소였다. 만약 예전에 내가 살던 세상이었으면 라키어스는 광고계의 완판남으로 이름 높았을 게 분명했다.

"안녕……. 좋은 아침이네요, 라키어스 씨."

익숙한 아침의 풍경에 나는 잠기운을 몰아내려 눈을 깜빡이며 인사했다.

"멍!"

침대 밑으로 밀려난 코코가 아래에서 짖었다. 다시 내 옆으로 올라오려고 용을 쓰는 강아지를 라키어스가 훌쩍 안아 들었다. 그는 웃는 낯으로 코코에게 말을 걸었다.

"우리 코코, 아까부터 왜 자꾸 유리 씨 침대 위로 기어 올라가려고 하지?"

"왈왈!"

"아, 그래. 배가 많이 고프다고?"

"왈왈!"

"그럼 형이 밥 줄 테니까 얌전히 밖으로 나가 있어."

사근사근한 어투기는 했으나 왠지 묘한 압박감이 느껴지는 음색이었다. 하지만 코코는 라키어스의 말을 따르기는커녕, 이번에는 꼬리를 흔들며 그에게 달려들어 뺨과 턱을 마구 핥기 시작했다.

라키어스는 웃는 얼굴 그대로 굳어졌다. 코코를 당장 떼어내고 싶지만 작은 강아지의 어디에 손을 대면 좋을지 몰라 이도 저도 못하는 게 느껴졌다. 나는 그 모습을 보고 큭 작게 소리 내 웃었다.

"코코, 이리 와."

"멍!"

내 부름을 받은 코코는 그제야 라키어스를 놔주었다. 나는 침대에서 반쯤 몸을 일으켜 코코를 안고 아침 인사를 했다. 코코의 복실복실한 털을 쓰다듬으면서 예쁘다고 뽀뽀하는 내 모습을 라키어스는 잘게 찌푸린 눈으로 주시하고 있었다.

"금방 밥 줄 테니까 나가 있어, 코코."

좀 전에 라키어스가 말할 때와 달리 코코는 곧바로 내 말을 따라 총총 방문을 나섰다. 그 광경을 본 라키어스에게서 헛웃음이 새어 나왔다.

"저럴 때 보면 강아지 아닌 것 같은데."

"우리 코코가 좀 똑똑해요."

반려동물을 아끼는 세상 모든 사람이 그러하듯이 내 입에서도 자연스럽게 팔불출 같은 말이 나왔다.

"오늘부터 그냥 나도 강아지 할까 봐."

라키어스가 내 쪽으로 상체를 기울이면서 푸념하듯이 말했다.

"코코보다 내가 더 말도 잘 듣고 예쁘게 굴 자신 있는데."

농담조로 읊조린 라키어스는 조금 전에 코코를 대하던 나처럼 내 얼굴 곳곳에 새털 같은 가벼운 키스를 흩뿌렸다.

"이미 라키어스 씨가 코코랑 크게 다른 건 없는 것 같은데요."

나는 그게 간지러워서 한쪽 눈을 찡그렸다. 하지만 싫은 건 아니라 라키어스를 피하지는 않았다.

"마음대로 내 집에 들어와서 침대 위에 올라와 있는 것도 똑같고."

너무 자연스러워서 이제는 거의 잊고 있었지만 여긴 원래 나 혼자 사는 집이었다. 하지만 라키어스가 너무 자주 드나들어서 구분은 별 의미가 없었다. 내 말을 들은 라키어스는 킥 웃으며 장난스럽게 내 입술을 깨물었다.

"물고 핥는 것도…… 똑같은데."

덧붙여 말하자 내 앞에 있는 푸른 눈이 작게 휘어졌다.

"그럼 나한테도 예쁘다고 해줘야지."

"예쁘네요, 라키어스 씨."

"머리도 쓰다듬어 주고."

"흐음."

"자, 이제 나한테 키스해요."

기어이 나한테 쓰다듬음까지 받은 라키어스가 당당하게 요구했다. 내가 서부에서 지낸 지난 반년 사이 라키어스는 더 뻔뻔해지고 더 앙큼해졌다. 그리고 나는 아마도…… 좀 더 느슨해졌나 보다.

"라키어스 씨는 역시 개가 아니라 고양잇과에 가까운 것 같네요."

나는 팔을 들어서 라키어스의 목에 감았다. 나한테도 청개구리 기질이란 게 있어서 가끔은 라키어스가 원하는 것과 반대로 행동하고 싶은 충동이 들기도 했다.

하지만 역시 라키어스의 얼굴을 보면 괜히 쓸데없는 고집을 부려서 그를 실망시키고 싶지 않다는 마음이 들었다. 이렇게 숨김없이 온몸으로 나를 좋아한다고 말하고 있는 사람 앞에서는, 아무래도 나 역시 덩달아 무장이 해제되는 기분이었다.

흠, 그런 걸 보면 또 고양이보다는 갯과 같기도 하고.

"그럼 이참에 고양이도 한 마리 집에 들이는 건?"

이미 거의 같이 살고 있는 거나 마찬가지면서 라키어스가 웃으며 물었다. 나는 그의 얼굴을 잡아당기면서 답했다.

"말 잘 들으면 생각해 볼게요."

난 살짝 입술만 맞대고 말 생각이었는데, 라키어스는 내가 그만하라고 옷을 몇 번이나 잡아당기고 나서야 날 놔주었다.

"식사 준비해 놨어요. 먼저 천천히 씻고 나와요."

잠시 후 다정한 아침 인사를 속삭이며 헝클어진 내 머리카락을 정리해 준 라키어스가 나를 부드럽게 당겨 침대에서 일으켜 세워 주었다.

나는 보들보들한 슬리퍼를 신고 그의 손에 이끌려 문으로 향했다. 여느 때와 다름없이 방 안 가득 스민 햇살이 찬연하게 밝았다.

"유리 씨, 오늘은 왜 그것만 먹어요? 음식이 입에 안 맞아요?"

"아니요. 가볍게 먹고 밖에 나가려고요."

나는 이러다 나무늘보가 되는 게 아닐까 하는 위기감을 느꼈다. 내가 아무것도 안 해도 아침과 밤에는 내가 가장 좋아하는 향을 첨가한 거품 목욕이 욕실에 준비되었고, 식탁에는 맛과 영양 모두가 균형 잡힌 산해진미가 끼니마다 대령되었다.

내가 미처 의식하지 못한 사이에 집 청소도 먼지 한 톨 없이 반짝반짝 윤이 나도록 완벽하게 해결되기 일쑤였다. 집 밖의 정원 역시 내가 손을 대지 않아도 늘 아름답고 깔끔한 조경을 자랑했다.

오후에는 그 정원의 한쪽에 놓인 티 테이블이나 양지바른 테라스, 혹은 아늑한 멋이 일품인 휴식용 방에 그윽한 향기를 흘리는 차와 달콤한 다과가 준비되었다. 그렇다 보니 처음에는 내 집에 나도 모르는 집 요정이라도 사는 줄 알았다. 하지만 당연히 그런 건 아니었다.

"새 시가지 쪽에?"

"네."

라키어스는 알겠다는 듯이 고개를 끄덕였다. 나는 그를 보며 좀 고민하다가 말했다.

"라키어스 씨. 성에서 일하는 분들, 역시 이제 그만 오시는 게 나을 것 같아요."

그러자 라키어스는 다시 시선을 들어 나를 쳐다보았다. 그는 흠, 소리를 내며 입을 열었다.

"누가 불편하게 해요? 나한테 말해주면……."

"아니요. 매일 공짜로 일해주시니까 미안해서요."

하지만 내 말을 들은 라키어스는 이번에도 태연히 답할 뿐이었다.

"다들 시간이 남아돌고 한가해서 하는 거예요. 원래 그런 잡일이 취미인 애들이라 오히려 신나 있으니까 신경 쓸 것 없는데."

우리 집 집 요정은 라키어스의 성에서 일하는 사람들이었다.

내가 그의 성에서 머문 시간은 처음에 초대받아 갔던 불과 2주 정도였다. 철저히 소시민적 기질을 지닌 나는 라키어스의 성에 끝내 적응하지 못했다.

물론 라키어스가 나를 위해 내준 방은 근사했지만 어쨌거나 그 근본은 웅장한 성이었다. 그래서인지 매일 고급 호텔에 숙박하는 기분이 들지언정, 진짜 '집'에 있는 것 같은 느낌은 들지 않았다. 그런 이유로 나는 라키어스에게 그의 성을 나가 내 집을 구하겠다는 의사를 표명한 것이다. 그 결과 어떻게 되었느냐면…….

"그럼 역시 제가 고용료를 낼게요. 출장 업무인 셈이니까……."

"어차피 거리도 없어지면 코 닿을 데인데 출장이라고 할 것도 없죠."

바로 다음 날부터 라키어스의 성 바로 옆에 저택이 지어졌다. 강아지를 키울 수 있을 정도로 넓은 정원이 있는 이층집. 뒤쪽에는 숲을 산책할 수 있는 오솔길이 있고, 앞쪽에는 맑은 호수와 푸른 들판이 있는 자연친화적인 주거공간이었다.

라키어스는 꼭 내 머릿속에 들어갔다 나오기라도 한 것처럼 꿈에 그리던 완벽한 집을 뚝딱 만들어냈다. 솔직히 처음에는 기가 막혔는데, 딱 한 달만 살아보라는 라키어스의 설득에 못 이겨 이 집에 들어오게 되었다. 그리고 결국은 오늘날까지 여기에 눌러사는 중이었다.

라키어스는 틈만 나면 내 집에 들락거려서 이건 같이 사는 건지, 따로 사는 건지 좀 헷갈릴 지경이 되었다. 심지어 라키어스의 성에서 일하는 사람들도 그를 따라 매일 출장을 와서 내 생활 전반을 살뜰히 돌봐주었다.

성에서 지내는 동안 내가 은근히 부담스러워하는 걸 눈치챘는지, 이번에는 꼭 우렁각시라도 되는 것처럼 내 시선이 닿지 않는 곳에서 움직였다.

그런데 혹시 그 사람들도 단체로 낯가림을 했던 걸까? 눈을 마주할 때는 내 앞에서 실수도 종종 하던 사람들이었으나, 모습을 감춘 뒤부터 그들은 깜짝 놀랄 정도로 유능한 모습을 보였다. 그 결과, 나는 점점 아무것도 안 해도 되는 일상에 익숙해졌다.

하지만 역시 이런 고급 인력을 무급으로 부려먹는 건 안 될 일이었다. 그 사람들은 엄밀히 따져 라키어스에게 고용된 사람들인데 연인이란 이유로 나까지 그들에게 일을 시키는 건 갑질이나 마찬가지 아닌가?

"정말 마음 쓸 필요 없는데 왜 이렇게 배려심이 많아서."

그러나 악덕 상사인 라키어스는 지극히 당연한 내 말을 듣고 오히려 가련한 을을 보듯이 표정을 흐렸다. 그렇게 착해서 이 험한 세상을 잘 헤쳐 나갈 수 있을지 모르겠다는 듯한 눈빛이었다. 하지만 라키어스는 곧 할 수 없다는 듯 웃으면서 내 얼굴을 쓰다듬었다.

"그럼 제가 여기서 일하는 만큼 봉급을 추가로 올려주는 걸로 할게요. 그럼 되겠죠?"

나는 예쁘게 방긋 웃는 라키어스를 보고 무심코 고개를 끄덕였다가 곧 멈칫했다.

"아니, 그러니까 그 고용료를 제가……."

"이 문제는 괜히 머리 아프게 더 생각하지 말고 여기까지만 얘기해요. 식기 전에 어서 식사부터 마저 하고. 외출할 거면 더 든든하게 먹어야지. 자, 아."

다른 말을 더 하려고 벌린 입에 그가 손수 먹여준 음식이 들어왔다. 나는 눈살을 찌푸리며 입을 우물거렸다. 라키어스에게 좀 더 따지고 싶은 기분이었지만 입가에 묻은 소스를 닦아주는 손길이나 나를 보며 미소 짓는 그의 얼굴이 또 너무 다정해서 목 끝까지 올라왔던 말은 다시 삼켜졌다. 이 또한 평소와 다를 바 없는 반짝이는 아침의 풍경이었다.

아침 식사를 마친 후, 나는 당초의 계획대로 외출했다. 목적지는 새 시가지가 있는 제7지구 쪽이었다.

반년 전에 새로 생긴 그곳은 지금 내가 살고 있는 집과 도보로 20분 정도밖에 걸리지 않았다. 거리가 꽤 가까운 편이라 나는 종종 거기에 살고 있는 동료들을 만나러 직접 걸음하곤 했다.

까악, 까악, 까악!

시가지에 들어서자마자 까마귀가 머리 위를 가로질러 날아가는 게 보였다. 사람들이 활기를 띤 채 길을 오가고 있는 시가지는 동부의 모습과 크게 다를 것이 없었다.

잠시 후 나는 시가지 안에서 제일 큰 저택에 다다랐다. 새로 세워진 오딘의 정보상이 있는 곳이었다.

"어서 와, 아라크네."

안으로 들어가자마자 주인인 오딘이 나를 맞아주었다.

"번견하고 껌딱지가 좀 전에 너 보러 간다고 나갔는데 길이 엇갈렸나 보네?"

그는 까마귀를 통해 내가 오는 것을 이미 알고 있었던 듯했다.

"그래? 언제 나갔는데?"

"10분쯤 전에."

"그럼 금방 돌아오겠네."

오딘은 직원에게 보고를 듣고 있었던 모양이다. 나는 오딘의 앞에서 굽실거리고 있던 사람을 향해 인사했다.

"안녕하세요, 하늘다람쥐 씨."

"헉! 제, 제 이름을 기억해 주시다니……. 이쪽으로 앉으세요!"

원래 오딘은 혼자 의뢰를 받아 일했었으나, 이번에 다시 서부로 돌아와 새로 연 정보상은 조직적으로 이루어졌다. 그래도 역시 중요한 일은 오딘이 처리하고, 그 밑의 직원들에게는 자잘한 일을 맡기는 듯했다. 하늘다람쥐는 그중 하나였다.

물론 진짜 이름이 아니라 뒷세계 쪽 별명 같은 것이었다. 오딘은 나한테 알랑거리는 하늘다람쥐를 못마땅하게 쳐다보며 앉은 채로 그의 정강이를 걷어찼다.

"야, 뭘 멀뚱히 서 있어? 빨리 가서 차라도 내오지 못해?"

"앗, 넵!"

호랑이 없는 굴에서는 여우가 왕이라고 했던가. 라키어스의 앞에서는 기를 못 펴는 오딘이었지만 그의 왕국이나 다름없는 이곳에서는 달랐다. 오딘에게 구박을 받은 하늘다람쥐가 후다닥 문밖으로 달려갔다.

하늘다람쥐는 정보상계의 이인자로, 전부터 호시탐탐 오딘의 일인자 자리를 노리고 있었다. 오딘은 그런 그를 같잖아해서 직접 손을 대지는 않았었다.

하지만 서부에 돌아오고 나서 몇 번 마찰을 빚나 싶더니, 결국 오딘의 인내심은 바닥나 버렸다. 그 결과, 하늘다람쥐는 오딘에게 먼지 나게 털리고 서열 정리를 당해 결국 그의 부하가 되어버렸다.

그러나 오딘이 매일 이렇게 구박하면서도 어쨌거나 계속 그를 옆에 두고 부려먹는 걸 보면, 하늘다람쥐의 일처리 방식을 마음에 들어 하는 건 확실했다. 그동안 미운 정이 좀 든 것 같기도 하고 말이다.

"안에만 있으니까 답답하네. 밖으로 나가자, 아라크네."

하늘다람쥐에게 차를 내오라고 시킬 땐 언제고 오딘이 앞장서 방을 나섰다.

"아라크네, 넌 다시 이쪽 일 안 할 거지?"

"글쎄. 아직은 그냥 지금 생활도 괜찮다 싶지만, 나중에 심심해지면 다시 시작할 수도 있고."

"어, 그래? 하지만……."

오딘은 내 대답이 의외인 듯 눈을 동그랗게 떴다. 하지만 곧 무슨 생각을 했는지, 거기서 말을 더 잇지는 않고 얼버무렸다.

"그…… 라키어스 님은 별말 안 해?"

"무슨 말?"

"아아니. 그냥 뭐. 미래 계획이라든가. 앞으로의 일 같은 거……."

오딘은 아직도 라키어스 얘기만 하면 저렇게 식은땀을 흘리면서 말을 어물거렸다. 어째서인지 요즘 들어서는 특히 그랬다. 왠지 내 눈치를 좀 보는 것 같기도 하고. 혹시 내가 라키어스랑 같이 살고 있는 걸 알아서 덩달아 날 대하는 것도 좀 불편해져서 그런가?

"별 얘기는 안 하는데."

"그래?"

왠지 오딘이 입이 간질간질한 것 같은 눈으로 나를 쳐다보았다. 뭔가 수상해서 나는 눈을 가늘게 떴다. 내 시선을 마주한 오딘은 화들짝 놀라 얼른 표정 관리를 했다. 그래 봤자 이미 늦었지만.

하지만 오딘에게 이유를 묻지는 않았다. 그게 뭐든 라키어스와 직접적으로 연관된 거면 쉽게 말을 해줄 리 없었으니. 나는 차라리 오늘 집에 돌아가서 라키어스를 떠봐야겠다고 생각하며 다시 말을 이었다.

"그냥 동부에 있을 때 하던 일이 좋으면 여기서도 해보는 게 어떻겠느냐고 지나가듯이 흘린 적은 있었지만."

"동부에서? 혹시 그 커피하우스?"

"그런 거."

"어……. 당연히 네가 원하면 얼마든지 할 수 있겠지만."

오딘이 애매한 얼굴로 말끝을 흐렸다. 그 역시 카르노말에서 커피하우스 같은 걸 내는 게 상상이 안 되는 모양이다. 물론 이곳에도 그 비슷한 가게들은 있었지만 솔직히 그런 건전한 음료가 아닌 주류를 판매하는 게 대부분이었으니까.

"뭐, 아직은 그냥 여러 가지로 생각만 하고 있는 거지."

일단 지금은 손 하나 까딱 안 해도 되는 백수 생활이 편해서 당장 뭔가를 할 마음은 없었다. 하지만 언제까지나 이렇게 지낼 수 없다는 생각을 슬슬 하고 있었다. 물론 라키어스야, 내가 원하면 앞으로도 얼마든지 계속 지금처럼 지내도 된다고 말할 게 분명했지만 말이다. 그렇게 오딘과 대화하며 길거리를 걷던 어느 순간이었다.

후다닥! 퍽!

"죄송합니다!"

어떤 어린애가 나하고 몸을 부딪친 뒤 급히 사과의 말을 남기고 달려갔다.

"여기 사는 애 아니네. 처음 보는 얼굴인데."

수상한 낌새를 대번에 눈치챈 오딘이 쯧 혀를 찼다. 나도 손끝에 걸린 실을 잡아당겼다.

"으아아악!"

멀어지고 있던 어린애가 실에 묶인 채 튕기듯이 날아들었다. 나는 그런 아이의 몸을 낚아챘다. 아이는 처음에 나한테 붙잡힌 상황을 이해하지 못한 듯이 어리둥절해서 두 눈을 동그랗게 떴다.

"너 집이 어디야?"

하지만 곧 내 질문을 받고 소매치기를 하다가 들켰다는 사실을 눈치챈 것 같았다. 나이는 이제 열 살 정도 되었을까. 아이의 손에는 내 주머니에 들어 있던 돈이 쥐어져 있었다. 그러나 아이는 나를 노려볼 뿐, 대답하지 않았다. 그 대신 간 크게도 재빨리 손에 쥐고 있던 은화를 하나 날름 집어삼켰다.

"허, 이것 봐라?"

오딘이 그걸 보고 헛웃음을 지었다. 아이는 이제 어쩔 거냐는 듯이 비웃음 어린 눈으로 나를 쳐다보았다. 나는 천천히 입을 벌렸다.

"오딘."

"어디 보자."

내 뜻을 알아들은 오딘은 바로 움직였다.

까악! 까악!

몇 초 안 돼 오딘의 까마귀들이 모여들었다. 그 모습을 본 아이의 입이 쩍 벌어졌다.

"거주지는 제2지구. 그중에서도 12구역 제일 끝에 위치한 집이네."

"헉!"

"부모 멀쩡히 살아 있고, 얘가 장남. 밑으로 이제 6살 된 남동생이 하나 있음."

오딘의 입에서 까마귀들을 통해 알아본 호구 조사 내용이 술술 흘러나왔다.

"뭐야, 꽤 잘사는 집 애 같은데 왜 이런 짓을 해? 남의 주머니 터는 게 귀하신 도련님 취미인가?"

"그, 그……."

"지금 부모는 밖에 나가서 없고 남동생만 집에 있네. 어떻게 할까? 지금 당장 잡아 올까?"

오딘이 음산하게 말하자 아이의 얼굴에 경악이 번졌다. 주위에는 길을 오가던 다른 사람들이 있었지만 사실상 이 구역은 오딘이 꽉 잡고 있었기 때문에 그들은 관여하지 않고 각자 하던 일을 계속했다.

"요, 용서해 주세요!"

그제야 아이의 입이 열렸다.

"동생은 아무것도 몰라요! 제가 잘못했어요!"

두려움 어린 목소리가 까마귀 울음 사이로 번졌다. 오딘의 말에 따르면 돈이 궁한 집은 아닌 것 같은데 왜 소매치기 같은 걸 하는지 알 수가 없었다. 나는 아이를 보며 말했다.

"너한테 무슨 사정이 있는지는 모르겠지만, 도둑질도 사람을 봐가면서 해야지, 꼬마야. 겉모습만 보고 만만하게 여겨 덤벼들면 지금처럼 큰일 날 수 있거든."

예전의 내가 생각나서 꺼낸 소리이기도 했다.

"특히 이렇게 돈이든 보석이든 일단 삼키고 보면 된다고 생각하는 거, 아주 좋지 않은 판단이야."

일부러 조금 낮게 깔아 덧붙인 말을 들은 아이는 깜짝 놀라 딸꾹질을 했다.

"4지구 같은 데는 너 같은 애들의 배를 산 채로 가르는 사람도 있으니까."

괜히 아이를 겁주려고 꺼낸 거짓말은 아니었다. 4지구는 서부에서도 특히 질 나쁜 사람들이 대거 모여 있는 곳이었다. 만약 이 어린애가 오늘 주머니를 턴 장소가 그곳이었다면 큰 봉변을 당했을 게 분명했다.

나는 손끝에서 실을 뽑았다. 햇빛에 날카롭게 반짝이는 것을 보았는지 아이가 얼어붙었다. 물론 나는 아이의 배를 가르는 짓 같은 건 하지 않았다.

"우웩!"

그냥 아이의 입을 벌려서 아까 실에 연결시켜 놨던 은화를 다시 꺼냈을 뿐이었다. 식도가 상하지 않게 조심히 잘 빼줬는데도 생리적인 거부감은 어쩔 수 없는지, 아이는 바닥에 엎어져 몇 번 헛구역질을 했다.

이 아이가 정말 재미로 남의 돈을 훔치고 다니는 건지, 아니면 다른 사정이 있는 건지는 몰랐지만 어쨌든 오늘 일은 교훈이 될 것이다.

"얘는 어떻게 할까? 딱히 손댈 필요는 없어 보이는데."

"그냥……."

꼬르르륵!

오딘과 함께 아이의 처우를 이야기하던 바로 그때였다. 문득 앞쪽에서 요란한 소리가 울렸다. 오딘과 내 시선이 함께 움직였다. 바닥에 엎어져 있던 아이의 얼굴이 새빨갛게 달아올라 있었다. 어디로 보나 조금 전의 그 우렁찬 소리는 아이의 배에서 난 게 분명했다. 나는 잠깐 고민하다가 아이의 침으로 범벅된 은화를 실에 꿰서 건네주었다.

"이거 줄 테니까 또 삼키지 말고, 저기 가게 가서 빵 사 먹어."

내 말이 더 창피한지, 마주한 얼굴이 한결 빨갛게 달아올랐다. 아이는 잠깐 머뭇거리다가 내가 준 은화를 확 낚아채서 후다닥 도망쳤다. 내가 말한 빵 가게가 있는 방향이 아니었다.

"저 시건방진 꼬맹이……. 잡아 올까?"

"놔둬."

나는 멀어지는 뒷모습을 잠깐 쳐다보았다. 괜한 기분 탓인지, 왠지 저 아이를 조만간 다시 볼 것 같은 느낌이 들었다.

라키어스는 유리를 배웅한 뒤 성으로 향했다. 얼마 전까지라면 유리와 함께 외출했을 테지만 요즘 그는 나름대로 할 일이 많았다. 게

다가 그 일은 되도록 유리가 없을 때 진행해야만 하는 것이었다.

"시간 없다. 빨리 보고해."

라키어스는 상석에 느른히 턱을 괴고 기대앉아 눈앞에 정렬한 부하들을 한차례 훑어보았다. 그의 시선을 받은 부하들은 오금이 저린 듯이 부르르 몸을 떨었다.

"제가 먼저 말씀드리겠습니다."

곧 가장 왼쪽에 있는 부하부터 차례로 라키어스가 지시했던 사항을 보고하기 시작했다.

"지난번에 명령하신 것처럼 취미로 놀릴 만한 가게를 내기 좋은 자리를 알아봤습니다."

"어디?"

"재개발 예정인 제1지구의 4, 5구역입니다."

라키어스가 손으로 느릿하게 턱을 쓸었다.

"1지구면 나쁘지 않네."

"예, 당부하신 것처럼 거리도 지금 성과 가깝습니다."

"계속 읊어봐."

"이미 건물이 들어서 있긴 한데, 죄다 밀어버리고 한 10층짜리 건물로 다시 세우면 적합할 듯합니다. 아예 주변 시설까지 싹 다 새로 조성해서, 거리 이름을 왕비님 성함에서 따와도 좋을 것 같습니다."

"흠."

라키어스가 무언가를 생각하는 것처럼 턱을 괸 채로 고개를 무심히 끄덕였다. 아직 진행하기로 최종 결정된 일은 아니었지만 이 정도 긍정적인 반응을 이끌어 낸 것만으로도 충분한지, 부하의 얼굴이 활짝 폈다. 다른 부하들이 그런 동료를 부러운 눈으로 쳐다보았다. 꼭 먼저 어려운 숙제를 끝내고 집에 가는 옆자리 친구를 보는 듯한 눈빛이었다.

"일단 알겠고. 다음."

"옙! 이번엔 제가 보고하겠습니다. 선물 목록은 일단 처음에 뽑았던 153가지 중에서 30가지 정도로 추려봤습니다."

이번 부하는 요즘 젊은 여성들 사이에 가장 인기 있는 선물 목록과 그에 대한 설명을 줄줄이 이어갔다.

"하지만 미천한 소신의 생각으로……. 가장 심금을 울릴 수 있는 선물은 역시 돈이 아니겠습니까?"

돈세탁이 특기인 부하가 라키어스에게 호언장담하며 간언했다.

"뭐니 뭐니 해도 출처를 깨끗이 세탁해 언제 어디서나 잡음 없이 사용할 수 있는 현찰이 역시 최고지요!"

라키어스의 미간에 얕은 주름이 하나 생겼다. 뒤따른 다음 부하의 보고 때는 그 주름이 두 개로 늘어났다.

"조사 결과, 최근 1년간의 집계로 봤을 때 연인 사이에 가장 인상적인 고백 1위는 '너라면 공짜로 내 신장도 떼 줄 수 있어'였습니다."

게다가 눈빛도 확연히 더 싸늘해졌다. 그것을 정면에서 마주한 부하들은 굳었다.

"이는 말 그대로 상대에게 간이든 쓸개든 다 빼줄 수 있다는 뜻으로, 실제 적출한 장기를 함께 선물했을 때 그 효과가 더 크다고 합니다!"

하지만 지금 라키어스의 앞에 있는 세 번째 부하는 두 번째 차례였던 부하처럼 혼신의 브리핑을 하느라 그런 사실을 몰랐다.

"그다음 2순위가 '오늘 너희 집에 빈손으로 가도 되니?'인데, 여기에는 아주 심오한 뜻이 숨겨져 있었습니다. 바로 비무장 상태로도 얼마든지 상대의 영역에 들어갈 수 있다는 깊은 신뢰의 의미로……."

결과적으로 라키어스의 표정이 나쁘지 않았던 건 처음 잠깐뿐이었다.

"그만. 다물어."

라키어스가 돌연 보고를 중단시켰다.

"하……. 이건 뭐."

이어서 그의 입에서 실소인지 한숨인지 모를 한기 어린 소리가 비집고 나온 순간, 실내의 온도가 뚝 떨어졌다.

—야, 라키어스. 쟤들, 사실 너 X 되게 하려고 일부러 저러는 거 아니냐? 저대로 하면 너 존나 망할 것 같은데?

머릿속의 벌레만이 지금의 상황이 재미있다고 조잘거리면서 깔깔 웃어댔다.

"내가 말이야."

라키어스가 고개를 받치고 있던 팔을 내리며 느릿하게 입을 열었다.

"애초에 너희가 나를 감탄시킬 만한 대단한 뭔가를 물어 올 거란 기대를 한 건 아니었거든."

어두운 기운이 그런 그에게서 흘러나와 사방으로 퍼져 나갔다.

"하지만 사람은 으레 혹시 하는 일말의 가능성이란 걸 생각하게 되잖아."

그 싸늘한 음성이 중첩될수록 라키어스의 앞에 있는 부하들이 흘리는 식은땀의 양도 많아졌다.

"그런데 역시나라고 해야 할지. 아니, 근데. 아무리 그래도 이건 너무 총체적인 난국인데."

빠각!

그러다 마침내 힘줄이 도드라진 라키어스의 손에 쥐어진 의자의 팔걸이가 무시무시한 소리를 내며 부서졌다.

"지금 이딴 걸 보고라고 진지하게 지껄이다니, 장난하냐?"
"죄, 죄송합니다!"
"너 말해봐. 이러려고 내 귀한 시간을 뺏었어?"
"시정하겠습니다!"
부하들이 황급히 넙죽 엎드려 목 놓아 사죄했다. 어디까지나 먼저 명령을 내린 건 라키어스였으니 엄밀히 따져 부하들이 그의 시간을 뺏은 건 아니었지만 어쩌겠는가. 상사가 까라면 까야지.
게다가 그들은 라키어스가 성질을 부리는 이유가 뭔지 아직도 몰랐다. 라키어스에게 올린 보고서 내용은 어디까지나 서부의 최신 유행을 엄선해 반영한 것이었기 때문이다. 바로 그 부분이 문제였으나 애석하게도 지금 이 자리에 있는 누구도 그런 사실을 알지 못했다.
"하, 이 무능한 것들. 꼴 보기 싫으니까 다들 5초 내로 꺼져."
라키어스가 이마에 핏대를 세우며 부하들에게 씹어뱉듯이 축객령을 내렸다. 그래도 별은 없었다. 요즘 라키어스는 잔뜩 포식해 배부른 사자처럼 부하들에게도 퍽 온건해져서, 웬만해서는 전처럼 잡도리하는 일은 없었다.
"저…… 외, 외람되오나 라키어스 님."
그에 용기를 얻은 부하 한 명이 눈을 딱 감고 입을 열었다. 옆에 있던 다른 부하들이 마왕 앞에 선 용사를 보듯 그를 쳐다보았다.
"이미 라키어스 님과 유리 님, 두 분은 같이 살고 계시지 않습니까? 그런데 이제 와서 굳이…… 지금 계획하시는 것 같은 새삼스러운 과정이 필요할까요?"
몹시도 조심스러운 물음이었다. 그리고 다른 부하들이 듣기에 그 의문은 매우 타당했다. 라키어스는 이미 손에 넣어 옆에 끼고 있는 여자에게 새삼스럽게 청혼하는 번거로운 짓을 하려 하고 있었다.

라키어스는 그런 부하들을 향해 한심함을 표했다.

"이 무식한 새끼들. 그게 무슨 상관이야? 원래 이런 데는 기본 절차라는 게 있는 거 아냐."

"……?"

부하들은 어리둥절했다. 이미 같이 살고 있는데 여기서 무슨 절차가 더 필요하단 말인가?

더군다나 라키어스는 서부의 왕이었다. 약육강식, 적자생존의 땅. 원하는 것이 있으면 그것이 무엇이든 힘으로 빼앗거나 갈취해 가지면 되었다. 그것이 사람이어도 마찬가지였다. 마음에 드는 여자가 있다면 마땅히 취하고, 그보다 더 총애한다면 성에 들여앉히면 되었다. 라키어스의 아버지인 선대도 그랬고, 그 윗세대들도 쭉 그래 왔다.

"하여간에 이 돌대가리 놈들은 생각하는 것도 뻔해서."

라키어스는 그들이 무슨 생각을 하는지 알 만하다는 듯이 얼굴을 구기며 혀를 찼다.

"내가 말했지? 지금까지 선대들이 이 성에 들였던 여자들하고 똑같이 생각하지 말라고. 그냥 왕이 둘인 것처럼 여겨. 몇 번 들어도 여전히 이해를 못 하겠으면 그냥 머리에 쑤셔 넣어."

그러고 보니 라키어스는 그가 데려온 유리라는 여자를 자신 대하듯이 떠받들어 존중하라고 했었다. 그것만 봐도 선대왕들이 지금까지 당연하게 답습해 왔던 방식과 라키어스가 원하는 방식이 다른 것은 확실했다. 하기야, 그들이 알기로 성안에서의 생활이 부담스럽다고 왕의 총애를 입는 복을 걷어차고 출가한 여자도 처음이긴 했다.

물론 여자가 원한다고 해서 성 바로 옆에 코딱지만 한 새집을 지어 거기에 살림을 차리는 왕도 전례 없는 일이었고 말이다. 도대체 왜 멀쩡한 성을 놔두고 밖에서 소꿉놀이하는지는 모르겠지만…….

"그리고 5초 지났다."

"헉!"

그때 라키어스가 음산하게 읊조리며 자리에서 스르륵 일어났다. 부하들이 그 모습을 보고 질겁했다. 라키어스는 꼭 먹잇감을 사냥하는 맹수처럼 여유롭게, 하지만 보는 이로 하여금 긴장감을 유발시키는 걸음걸이로 부하들을 향해 다가갔다.

"저, 라키어스 님……!"

바로 그때, 또 다른 용감한 부하가 라키어스를 불렀다.

"그, 그럼 이건 어떠실지요?"

"뭘 어째?"

"실은 어제 제가 맡은 카지노 쪽에서 특이한 반지가 입수되었는데 고대 유물이라고 합니다."

"고대 유물?"

다행히 라키어스는 흥미가 동한 듯 부하들에게 접근하던 걸음을 멈추었다.

"저도 아직 부하에게 소식만 전해 들었을 뿐이지만 그 광채가 매우 신비롭고 아름답다고 합니다. 세상에 단 하나뿐인 진귀한 보석이니 왕비님께 뜻깊은 선물이 될 수 있을 것 같습니다만."

꼭 매타작 직전에 몸을 풀려는 듯이 쥐었다 펴지던 라키어스의 손가락이 조금 전과는 다른 의미로 까딱였다. 그의 입에서 흐음, 하는 낮은 소리가 흘러나왔다. 유리가 서부에 와서 부쩍 고대의 건물이나 물건에 관심이 많아 보이던 게 문득 떠올랐다. 곧이어 라키어스에게

서 명령이 떨어졌다.

"일단 한번 내일까지 가져와 봐."

"넵!"

아슬아슬하게 라키어스를 만족시키는 데 성공한 부하들은 신이 나서 잇몸을 만개하며 웃었다. 라키어스도 기분이 나아졌는지 처음으로 미소를 지었다. 그 모습을 본 부하들은 더 안심했다. 하지만 그건 속임수였다.

"뭘 쪼개고 있나? 시키는 대로 5초 안에 안 꺼졌으니까 다들 대가리 박아."

"라, 라키어스 님……."

"제일 꼴찌로 박는 놈은 두 배다."

"헉!"

결국 부하들은 눈물을 머금고 라키어스의 명에 따를 수밖에 없었다. 카르노말 성의 풍경 역시 여느 때와 다름없이 평화로웠다.

한 시간 후, 유리의 집.

"라키어스 씨, 요즘 나 몰래 뭐 해요?"

"푸읍."

라키어스는 직구로 날아온 유리의 질문에 마시던 커피를 뱉을 뻔했다. 불시의 기습에 깜짝 놀란 심장이 벌렁벌렁 뛰었다. 하지만 그는 애써 침착하게 입안에 머금은 액체를 삼킨 다음 입술을 뗐다.

"그게 무슨 말이에요? 내가 하긴 뭘 해."

스스로 생각하기에도 꽤 자연스럽게 시치미를 뗐다. 그런데 유리는 꼭 뭔가를 알고 있기라도 한 것처럼 눈을 가늘게 뜨고 그를 쳐다보았다.

"그럼 아무것도 안 한다고요?"

"……."

"요즘 나 없는 사이에 바쁜 것 같던데."

"……."

그런데 정말 아무것도 아니라고?

유리가 지긋한 시선으로 묻고 있었다. 라키어스는 갈등했다.

'……어디서 비밀이 샌 거지?'

유리가 도대체 뭘 어디까지 알고 이러는 건지는 모르겠지만, 그녀에게 거짓말을 할 수는 없었다. 하지만 그렇다 해서 그의 계획을 사실대로 말하기도 난처했다.

라키어스가 알아본 바에 의하면, 자고로 이벤트는 상대방 몰래 진행해야 효과가 크다고 했다. 자칫 잘못해 실행 전에 들켜 버리면 김이 새서 실패할 확률이 높다고도 들었다.

'그럼 튼 건가?'

라키어스는 다소 실망했다. 유리가 평범한 연애를 선호하는 것을 알고 있으니 되도록 그녀의 기호에 맞춰주고 싶었다. 그래서 이번에도 나름대로 제대로 준비해 유리를 깜짝 놀라게 해주고 싶었는데.

물론 부하들이 말했다시피 이런 절차가 없더라도 두 사람의 관계가 앞으로 변하는 일은 없을 것이라 생각했다. 하지만 유리에게는 이런 게 중요한 문제일 수도 있었고, 또 라키어스도 유리를 지금보다 더 단단히 그의 옆에 묶어둘 수 있었으면 했다. 그런데 시작도 전에 유리에게 들켜 버렸으니 실망스럽지 않을 수가 없었다.

유리는 라키어스의 얼굴을 보며 쯧 혀를 찼다.

"뭘 또 그렇게 시무룩해지고 그래요. 라키어스 씨가 뭘 잘못한 것도 아닌데."

"그래도 나중에 깜짝 놀라게 해주고 싶었는데……."

라키어스는 속으로 이를 갈았다. 내일 당장 부하들을 불러 도대체 어디에서 말이 새어 나갔는지 차근차근 족쳐볼 생각이었다. 하지만 결과적으로 라키어스는 그럴 필요가 없었다.

"마음 써줘서 고마워요. 그런데 가게는 좀 더 생각해 봐요. 아직 내가 하고 싶은 게 뭔지 결정을 못 했거든요."

달래듯이 한결 부드러운 어조로 덧붙여진 유리의 말을 들은 라키어스는 멈칫했다.

'……가게?'

"내가 없는 사이에 여기저기 알아보고 다녔죠? 나도 라키어스 씨 말을 듣고 생각해 봤는데, 커피하우스 같은 걸 내가 직접 운영하기는 무리가 좀 있을 것 같아요."

라키어스의 눈에 깨달음이 스쳐 지나갔다.

'아, 뭐야. 그 얘기였어?'

유리는 그가 청혼을 준비 중이란 사실을 알아차린 게 아니었다. 그녀가 눈치챈 것은 어디까지나 그들이 지난번에 이야기했던 커피하우스 건에 한정된 듯했다.

"그래요, 유리 씨. 그런 건 천천히 생각해 봐도 되죠."

라키어스는 금세 여유를 되찾았다. 그의 얼굴에도 화사한 빛이 돌아왔다. 라키어스가 느긋이 미소를 지으며 다시 커피 잔을 들어 올렸다.

"오늘따라 커피 맛이 좋네요."

"그러게요. 성에서 가져다주는 원두가 좋은 거라 그런가 봐요."

"유리 씨 솜씨가 좋은 거죠."

다시 평온한 대화를 이어가며 라키어스는 유리가 그의 다른 계획을 알아차리기 전에 진행을 좀 더 서둘러야겠다고 생각했다.

다음 날 저녁, 유리는 다시 외출했다. 그런데 시가지에 들어서자마자 입구에서부터 따라붙는 사람이 있었다. 유리는 얼마 가지 않아 걸음을 멈추었다. 그리고 나서 무표정한 얼굴로 뒤돌아보며 입을 열었다.

"오늘은 너한테 줄 돈 없는데."

어제 유리의 돈을 훔쳐가려고 했던 소년이 열 걸음 정도 뒤에서 조용히 따라오다가 그녀의 시선을 받고 몸을 크게 흠칫 떨었다. 그대로 도망쳐도 굳이 잡지 않을 생각이었다. 하지만 소년은 무슨 생각인지, 조그만 주먹을 꽉 쥐고 입술까지 세게 깨문 뒤 호다닥 유리를 향해 뛰어왔다.

"어, 어제!"

이어진 것은 어색한 인사였다.

"고, 고마워…… 요."

유리는 그녀의 시선을 마주치지 못하고 고개를 수그리는 소년을 내려다보았다.

"누나가 돈 줘서…… 동생한테 약 사 줄 수 있었어."

어제는 꽤 독기 어린 눈으로 유리를 노려보더니, 오늘은 그래도 제법 제 나이대로 보이는 얼굴이었다. 유리는 그 모습을 잠깐 말없이 응시했다.

꼬르르륵!

그때, 어제처럼 요란한 배꼽시계가 울렸다. 출처는 오늘도 어제와 동일했다. 유리는 새빨갛게 달아오른 아이의 얼굴을 보다가 손에 들고 있던 것을 내밀었다.

"먹어."

종이봉투에서 흘러나오는 달콤하고 고소한 냄새에 아이가 침을 삼켰다. 그 안에 든 것은 조금 전에 막 산 빵과 과자였다. 아이는 결국 유혹을 이기지 못하고 군침을 흘리며 손을 내밀었다. 그러고 나서 급히 빵 하나를 집어 그 자리에서 허겁지겁 먹어치웠다.

유리는 소년의 행색을 찬찬히 살폈다. 어제 오딘이 말한 대로 꽤 사는 집 아이치고는 옷차림도 후줄근하고 더러웠다. 어디를 봐도 어른의 보살핌을 받는 아이의 모습이 아니었다.

"하, 하나만 먹어야 돼? ……요?"

"먹고 싶은 만큼 먹어. 남은 건 네 동생 가져다주고."

유리의 말에 아이의 낯빛이 환해졌다.

사실 소년의 사정은 어제 이미 조사해 알고 있었다. 특이하게도, 현재 아이의 부모는 사이비 종교에 심취해 있었다. 이름은 호롤랄라교. 명칭부터 이상하고 웃겼지만, 어쨌든 아이의 부모를 비롯한 신자들은 교주를 고대신의 환생이라고 철석같이 믿었다.

그래서 집에 있는 모든 것을 교주에게 가져다 바쳤고, 그건 지금도 현재 진행 중이었다. 아이의 남동생은 지금 병에 걸려 있었는데 그런 집안 사정 때문에 약을 살 수가 없는 모양이다.

그 부모는 따로 치료를 받지 않아도 고대신이 아이를 낫게 해줄 거라며 오히려 더 열심히 교주의 물주가 된 듯했다. 심지어 아이들은 밥도 제대로 못 챙겨 먹는 것 같았다. 그런데 어제 유리가 준 돈으로 동생의 약부터 챙겼다니. 물론 소매치기를 한 건 좋은 일이 아니었지만 그래도 나름대로 동생을 위하는 갸륵한 마음을 가진 꼬마였다.

'흠. 예전 생각이 나네. 몇 년 전에도 카르노말에 사이비 종교가 생긴 적이 있었지.'

유리는 아련하게 과거를 회상했다. 몇 년 전, 유리가 동부에 터를 잡기 전에 카르노말에 잠깐 근본 없는 사이비 종교가 유행했던 적이 있었다. 라키어스가 카르노말의 왕이 된 지 얼마 지나지 않아서였다.

서부의 지배자가 라키어스로 교체되면서 빈민가를 포함한 서부 전체 주민들의 생활이 전보다 나아진 것으로 알고 있었다. 악당과 복지는 썩 어울리지 않는 단어 조합이었지만 라키어스는 의외로 세심한 부분까지 신경 써 서부를 다스렸다.

하지만 그래도 관리 대상이 아닌 테두리 바깥의 사람들에게까지 일일이 그의 시선이 닿는 건 어려웠다. 사이비 종교는 바로 그 사각지대에서 생겨났다. 물론 얼마 안 가 라키어스에게 걸렸지만. 그래서 그때 교주가 어떻게 되었느냐면, 라키어스의 손에 완전히 박살이 났다. 그것도 개박살.

'진짜 엄청나게 발렸었지.'

지금 이 호롤랄라교에 대한 건 아직 라키어스에게 소식이 닿지 않은 것 같은데, 이번에도 그가 알게 된 순간 교주가 탈탈 털릴 것은 당연한 일이었다. 하지만 이렇게 유리의 눈에 먼저 띄게 되었으니.

"한번 움직여 볼까."

그렇지 않아도 요즘 한가했는데 오랜만에 적당한 운동이 될 것 같았다. 유리는 빵 봉지를 들고 뛰어가는 소년의 뒷모습을 바라보다가 뒤돌아섰다. 그리고 반대 방향으로 걷기 시작했다.

“지금 뭐라고 했어?”

라키어스에게서 스산한 한기가 흘러나왔다.

“다시 한번 읊어봐.”

그런 라키어스를 앞에 둔 부하는 고양이 앞의 쥐처럼 오들오들 떨었다.

“그, 그것이…….”

그는 어제 고대의 유물인 반지를 라키어스에게 헌상하기로 했던 바로 그 부하였다. 하지만 오늘 라키어스를 찾아온 그는 빈손이었다. 그 사연은 이랬다.

라키어스의 부하는 어제 명령을 받자마자 물건이 들어온 카지노로 향했다. 그런데 분명 금고에 보관되어 있어야 할 보물이 없었다. 부하는 크게 당황해 아랫사람들을 족쳤다. 그 결과 황당한 사실을 알아낼 수 있었다. 카지노에 있는 부하 중 하나가 그 보물을 사이비 종교의 교주에게 헌납했다는 것이다.

그 사이비 교주는 고대신의 현신이고 카지노에 들어온 보물 역시 고대의 유물이라, 호롤랄라교인지 뭔지 하는 곳의 신도인 부하가 냉큼 교주에게 가져다 바쳤다고 들었다.

그렇다 해서 물건을 훔친 건 아니고 집에 있던 다른 값비싼 보석 목걸이와 정당히 맞바꿔 가져간 것이었으니 다른 때라면 문제 될 건 없었다. 하지만 이번에는 어째서인지 그 물건에 라키어스가 관심을 가졌다는 것이 재앙이었다.

"이 정신 빠진 것들이……."

라키어스에게서 스멀스멀 사나운 기운이 흘러나왔다.

원래 카르노말에는 문제 많은 인간이 수두룩했고, 각자 종사하는 직종도 다양했다. 라키어스는 보통 큰 문제가 없는 한 그들끼리 지지고 볶는 건 상관하지 않고 내버려 두었다. 하지만 사이비 교주만큼은 거슬려서 그냥 둘 수 없었다.

감히 스스로를 신격화해서 왕인 라키어스의 머리 위에 올라앉으려 하는 것이 아닌가. 더군다나 주제를 모르고, 감히 그가 유리에게 선물하려 했던 물건을 탐내?

라키어스는 보는 이들이 선득함에 몸을 달달 떨 정도로 형형하게 눈을 빛내며 자리에서 일어났다.

이 바퀴벌레 같은 새끼들. 너희는 오늘 다 뒈졌다.

유리는 오랜만에 몸도 풀 겸, 산책 삼아 사이비 종교의 집회가 열리는 곳에 들러보기로 했다.

"호롤랄라교 정확한 위치? 잠깐만."

오딘의 정보상에 간 지 5분 만에 정확한 위치 정보가 손에 들어왔다.

"그 꼬마 때문이지? 나도 같이 갈까?"

오딘이 보기에도 달리 위험해 보이는 부분은 없었는지, 그는 유리에게 가볍게 권했다. 유리는 고민 없이 고개를 저었다.

"아니, 바쁜데 뭐 하러. 어차피 오래 걸리지도 텐데."

그녀는 들어올 때와 마찬가지로 혼자서 오딘의 정보상을 빠져나왔다. 해가 떨어진 하늘이 거무스름했다. 라키어스와 함께 저녁을 먹기로 약속한 시간은 아직 한 시간 정도 남아 있었다.

그러니 역시 식전 운동으로 치기에 알맞았다. 유리는 머리에 입력된 주소지로 이동했다.

사이비 종교 호롤랄라는 오딘의 정보상이 있는 새 시가지와도 거리가 꽤 가까운 제7지구에 둥지를 틀었다.

사이비 종교의 지부가 어디인지 찾아내는 건 그리 어렵지 않았다. 호롤랄라교가 뿌리를 내린 건물 자체는 평범해 보였으나 그 앞에는 기묘한 석상 하나가 세워져 있었다. 동그랗고 매끈한 머리와 여러 갈래로 돋아난 촉수. 그것은 언뜻 문어나 오징어처럼 보이는 형상을 하고 있었다. 유리는 쯧쯧 혀를 찼다.

'고대신 중에서도 왜 하필……. 아니, 물론 취향은 존중하지만.'

오늘도 이곳에서는 저녁 집회가 열릴 예정이었다. 그래서인지 검은 천을 머리에 뒤집어쓴 사람들이 하나둘씩 나타나 건물 안으로 들어서는 모습이 보였다.

주변을 지키고 선 경비들이 있었지만 유리는 어렵지 않게 건물 안으로 들어갔다. 실내는 어두웠다. 보아하니 분위기 조성을 위해 일부러 촛불을 몇 개만 켜 둔 듯했다.

"신도님들은 이쪽으로 오십시오. 집회에 처음 참석하신 분들은 이 옆에서 명단 작성부터 하겠습니다."

유리는 일단 사이비 종교 단체의 내부 상황을 대강 확인할 겸 신도들이 이동하는 대강당 쪽으로 가봤다. 그곳에는 검은 천을 쓴 사람들이 모여 있었다. 어림잡아 50명 정도 될까. 듣던 대로 호롤랄라교는 신생이라 아직 신도의 수가 그리 많지 않은 듯했다.

그때 앞쪽의 단상에 한 무리의 사람이 올라왔다. 옷을 보아하니 사이비 종교에서 꽤 중요한 직책을 가진 사람들인 것 같았다.

"오늘은 몇 명이나 왔어?"

"지난번보다 10명 정도 늘었어."

"흠, 생각보다 적은데. 그래도 처음치고 이 정도면 순조로운 건가. 공물은?"

"그래도 오늘은 쓸 만한 게 좀 있어 보이던데."

"그래? 교주님께서도 기뻐하시겠네."

처음에는 맨 앞에 선 남자가 교주인가 싶었지만 뒤따르는 사람들과 나누는 대화를 들어보니 그건 아니었다.

"오늘 집회에 참석하신 분들을 환영합니다."

단상에 선 남자가 영업용 미소를 지으며 두 팔을 벌려 신도들에게 인사했다.

"그럼 축복의 구호를!"

이어서 남자가 외친 구호를 듣고 유리는 헛웃음을 내뱉을 뻔했다.

"호롤랄라!"

앞에 모인 신도들이 구호를 따라 했다.

"호롤랄라!"

"더 크게!"

"호롤랄라!!"

"마음을 담아서!"

"호롤랄라!!!"

신도들의 온 마음을 담은 축복의 구호가 몇 번 더 이어졌다. 그런 뒤 단상에 있던 사람들이 빈 상자를 들고 신도들이 있는 곳으로 내려갔다.

"우리의 태양과 빛인 교주님을 모시기 전에 먼저 헌금 시간이 있겠습니다. 호롤랄라 신께 헌신하는 마음을 보여주세요."

유리는 그 모습에서 시선을 떼고 장소를 옮겼다.

'공물도 받고, 헌금도 받고. 나중에는 뭐 호롤랄라 신의 은총이 담긴 약이나 물건 같은 거라도 다단계 판매하는 거 아냐?'

신도 한두 명이 대강당으로 안내받는 것을 제외하면 복도는 조용했다. 귀를 기울이자 유리의 뛰어난 청각에 두런두런 대화 소리가 잡혔다. 그쪽으로 조금 이동하자, 단상 위에 있던 사람들과 같은 옷을 입은 사람들을 발견할 수 있었다.

"오늘은 헌금액이 다른 때보다 큰가 봐."

"크큭, 호구가 많아서 물건도 더 많이 팔 수 있겠어."

조금 전 유리가 했던 생각이 맞았다. 그들은 수레에 웬 물건을 가득 싣고 가고 있었다.

"……."

유리는 그 모습을 보고 침묵했다. 수레에 옹기종기 들어 있는 것이 사이비 종교 단체 건물의 앞쪽에 있는 것과 똑같이 생긴 목조 장식품이었기 때문이다. 하지만 밖에 있는 것과 달리 대충 깎아 만든 것처럼 모양새가 울퉁불퉁 영 엉성해 진짜 문어처럼 보였다.

"이번 공물 중에 고대 유물이라고 들어온 것도 있었잖아. 교주님께서 마음에 들어 하시던데."

"뭐, 비싸 보이긴 했어. 반지 전체가 투명해서 꼭 수정으로 만든 것 같던데 가볍고 재질이 특이했지? 교주님이 오늘 집회에 하고 나가신다고 들었……."

"거기, 노닥거리지 말고 빨리 와!"

"이크. 서두르자."

이어진 말을 듣고 유리는 호기심이 생겼다. 사이비 종교에 들어온 공물 중에 고대 유물이 있다고?

"교주님, 이쪽입니다."

청각을 집중해 보니, 교주는 이미 집회가 열리는 대강당 쪽으로 가는 듯했다. 원래대로라면 교주의 방을 먼저 털어볼 생각이었지만 방금 들은 말에 유리의 관심이 옮겨갔다.

"우리의 태양과 빛인 교주님께서 들어오십니다!"

"오오오, 호롤랄라!"

"오오, 위대한 호롤랄라 신이시여!"

멀리서 들려오는 신도들의 열렬한 반응을 듣고는 더욱 궁금해졌다.

"큽."

하여 교주가 있는 대강당에 잠깐 다시 들른 유리는 단상 위에 홀로 우뚝 서 있는 사람을 보고 웃음을 삼키고 말았다.

'저게 뭐야.'

교주는 생각보다 젊어 보이는 남자였다. 일부러 후광 효과를 내기 위해서인 듯, 그의 뒤쪽에는 촛불들이 무더기로 놓여 있었다. 그래서 교주의 머리 뒤에서 번쩍이는 빛이 퍼져 나가는 것처럼 보였다.

"호롤랄라! 나의 충성스러운 신도들이여!"

교주가 신도들을 향해 두 팔을 벌려 보였다. 그의 반짝이는 민머리가 더욱 큰 광채를 발했다.

교주는 대머리였다. 하지만 꽤나 공들여 매만진 듯한 무성한 콧수염과 턱수염은 여러 갈래의 촉수처럼 뻗어 있었다. 그걸 보자 어쩔 수 없이 문 앞에 세워져 있던 석상이 떠올랐다.

'닮았네.'

유리는 혼자 납득하고 고개를 주억거렸다.

"나 호롤랄라 신이 이 자리에 모인 너희에게 가호를……."

콰아앙!

"끄억!"

바로 그때, 교주가 서 있는 옆쪽의 벽면이 큰 소리를 내며 부서졌다. 교주가 날아가 바닥을 나뒹굴었다. 갑작스러운 상황에 신도들은 경악했다.

"이 바퀴벌레 같은 새끼들이……."

뿌연 먼지 속에서 한 남자가 걸어 나왔다. 유리는 뚜렷한 기시감을 느꼈다.

"감히 내 땅에서 이따위 똥 냄새 나는 판을 벌여?"

무시무시한 기운을 흘리며 나타난 것은 라키어스였다.

"교주님!"

"누, 누구냐!"

카르노말 사람이라면 누구나 라키어스를 모를 리 없었건만, 아직 단상 쪽이 먼지에 휩싸여 있어서 그런지 그의 얼굴을 제대로 본 사람이 없는 것 같았다. 워낙에 경황이 없는 상황이라 그렇기도 했지만. 그런 그들을 향해 라키어스가 입매를 비틀었다.

"이 미친한 것들."

이어진 그의 말은 오만했다.

"내가 이 땅의 신이다."

사이비 종교에 흠뻑 취해 있던 신도들이 헉 숨을 들이켰다. 그들이 신처럼 떠받들던 교주는 라키어스에 의해 추한 몰골로 널브러져 기절해 있었다. 누군가 광명을 찾은 것 같은 얼굴로 외쳤다.

"호, 호롤랄라?!"

퍽! 콰앙!

"꾸억!"

하지만 그 사람은 곧바로 교주와 같은 꼴이 되어 날아갔다.

"X발, 호롤랄라는 개뿔. 너희는 오늘 다 정신 교육 좀 받자."

라키어스가 데려온 수하들이 사이비 종교 단체를 점거했다. 라키어스는 살기를 흘리며 교주에게 다가갔다. 교주의 손에서 반짝이는 반지를 보자 그의 이마에 한결 선명한 핏대가 섰다.

이 버러지 같은 놈을 어떻게 하면 최대한 고통스럽게 죽일 수 있을지 고민이었다. 진심으로 빡친 라키어스가 막 교주의 손가락을 통째로 잘라내려 했을 때였다.

천장에서 내려온 하얀 실을 타고 익숙한 사람이 나타났다.

"라키어스 씨."

"유리 씨?"

라키어스는 깜짝 놀랐다. 바퀴벌레 같은 교주에게 정신이 팔려 유리가 가까이 있는 것을 알아차리지 못했다.

"유리 씨, 왜 이런 더러운 데 있어요?"

"아는 사람이 이 사이비 종교에 피해를 입어서요. 지금 라키어스 씨를 만날 줄 몰랐는데 마침 잘됐네요. 이거 줄게요."

유리는 다른 손을 움직여 실에 걸린 것들을 끌어왔다. 비어 있는 교주의 방 안에서 그동안 호롤랄라교가 사기를 쳐온 증거들을 찾아 모은 것이었다. 라키어스는 얼떨결에 그것을 받아 들었다.

사실은 이런 증거 같은 게 없어도 그냥 이 안에 있는 사람들을 모조리 입맛대로 쓸어버릴 작정이었지만 일단은 유리가 준 것이니 소중히 챙겨 가기로 했다.

그때, 유리의 시선이 발밑에 기절해 있는 교주에게 닿았다.

"교주가 받은 공물 중에 고대 유물이 있다고 들었는데 저건가 보네요."

순간 라키어스가 움찔했다. 유리는 그것을 눈치채지 못하고 교주의 손가락에 껴 있는 반지를 잠깐 살펴보았다.

"그 반지…… 크흠. 마음에 들어요?"

라키어스가 유리의 반응을 다소 집요한 눈길로 살피며 물었다.

"이거요?"

유리는 라키어스가 왜 이런 질문을 하는지 알아차리지 못하고 실소했다. 교주가 손에 낀 반지는 확실히 고대 유물이 맞았다. 하지만 사이비 종교 사람들이 생각한 것만큼 비싸고 진귀한 취급을 받을 물건은 아니었다. 왜냐하면, 그건 그냥 단순한 플라스틱 장난감 반지였으니까.

요즘 세상에야 플라스틱이 없으니 신기해 보일지 몰라도, 유리의 눈에는 아니었다. 공물의 정체를 확인한 유리는 좀 김이 샜다.

"아뇨. 장난감을 좋아하기에는 나이가 들어서. 저런 건 애들이나 좋아하겠죠."

"……."

라키어스는 침묵했다. 그의 스산한 시선이 옆으로 미끄러졌다. 멀리서 신도들을 잡도리하고 있던 부하 중 하나가 문득 뒷덜미를 스치는 한기에 몸을 부르르 떨었다. 라키어스에게 고대 유물인 반지를 유리의 선물로 추천했던 바로 그 부하였다. 곧 다가올 그의 암울한 미래가 예상되는 순간이었다.

"라키어스 씨, 여기 마무리하려면 시간이 좀 걸리겠네요."

유리가 어수선한 주변을 둘러보며 말했다. 라키어스가 일하는 동안 먼저 집에 가 있는 게 낫겠다고 생각하는 것 같았다.

라키어스는 여기는 부하들에게 맡기면 되니 그냥 지금 같이 돌아가자고 말하려 했다. 하지만 라키어스가 입을 열기 전에 유리가 다시 그에게 눈길을 돌리며 말했다.

"끝날 때까지 기다릴 테니까 집에 같이 가요."

"……오래 걸릴지도 모르는데요?"

"괜찮아요. 라키어스 씨 보고 있으면 지루하지 않을 거예요."

라키어스의 입꼬리가 느슨히 풀어졌다. 시간이 얼마가 걸리든 그를 기다려주겠다는 말이 왜 이렇게 가슴을 간지럽게 만드는지 몰랐다. 라키어스는 마음이 기꺼워 유리를 보고 웃었다.

아무래도 유리에게 어울리는 청혼 선물을 고르는 데는 시간이 좀 더 소요될 듯했지만…… 그래도 유리가 지금 이렇게 그를 보고 마주 웃어주니 모든 일이 다 잘 풀릴 것 같은 생각이 들었다.

"정리할 건 별로 없으니까 지금 같이 나가요."

"그래도 돼요?"

물론 괜찮았다. 그는 무엇이든 마음대로 할 수 있는 왕이었으니까.

두 사람은 그렇게 이상한 사이비 종교 단체를 나와 어둠이 깔린 길을 걸어갔다. 그 끝에 있는 그들의 아늑한 집을 향해서.

외전 〈완결〉

작가 후기

안녕하세요! 마르고트입니다. 이 소설을 선택해 읽어주신 분들께 진심으로 감사의 인사를 드립니다.

제 첫 번째 독자가 되어주시고 많은 도움을 주셨던 담당자님과 출간까지 힘써 주신 다른 분들께도 모두 감사드립니다.

머릿속에 들어 있는 이야기를 밖으로 꺼내 풀어내는 건 참 설레고 두근거리는 일인 것 같아요. 그리고 생각보다 쉽지 않은, 대단하고 어려운 일인 것 같습니다.

만약 다음에 새로운 이야기로 찾아뵐 기회가 생긴다면 더 열심히 노력해 발전한 모습을 보여 드리고 싶네요.

이 이야기와 함께하시는 동안 조금이라도 즐거우셨기를 바라며, 다음 만남까지 건강하시고 행복하시기를 기원합니다.